我举
喜欢春天？南理没春天，谢谢。
欢欢喜喜上学去，高高兴兴回家来。
你怕是没把雷公电母放在眼里。
你是这风格？
知道了大文豪。
道听途说是真理。
了解。
吗？

以你为名的夏天

任凭舟 —— 著　　敦煌文艺出版社

目录

高考倒计时 286 天

001	第一章	登月碰瓷
033	第二章	不良学霸？
065	第三章	没名没姓的礼物
102	第四章	第一次月考
137	第五章	我没有纸巾，你别哭
169	第六章	举牌女神

202　第七章　我没有纸巾，你哭吧

235　第八章　谁惹的不都我哄？

271　第九章　是谣言，也是愿望

312　第十章　南理的香樟

361　番外　　今晚我不关心月亮

盛夏微微仰视着他。少年的表情慵懒，但他眼里有光。

她好像终于知道，他为什么这么强了。他理应这么强。

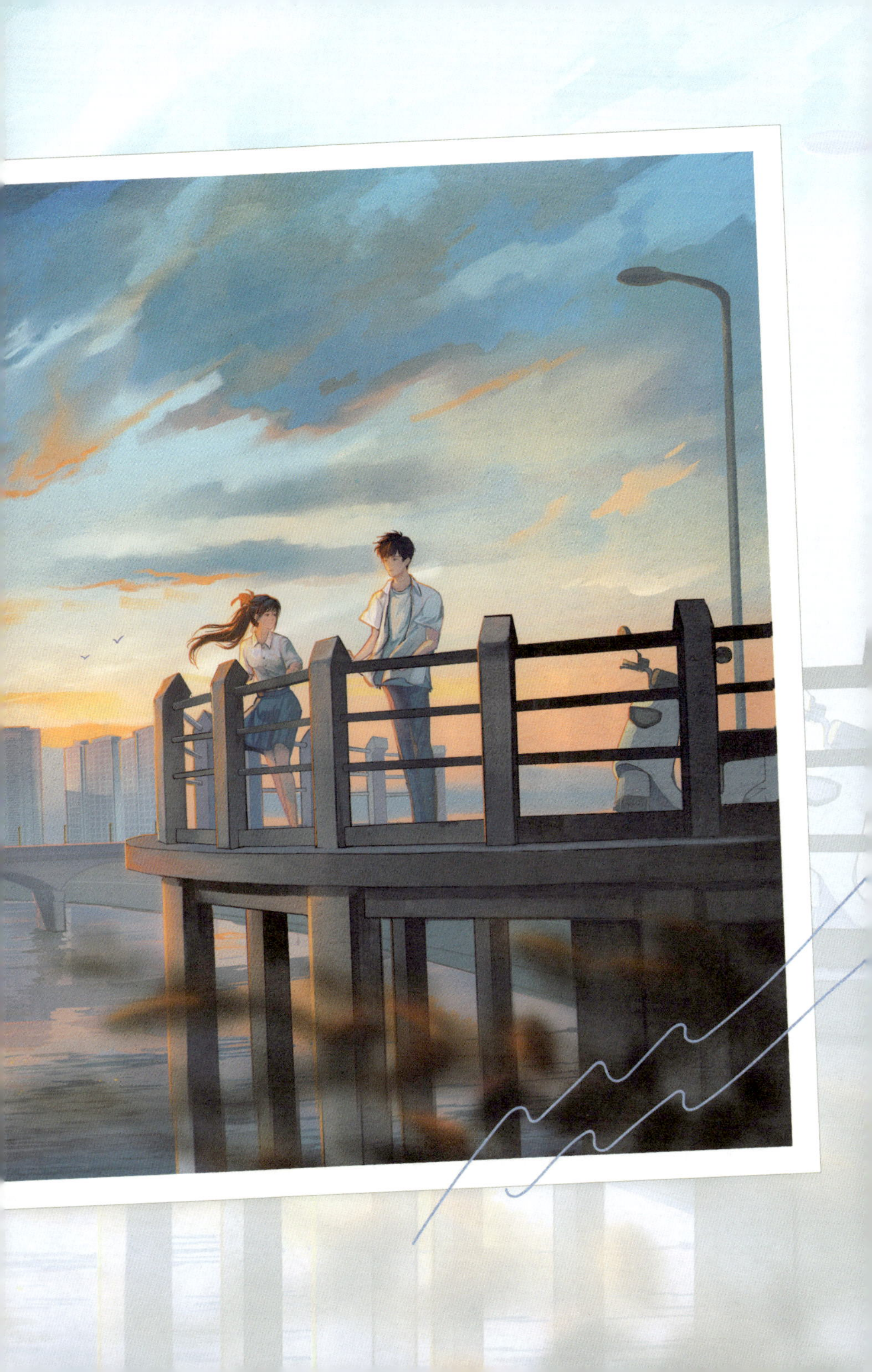

他把打火机当蜡烛,在闪动的火光里,低声唱着生日快乐歌。"许愿吧。"歌声一落,他抬眼,满眼期许地看着她。

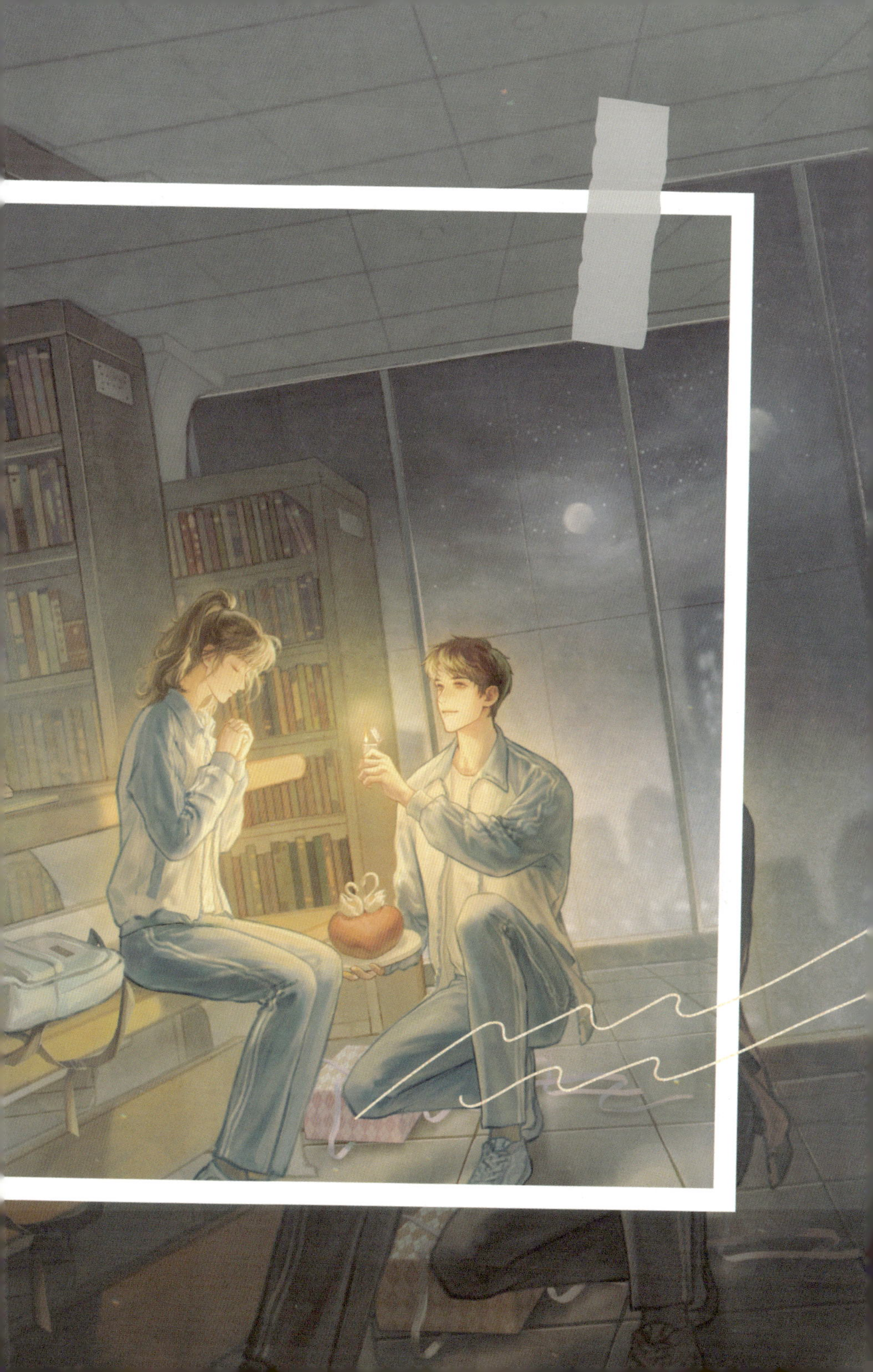

张澍拽着盛夏的手腕,从她的公主水晶笔筒里抽出一支记号笔,在她的小臂上一笔一画地写了个"澍"字。冰凉的笔尖在她的肌肤上划过,如电流一般。

第一章
登月碰瓷

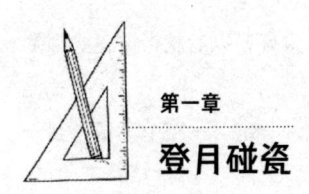

七月将过,漫长的雨季结束,艳阳高照,天空澄澈。

暑假的校园荒无人迹,蝉躲在香樟树上不知疲倦地鸣叫。

办公室里,空调"呼呼"地吹出冷气,蝉鸣声和大人们说话的声音交杂着,落入盛夏的耳朵里。

"盛夏同学的语文成绩还是很好的,这样的作文,在我们附中也是能上范文墙的!"年级主任看了盛夏上学期的成绩单和期末试卷,憋出这么一句评价。他边说边把作文递给一旁的秃顶男人:"王老师,你也看看。"

王老师接过,上下左右扫视一遍,胸腔里发出浑厚的声音:"嗯,字是真不错。"

盛夏怀里抱着帆布书包,安安静静地坐在黑色的皮质沙发上,微微抬眼偷偷观察自己的新班主任——王潍。

他干瘦的身体支撑着一个大脑袋,脑袋上罩着几绺斜梳的头发,头皮锃亮,浓眉窄眼,腮帮子像含着棉花。气质和山水田园诗人王维没有半点儿关系。

听他自己介绍,他是教化学的。

让一位化学老师看作文,他能快速避开主题给出"字不错"的评价,先不论鉴赏力如何,情商反正不低。

年级主任说:"一看就是童子功。"

王莲华显而易见地开心,笑盈盈地接茬儿:"主任眼力好。盛夏四岁就开始练书法,毛笔和硬笔都练过。"

"现在的孩子,能静下心来练字的可不多见了。"

王潍紧跟着说道:"是呀,其他科目好好地赶一赶,一定也没问题。我看盛夏同学就是棵好苗子,放在二中真的浪费了。"

王莲华说:"盛夏就是化学和物理基础不太好,以后就指着王老师多多费心了。"

"应该的,应该的。到了我的班里,不敢说一定……"王潍话说到一半,激昂的话音被一阵刺耳的音乐打断。

《荷塘月色》的前奏响彻整个办公室,是王潍的手机响了。

他身子一斜,腿一抻,从裤兜里摸出手机,瞥了一眼,当即挂断电话继续说:"到了我的班,不敢说一定能上'985'大学,但有明显的提升是没问题的。盛夏同学的基础不算差,我们班……"

《荷塘月色》再度响起,对面的人似乎锲而不舍。王潍的那对眉毛挤成个"倒八字",递给主任和王莲华一个抱歉的眼神,也没避着人,接起来说了句:"忙着呢,下午再打给我!"

然后不等对方说话,再次挂断了电话。

"班里的一个学生。"王潍解释。

年级主任转移话题说:"把盛夏同学放到王老师的班里,我是有考虑的。'实验班'压力太大,王老师的(六)班正好。虽然不是'实验班',但在'平行班'里是数一数二的,年级第一也在他们班,那位同学上学期联考拿了全市第一。"

全市第一,盛夏有所耳闻。

上学期,附中破天荒地参加了全市联考,全市前十名都被附中包圆儿了,那位第一名的成绩更是一骑绝尘。数学、英语满分,理综只扣了三分。

盛夏在二中排前十名,在全市排两千名左右。

成绩出来那天,班级群里哀鸿遍野,二中的尖子生们个个似霜打的茄子——蔫了。

如果说附中参加联考是对普通学校的降维打击,那么这位学神的成绩，就是把一中、二中尖子生的自尊心按在考卷上摩擦。

如果他们知道这个人居然是附中"平行班"的学生，不知道该作何感想。

而她，要跟这样的人一个班了吗？

王莲华对这个信息十分满意，眉毛稍提，目光一亮，微张着嘴唇轻轻地点了点头，露出赞赏的神情。

王潍的脸上也满是自豪，看似抱怨的语气中带着熟稔的纵容："这位第一名，入学成绩很普通，一直到分文理科都还表现平平，所以排到我们班来了。到我们班以后，他就一直是年级第一，就是难管教得很，仗着成绩好经常没规矩。"

年级主任说："得亏在王老师的班上，已经规矩很多了。"

王莲华吹捧着说道："这么说，王老师在教学和管理上，都是很有一手的。"

王潍说："也没有，就是真心盼着学生好。成绩好，人也好好的，便不枉学校和家长的信任了。"

"来这一趟我更放心了。"王莲华嘴角的弧度就没下去过，声音温和，看来对今日的会面十分满意。

三个大人对着那张成绩单比画着，盛夏昨夜没睡好，此时有些打盹儿。耳边的人声逐渐被蝉鸣取代，她竟听出些旋律来。

直到王莲华女士率先站起，嘴里不断说着感谢的话。盛夏也跟着站起来，抿着嘴，像是浅笑。

"那盛夏就麻烦老师们了。"王莲华道。

"不麻烦，代我向盛书记问好。"

"他今天临时有重要的会，本来是要一起过来的。"

出了办公室，王莲华婉拒了年级主任送她们的提议，说要逛逛校园。母女俩绕下楼梯，到了一楼。

教学楼里一个人影也没有。

王莲华指着三年（六）班的标牌，侧身同盛夏耳语："你看这附中就是不一样，教室都这么特别。"

盛夏轻轻点头，打量着自己未来一年学习的地方。

这教室和她以往待过的教室都不同。走廊尤其宽敞，打羽毛球都够了。教室有三个门，而两侧墙体只有书桌那么高，往上是一整面的玻璃窗，连门都是玻璃的。整个教室通透明亮，一览无余。黑板分三块，中间是智能白板，两边是可以移动的黑板。教室里的书桌也摆得奇怪，共有三组两座的座位，另外还有一列是单独座位，靠着墙，没有同桌。

陌生和奇特的环境让盛夏稍稍沉了沉眉目。

南理大学附属中学是南理市最好的高中，在省内也是数一数二的，一本过线率超过百分之九十。踏进南理附中，也就等于半只脚踏进了重点大学。

盛夏中考失利后进了二中，两年下来，成绩慢慢地爬到前列。但在二中，年级前十名的成绩也不过是一本线出头。

听说她要转学的时候，二中老师极力挽留，说当"凤尾"不如当"鸡头"，二中一定会给盛夏最大的关注和最好的教育，让她稳上头部"211"大学。

盛明丰一听"鸡头"这词，脾气就上来了，原本只是耐不住王莲华一口一句"对盛夏不负责任""不为孩子计深远"，才谋划转学一事，现下也坚定了要给盛夏转学的想法。

中考时，盛夏的成绩实在太差，上一中都够呛，附中是怎么也进不去的。现在好不容易成绩上来了，在全市联考中取得了不错的成绩，有了进附中的基础，王莲华想让盛夏再搏一搏。反正在二中再怎么挣扎，也不过如此了。

至于老师那句"去了附中，按盛夏的性格不知道能不能承受得住那么大的压力"已被王莲华自动过滤了。

盛夏一定得比她强，这是她的执念。

《荷塘月色》的前奏再次响起，远远地从二楼传来——这铃声真够大的。

比王潍的手机音量更大的，是王潍的嗓门儿。

"喂？"

"不允许，不允许。都说了好几遍了，哪有人开学就请假的，你是病了还是瘸了？！

"你还要举报学校补课？反了天了！

"知不知道要高三了，你以为随随便便就能保持成绩吗？人家上了高三都紧张起来了，你当一中那些学生是白痴吗？！

"赶紧给我回来！

"听见没有！喂？张澍！

"臭小子！"

…………

王潍浑厚的声音在空旷的教学楼里回响。

母女俩走出教学楼，王莲华才忧心忡忡地说道："你们这班主任脾气这么大，能行吗？你爸给找的什么人呀？也不知道是不是真的上心。"

盛夏明白，"脾气大"已经是王莲华含蓄的说法。王潍的气质和言谈，约莫是不符合王莲华心目中"重点高中的教师"形象的。

这才是她的母亲。

刚才她还疑惑，母亲怎么这么容易就满意了？果然，那赞赏的目光、满意的辞令，都只是王莲华女士的社交礼仪罢了。

可是，说不定对面的人脾气更大呢？

那个叫张……澍的，敢呛班主任，还要举报呢。

真的好凶！

盛夏默不作声，只是在心里想。

盛夏的家距离附中不过两千米，王莲华不打算让她住校。盛明丰买了辆"小电驴"，让司机教她骑。

"小电驴"其实没什么好教的，拧上把手就能走了。盛夏在小区里晃了两圈儿，骑得挺稳当的，就试着往学校骑。

但她还是草率了，大马路不同于封闭道路，车来车往的，大车疾驰而过的声音像是要把人卷进去，她紧张得后背直冒汗。

在路口险些没刹住车后，盛夏决定远离大马路，从附中后边的小区穿过去。

拐进小区，她惊魂未定，注意力尚未完全集中，就见迎面的缓坡上驶来两辆山地自行车。骑车人的姿势放低匍匐着,在她眼里就像雄赳赳朝她俯冲过来的鹰。

盛夏整个人蒙了,在脑子作出反应之前,身体已经本能地避险。她飞速跳车,并且因为过于紧张,在跳车时使劲拧了一下手把。

崭新的"小电驴"因为忽然加速"腾"地飞驰出去,猛烈地撞击到马路牙子上,瞬间倾翻在地,发出巨大的声响。

紧急刹车的两辆自行车上,一胖一瘦的两个男生:"……"

听到动静从门卫室里探出头的保安:"……"

安然无恙地站在路中间的盛夏:"……"

场面一时寂静,只有道旁香樟树上的蝉没完没了地鸣叫。

"知了——知了——"

那胖子回过神来,对瘦子说:"不是,她干吗忽然跳车?这不关咱们的事吧……"

的确不关,眼下都还距离十多米呢。

瘦子冷笑一声:"这要是被讹,就是'登月碰瓷'。"

这事不关己的语气和一言难尽的嫌弃,让呆呆地站在原地的盛夏脊背无端地蹿上一阵凉风。

"怎么回事?"保安急匆匆地从门卫室里出来,到了盛夏跟前,见小姑娘吓得脸都白了,才缓了缓语气,"你有没有事?"

"没……没事。"

盛夏说着"没事",但声音都颤了。

保安又看向十几米开外的两个少年,喊道:"什么情况?"

胖子赶紧摇头:"我们也不知道什么情况呀……"

他们车骑得好好的,在小区里速度也不快,怎么就冲出个"不能自理"的妹妹?

那保安赶紧过去把车扶起来,左右看了看,又拧了拧车把手:"还挺结实,就蹭了点儿皮,应该还能开。你没事就赶紧骑走吧,搁这儿门口一会儿来车了。"

盛夏感觉身体都还是僵的,听到这话才挪步到车边,轻声细语地对保安道了谢,握着车把稳住车,掏出手机来打电话。

她不敢再开了。

"李哥，我出车祸了……"

"车祸？"胖子耸肩，这叫哪门子车祸？他有点儿好笑地看着路边手足无措又煞有介事的女生。

"还看，走了。"瘦子的语气不耐烦，长腿一蹬，山地自行车调速器"咔嗒咔嗒"地响，像给手枪上膛。

自行车从盛夏面前经过，带起一阵风，把胖子的话吹进了她耳朵里："阿澍，你说她是不是看你看呆了，紧张得跳车？"

正陷入自我质疑和小小委屈中的盛夏："？"

阿数？

这名字好像在哪儿听过，盛夏下意识地扭头。

南理遍地是高大的香樟树，整座城市藏在如盖的绿荫下，阳光破碎地洒下来，灼目的夏日变得柔和。

自行车穿梭过斑驳的光影，少年肆意张扬的谈笑声渐行渐远，瘦削的脊背和翻飞的衣摆消失在拐角。

八月的第一个星期一，高三生提前开学。

附中住校生多，有提前返校上晚自习的传统。

盛夏骑着"小电驴"，踏着晚霞往学校去。

那场小"车祸"，她没敢跟盛明丰提。她的父亲对人、对事都喜欢下论断，一定会以"你就不适合骑车"为由收回"小电驴"。

她还挺喜欢骑车的，风拂过面颊，好像能把所有凌乱东西都吹顺。练习了几天，她偶尔也会忽然"打鸡血"似的将把手拧到底，加速的一瞬，周遭的一切都"唰唰"地后退，好似脱离了时间和空间，在独立的轨道上不顾一切地前进。

她是这轨道上唯一的掌控者，她给她的坐骑取名"小白"。

晚上六点半，距离晚自习还有半个小时。盛夏到了学校车棚，原以为自己来得够早，没承想车棚已经快要停满了。

这也许就是省重点中学的自觉，放在二中，开学这天人来没来齐都难说，更不用说早到了。

盛夏缓慢地挪动着"小电驴"寻找位置，正打算实在不行就把车停到隔壁教学楼去，便瞥见角落里两辆自行车之间有空隙。那是两辆山地自行车，比别的自行车要高出半截儿，斜着停放，霸道地占用了起码四辆车的空间。

她把"小白"停在走道，过去挪车屁股。

山地自行车车轮的直径大，也没有后座，她一时不知道怎么下手。

这时，她才注意到其中一辆车没锁，车头还挂着书包，最外层拉链半开着，也不知道是没拉严实还是忘了拉。

这车主的心够大的。

看来只能把那辆车先推出来再直直地推进去了。

她小心翼翼地把车推出来，调整好刚准备推回去，就听见一声呵斥："你是谁呀？干吗呢？松手！"

盛夏猛然抬头，循着声音望去，手也下意识听话地松开。

接着"哗啦"几声，眼前一片凌乱。自行车失去平衡，朝挂了书包的一侧倒去，书包里的东西从那半开的拉链里破口而出，铺了一地。

"不是吧！"出声的男生小跑过来，看着眼前的"惨剧"，"让你松手不是让你这么个松法呀！你……"

他看了一眼愣在原地不知所措的少女，也蒙了："怎么又是你？"然后回头对不紧不慢地走过来的另一个男生说："阿澍，你的车……"

盛夏手都不知道该往哪里放了，也不知道是先把车扶起来，还是先捡起书包里的东西。

她瞥了瞥地上的状况，刚想解释人就蒙了。

这一眼差点儿没把她"送走"！

这……一地的时尚杂志。

封面未免也太过性感火辣……

她双目圆瞪，愣了两秒，赶紧扭头挪开视线。

盛夏心跳如擂鼓，耳根微微发烫，面色比晚霞还要缤纷。

这下她眼睛也不知道往哪儿看了，嗓子也冒不出半点儿声音，神态和动作略微僵住，只好看向来人，像在等待审判一般。

两个男生都长得很高，一胖一瘦对比强烈。那胖子便是刚才说话的，那瘦子手里拿着一罐汽水，慢悠悠地走在后面。

到了近前，车棚顶上的射灯直直地打在那瘦子黑漆漆的发旋上，蓬松的刘海儿下目光慵懒，嘴角挂起一个浅浅的弧度，好像在笑，又没什么动态感，有点儿散漫。

夏天的晚霞越晚越红，锦绣的紫红在少年身后铺开，晚风吹得树叶沙沙作响。

世界寂静，目之所及如同画卷。

眼前两个人的身形让她感觉很是熟悉，脑海里冒出几天前"车祸"的画面。

她那时太紧张，也没注意看那两个男生长什么样，只记得一胖一瘦，骑着山地自行车……

而此刻，胖子笑嘻嘻地给了她答案："同学，碰瓷不成，改战术了？"
还真是他们。

"对不起呀，我……我只是想停车。"不是故意弄倒你们的车并发现你们的秘密的。

后半句话，她当然没有说出口。

两个男生都看向旁边停着的那辆眼熟的白色"电驴"。胖子嗤笑一声："哟，还敢骑呀？"

瘦子无甚兴趣的样子，蹲在地上把散落一地的书捡起，塞回书包里。

盛夏的视线不由得跟过去，见他修长的手指落在那些杂志上……
他的动作不紧不慢，丝毫没有秘密被"撞破"的窘迫。

把东西尽数收拾好，他合上拉链，将书包往肩上一挂，把车推到最边上，回头抬起下巴指了指："停吧。"

然后站到一旁腾出地方，往栏杆上一靠，拎着他那罐汽水往嘴里送了一口。他喉结滚动，一副事不关己的模样。

盛夏讷讷地"哦"了一声，赶紧把车停好，抓过书包快步离开，离开前连礼貌性的颔首道别都没有。

她只想赶紧走，如果时间可以倒回，她愿意多走几百米，把车停到高二教学楼的车棚去。

她刚开始还只是快步走，走了几步忽然小跑起来，很快就消失在教学楼走廊的尽头。

"这怎么还跟被追杀似的？这女生可真逗。阿澍，你看见了吗？她刚才手抖得像个癫痫患者，哈哈哈，有那么吓人吗？"

"夸张了。"张澍斜了一眼嘻嘻哈哈的侯骏岐，"你吼她干什么？"

侯骏岐顿时收住笑声，瞪着眼："？"

张澍把书包扔给他："你不大惊小怪的话什么事都没有，闲的？"

侯骏岐捂紧怀里好不容易弄来的"宝贝"，才后知后觉正事是什么，惊问："她不会打小报告吧？"

张澍说："不会。"

"不会就好。"侯骏岐松了口气，又惊疑道，"你怎么知道不会！万一呢？"

张澍眼前闪过那双湿漉漉的眼睛，还有泛白的嘴唇："你看她像有那个胆子吗？"

看到就吓成这样，还指望她向别人描述一遍？

虽然不太明白这有什么好怕的，但可以确定，她那不是单纯的害羞，而是真吓着了。

侯骏岐点点头："也是，每次碰见她，她都是瑟瑟发抖的样子。哎，澍，她也太白了吧，你见过这么白的女生吗？我看着她比陈梦瑶还白，头发老长，风再一吹，头发一飞，脸不红的话像女鬼……"

张澍说："你操那么多的心，也不见瘦。"

侯骏岐："……"

两个人坐上栏杆旁吹晚风，侯骏岐看看表："还不来，这帮小子！难不成还想让我送班里去？"

张澍显然也已经不耐烦："催呀！还来不来？不来改天别上赶着求爷爷，就快打铃了。"

侯骏岐说："你还怕迟到？笑死我了。"心想着你没举报补课就不错了。

盛夏穿过长长的走廊来到最西边的三年（六）班，路过的每个教室都坐满了人，三五成群，打闹呼喊，整层楼沸反盈天。

返校第一天的校园最是活跃，重点高中也不例外。不过（六）班显得安静许多，因为王潍正双手抱臂站在讲台上，腋下夹着一沓笔记本，脸色很臭，下巴一顿一顿地在数人，讲台下"人人自危"。

他第一时间发现了站在走廊外犹豫不前的盛夏，点了个头便走出去，教室里的学生们也都探着脑袋朝外望。

"老师好。"盛夏率先打招呼。

"盛夏同学来了呀。"王潍换了个笑脸，指着教室最后边的座位说，"你现在的座位安排在第三组最后一桌，别担心，咱们班是每个星期一挪位子，按阶梯向右下角挪，下周你就在第一桌了。"

虽然没太听明白具体是怎么挪，但盛夏的视力不错，身高也够，不担心座位问题，所以只是点了点头。

王潍正要领着她上讲台自我介绍，她轻声唤道："王老师，我想直接回座位，可以吗？"

王潍知道这小姑娘脸皮薄，没坚持："去吧，我和同学们说说。"

盛夏从走廊外通过后门进了教室，坐在了自己的位子上。

除了那一列单独靠墙的座位，就数她的位子最接近门边，不需要穿过走道在同学面前遛一圈儿，倒是正合她的心意。

即便如此，她还是无可避免地接受了全班同学的注目礼。

王潍回到讲台上拍拍桌面："咱班这学期有位新同学，叫盛夏。大家多帮助盛夏同学融入咱们（六）班，互相多交流学习。"

"好的，老师！"稀稀拉拉的窃窃私语中有一道洪亮的女声传来。

说话的是盛夏的同桌，一个肤色有点儿黑，笑起来很甜的女生。此刻她白牙大露，脸上笑出浅浅的酒窝，笑意盈盈地看着盛夏。

王潍回应说："很好，辛筱禾，好好带带你同桌。"

辛筱禾把椅子当摇椅使，前脚离地，后脚支着，还把手举得老高，整个儿舒展着："没问题！"

说完，辛筱禾的椅子晃了晃，盛夏手疾眼快地给她扶住。

王潍见状呵斥说："辛筱禾！坐没坐相，别摔了。躺上十天半个月的，高考还考不考了？"

"得令。"辛筱禾乖乖地缩回去，笑嘻嘻的。

王潍点了几个男生去搬新书,人没走远教室里就躁动起来。

大伙儿有意无意地打量着新同学,却没有上来攀谈的。

"盛夏,对吧?欢迎你呀,以后就跟我混了,我叫辛筱禾。"辛筱禾自我介绍道。

"谢谢你。"盛夏问,"是哪个'hé'呀?"

辛筱禾听着她软绵绵的声音,声调也不由得降下来:"禾苗的'禾'呀。"

盛夏说:"真特别。"

"哪里特别呀?"

盛夏短暂地思考一下,说:"晨光下的禾苗,充满希望。"

辛筱禾笑了一声,这新同学认真的模样有点儿逗:"不是早晨的'晓',是竹字头的'筱'哟。"

"那更特别了,小竹子旁长出了禾苗,"盛夏说,"很坚韧。"

辛筱禾再也忍不住,瞬间丢了那柔软的语气,放声笑着说道:"哈哈哈,我妈要是知道她随便翻字典找的两个字被你解释得这么有文化,一定会笑晕过去。"

说着还重重地拍了一下盛夏的肩膀。

盛夏吃了痛,不清楚自己的话是不是多余了,笑得有点儿勉强。

前桌男生听着两个女生毫无营养的对话,回头就看到这一幕,嫌弃地看着辛筱禾:"辛筱禾,你可别欺负新同学!"

"胡说什么?杨临宇!我们是在进行灵魂交流,你懂什么?美女的事少管!"辛筱禾完全撕掉刚才温和柔软的面具,机关枪似的"突突突"地开火。

男生举双手投降,一副"怕了怕了"不愿纠缠的模样,转回去之前嘀咕了声:"你算哪门子的美女……"

下一秒,辛筱禾的笔记本落在男生的后脑勺儿上,"啪"的一声,伴随着男生"啊"的一声痛呼,盛夏的心脏也怦怦跳。

这同桌好像有点儿暴躁。

晚自习过了第一节,各科的书也陆续分发完毕。盛夏前边和右边的座位还空着，但她确定都是有人的，因为发书的时候没落下这两个座位，书已经堆成一座小山。

她右边就是那一列单独靠墙的座位，与她相隔一条走道。前边的空桌还有同桌给整理整理，右边那桌书堆得满满当当也无人理会，已经摇摇欲坠。

盛夏靠过去，伸手把书朝里拢了拢，没承想书皮太滑，不碰还能保持微妙的平衡，一碰就"稀里哗啦"地落了一地。

这动静在人声嘈杂的教室里没引起很大注意，盛夏却像做错事一般慌了神。她连忙把书捡起来，怕再掉了，就按照大小厚度有序地堆好。

辛筱禾刚才向盛夏普及了一些附中的事，口干舌燥之下趴着睡了。这会儿被书籍掉落的声音吵醒，睁眼就看到盛夏认认真真地一本一本排布着书籍，强迫症一般把书角也都理得整整齐齐。灯光照着她白皙的脸颊，脸上的绒毛在光里跳跃，细密又柔软。

"这是什么'乖乖'呀？"辛筱禾自言自语地嘀咕了一声。

张澍和侯骏岐从后门大步流星地进了教室，却见座位边上站着一位貌似熟悉，可站在这个班里却显得陌生的女生，两个人都脚步一顿。

侯骏岐甚至后退到走廊外确认了一遍班级门牌："三年（六）班，没错呀……见鬼了？"

这密集的碰面让盛夏也想说一句"见鬼"。

她这回不用猜也知道，这两个空位正是属于眼前这两位，一周之内第三次见面的"陌生人"。

她刚才从辛筱禾口中得知，南理附中排座位很有一番"规矩"。

首先，把班级前八名挑出来，坐在那边单独的一列。

其次，剩下的人按照"帮扶原则"，自己的成绩越好，同桌的成绩就越差。也就是说，第九名和倒数第一名坐在一起，第十名和倒数第二名坐在一起，以此类推。

再次，还要尽量让女生与女生同桌，男生与男生同桌，根据上一条排出的名单作简单的调整。

最后，还会每个星期一换一次座位，每人往右挪一列，往后挪一排。

这样不仅能够确保坐到的位子公平，减少家长的干预，还能保证每个人周围都有学霸，也都有学渣，便于共同提升。

至于为什么有单独那一列，辛筱禾说："让你在度过了一段时间的同桌生活后，独立独立，清醒清醒。"

怎么说得跟同居一样？

听完这复杂的规则后，盛夏的第一反应是——重点学校的管理方式果然比较特别。

第二反应自然是想到了自己的成绩。辛筱禾是第十一名，这么说，她是倒数的名次。

辛筱禾安慰她，排名倒数的几位都是男生，所以和她进行了调换。

这并没有安慰到盛夏，无论怎么说，她还是女生中倒数的名次……

还有就是，下周换位子，她往右边挪就到了那列单独的座位。再下周，她挪到最北边的第一组，同桌变成现在她右边这个人。

这个人正抽开椅子，书包往椅背上一扔，看向一旁的她，眉梢一抬："站着干吗？"

没有称呼，语气不冷不热，放在两个认识的人身上不算什么，但放在两个陌生人之间，冷不丁冒出这么一句，显得不太友善。加上他高出她大半个头，居高临下时带了点儿压迫感。

盛夏捏着书角的手一僵，默默地退回自己的座位坐好。

"张澍，你是属狗的吧，到处乱吠？"辛筱禾怒站起来，叉着腰。

少年抬眼，有些不明所以，递给辛筱禾一个眼神，好像在说——您有事吗？

辛筱禾说："人家好心好意帮你收拾你的书，不然现在已经被踩烂了，不识好人心。"

说着又拍了一把她前座男生的脑袋："杨临宇，起来看看什么才叫欺负新同学。"

杨临宇揉揉后脑勺儿："说话就说话，天天动手动脚！"

"要你管！"

两个人吵起来没完没了。

张澍。

盛夏在脑海里闪过了这个名字。

他就是那个把王潍气得不轻的、要举报学校补课的、反了天了的人。

按照座位看,他还是那个把所有二中尖子生按在考卷上摩擦的第一名。

这些标签放在一个人身上,真是见鬼了。

张澍瞥了一眼桌面上整整齐齐的书,挑了挑眉:"感谢。"

盛夏还没来得及回应,就感觉前桌有庞大的生物砸了下来。

侯骏岐一屁股坐到盛夏前边的位子,扭过身来惊喜地说道:"新同学?这么巧!"

他这转身一蹾,盛夏的桌子都在轻轻地振动。

他长得可真魁梧。

"嗯,同学,你好。"盛夏礼貌地回答。这声线和侯骏岐的一比,跟小兔子似的。

侯骏岐说:"你从哪儿转来的呀?"

盛夏说:"二中。"

侯骏岐问:"初中哪儿的?"

盛夏说:"八中。"

侯骏岐说:"我十五中。"

盛夏说:"哦,哦。"也是重点初中。

侯骏岐问:"你叫什么?"

"盛夏。"

"我叫侯骏岐,公侯的'侯',骏马的'骏',岐黄之术的'岐'。"

盛夏说:"侯骏岐,你好。"

侯骏岐下巴一抬,示意后排:"他叫张澍。"

"哦,哦。"

"三十五中的。"

"这样。"她对这所中学没什么印象,很偏,不在市区。

盛夏眼角余光瞥见,被强行介绍的人扭头看了他们一眼。

侯骏岐忽然凑近,声音也降了分贝,神秘兮兮地对盛夏说:"认识得这么详细,咱们就是朋友了,对吧?"

盛夏:"嗯……"

侯骏岐说:"那今早的事,你可得替朋友保密。"

保密?盛夏一时没有反应过来:"什么事呀?"

然而她的慢半拍在侯骏岐眼里,就是心照不宣的"忘掉了"。

他拍着大腿猛然跃起,用一种"你这朋友我交定了"的眼神赞赏地看着盛夏:"新同学真上道!"

盛夏:"?"

右边传来一声短促的笑,张澍评价:"有病。"

也不知道在说谁。

附中的晚自习都是学生自习,任课老师轮流带班,走廊外的两张桌子就是带班老师的座位,学生有问题可以出去问,不打扰班里的人,学校还禁止老师占用晚自习时间上课。

不过,辛筱禾说,每次考完试,部分老师总是偷偷抢占晚自习时间讲卷子,王潍就是其中翘楚。

晚自习共三节,走读生九点半下了第二节就可以回家了,当然也可以选择不走,住校生则统一到十点半才放学。

刚开学没什么作业,这晚下了第二节就全部放学了。

辛筱禾与室友约好去学校北门吃夜宵,几个女生十分热情地邀请盛夏。

北门是小门,正对着文博苑,就是上次盛夏抄近道并制造"车祸"的小区。她后来没从那儿走过,都老老实实地绕路走学校的南大门。

"北门吃的不是夜宵,是附中的文化。带你去感受感受!"辛筱禾说。

可王莲华是知道晚自习的结束时间的,太晚回去她要被念叨。

而且,盛夏胆子不大,这会儿刚放学路上有伴儿,再晚一些,万籁俱寂,她自己骑车心里有些发慌。

她学着唯物主义,脑子里却总装着些"古旧"的东西。

盛夏婉拒了辛筱禾,答应下次和家里报备好再一起去。

盛夏前脚进了家门,后脚王莲华接吴秋璇和郑冬柠下课也到家了。

盛夏上学,两个妹妹上暑期兴趣班,按理说妹妹们下课早一些,应该早到家。

此刻母女四人堵在门口换鞋,挤得慌。

吴秋璇嫌她们动作慢,光着脚就进屋,黑着一张脸进了自己房间,把门摔得震天响。

盛夏见这架势,虽然已经习惯,还是问:"阿璇怎么了?"

王莲华鼻子里"嗤"出一口气,也没好气地说道:"还不是你爸,说明天接她和柠柠出去吃饭,现在又爽约了呗。"

这也是常态,盛夏不再多言。

郑冬柠显然也不高兴,但小孩子好哄,路上王莲华买了套新画笔给她,她就转移了注意力,一进屋便在茶几上摆开图画本闷头儿试颜色。

因为这事,王莲华情绪不佳,也没有询问盛夏第一天上学的感受,盛夏准备的一番"报喜不报忧"的话倒无处发挥了。

一家人安安静静地各自洗漱,各自回房间。

盛夏半靠在床头,从抽屉里摸出手机来充电。

手机是某名牌最新款,盛明丰让李哥送来的,说高三是关键时期,有什么诉求或者什么不好和母亲说的事,就联系他,不要太拼命了。条条大路通罗马,考重点大学不是唯一的出路;天生我材必有用,犯不着太为难自己。

王莲华暂时还不知道这部手机的存在。

盛夏对电子产品兴趣不大,她有一个功能单一的"学生机",平时除了给王莲华打电话没有其他用处,大半个月不充电都不会关机。

她最常用的电子产品只有王莲华给她买的电纸书,这部手机对她来说有些功能过剩。

李哥给盛夏办了新的手机号码,也申请了微信。微信里只有李哥和盛明丰两个人,她知道这是什么意思。

开了机,盛夏在微信页面上犹豫了很久,还是编辑了一条消息发出去。

"爸,妹妹们都很想你。"

大概过了半个小时，手机一点儿动静也没有。盛夏重重地叹了口气，关灯睡觉。

盛夏失眠了，翻了几次身后，她放弃挣扎，爬起来背单词。

她已经预习过第一单元的单词，晚自习的时候背了一晚上都不觉得有什么，可眼下再去看，就好像什么都与她当下思虑的事相关似的。

administration，行政机关；

capture，俘获；

fascinate，使神魂颠倒；

centre on，将某人（某事务）当作中心或重点；

send in，寄送某处进行处理……

…………

盛明丰是个好官员，但绝不是个好丈夫。

那他是不是一个好父亲呢？

盛夏也无从判断。

翌日，盛夏果不其然地起晚了，早餐都没吃就往学校赶。时间紧，她选择抄近道从文博苑走，在小区高层的楼下看到一辆熟悉的山地自行车从单元楼里驶出。

少年今天穿了校服，他腿长，宽大的校服在他身上显得妥帖不少，蓝白色的配色衬得他在朝阳下青春洋溢。

他骑车的速度很快，风把他的校服吹成一个鼓包。车一拐弯，风向一变，校服又瘪下去，贴上他瘦削的脊背。

山地自行车与"小电驴"一前一后进了学校北门，一前一后驶入车棚。

车棚依旧拥挤，他们隔得老远，各自停车。

然后少年与女孩儿一前一后进了三年（六）班后门。

张澍落了座，才发现身后进来一个人。她路过时带起一阵风，有一股馨香，这馨香跟了他一路了。

他的视线落在她宽松肥大的运动服上，上身还算合身，裤子宽得能再兜住一个她。

侯骏岐所言不差,瘦成这样,走路没声,不是"女鬼"是什么?

早读铃在盛夏入座几秒后响起,她拍拍心口——好悬,第一天就差点儿迟到。

辛筱禾在专注预习物理,看得盛夏有些惭愧。别人成绩那么好,都这么勤奋认真,她一只"笨鸟"还不知道先扑腾。

"夏夏早!"辛筱禾和她打招呼,"你这点踩得比张澍还准。"

"我昨晚没睡好,起晚了,呜呜。"

"哈哈,刚转学太兴奋了?"

"可能是。"盛夏顺杆爬,"你几点来的呀?"

辛筱禾说:"六点半。"

盛夏的惭愧进一步蔓延,虽然说住校生一般都会比走读生早到一些,可之前在二中她也住校,七点半到教室,才只有零星的几个人。

"好早。"她感慨。

辛筱禾说:"住校一般都这样啦,我们宿舍还有五点就来的。"

开学第一天清晨,压迫感就扑面而来,盛夏感觉自己是掉进"哥斯拉宇宙"的凡人。

今天的早读是语文。在早读开始前,语文老师付婕要选出新的课代表。

有好几个人自告奋勇地举了手,盛夏有些惊讶。在二中,课代表就等于"苦力",没什么人愿意做,每次都得由老师"钦点"。

"还有人竞选吗?"付婕忽然把视线投向后排:"新同学,你要不要参与一下竞选?"

这下所有人都往后排望去。

付婕介绍说:"盛夏同学上学期语文考了全市第四名,作文满分,大家多向她学习。"

前排的侯骏岐又是猛地转身,盛夏的桌子晃了晃。

他眼睛一亮,怂恿道:"这么厉害!小盛夏,去竞选!朋友给你投票!"

盛夏正在整理文具,忽然被点名,她手上的动作顿住,留意到几乎全班同学都朝她看了过来,她的耳郭不由自主地染上一丝绯色。

她皮肤白,水润透亮的那种白,把那一抹红衬得更加明显。

她摇摇头:"不了。"

这音量,如果不是看嘴型,站在讲台上的付婕压根儿听不清。

付婕挑挑眉毛,神态有些惋惜,随即点点头:"好,那竞选的同学都上来说两句吧。"

她其实只是回复侯骏岐,既然老师听到了,她也就没有再说一遍。

侯骏岐"恨铁不成钢"般遗憾地叹气:"唉……本来以为可以少交点儿周记了。"

盛夏低下头,露出泛红的小耳朵。

这下,几乎全班都注意到了这位新来的同学,脸皮是真薄。

还被最不好惹的三个人包围了。

——辛筱禾、侯骏岐、张澍。

在竞选名单里,盛夏发现一个熟悉的名字——卢囿泽。

这名字的重名率不高,她几乎可以肯定这个人就是她的初中同班同学。

可等到卢囿泽上台发言,她差点儿没认出来。

她印象中的卢囿泽是微胖的身形,个子也不算高,如今好像柳枝抽条一般,站在付婕身边高出一个头,俨然是个瘦高个儿了。

卢囿泽长相秀气,自我推荐却说得很大气,即兴引用的诗词契合主题氛围,丝毫没有做作地堆砌辞藻。

他初中时就是校团委的副主席,每周主持升旗仪式,讲台发言这种小场面自然不在话下。

盛夏有点儿羡慕这样的人,不由得多看了几眼,仗着人多,她的眼神有些直接,他应该不会注意她。不想卢囿泽结尾一句"希望大家投我一票"之后,朝后排笑了笑。

在其他人看来,他只是在结尾露出一个亲和的笑容,但是盛夏对上了他的视线,知道他是在礼貌地回应她的注视,以及和她打招呼,好像在说——嗨,老同学。

盛夏察觉到自己的不礼貌,迅速地低下头去。

初中那会儿她和卢囿泽其实不熟，她沉默寡言很少参加什么团体活动，卢囿泽则是老师的好帮手，"德智体美"全面发展的典型。两个人的交集只有每次考试后作文卷子并排张贴在宣传栏的时候，是那种几乎没说过几句话的同班同学。

盛夏最后把票投给了卢囿泽，并不是因为她只认识他，而是他讲得确实好。

辛筱禾看了一眼她的字条："我也选的卢囿泽，他作文写得超好。"

"他是我的初中同学。"盛夏不吝称赞，"初中时他的语文就很好。"

辛筱禾惊讶道："你是八中的呀？"

"嗯。"

辛筱禾说："我也是呀，我怎么没见过你，你在哪个班？"

盛夏说："（二十）班。"

"哦，那可能离得太远了，你们在六楼，我们（三）班在一楼。"辛筱禾"啧啧"两声，"咱们应该连照面儿都没打过，否则这么个美人我怎么可能印象全无呢？"

她的语气上扬，像个调戏"良家妇女"的"纨绔子弟"，盛夏被夸赞得有些不好意思，微笑着没有接话。

辛筱禾又说："咱们学校很多八中毕业的学生，光我们（三）班就有好几个。"

盛夏点点头表示知道。

八中是南理的重点初中之一，每年考上南理附中的学生没有三百人也有二百人。

另外，八中不仅是重点初中，还因位置在南理寸土寸金的地段，几乎成了"贵族学校"的代名词，八中学子到哪儿都多一层优越感。一旦毕业，八中学子就很团结，在新的学校迅速"结盟"，即使初中时从未谋面，一句"我是八中的"就可以让大家迅速熟稔起来。

辛筱禾对盛夏显然更加亲近了些，趴到桌面上凑近她，低声说："那你记得八中以前'霸榜'的那几个'大佬'吧，现在也都在附中，还都在'实验班'，但是一个个被咱们班那个'镇中'来的压得抬不起头……"

辛筱禾边说边挑挑眉,示意她看向右边。

盛夏知道,辛筱禾说的是张澍。

三十五中在郊区,南理没扩张前那边是个农村,说是"镇中"也没有错。

盛夏的桌子又是一晃,她已经习惯,是侯骏岐又转身了,但他并不是找她的,而是笑眯眯地盯着他右后方的张澍问:"阿澍,你选谁?"

张澍晃晃手里的字条,一副置身事外的样子:"选谁不一样?又不是选总统。"

侯骏岐脚一跨往前伸手捏住张澍的字条,说道:"卢囿泽,你选他?挺大公无私呀!"

张澍抽回字条,白了侯骏岐一眼。

侯骏岐"啧啧"两声,坐了回去。

辛筱禾再次倾身过来跟盛夏耳语:"张澍和卢囿泽,是情敌。"

这话题深度……辛筱禾大概已经把她列为"八中同盟"了。

"扑朔迷离的三角恋!女主是校花,狗血!"

辛筱禾的声音很小,盛夏可以确定只有她们两个人能听见。

但是她用眼角余光分明瞧见张澍扭头瞥了她们一眼。

"瞥"是她猜的,从她的角度看不到他的表情,但他确确实实看了她们一眼。

盛夏有种背后说人坏话被发现的窘迫,朝着他的那一半脸蛋儿隐隐发烫。

卢囿泽以压倒性的优势中选,他迅速上岗,开始带领早读。

琅琅书声瞬间把八卦的"小火苗"按灭了。

早读后连着两节语文课。语文是盛夏的优势科目,她学起来还算驾轻就熟;可后两节物理就略感吃力,听是都听懂了,就是例题做得很慢,几乎跟不上课程的节奏。

老师一般看到大家基本都停笔了,就开始讲题,而她总是踩着那个时间点才做出来。

她悄悄观察辛筱禾,虽然平时看着有些不着调,但辛筱禾上课的时候很专注,连她的注视都没察觉。

还有张澍，他喜欢转笔，那笔在他指尖灵活地从左边转到右边，等他拇指一按，停止转动，就意味着开始写题了。他写得也很快，一阵"沙沙"声过后，笔尖停下，笔往桌面一扔，也就意味着写好了。

那笔莫不是什么"神笔"？转一转解题思路就来了。

他的课本下面还垫着本习题册，老师讲解例题的时候，他已经在做对应的习题了，中途还时不时抬头听两句。

他听课的时候戴着眼镜，原来他是近视眼，平时没戴大概是因为度数不深。

他的状态一如既往地散漫，长腿跟无处安放似的，从没乖乖地放在桌底下过，要么优哉游哉地踩着椅子下的横杠，要么就大剌剌地往走道伸展，然后他的帆布鞋就在盛夏的桌脚边晃啊晃。

中午放学铃一打，人群"下饺子"般往外涌。

"干饭不积极，思想有问题。撒！"辛筱禾捞起书包就往外冲。

杨临宇一边跟着冲，一边还嘴贱："你还积极，悠着点儿吃吧！"

辛筱禾朝着杨临宇就是一个爆栗："吃你家米了？"

两个人的打闹声渐行渐远。

住校生一般都在食堂吃，去晚了就没什么好吃的了，只有走读生不着急。

盛夏习惯收拾干净桌面，把书都归回原位再走。

侯骏岐和张澍竟也不动如山，没有要走的意思。

张澍还在写练习册，盛夏用眼角余光瞥见他翻了页，已经快要做完今天的课后内容了。

他不紧不慢，没有应付作业那种苦大仇深的样子，当然也没有沉浸在"知识的海洋"里那种收获成就的表情，他的状态就好像在做一件流水线上的活儿，熟练、自如、没有感情。

而侯骏岐坐到了张澍前面的位子，靠着墙，腿搭在他自己的椅子上，横着手机屏幕在玩游戏，看架势是在等张澍。

果然，学霸都在大家看不见的时候努力。可盛夏想，他不如早上早来一个小时，为什么要耽误吃饭时间？

干饭不积极，思想有问题。

盛夏觉得自己越发无厘头了，竟然操心起别人的闲事。她拍拍脑袋，收拾书包准备走。

"盛夏。"

忽然听到有人叫她，她抬起头，是卢囿泽。

卢囿泽背着书包朝她走过来，却被侯骏岐横着的腿拦住来路。侯骏岐似看不见他一般，纹丝不动，甚至还跷起二郎腿晃悠，一脸悠闲的样子。

就连盛夏都看得出来，他这副样子就是故意找茬。

卢囿泽也不计较，懒得理论一般，闷不吭声地绕到另一条走道到了盛夏跟前。

"我昨天还不确定是你。"卢囿泽说，"你头发变长了。"

盛夏轻轻地笑了一声："你变化也挺大的。"

卢囿泽也笑了一声："不是小白胖了，是吗？"

他长得白净，初中的时候班里有人这么叫他。

"还是挺白的。"盛夏不爱叫别人外号，不知道怎么接话，随口应答道。

"再白能有你白？"卢囿泽一个反问的语气，带了些熟稔的调侃意味，把盛夏带得尴尬的对话拉回正轨，"中午回家吗？"

盛夏说："我订了'午托'，在北门。"

"午托"是王莲华订的，王莲华的单位离家不算近，中午休息时间只有一个半小时，来不及回家做饭。以往盛夏住校让王莲华省了心，她只给两个妹妹在学校附近订了"午托"，午饭和午休都包了。

这回还没开学，她就给盛夏找好了地方，说是"午托"，其实午饭和晚饭都管，因为附中下午放学只放一个半小时，然后就要晚自习，中途回家太折腾。

王莲华说，"午托"的老板娘就是附中学生的家长，她家孩子也一起吃，所以食物用料绝对放心。

也不知怎的，盛夏那句话一出，就感觉周遭的氛围有些不对劲。

侯骏岐的眼神从快节奏的打斗游戏画面上扫过来，嘴角带着意味不明的看戏的笑，短暂地瞥了她一眼，又看向张澍。

卢囿泽的笑容也有些不自然。

盛夏礼貌地回问:"你呢?"

卢囿泽说:"我回家吃,那我就先走了。"

盛夏说:"嗯,好。"

学校北门文博苑附近的一排沿街商铺形成了一个小型"商圈",书店、文具店、餐馆、超市、水果店、奶茶店应有尽有,商铺二楼几乎都是培训班补习班,还有一家"午托"机构。

"午托"机构的饭菜份数都是提前预订好的,无所谓早到晚到。盛夏到店里时,人已经不多。她是第一次来,老板在等她登记办理饭卡。

初见这位老板,盛夏有些移不开眼。

老板约莫三十多岁的年纪,瓜子脸,浓密细长的眉毛下是一双极其漂亮的凤眼,鼻梁和嘴唇无一不标致。这是盛夏在现实中见过的唯一能称得上"美艳"二字的女人。即使她穿着打扮很素净,长发也只是低低地拢在后脑勺儿,脸上更没有妆容修饰。

王莲华说过,这家"午托"的饭菜都是老板亲自做的。盛夏不算是好奇心很强的人,此时也不由得感慨——这样美丽的女人竟做了厨师?这也不像孩子已经上高中的年纪呀?

"以后每次过来刷卡就行了。卡上也有我们的电话号码,有什么特别想吃的,可以提前打电话说,但不保证一定会做哟。"

盛夏有点儿看痴了,听着声音才回过神来,接过饭卡:"嗯,好。"

"你妈妈说你不在这儿午休,是吗?"

盛夏回答:"嗯。"

"这卡是饭卡也是门卡。楼上有床位,不住也给你留着,哪天时间太赶也可以在这儿睡。"

盛夏说:"嗯,谢谢。"

"小姑娘长得真乖巧,赶紧去吃饭吧。"

饭菜是两荤两素一汤,红烧排骨、焖猪蹄、干煸豆角、小菜花,还有一碗虾尾蘑菇汤。

着实丰盛。

盛夏是第一天来,装盘的阿姨摸不准她的饭量,给她预留了满满的一盘，她没吃一半就已经饱了，却不忍浪费，慢慢地吃着剩下的。

到最后整个餐厅就只剩下她，两个阿姨已经开始擦桌子打扫起卫生。

一个阿姨边收拾碗筷边问老板："小瑾，阿澍今天没来吃饭啊？"

老板眼睛都没离开她面前的笔记本，不以为然地说道："不来了，说要自力更生，吃糠咽菜。"

十二点半，侯骏岐玩了一把游戏排位结束，揉着肚子与某位沉浸在题海中的学霸商量："澍，走不走？书中自有'颜如玉'，自有'黄金屋'，可它没有米饭哪！"

张澍瞥了一眼讲台上的时钟，摘下眼镜："走，饿不死你。"

侯骏岐整个儿蹿起："可赶紧吧，我饿得快前胸贴后背了。"

张澍笑得肆意："就你那前胸，再饿十天半个月也贴不着后背。"

侯骏岐说："闭嘴，瘦子了不起呀！"

这个时间的食堂人影寥落，菜也稀少。

橱台里的铁盘几乎都空了，零星几个有东西的铁盘里也是不见荤腥，全剩下一些素菜，有些甚至只剩配菜。

两个人几乎把剩菜包圆儿了，张澍面无表情地吃着，侯骏岐都快哭了，没有肉，他这一整天都会不快乐。他想念苏瑾姐那里的红烧排骨、炸酥肉、黄焖带鱼、可乐鸡翅、酱牛肉……啊，不，就是素炒茄子，也比眼前这盘唐僧吃的玩意儿要强啊。

"阿澍，咱们要吃多久食堂的饭菜？给个数。"侯骏岐戳着米饭问。

张澍一抬眼皮，眼神有点儿无语："不是说了？吃到我姐结婚。当时你不是挺支持？恨不得你才是她弟弟，这就反悔了？"

"那哪儿能啊，为了苏瑾姐的幸福，奋斗不止。"侯骏岐猛地扒了几口饭，又颓然停下，"那咱们能来早点儿吗？这吃的什么玩意儿啊……"

张澍说："来早了人家能两块钱卖给你？"

侯骏岐说："咱们也不缺钱不是，你不是刚卖了你的错题本？"

这个挣钱的门道侯骏岐真是服了，张澍把他的笔记卖给北门文具店老板，老板复印卖给学校的学弟学妹，双赢。

张澍说："那点儿钱你觉得能花很久？"

侯骏岐说:"我借你钱哪!"

话刚说出口他就后悔了,这本就不是钱的事,张澍这次是铁了心要争口气,向张苏瑾证明他有独立的能力,让张苏瑾放心地去过自己的人生。

更何况侯骏岐是知道张澍的,攒了两年钱,几千块也有了。为了早日独立他没少摸索挣钱的门道,光是在网上倒腾电子产品和游戏账号就挣了不少,他的脑子是真灵,只是抠。

"对自己好点儿不成吗?你不这么抠陈梦瑶早就……"侯骏岐敢怒不敢言,嘀咕道。

张澍抬头,往椅背上一靠,看着侯骏岐:"关她什么事?别人没脑子,你跟我天天在一块儿,你也没脑子?你可以不跟着我。"

见他不像开玩笑,侯骏岐刚想重新拿起筷子的动作顿住:"张澍,你什么意思,我是那种意思吗?"

张澍说:"没什么意思,这是我的事,你没必要管。"

侯骏岐胸腔里的一股气一下子冲上脑门儿,气得头都歪了:"说这种话有意思吗?这样还做什么兄弟?"

张澍还是那副懒散的表情,侯骏岐"蹭"的一下站起来,一把扔了筷子,扭头就走。

一直走到食堂门口也没听见身后的人叫他,他挠挠头,还是回了头。

而张澍只是埋头吃饭,连个目送都没有,好似好友的拂袖离席在他心里掀不起半点儿波澜。

侯骏岐愤然转身,大步离去。

走在路上他越想越气,出了北门就拦了辆出租车一个人去下馆子。

要说他和张澍还是"不打不相识"的。

刚上高一的时候,张澍还不是学霸,但也没有他那么差。

他们都不爱学习,但张澍的排名能稳定在班级第十五到二十名左右,侯骏岐一直是倒数名次。

他刚开始不喜欢张澍,觉得这家伙又跩(嚣张、傲慢之意)又酷。

最气的是人家没做什么跩事,也没说什么跩话,一举一动就酷得没边儿。

这人本该让女生争先恐后，让男生"王不见王"，但奇了，男生也整天在他桌边凑堆儿，一堆人还在背后吹他的牛皮。

侯骏岐是从篮球队出来的，从小也算"孩子王"，哪里见过这样在男生、女生中间都受欢迎的。

二人第一次打交道是在篮球班级联赛。别的不说，张澍球打得不错，就是太"文明"，他们都没法儿配合到一起去。"人善被人欺"，对面显然就是街头打法，频繁"耍花枪"犯规，那裁判还吹"黑哨"，侯骏岐没忍住推了裁判一把被罚下场，（六）班失去主力，痛失冠军。

当晚，侯骏岐到那裁判班里堵人，被告知人家去上网逍遥了，他便脚底生风地往网吧去，扭脖子、掰手腕，活动筋骨准备大干一场。没想到他到网吧时看到了张澍，还目睹了一场一对三的好戏——张澍正在与那个裁判"格斗"，没动胳膊动腿，用的是键盘和鼠标。

屏幕上几个小人儿打得火热，屏幕外张澍飞快地跳动手指，跟无影手似的。张澍一个人对上三个高二的学生竟然也没落下风，最后让他赢的不是招式，是脑子。

那三个人只知道一窝蜂地拳打脚踢，张澍巧妙地利用游戏地图，操纵格斗士躲避，趁对手分开搜寻时闪现出来背刺一刀，对手还未看清他是怎么下手的，屏幕已经黑掉。

——Game over（游戏结束）！

"再来！"那裁判不服。

张澍很好说话："行，游戏你来挑。"

"要比就比篮球，让你输也输个明白！"侯骏岐站在一边出声，同时自己也开了台电脑。

二对二篮球游戏，街头模式。

侯骏岐完全是"复仇"式的打法，横冲直撞，键盘敲得"噼啪"响。张澍显得冷静许多，完全走配合的路线，两个人第一次合作竟意外地合拍。

侯骏岐操作球员做了一个漂亮的跨步上篮的动作结束了游戏，而后扭头冲那个裁判说："就你还当裁判，你也配打球？"

那个裁判摔了鼠标，骂骂咧咧地起身准备离开，却被张澍叫住。

"道歉。"张澍说。

一声不情不愿的"对不起"听得侯骏岐无比舒爽。

事后,两个人坐在网吧后门喝汽水。侯骏岐说:"真是便宜他了,这种人就该吃我几个拳头。"

张澍瞥他一眼:"然后呢?你想背处分还是进局子?有意义吗?"

侯骏岐一时语塞,嘴上却不示弱:"我的事我自己解决,犯不着你多事。"

张澍笑了笑:"自作多情。"

话是这么说,他却碰了碰侯骏岐的汽水罐子,然后仰头闷了一整罐,晃了晃罐子冲侯骏岐笑。

侯骏岐跟被他蛊惑了似的,当时心里只有一个想法:这小子确实帅啊。

然后他也一口闷了汽水。

像"桃园结义"一般,两个人就此成了兄弟。

张澍是个可怜人,他无父无母。

他父亲在工地中暑猝死,还上了报纸,工头、开发商天天上他家斡旋;他母亲怀着他的时候就郁郁寡欢,生下他那天就死了,大他十八岁的姐姐把他拉扯大。

他姐姐张苏瑾原本是个歌手,出过几首歌,虽说没什么水花,但她年纪轻轻还非常漂亮,熬下去有的是前程。

可为了抚养张澍,张苏瑾放弃了音乐梦,从东洲回到南理,在老家镇上卖早点养家。她手艺好、人漂亮,生意还算红火,但也因为漂亮没少惹上一些欺男霸女的主儿,所以张澍从小就厉害,也不知道是挨了多少揍练出来的。

张苏瑾攒了些钱,张澍上初三那年,她来到南理附中北门开了家快餐店。

张澍原本"混混"似的过日子,就为这个才考的附中,难为他初三下半年从"镇中"的倒数排名考到了全市第八百来名。

要说孟母三迁感天动地,他姐也差不离了。

快餐店因为饭菜可口,一传十,十传百,张苏瑾就做起了老客带新客的"午托"生意。

她三十五岁了,没成家,连恋爱都没谈过,对外只是一直说没有合适的人。

但张澍知道,这都是因为他。

他希望张苏瑾能有自己的幸福,能过自己的人生。

开学前一周,张澍看到了追求张苏瑾的男人,他和张苏瑾拥吻,向她求婚,她却推开了他。

那男人看着文质彬彬,眼神里都是爱意,言谈举止很尊重张苏瑾,理解她的顾虑,愿意一起照顾她的弟弟,甚至愿意等她。

张澍还看见了停在两个人身旁的豪车。

经济条件、个人条件、性格涵养都无可指摘的一个人。

张苏瑾分明也吻得难舍难分,可她拒绝了这份姻缘。

张澍在那天晚上和张苏瑾吵了一架,张澍发誓绝不再吃她一口饭,这就要和她分家,劝她早日打消做"扶弟魔"的念头。

侯骏岐也在张苏瑾的"午托",张苏瑾只收他一半钱,他还经常因为张澍的关系吃"小灶"。

他不是胡说,在他心里,张苏瑾也是他姐姐。

张澍这个人不好定义,不是"框子"里的人。说是学霸,走出校门比谁都野,谁敢惹他试试;说是"混混",人家脑子好使得很,想考第一名就真的考个第一名回来。

侯骏岐心疼张澍,也佩服张澍。张澍好像没有什么做不成的,有也只是基础和时间问题。有张澍这种人和自己交朋友,他感到挺荣幸的。但有时候他也会矫情地想,他和张澍也就是玩能玩到一起,精神世界不是一个层次的。

所以张澍今天的话,让他觉得自己那点儿心思被戳破了,没劲透了,整天跟在人家后边跟条哈巴狗似的,分班也求父亲找关系让他们分到一个班,可人家好像也并不怎么在意他跟不跟。

可他又想,张澍不一直是那个碎嘴的样子? 嘴毒得要命,指不定就是说说而已。

他又有点儿后悔当时忽然翻脸。

有点儿幼稚。

张澍到底有没有把他当朋友啊!

午后的蝉鸣听着"撕心裂肺",对昏昏欲睡的人来说却像催眠曲。

侯骏岐趴在桌上睡得香,哈喇子流了一手臂也毫无察觉,就差没打呼了。

而最尴尬的人是盛夏。她中午刚买了书箱,放在课桌旁边装书,桌面上只放今天课程需要用的书,视野良好,一片整洁。

视野过于良好的后果就是,她现在稍微一低头就会看到侯骏岐整个上身都趴在桌上,衣服上移,露出了写着英文字母的……内裤裤头。

整节课,盛夏在抬头低头间面红耳赤。好不容易熬到下课,她立刻跑出去接水,可她接了水又上了洗手间回来,侯骏岐还在睡。

这会儿是大课间,教室里沸反盈天,干什么的都有,走廊里还有踢毽子的,却丝毫不影响他酣眠。

辛筱禾和杨临宇正在讨论侯骏岐的口水什么时候能把他淹醒,两个人"嘿嘿"地偷笑着,显然也都看见了侯骏岐的裤头。

辛筱禾一点儿反应都没有,盛夏也就不好意思提了。她坐在座位上,弯腰从书箱里把刚刚搬下去的书又重新搬回桌面,一本一本堆成了一堵高高的"书墙",挡住这"非礼勿视"的画面。

刚摆好,便看到张澍斜坐着,一条腿踩着椅子横杠,手肘支在大腿上,托腮看着她忙活儿,不知道从什么时候开始看的,那眼神跟看笨蛋无异。

她也不想当把书搬来搬去的笨蛋呀……

他此时戴着眼镜。别人戴黑框显得像"书呆子",他戴着却添了些书香气,不羁的神采被压制了些,有种半斯文、半时髦的聪明劲儿。

四目相对时,他也没有移开视线,甚至,不知道是不是她的错觉,他一边嘴角好像轻扯了一下,嘲笑一般。

盛夏想——若有似无的笑,是不是就指的这种?

她被镜片的反光晃了晃眼。

视线里,他站起身,走到侯骏岐桌边,敲了敲桌面:"小卖部,去不去?"

他声音不大,比教室里其他喧闹声的分贝都低许多,侯骏岐却敏感得跟听到军令似的猛地站起来,迷迷糊糊地说:"去哪儿呀阿澍?小卖部?啊,去,走!"

两个高个子消失在后门。

盛夏的眼前清净了。

第二章
不良学霸？

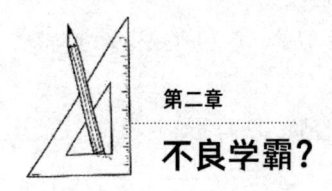

下午放学，盛夏吃过饭还有些时间，就在附近逛文具店。

她喜欢买各种各样的文具。笔芯要零点三八毫米的，除了红蓝黑，莫兰迪色系的笔芯要凑全，笔壳一定要好看；笔记本要每科一本，不能混用；便利贴也要一科一色，如果有喜欢的联名款，省吃俭用也要买。

或许她的气质就是"文具大户"，老板很有眼力见儿地给她拿了个篮子，果然没一会儿就被她装得满满当当。

新开学，还要买新的包装纸做书皮，要一个系列的，还得各有特色。盛夏蹲在包装纸桶边仔细地挑选着。

"哟，张澍，又有好货卖给我？"

老板的声音从门口传来，叫着一个她熟悉的名字。

盛夏下意识地扭头，文具货架的缝隙正对着门口，小小的视野把少年的身形拉得更加修长。

张澍单手抄起袋子背光走来，傍晚炙热的风把他的额发吹得纷飞，发丝上跳跃着晚霞。

他的半边肩膀挂着他那个没什么个性的书包，他从书包里掏出本子递给老板。

视野盲区里她看不到是什么本子，只听见他轻轻地笑了声，而后说："化学和物理的，你看看行不行？"

"你张澍的本子怎么可能不行？数学反正是卖得很好，还是原来那个价吧?看销量,如果第一批复印的都卖完了,再给你加钱。"

"成。"

视野里出现几张百元大钞,盛夏看不出具体数额,大几百块是有的。

少年接过纸钞,用指甲盖儿弹了弹,新钞发出脆响。他低着头,嘴角轻扯,似自嘲地笑了笑,表情不似往常散漫。

也因为这低头的视角,他感知到什么似的,忽然朝盛夏的方向看过来。

盛夏也不知是对危险太敏感还是有了经验,在与他四目相对前已经扭回头。

有文具货架的遮挡,他应该没有看见她吧?

究竟是什么孽缘,她总能撞见他的事?

盛夏虽没怎么和男生接近过,却也知道男生之间的一些"行话"。

以前在二中,校风没那么严谨,有些男生性格"痞气",作风也比较"社会",在教室里就常常出言无状。

他们电脑里那些命名为"化学作业""物理练习""数学试卷""复习指南"的文件夹,从来就不是什么真正的学习资料。

她实在想不出什么学习资料售价大几百块。

除非,他们交易的就是那天他书包里掉出来的那些东西。

这想法一出来,盛夏吓得脊背发凉。他们在复印那种东西卖出去吗?

这是违法的,不,这是犯罪。

心里泛起的恐慌让她脑门儿和耳后都冒起虚汗,而她还没有听到他离开的脚步声。

老板的声音再次钻入耳朵:"怎么,你要买笔吗?挑吧,我送你。"

笔……盛夏背后就是水性笔的货架。

她意识到自己的手在颤抖。

几秒钟过去,少年含笑的声音传来:"不占你的便宜,走了。"

老板说:"跟我还客气!"

"走了。"男生的语调有些轻快。

盛夏听见张澍的脚步声走远,才发觉自己的脚都麻了。她没了挑选的兴致,随便拿了几卷还算看得过去的习题去结账。

老板正把那本东西往收银台底下藏,然后笑盈盈地给她结账,跟没事人一样。

等她到了教室,发现张澍已经在教室里。有个男生在问他题,他拿着笔在草稿纸上演算,然后给那个男生讲题。

那个男生看到盛夏站在后门,觉得自己挡路,很有礼貌地让了让。也是在这时候,张澍抬眼看了她一眼。

是那种被路人打断时下意识地一瞥的眼神,然后他接着讲题。

声音慵懒如旧,姿态闲散如常,没事人一样。

有事的只有她自己。

盛夏满脑子都是"他看见我了""他没看见我吧""他会不会因此记恨我""他会不会找个没有人的地方教训我"此类的想法,仿佛做了亏心事的是她自己。

问问题的男生走了,走道上空了下来。盛夏忽然感觉如芒在背,总觉得他一直有意无意地瞥她。

可她不确定,更不敢扭头去确认,只好通过做手工来转移注意力。

她对照课本尺寸裁剪好包装纸,给自己的每一本书都换上了封皮,细致地折叠、捏边,在边缘画上书框,在侧面做了立体书标,写上科目,把书按颜色摆整齐,又在一旁摆上新买的桌面迷你日历和水晶笔筒。

一切完成,她收拾好裁剪出来的废纸,干净的桌面上只剩下风格一致的书和文具,看着令人心情舒畅。

"哇,夏夏,你这书包得也太好了!"辛筱禾刚进教室就感叹。

盛夏很有成就感:"真的吗?"

辛筱禾不吝赞扬:"太漂亮了,大写的羡慕,这就是仙女的书桌吗?"

盛夏很高兴:"你想包吗?我可以帮你弄呀。"

辛筱禾受宠若惊:"真的吗?"

"嗯。"盛夏点头。

辛筱禾的目光闪烁:"我太幸福了吧。"

这时候杨临宇和侯骏岐一前一后地进了教室,杨临宇一如既往地挑事:"这么斯文的东西不适合你,辛筱禾。"

侯骏岐也哈哈笑，拿起一本包着碎花封皮、描着鎏金细边，瞬间变成复古油画的语文书，说道："确实，太淑女，不适合你，老辛。"

"你们住在海边吗，管得那么宽？我喜欢，我就要。"辛筱禾毫不在意他们，目光又投向盛夏那一笔筒的精美水性笔，"夏夏，富婆！艾莎、宝嘉康蒂、爱丽丝、芭芭拉！这配置也太豪华了吧？"

杨临宇说："这一长串是什么玩意儿？"

没人理他。

盛夏有些不好意思了。本来想先挑着，结账的时候再做取舍，后来被吓得六神无主也没想着选，直接结账了，一篮子文具花了三百多块。

她也"肉痛"呢。

"笨鸟先飞嘛。"盛夏转移话题，"最近一定有很多作业吧，我需要一点儿动力。"

辛筱禾说："就奔着这么好的笔，下次你一定不是倒数了！"

盛夏："……"其实可以不提的。

杨临宇"扑哧"笑出声。

侯骏岐说："哈哈哈，辛筱禾你就是个社交天才。"

辛筱禾这才觉得自己的话不太对，连忙挽救，说道："夏夏这是有'方法论'的人，'工欲善其事，必先利其器'嘛！"

一声自鼻息里"嗤"出来的笑从他们右侧传来，很轻，盛夏却听得清晰。

随后，那个从来一副事不关己的模样的人蹬着椅子舒展腰身，忽然插话："意思不就是'差生文具多'？"

辛筱禾："……"

杨临宇："……"

侯骏岐说："哈哈哈，张澍你是社交牛人！"

盛夏："……"

这好像是张澍第一次跟她讲话。

虽说不是对着她说的，只是参与了一下话题讨论，但她心底的"警铃"乍然作响。

他一定是看见她了，他已经开始报复她了。

晚自习的上课铃声在盛夏心里正"兵荒马乱"的时候打响了，她很快就没有了对张澍恐慌的心思，因为有更值得让她恐慌的事。

也不知道什么时候，黑板上写满了密密麻麻的作业。

盛夏终于明白课代表抢手的原因了，可以说，当晚各科的作业量，一半取决于课代表。

任课老师会将当晚的作业要求告诉课代表，课代表可以根据当晚其他科的作业量适当增减本科目作业量。

这是一项有面子的活儿。

辛筱禾说："才刚开学，还不算多。再过一阵，各科步入正轨，黑板上的版面都得靠各科课代表自己抢，要不然都写不下。"

盛夏蒙了，这还不算多？

八月五日，数学：

一、《教材完全解读》P1-P3；

二、《随堂演练》写完今天课程对应的全部习题；

三、上学期期末试卷改错，整理错题集；

四、《倍速训练法》P1-P2；

五、《名师一号》P1-P5；

六、预习课本P10-P22，例题。

光是数学作业她怕是就要写一晚上，还有语文、物理……就连白天并没有课的英语和化学也来凑热闹。

盛夏说："这……这怎么写得完哪？"

没想到她用来搪塞激情购物的理由转眼就成真。

张澍低头做题，头也没抬，说了句："用小魔仙的水晶笔写完。"

盛夏："？"

他今天怎么一直插话？他一定是看见她了。

辛筱禾拉开盛夏，气呼呼地反驳："什么小魔仙？是公主好不好。"

张澍抬头，推了推眼镜，一副无所谓的样子："嗯，如果你觉得有区别的话。"

"大佬"对峙，盛夏选择"沉默是金"。

辛筱禾拍了拍她的肩："不用担心，几乎没有人能写完作业，放平心态不要焦虑。"

盛夏心存侥幸："几乎吗？"

"是呀。"辛筱禾抬了抬下巴，用很不服气但又不得不承认的眼神，示意她看向右方，"那家伙能写完。"

他上课时就已经在写课后练习题，老师讲到关键的时候他认真听，节奏慢的时候就自己做题。这一心二用的本事不是每个人都能做到的，学也学不来。

盛夏问："老师不检查吗？"

辛筱禾摊开手掌："哪有那么多精力检查呀？做作业又不是为了老师。自己觉得今天哪科没学好，就多做哪科。他们布置他们的作业，只是提供一个巩固练习的思路，还得自己判断自己需要加强什么。晚自习嘛，不让上课就是为了给你机会自我吸收知识。"

这与盛夏的认知大相径庭，她以为附中的老师都会非常严厉，会紧紧地跟在学生屁股后面赶，原来竟是这种"半自学"模式。

如果从高一就是这样的学习模式，对于学生来说，是一种自我了解和自我进步的过程。

收获的是"渔"，而不是"鱼"。

这种自主学习能力一旦培养起来，影响无疑是终生的，尤其上了大学以后，与同龄人之间会拉开巨大的差距。

而眼下，盛夏就是那个被拉开差距的"同龄人"。

接受了十几年"打一巴掌走一步"式的教育，忽然转变到"自主学习"，她只剩茫然。

她对着满黑板的作业愣怔良久，不知道从何入手，分不清哪些作业重要，哪些作业次要。为了不打击自己的学习积极性，她先从擅长的语文和英语入手，可是复习一下文言文，抄写一些作文素材，再背几个单词，一节晚自习就过去了，第二节基本上也只能完成数学一半的习题。

最后她背着剩下的作业回家挑灯夜战。

王莲华给她弄了杯热牛奶，没多说话，到了十一点半见书桌前仍点着灯，才提醒她该睡了。

睡前，盛夏看了一眼手机，微信对话框里安静如昨，盛书记并未回消息，但给她打过一个电话，她自然是没接到。

她正打算放下手机关灯，忽然想起什么，又点开了手机浏览器。

接下来的一周，盛夏都在适应新学校，不断刷新自己对附中的认知。

学校整体管理很"松"：非教学时间没有门禁，住校生也能自由进出；学生平时可以带手机甚至电脑；学校允许学生社团发展并给予经费支持，还会举办"五四盛典"会演活动给各大社团展示的机会。话剧社、动漫社、文学社都小有名气，只是规定高三时必须退社，辛筱禾就刚从动漫社退下来，还听说张澍在音乐社里待过。

最神奇的是，月考、期中考这类考试都没有严格的闭卷和监考，只把两列座位挪到走廊，其余座位拉开距离，桌上的书也不用清空，就直接这么考试。作弊可以实现，但大家都知道考试是用来发现问题的，因此作弊会被鄙视，基本没有人费这个劲儿来自欺欺人，反正到了期末考试总会现形。

就比如侯骏岐，他曾经为了得到他父亲一千块钱的奖励，考试时又是抄张澍又是查手机的，考了班里第十五名。但除了他自己，没有人承认他的这个成绩，第十五名以后的人说到自己的成绩，都会自动往前说一名。

侯骏岐自己都说，那阵子他就像个"活死人"，没劲。

谁还不知道谁几斤几两了？

每天晚上，盛夏都会把做不完的作业背回家，熬到困顿也还是做不完。

而这在王莲华眼中就变成她终于"开窍"了，附中果真是个厉害的学校，那么快就让她满是干劲。

她要怎么说？她不想当文具多的差生。

补课期间的周末，学校放一天假，盛明丰终于从百忙之中抽空来接三个女儿吃饭。

盛夏没有想到，邹卫平也在。

"叫人。"盛明丰说。

郑冬柠不爱说话，谁也没指望她能冒出半个字。

吴秋璇是个脾气大的，瞪了邹卫平一眼，径直坐到包厢最里侧。

王莲华总说三个女儿里吴秋璇最像她，所以盛明丰不疼爱吴秋璇；而盛夏最像盛明丰，所以盛明丰喜欢她。

"邹阿姨。"盛夏轻轻地颔首。

邹卫平眉眼温柔，笑着说道："快坐吧，你爸点了很多你们爱吃的。"

菜刚上齐，盛明丰第一句便是对着吴秋璇劝说："你都上初三了，还这么个脾气，以后上高中住校有你好受的！"

吴秋璇满不在意："去附中读书就不用住校。"

盛明丰冷哼一声："你那个成绩还想上附中？除非这一年真能'头悬梁，锥刺股'！"

"你不是能给我弄进附中吗，我考它做什么？"

听到这话，不仅是盛明丰，就连邹卫平也是脸色大变。

"谁教你的？"盛明丰的声音都变得沉了，"啊？你妈教你的？"

吴秋璇最听不得盛明丰在邹卫平的面前数落自己的母亲，猛地站起来："少污蔑我妈！"

邹卫平拍拍盛明丰，又来到吴秋璇身边，搂着她的肩轻声地劝慰："阿璇，你爸不是这个意思，他是真的很关心你们，他今天本来还要下区里去……"

"你少做好人！"吴秋璇并不领情，扭着肩膀甩开邹卫平的手，讥讽地说，"真的关心我们，干吗带你来？"

邹卫平的手悬在半空，神色尴尬。

"吴秋璇！"盛明丰眼看着就要拍桌而起，盛夏冰凉的手覆在他紧握成拳的手上："爸……"

她又拽了拽吴秋璇的手："阿璇……"

吴秋璇低头："姐！"

盛夏轻轻地摇头，示意她不要乱来。在家里，只有盛夏的话吴秋璇能听进去几句，现下吴秋璇压了压脾气，才愤愤地坐下。

邹卫平也回到自己的位子上。

盛夏转移话题："爸爸，下个月就是柠柠的生日了，她每年都最期待你的礼物,今年你打算送什么呀?"

盛明丰怎么能不知道盛夏的用意?他换了亲和的语气扭头问:"柠柠想要什么,爸爸都买给你!"

郑冬柠抿着嘴,只是眼巴巴地看着盛明丰,还是不说话。

盛明丰知道问不出什么,转而问邹卫平:"你觉得呢?今年咱们送什么好?柠柠九岁了,是大孩子了。"

"嗯……"邹卫平托腮道,"那真得好好想想。"

"十岁。"郑冬柠稚嫩的声音传来,满座寂然。

盛夏也惊异地看过去。

王莲华说,柠柠近期的情况又差了许多,大概有大半个月没说过一句话了。

郑冬柠胖乎乎的嘴唇动了动,再次强调:"我十岁了。"

吴秋璇埋头喝着汤,听到这话,轻"嗤"一声,嘀咕:"这都能记错?也是无语。"

嘲讽的语气在寂静的包厢里尤其刺耳。

这下连盛夏也低下头,下意识地叹了口气。

盛明丰难得地愣了愣,纵横官场的男人被小女儿堵得一句话也说不出口。

邹卫平打圆场说:"十岁是整岁,礼物可得好好想。你就不要问柠柠了,自己去挑才更见心意。"

"一定亲自去挑。"盛明丰回应。

这样的开场注定了后面的气氛不会太好,话题都只围绕着比较"安全"的人——盛夏。

基本上是盛明丰提问,盛夏回答。

"附中真是不一样。"盛明丰下论断,"好好学,有什么需要跟我说,跟你阿姨说也一样,也别把自己逼得太紧了,别听你妈整天叨叨。青春期嘛,快乐学习最重要。"

邹卫平接话:"是啊,夏夏。现在家里最大的事就是你高考,还有阿璇中考,有什么需要就给我打电话。"

吴秋璇轻嘲:"呵!"

盛明丰睨了她一眼，也不知道是无奈还是无语，懒得再批评她，只对盛夏说："给你的手机，你怎么都不用？电话总是打不通。"

盛夏想说自己用不着那么高级的手机，可看到盛明丰满眼期待的样子，又把话吞了回去，点头说道："之前以为附中不让带，以后我带着。"

盛明丰满意地点头："多主动汇报汇报生活和学习情况。"

"好。"

饭后李哥把她们送回家，下车时递过来三个大大的购物袋，看商标是服装品牌。

一人一份，里面是连衣裙，布料精致，看着价格不菲。

吴秋璇问："我爸给的？"

李哥点点头。

"是那个女人买的吧？我就不信我爸能逛商场给我们买衣服。"

李哥挠挠头。

吴秋璇扬起嘴角："不要白不要。"

三个人提着购物袋回了家，王莲华今天值班不在家。

吴秋璇试了试新裙子，还帮郑冬柠也换上了，尺码都合适。

她们跑到盛夏的房间，只见盛夏把新衣服叠好放进衣柜里，转而到书桌旁准备看书。

"姐，你不试试吗？"

盛夏回头，淡淡地说："看尺码是合适的，就不试了，还有作业要做。"

吴秋璇带着妹妹走了，不再打扰盛夏。

她低头看了看自己的裙子，这不是那个女人第一次给她们买衣服，仔细想想，姐姐好像从来没穿过这些衣服。

盛夏很少穿裙子，因为王莲华给她们买衣服向来只买运动服。

她像吴秋璇年纪这么大的时候，刚对"美"有概念，偶尔也会羡慕同学的漂亮裙子，而运动服宽宽大大，来来回回就那些款式，乏善可陈。

有一回暑假，她去盛明丰那儿住了几天，回来的时候穿着盛明丰给她买的裙子。

那时候盛明丰还没有现在这么忙,每次她考完试都会带她去海洋馆或游乐园,给她买王莲华不让她吃的零食,带她玩王莲华不让女孩子玩的游戏,买王莲华不让她穿的裙子。

盛夏童年时的"快乐"没有掺杂那么多情感和三观。她为数不多的快乐记忆,都来自与盛明丰短暂相聚的日子。

那条裙子的款式并不出挑,长度也"保守",只露出半截儿小腿,可不知道是不是盛夏的错觉,沿途有许多人回头看她。

她进电梯时碰到对门的邻居,一同进出,到了楼层,各自进门。

可就在关门时,邻居回头有意无意地上下打量了盛夏一眼。

就一眼,眼神没有恶意,但盛夏感觉浑身不自在。

屋里的王莲华显然也看到了这一幕,"呵"了一声,淡淡地说:"出去住几天,学会打扮了?在我这儿也是太委屈你了。"

盛夏闷在被子里哭了一夜。

半夜,王莲华掀开被子给她擦眼泪,她不知道怎样面对母亲,只好装睡。

王莲华叹气的声音重得像闷雷。她坐在盛夏床边喃喃自语,诉说着她这些年的辛酸苦楚,哽咽着对女儿道歉:"你们不知道,青春期半大的小姑娘多'招人',妈不是不想你们打扮得漂漂亮亮,只是咱们家里没有男人……"

她们四个女人住在一起,家中没有男性,没有足够让人忌惮的力量。王莲华再谨小慎微,保护她们的方式也显得那么无力。

盛夏缓缓地坐起来,握住王莲华的手,王莲华回抱住她,母女俩哭成一团。

星期一早读前的第一件事情是挪座位。

每周一挪,往右挪一列,往后挪一排。最右那列单独挪到教室最左边去,最后那排单独挪到教室最前边来。

盛夏变成了单独那列的第一桌,正对着教室前门。她和辛筱禾分开了,但只隔着一个走道。卢圉泽原先是第一桌,现在坐在辛筱禾后边,盛夏的左后方。张澍挪到了第一组第一列的第一桌,教室最北边。

盛夏在教室最南边，终于感觉自在了许多。捏着别人"把柄"的日子居然过得这么胆战心惊。

可想到下周再挪，她就和张澍同桌了，她又开始忐忑不安起来，只希望这一周能过得久一些。

坐门边第一桌并不好受，一到下课人来人往。学生们一个个青春洋溢、走路带风，光是体味盛夏就闻到好几种。尤其在午后，一个个汗流浃背、臭气熏天，路过就掀起一阵风，味道让人头晕。

有些男生还喜欢进门时跳起来，抓一抓门框做扣篮的假动作，落地的那一蹬经常把盛夏吓一跳。还有一些女生路过时，很友好地跟她这位新同学打招呼，她有点儿应付不过来。

所以一到下课，她不是去接水，就是去上洗手间。

大课间就没辙了，时间太长，她也不喜欢一直在外边晃悠，只好埋头做题。

"盛夏，来附中感觉还习惯吗？"卢圉泽隔着走道和她聊天儿。

盛夏说："还挺好的，就是上课节奏有点儿快，作业做不完。"

卢圉泽安慰道："作业布置只是参考，不是一定要完成的，别太紧张。"

"嗯。"

按座位，卢圉泽上学期期末考应该是第十五六名左右，盛夏想知道排在这个名次大概要什么水平，自己能不能够一够，便问："你呢，作业能完成多少呀，可以写完吗？"

卢圉泽顿了顿，没直接回答，只是说："能做完作业的只是少数。"

盛夏不擅长追问，抿着嘴点点头。

桌前又是一阵风刮过，盛夏的鼻腔内钻入一股清爽的味道，像是阳光下暴晒的青草气息。

一道声音传来："做完作业的不是少数，是张澍。"

音色低沉，语气却张扬。

盛夏扭头，张澍和侯骏岐一前一后地从外边走进来。侯骏岐笑得前仰后合："哈哈哈，牛！"

说话的是张澍，他手里拿着罐汽水，步履不停地穿过讲台往他的座位走,边走边回头看一眼盛夏这边,准确地说,是瞥了一眼卢圉泽。

用轻慢的、挑衅的、目中无人的眼神。

押着韵夸自己,多狂的一个人哪。

卢圉泽没有跟他对峙的意思,脸上有些许隐忍和尴尬。

盛夏见此情形,转身回去做题,远离"火光四射"的"情敌PK"现场。

星期五的晚自习是王潍带班,他带班有个习惯,会找几个人谈心,名为"知心哥哥时间"。盛夏乍一听这个说法,忍不住抿嘴笑了。

别看王潍一副老派作风,长相也"着急"了些,年纪竟才三十岁出头,光棍儿一个。他自己说了:"科学规定对比自己大十六岁以上的人才能称呼'叔叔、阿姨',我这还没到三十五岁呢,就得叫我'哥'。"

至于是哪门子"科学"规定的,不得而知。

作为插班生,盛夏成了王潍本学期的第一个谈话对象。

开场白都是"习惯不习惯""有什么困难"之类的话,盛夏话不多,只说一切都好。

王潍切入主题:"你妈妈说你的物理和化学基础不太好,最近上课感觉吃力吗?"

盛夏老实地点头,补充说:"数学也不太跟得上。"

王潍说:"你的语文和英语成绩都不错,文科成绩应该都不错吧,当时为什么没选文科?"

当时是王莲华替她做的决定。学理科报大学时能报的专业多,也好就业,在王莲华的刻板印象里,只有学不好理科的人是迫于无奈、脑子不聪明才学文科,而王莲华自己就是文科生。

"家里的意见。"

王潍对这个答案并不感到惊讶,乖成这样的孩子没多少自主选择的权利:"老师只是了解一下情况,现在你已经选了理科,那就好好学,一年的时间说长不长,说短也不短,能改变很多事情,事在人为。"

盛夏点点头:"嗯,谢谢老师。"

"谢什么?"王潍被这姑娘乖乖的模样逗笑了,"下周换位子,你就和张澍同桌了。张澍同学的学习能力很强,你要多观察、多学习、多请教。"

盛夏还是轻轻地点头,心里想的却是:这一周竟然过得这样快,该来的还是要来。

不知道张澍脑子这么好,记忆力怎么样,会不会记仇?

王潍却把她犹犹豫豫的表情看成了别的意思,笑着说道:"他看着不热情,同学们问他问题倒是知无不言,这个你放心。"

"嗯。"

"好,那你先进去吧,把张澍给我叫过来。"

张澍正和站在窗外的韩笑说话。

韩笑是张澍的初中同学,整个三十五中就三个人考上附中——张澍、韩笑、陈梦瑶。

这已经是三十五中中考成绩最好的一年,往年有一个考上附中的就算"阿弥陀佛"了。

陈梦瑶是艺术生,张澍则是一匹黑马,他们中榜都算意料之外。

只有韩笑,从初一就是年级第一名,考附中是众望所归,最后被张澍这匹黑马反超,他挺愤愤然的。可他那点儿成绩进了附中就泯然众人了,落差太大搞得他一蹶不振。

他也不知道是怎么想的,找张澍这位老同学聊了聊,聊着聊着就成了张澍的"迷弟",成天黏着张澍。他课间和晚自习经常跑来张澍班里,一待就是半节课,几乎每个教(六)班的老师都撵过他,(六)班的人也都认识他。后来学校把文科班调到一个楼层,他跟(六)班距离远了,来的频率就低了许多。

这会儿他又来了,可(六)班的众人已经见怪不怪。

附中的教室南北两面都有走廊,北边这条走廊宽仅一米,平日不走人,只用来做"卫生角",韩笑这会儿就蹲在窗边,还拿了拖把挡着做掩护。

"澍哥,你生日那天怎么安排啊?"韩笑问。

张澍说:"没安排。"

韩笑坚持:"这怎么行?这可是十七'大寿',迈入成年!"

张澍向来不喜欢过生日,谁不知道他母亲是为了生他而死的?

"没钱,没心思。"张澍应付道。

"侯哥都跟我们说了,你最近手头紧,哪能让你花钱?"韩笑苦口婆心道,"周应翔他们说上 Milk 餐厅给你摆生日宴。"

周应翔一个超级"拆二代""土财主",在三十五中那会儿就特爱巴结张澍,也不知道图什么。听说这学期花钱上了附中的"英杰部",没想到这么快就搭上韩笑了,还摆生日宴? Milk 餐厅一晚上消费怎么也得好几千块,人一多,"哗哗"地"烧钱",花上万块也是常态,没几个学生消费得起,最多蹭个卡。

不是张澍自恋,他都快怀疑自己在男生、女生中间都受欢迎了。

张澍一句"有病"咽了下去,礼貌地回复:"摆什么?年纪轻轻就吃席啊?"

韩笑:"……"澍哥不长这张嘴的话该多好。

"就一块儿乐和乐和。"

韩笑抛出撒手锏:"周应翔说一定给你约到陈梦瑶,让她给你庆生。"

盛夏应下王潍的吩咐,刚进教室就看到张澍对着窗外的拖把头自言自语,听不清说的什么。

走近了只听见他对拖把说:"滚。"

然后拖把动了动,倒下了。

窗外夜风浮动,什么也没有。

盛夏:"……"

张澍"砰"的一声把窗户关上,刚转过身就看到女孩儿站在离他一米开外的位置,神情惊恐地看着他。

张澍头一歪,回视她,表情像在说——您有事吗?

"张数……老师叫你。"盛夏读懂了他的表情,扔下一句话,也没等他回答,扭头就走了。

张澍。

这两个字的读音都偏"刚硬",没想到能有人把它念得这么"婉转"。

后座的男生搓了搓手臂,捏着嗓子学:"张……澍……咦,新同学也太……"

——软和。

张澍脑海里冒出这么个形容词。

他出去的时候不经意地瞥了一眼门边的座位,女孩儿好像埋头在做题,草稿纸上却都是"鬼画符",看得出心不在焉。

她的大脑到底是什么构造?每次都在瑟瑟发抖地怕些什么?

王潍找他,来来回回就那点儿内容,他门儿清。

"冲刺状元""心态要稳""收点儿心""别膨胀"此类的话反复出现,张澍倒背如流。

"你什么表情?千万别嫌我啰唆,道理就是道理,反复说才能铭记于心,这种关键的时候片刻也松懈不得,换成别人我会去跟他啰唆,去浪费口舌吗?街头随便……"

"街头随便一个人我会拉着他啰唆吗?不要身在福中不知福!"张澍打断王潍,把他的话圆满接上。

王潍:"……"

教室里的人听到"啪"的一声,就见王潍把一本化学练习册拍在张澍的背上:"你这小子!"

(六)班的众人习以为常,瞥了一眼就干自己的事情去了,懒得围观。

"没别的事我学习去了。"张澍说着已经转身。

"站住!"

张澍回头:"作业很多呀,老王。"

王潍也不介意他这么称呼自己,招招手:"回来!"

张澍很不耐烦地看着王潍,他向前走两步,搂着张澍的肩膀。二人背对着教室,他侧身向着张澍,说到激昂处,脑袋上的几根毛都跟着震颤,那样子要多苦口婆心,就有多苦口婆心。

"你别的科目我都不担心,就语文成绩始终不算高,要不是其他科目拉开了差距,你这语文成绩绝对是拖后腿,怎么也得稳定在 125 分以上啊,如果语文能有个 130 分,甚至冲一冲 135 分,状元没跑儿,你明白吗?"

张澍说:"非得当状元干吗?分数而已,够用不就行了?"

王潍一脸不可置信:"而已?你知道多少人的期望寄托在你身上吗?这是你一个人的事吗?"

"不是吗?"

王潍快气死了,使劲地深呼吸:"你就能保证其他科目在考场上一点儿差池都不出?你现在再往数理化去冲成绩,提升空间已经不大了,再厉害你能考 151 分?语文虽然说重在积累,一时半会儿确实不好提高,但是付老师说你的作文可以冲一冲成绩,你就是重视程度不够。"

张澍说:"这难道不是天赋的问题?"

"当然不是了,都是学科,也都是科学,当然是有办法提高的。以你的学习能力,没问题!"王潍终于得到回应,说得更起劲儿了,"咱们班新同学,盛夏,她的作文非常好,付老师说她高一就拿了'梧桐树作文大赛'的一等奖,这要是放在以前是能直接保送河清大学的程度,现在没这个政策了,但是人家水平在那儿。你要用好'近水楼台',知道吧?"

张澍嗤笑一声:"老王,你不如去搞婚介所。"

好一个"近水楼台"。

(六)班的众人见张澍被王潍追着"打"进了教室,留王潍一个人叉腰在走廊生气。

周末,盛夏终于能应闺密陶之芝的约,在一方书店见面。

上高三以前,盛夏和陶之芝几乎每周都要去书店。盛夏看书,陶之芝看漫画。她们办了书店年卡,中午在店里吃点儿简餐,再点杯咖啡就能待上一整天。

"桃子,以后我可能没有这么舒服的日子了。"盛夏抿一口咖啡,"附中的作业多得令人绝望,呜呜。"

陶之芝撇撇嘴:"呜呜,都一样,世界上怎么会有'高三生'这种苦命的生物。"

盛夏点头赞同,姐妹俩都神情哀怨。

陶之芝自然要关心盛夏转学后的生活:"附中怎么样啊?"

盛夏把奇怪的教室布局、神奇的座位安排方式一一说给陶之芝听。

"什么?第一名?你要和第一名做同桌,那个张澍?他在你们班啊!

你们班牛啊！"陶之芝在听到盛夏下周换位的事之后，圆目微瞪，惊讶地说道。

盛夏疑惑："你认识他？"陶之芝小学和初中都和她同班，高中去了一中，怎么会认识张澍？

陶之芝摇摇头，又点点头："单方面认识，谁不认识他啊？联考那个分数，吓人。"

盛夏就不认识。在她这儿，第一名就叫"第一名"，对于与自己无关的人，她不会想着要去记住其他的信息。

"帅吗？"陶之芝伏在桌面上低声问，眼神贼兮兮的，"听说长得像学渣，又跩又帅，是个大帅哥？"

"啊？"盛夏有点儿反应不过来这话题的跳跃度，"有吗？"

"不是吗？"陶之芝有点儿失望，"可能就是刻板印象，觉得成绩好的人就应该长得丑，所以稍微看得过去的人就算帅了吧。搞得我一直想去附中看看呢，哈哈哈……"

张数帅吗？盛夏低下头去思考。应该没有人能昧着良心说出否定答案，这也不是什么值得讨论的话题，揭过去就揭过去了，她没再多做解释。

星期一早读按惯例换座位，盛夏这列换座是最麻烦的，要先把桌子挪到走廊去，给教室腾出地方来往右边挪，最后空出最左侧一列，他们再搬到最里面去。

其间需要经过讲台，有一级台阶，男生把桌子一扛就过去了，女生就只能互相搭把手。

盛夏有点儿为难，她只和辛筱禾熟悉些，要开口也只能向辛筱禾开口，但辛筱禾今天整个人都很蔫巴，热水瓶一直放在小腹处滚动。同是女生，她自然知道辛筱禾今天日子特殊。

辛筱禾的桌子都是杨临宇给她挪的。

盛夏抿抿嘴思索着。

如果抽屉里的东西都掏出来，桌子就变得轻很多，她一个人应该也能提起来，慢慢地走应该没问题。

她开始行动，抽屉里东西多，光笔记本就一本接一本，还有水杯和胶带之类的零碎物件。

她正蹲在地上掏着，就听见"咣咣"两声敲击桌面的声音，她闻声抬头。

少年高高地立在她桌前，逆着光居高临下地看着她，神情有些许不耐烦，有些许无语，眼神是上次看笨蛋的那种眼神的升级版。

"别掏了，放回去我给你搬。"他淡淡地开口。

"什么……"盛夏蒙了，他们不熟呀？

张澍催促："快点儿。"

"哦……"盛夏下意识地听话，把笔记本又塞回抽屉里。

盛夏刚放好，还没站起来，桌子就被张澍一把提起。他三两步跨上讲台往教室最里走，因为使了劲儿，他的小臂肌肉绷紧，线条看着很有力量感，修长漂亮的手抓着桌沿儿，指肚泛白，指节分明……

盛夏匆忙移开目光，弯腰推自己的书箱。书箱有轮子，推到台阶边毫不费力。她正准备抬上台阶，面前又覆上一层阴影，烈阳暴晒过的青草气息侵入鼻腔。转眼，书箱已经被那双指节分明的手轻松地提起……

张澍提着她的书箱到了座位边，发现没地方放。

她之前的座位附近都有走道，现在左边靠窗，右边是他。

"放哪儿？"张澍回头问。

盛夏站在讲台边，左右望，她也忽略了这个问题——放哪儿呀？

张澍一看她一脸蒙的样子就满头"黑线"，只好帮她拿定主意："放中间。"

他把书箱放在他们的椅子之间。

盛夏有些不好意思："占用你的空间了……"

张澍笑了声："那要不然呢？"

盛夏说："对不……"

"公主，东西多点儿可以理解。"张澍打断她。

盛夏："……"

身旁传来隐约的窃笑声，盛夏这才注意到，换座位时人群熙熙攘攘的教室不知什么时候已经秩序井然。除了她这一列的人，其他人几乎都已经整理好了，有些已经拿出英语书准备做听力，所以几乎全班都从容地看着讲台边的他们。

她不可避免地因为这些注目而红了耳郭。

辛筱禾已经调整好座位，正准备叫上杨临宇去给盛夏帮忙，却见走廊没了盛夏的身影，转头就看见这么一幕——女孩儿亭亭地站在讲台边，面露羞赧和歉意；少年虚叉着胯，立在座位旁。因为一级台阶的高度差，两个人看起来几乎一样高，他平视她，表情无奈。两个人的侧颜都无可挑剔。

他们背后窗明几净，香樟繁茂，朝阳灿烂。

像一幅夏日青春电影宣传海报。

杨临宇在辛筱禾前边笑嘻嘻地问："哎，你觉不觉得他们站在一块儿挺配的？"

辛筱禾瞪了他一眼，觉得还不够有力，又站起来拍了一下他的脑袋："张澍吗？他不配！仙女独自美丽。"

杨临宇疼得要死："你少打我的头，我考不上大学你得负责！"

"那打脸？"

杨临宇："……"

侯骏岐磨磨蹭蹭，姗姗来迟，从后门最后一桌搬到了盛夏前面。他在背后看他家阿澍"直播"乐于助人，笑得那叫一个兴味盎然："阿澍，挺绅士啊？"

盛夏不想再被围观，回到自己的座位，低头整理东西。

她身边的椅子被少年往后一拉，少年优哉游哉地坐下，说道："金贵的楼台，不得供着。"

侯骏岐没听懂："什么？"

张澍没理他，盛夏也没听懂，她也不是很想听懂。

他们两个人，不一直都奇奇怪怪的吗？

盛夏上高中后第一次和男生同桌，之前在二中，班里也有男女混坐，大伙儿总喜欢调侃他们，盛夏很担心这样的情况再发生。

她在课间时特别留意过，班里只有三四桌是男女混坐。

但一天下来，并没有什么异样的眼神，也没有什么奇怪的调侃。大概是因为班级氛围不一样,这里的学生对这类事情没有那么关心。

她和张澍也相安无事。

两个人中间有一个占地方的书箱,所以张澍一般都身子朝外坐着,一条腿大剌剌地往走廊外伸。

除了距离近一些,和之前隔着走道时没有太大区别。

只是她课间出去的时候,需要从张澍身后走。她一节课一杯水不能间断,上厕所也频繁,所以几乎每个课间都要出去。

他又几乎都背对着她,于是每次出去,她都得弄出些动静,或者叫叫他。

第一回——

盛夏说:"张数。"

他回头瞅她一眼。

盛夏说:"我想出去一下。"

他把椅子往前收。

第二回——

盛夏说:"张数,我出去一下。"

他头也没回,把椅子往前收。

第三回——

盛夏说:"张数,我……"出去一下。

话没说完,他把椅子往前收。

最后她也不多说话了,只叫名字。

张澍,张澍,张澍……

侯骏岐听了一天这个"软绵绵"的称呼,终于受不了了,趁盛夏出去接水,他转头挑挑眉头问:"澍,这能顶得住?"

张澍头也没抬:"什么?"

侯骏岐低声:"我看盛夏不比陈梦瑶差,你觉得呢?"

张澍转笔的手停住,眼皮稍抬:"喜欢就追。"

侯骏岐"嗐"了一声,颇有自知之明的样子:"我哪儿能啊?我说的肯定是你呀。"

张澍把一本草稿本甩在侯骏岐的脸上:"管好你自己。"

比起之前在门边的座位，盛夏对现在的座位非常满意。

靠着窗，白天能听到蝉鸣，晚上能听到香樟树叶碰撞时的"沙沙"声。

如果外面不是"卫生角"会更好，扫帚、拖把有些煞风景。

正想着，那拖把竟自己动了……

外边黑漆漆的，树叶的"沙沙"声忽然变得不那么动听了，气氛有点儿"阴间"。

盛夏想起那天看到的那个拖把头，不由脊背一凉。她把窗一关，身子稍稍往里挪了挪，一个不察，手肘就碰到了张澍。

张澍回头，看见少女又是那副几欲瑟瑟发抖的模样，身体在向他靠近，像躲着窗外的什么东西。

他抬眼，看见躲在窗外的脑袋和用作掩护的拖把头。

张澍笑了一声，长臂越过盛夏，准备拉开窗。

盛夏手疾眼快地抓住了面前的手臂："别开窗，有'脏东西'……"

张澍："……"

闻声转过头来的侯骏岐："……"

窗外的"脏东西"韩笑："……"

张澍倾身开窗时，两个人的距离就已经缩短了些，此时她还抓着他的手臂，脑袋乖乖地戳在他胸膛前，碎发擦过他的下颌……

一阵馨香钻入张澍的鼻腔，他的喉结滚了滚，小臂不动，手腕一弯，手指一推，把窗开得更大了些，淡淡地宣布："已经开了。"

然后漠然地抽回手臂。

韩笑机械地模仿 AI 机器人说话："美女，不好意思，我找张澍。我刚洗完澡，应该还算干净。"

侯骏岐笑得捂着肚子在桌面上打滚儿："笑死我了！"

盛夏扭头，只见拖把后边探出个脑袋，小眼睛，戴着大镜框，长得虽然不算英俊，但确实是个人，不是"鬼"。

她看了一眼走廊外的带班老师，明白了，人家是用拖把在防老师。

窘迫、失礼、丢人。

盛夏感觉自己双颊发烫，手也发烫，她缓缓地放下还悬在半空的手，低头继续做题,她几乎是匍匐在桌上,给窗外的人和张澍腾出空间,免得碍眼。

题是没做进去,对话却听了个全。

"又干吗?"张澍说,"你就不能下课来?"

韩笑说:"对不住啊,吓着你同桌了?"

张澍说:"你说呢?"

"哦,真对不住啊!"韩笑不敢在他面前笑,憋着笑,正色说,"澍哥,要不咱们星期四就在附近玩,不去 Milk 餐厅,就在北门打打牌?"

张澍说:"周应翔给你什么好处啊,你这么替他忙活儿?"

"真不是!我理他干吗呀?咱们自己该过也得过呀,还不是侯哥说那个什么,你手头,那个什么……"韩笑顾忌着有别人,转了话锋,"说最近你不是心情不好吗?玩嘛,放松放松。更何况,谁跟你打牌,那不都等于送钱吗?你那牌算得跟'出老千'似的……"

张澍端详着侯骏岐,他高高地举手做投降状:"冤,这真不是我说的。不过,阿澍,去呗。'冤大头'的钱,不用白不用。"

"更何况……"侯骏岐低声说,"陈梦瑶说去给咱们洗牌。"

张澍说:"再说吧。"

没有拒绝就是同意,韩笑和侯骏岐对视了一眼,高高兴兴地走了。

拖把头掉落在地,传来一声闷响。

知道外面的人走了,盛夏缓缓地直起腰杆,若无其事地继续做题,坐姿端正,目不斜视,身子却不着痕迹地往窗边一靠再靠。

张澍看着女孩儿自以为不动声色地挪动,一副恨不得穿墙而出的模样,不知道她脑子里又在构思什么,不过他也懒得猜。

盛夏的脑子里冒出许多画面。

他书包里那些东西……

他接过文具店老板的钱……

他握着牌无往不胜的样子……

他身边还坐着个校花,在给他洗牌……

她的同桌,是一个"身兼数职"的"不良学霸"。好"社会"啊!

盛夏自从第一天早读"踩点",痛定思痛,都是早早地六点半就到教室。

教室里已经坐着不少人,她没有径直走到自己的座位,而是拐到进门第二桌的辛筱禾的座位边,递给她一个杯子:"筱禾,红糖姜茶,给你。"

辛筱禾蔫巴巴地抬眼,听到这话,眼底盛满感激:"夏夏,你怎么知道我来'大姨妈'啦……"

盛夏笑笑,不回答她这个傻问题,低声说:"我早上起来煮的,还很热,我总会提前两天喝,喝上就不会痛了。你的'大姨妈'周期是整一个月吗?"

辛筱禾说:"不是特别准时,大概是二十八九天的样子。"

盛夏问:"每次几天呀?"

辛筱禾说:"五天。"

"那我差不多知道了。"盛夏说,"你在宿舍不方便弄红糖姜茶,我以后记着这个日子,提前两天给你煮。"

"不用啦,夏夏,太麻烦你了。热水瓶也挺好用的。"

"不麻烦呀,用养生壶煮的。"

辛筱禾这回真的要"猛女落泪"了:"呜呜呜,仙女,张澍真的不配……"

盛夏说:"啊?"

"没事……"辛筱禾摇晃着盛夏的手臂,"这周快点儿过去吧,下周你又是我同桌了!"

盛夏说:"我也希望呢!"

辛筱禾说:"张澍要是欺负你,你喊我!"

盛夏笑了笑,声音清甜:"好!"

"打爆他的狗头!"

"嗯!"

两个女生自顾自地说话,卢囿泽就坐在辛筱禾后边,本来在专心背单词,这会儿也忍不住微微笑起来。

她们觉得自己的声音很小?

他抬头，发现盛夏已经离开。他的目光不自觉地追随着她的身影，直到她落座，才缓缓收回。

新学期第一节作文课，全班哀声一片。

大家都不愿意写作文，更不愿意改同桌的作文。

这是付婕的教学习惯，连堂上作文课。第一节写，第二节互评，然后讲解，最后交上去，付婕把作文和评语都改一遍。

写得"垃圾"不行，评得"垃圾"也不行。

题目是材料作文，材料中提及许多知名人物在时代洪流中创造伟业，关键词是"时代"和"英雄"。难度常规的非命题作文，可发挥空间很大。

这类时事性的材料不难写，不需要加入太细致入微的情感，更偏向高屋建瓴的理论，这种议论文很好写，盛夏稍作思考就提笔开始写。

张澍想起，王潍把盛夏的作文夸得"天上有，地下无"，读完材料写了个标题，便往她的卷面看了一眼。好家伙，已经写好开头了，别的先不说，字是真漂亮，和她温和腼腆的模样不同。她的字苍劲有力，着墨力透纸背，整体很有气势。

题目——没有英雄的时代，只有时代里的英雄。

张澍再看看自己的卷子。

题目——英雄的时代。

要不是她先写的，他都要怀疑她在故意拆台。

八字不合，见鬼。

四十分钟写一篇作文，能写完的人不多，下了课还有不少人在奋笔疾书。盛夏检查了一下卷面，把作文纸叠好，出门接水。

这回她刚拿起水杯，还没开口，张澍的椅子就已经非常主动地往前收。

盛夏怔了怔，从他身后经过，道了一句"谢谢"。

她前脚才刚出门，侯骏岐后脚就转过来抽走她的作文纸，一打开就感慨："天哪，这字是印刷的吧……这题目怎么看起来这么哲学？历史的车轮滚滚向前，时代的潮流浩浩荡荡，这开头……阿澍你看了没有？真牛，让卢圉泽退位让贤吧，什么东西……"

张澍问:"真这么好?"

"很好啊!"侯骏岐哪懂什么作文的门道,说:"反正很牛。"

张澍轻嗤:"呵。"

第二节课互评,写不完的人就按未完成处理了。考试时如果五十五分钟写不完作文,基本也就没什么冲刺高分的希望了。

盛夏拿到张澍作文的时候愣了两秒。

英雄的时代——嗯……写得也不算偏题,关键词抓准了,只是立意不高。

这立意本身就不符合材料隐藏的唯物史观。

他的文章有些"中庸",引用的事例只能算中规中矩,有点儿"炒旧饭",像是从"初高中作文素材"里摘抄的,没什么新鲜感。不过文章胜在结构清晰,"五段三分"的形式非常保险,但也意味着很难冲刺高分。

盛夏写下自己的评语——卷面整洁,逻辑自洽,引用恰当,如果能加强论据的时效性更好。

写完她反复默念自己的评语,应该写得还算委婉、中肯吧?

她的视线微微往他那边移动。

张澍刚看完,正在写评语,大笔一挥留下四个字"不明觉厉"。

盛夏:"……"

她写的是议论文,如果他看不懂,是不是说明她的论证链条有问题?

盛夏压低声音问:"张数……我的作文,让你看不懂吗?"

"说事就说事,不要老叫我的名字。"张澍转着笔,瞥她一眼。

盛夏:"……"名字不就是取来让人叫的吗?

想归想,她只是点点头:"哦,那我的作文……"

"很牛。"他说。

他的语气很敷衍,刚才还有点儿凶。盛夏识趣,没有继续问下去。

她低头的样子看上去很沮丧,这下反而是张澍发蒙了,夸还不行了?

"你是不是真觉得我看不懂?"

盛夏又有了希望:"那你看懂了吗?"

张澍被问得语塞:"没吃过猪肉,还没见过猪跑吗?"

他是写不出来,但还没点儿鉴赏力吗?

盛夏表情认真:"那你为什么写不明……"

张澍低头看自己写的评语,他只是图省事。

然后他把自己的作文从她的手底下抽出来,看到她漂亮工整的字,写个评语都写得这么文采斐然?

行吧,礼尚往来。

他把"不明觉厉"几个字画了条杠,在后面写"卷面很牛"……

最后一个字还没写完,他耳边就传来软绵绵的"警告"声:"写得认真一点儿……"

张澍不耐烦,看了她一眼。少女难得没瑟瑟发抖,眼底只写满坚持。

他笔一顿,把"牛"字画掉,写上——卷面厉害,文采厉害,论证厉害,逻辑厉害,超级厉害!

张澍问:"可还满意?"

盛夏:"……"

互评结束,付婕讲解材料,果然,张澍的立意只能算是三等立意,分数高不了。

他也没多在意,只是拿着盛夏的卷子反复看,好像是在琢磨着什么。盛夏就只能用他的卷子听课。

一直到下课,他才把卷子还给她,然后就和侯骏岐出去了。

卢闱泽来收作文,特意看了一眼盛夏的卷子:"盛夏,你的字写得越来越好了!"

"谢谢。"她也不知道回答什么好。

"张澍的卷子没写名字。"卢闱泽把张澍的作文又抽出来放在桌上,"你给他写上。"

卢闱泽还要去收其他组的卷子。

"哦,好。"盛夏在姓名栏写上——张数。

然后交了上去。

晚饭后,盛夏照例到水果店买了杯青瓜汁。

实际就是鲜榨黄瓜兑糖水,老板说是夏日限时供应。盛夏很喜欢这种清甜的味道,爽口解暑。

她与辛筱禾慢悠悠地从北门往教室走。

聊作业、聊考试、聊张澍。

说到那句"不明觉厉",辛筱禾笑得直抽抽,连忙捂住肚子:"他如果不那么'贱',估计在男生、女生中间都会很受欢迎。其实咱们班的男生都很喜欢他,羡慕又崇拜的那种。女生就不怎么敢接近他,但喜欢他的女生还是很多,别班的那些女生说起他来简直了,疯了似的。"

盛夏有点儿好奇:"那他怎么没谈恋爱,为了学习吗?"

辛筱禾的眼神顿时就变得神秘兮兮:"什么为学习啊,你看见他对学习有很全心全意吗?"

盛夏摇摇头——没有。

和张澍做同桌两天,她也发现了,张澍就是个"踩点狂魔",无论早上、下午还是晚自习,准点到教室,偶尔迟到,绝不早到。

但据辛筱禾说,他会晚走。

张澍也是走读生,但会和住校生一块儿上完第三节晚自习,如果作业没写完,会继续写到学校熄灯铃响。

"他看着懒散,实际上是挺自律的一个人。"辛筱禾评价。

盛夏喝着青瓜汁,点点头:"学霸也不是随随便便就学得那么好的。"

辛筱禾抱着她的热水感慨:"可比他努力的人多了去了,百分之一的天赋就是能碾压百分之九十九的努力呀。"

"话说回来——"辛筱禾低声道,"再多女生喜欢他有什么用?大家都知道他追陈梦瑶追了好多年,从初中追到现在都没追上。"

盛夏疑惑道:"为什么呀……"

辛筱禾说:"因为穷吧?其实只能说条件很一般,但对于陈梦瑶那种女生来说算穷,那个女生说是以后想做明星吧,谁要跟'穷小子'谈恋爱啊?职高那些男生对她又是送包又是送手机的,听说还有送车的,她又看不上那种'暴发户',她要追的是卢圊泽那种有钱还有涵养的'公子哥儿'……"

盛夏问:"你也认识她吗?"

"谁？陈梦瑶？"辛筱禾还挺惊讶盛夏会搭腔，"我室友、咱们班的文艺委员周萱萱，之前和陈梦瑶还有张澍都是音乐社的，她和陈梦瑶的关系很好，什么都知道。"

盛夏喝着青瓜汁，不说话。

——关系很好的话，会把朋友的事情都告诉别人吗？真是奇怪的友谊。

——所以说，张澍突然考到第一名，努力赚钱，是为了要在喜欢的女生面前争口气？

——也挺不容易的，那么骄傲的一个人。

——但是，也不能"违法犯罪"啊……

"想什么呢？"辛筱禾见她出神，打趣说，"你不会是看上张澍了吧？"

盛夏连忙摇头，转移话题说："我只是在想，我是不是也应该多上一节晚自习再回去……"

虽然她回家也会挑灯夜战，但效率总不如在教室时高。这个问题她确实想了好几天了。

辛筱禾说："那上完要十点半了，回去你不害怕？"

"害怕……"盛夏很快就妥协了。

辛筱禾说："咱们还是争分夺秒用好碎片时间吧。"

两个人回到教室，各自埋头做作业。

盛夏正专注地解题，就听到有人轻敲窗户。她扭头，看见两个女生站在窗外，犹犹豫豫地你推我搡着。

盛夏并不认识她们，但还是拉开了窗。

其中一个女生被推上前，颤颤巍巍地递过来一个礼盒，轻声说："同学，能帮我把这个给张澍吗？"

盛夏蒙了一下。

大概是因为她的表情看起来很为难，另一个女生说："放在他桌子上就可以了，谢谢你啊。"

然后她们就把那盒子放在窗台上，又你推我搡地走了。

盛夏："……"

教室里也有人注意到这一幕，热心地向盛夏解释："肯定又是给张澍送生日礼物的，你放在他的抽屉里就行。"

"哦，好。"

盛夏弯腰，想把那盒子往张澍的抽屉里放，却见抽屉中已经塞了两个大小不等的礼盒……

她猜想，应该是同班同学放的，不需要经过她。

这人还真的挺受欢迎。

于是她只能把礼物放在桌子上。

晚自习铃声打响五分钟后，张澍姗姗来迟。盛夏还犹豫着要不要跟他说一声，就见他很自然地把那些礼物往地上一撂，并不感到奇怪的样子，于是作罢。

盛夏以为这就算完了，没想到第二天早上早读前，她又帮他收了两份礼物。情况和昨晚差不多，他也是照例往地上一撂，不看也不拆。

那昨晚的那些去哪儿了？

盛夏并不想多管闲事，但想到那些女孩儿盛满爱慕、满怀期待的眼神，她又忍不住想去管。

"张数……"她轻声地叫他，小心翼翼。

张澍扭头："又叫我干什么？"

什么叫"又"？她今天好像还没有跟他说话吧？

他真的有点儿莫名其妙。

但既然已经开口，盛夏还是打算把话说完："你不拆礼物吗？"

张澍端详她，目光带着琢磨的意味："你想拆？"

还没等她说话，他把那撂礼盒从地上抱起来，放在她的书箱上："给。"

盛夏："……"

"你们女生不是爱拆礼物吗？"他见她没什么动静，于是问她。

盛夏替那些女生感到不值，他怎么可以随便把礼物给别人拆？

"这是别人送你的礼物，都是很用心的！"她的声音里带了愠怒。

这话倒是新鲜。张澍挑眉："嗯？"什么意思？

转瞬他好像懂了，有点儿无辜："那不得带回去拆吗，在这儿拆呀？"

盛夏顿时窘迫，感到是自己自找没趣了："哦，那就好。"没扔就好。

张澍被气笑了，盯着她微微泛红的脸，无语地摇头。

"泥菩萨"揣个热心肠，"人设"整个立住了。

既然他都会拆看的话，她也有"礼物"想要送给他。

盛夏没回家午休，吃过饭打车直奔一方书店。

老板纳闷儿："今天不上课？"

"上的，我……想买一本《中华人民共和国刑法》。"盛夏说。

"《中华人民共和国刑法》？"老板迈出柜台去给她找，"要法典还是教材？"

盛夏问："普通人能看懂法典吗？"

"应该可以。"

"那就法典吧。"

老板递上一本"小红本"，盛夏光是查找目录就找了许久，在分则第六章第九节找到了"制作、复制、出版、贩卖、传播淫秽物品牟利罪"这一条。她付了钱，正准备在书上勾画，想到什么，又打住，再次叫住老板："老板，您能不能帮我个忙……"

从书店回来后，时间还早，盛夏到文具店买了一个精美的礼盒，把"小红本"放在礼盒底部，想想觉得在人家生日送这个有些不厚道，又拐到隔壁体育用品店买了套运动护膝，放进礼盒里。

趁着所有人都在午休，她把礼盒塞到了张澍的抽屉里。

下午张澍仍旧"踩点"来上课，他掏书的时候看到礼盒，没什么特别的反应，拿出来照例放在桌边。

直到放学他也没打开，就像往常一样抱着三两个礼盒离开。

而盛夏绷紧的神经一直没有放松过。

她设想了很多他看到《中华人民共和国刑法》时的画面，他应该会生气，也肯定会猜是谁送的，他还可能露出阴狠的目光……

他不会想到她吧？他的"合作方"、他的"买主"、那些暗恋他并且天天关注他的女生……都有可能。

可是万一想到她了呢？她顾不得那么多了，只希望他能"迷途知返"。其实很多人，特别是男生，根本不知道那是"犯罪"吧？他那么聪明，前途一片光明，不会在这种事情上犯浑的，一定能权衡利弊的。如此想着，她才好受了些。

饭后歇了一会儿，盛夏还是感觉心浮气躁。她开了窗，夏日的傍晚连风都是热的，一点儿也没缓解她的焦躁。有一瞬间她甚至希望他早点儿发现，她好"早死早超生"。

她决定去北门买一杯青瓜汁。

这会儿已经快到晚自习时间，青瓜汁供不应求，已经卖完了，老板热情地说马上削皮给她榨。

盛情难却，她只好等着。

拿到青瓜汁的同时，晚自习的铃声也急促地响起，盛夏连忙小跑着回教室。

卢圊泽正在分发前两天的作文，大伙儿四处对比分数，教室里风扇盘旋，卷子乱飞。

盛夏庆幸是这么个情形，趁乱悄无声息地进了教室。

难得，张澍比她早到教室。

她从他身后钻进自己的座位，还在大口地喘着气，就察觉他的气压有些不对。

没等她坐稳，张澍忽然转身朝向她，脚踩在椅子横杠上，手搭在她的椅背上，像把她整个人困在角落。他一边的嘴角扯了扯，皮笑肉不笑地看着她。

"盛——夏——"

这好像是他第一次叫她的名字。

一字一板，咬牙切齿。

他……发现了？

盛夏急促的呼吸一紧，屏息回视他，像等待审判一般。

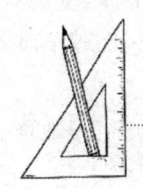

第三章

没名没姓的礼物

张澍好像是气极了,一副要掐死她的样子,却又不说话,或者说是无话可说更合适。

盛夏憋得都快断气了,只见他忽然抓起他桌面上的作文卷子,"啪"的一声拍在她桌面上:"我叫什么?"

"张……数啊……"他是气疯了吗?

"哪个shù?"

盛夏:"……"

她的目光往他卷子上瞥,只见姓名栏上"张数"的"数"字被红笔圈了起来,旁边还有付婕的字:"同桌挺可爱。"

"张数"二字确实一看就知道是盛夏的字。

难道,不是这个"数"吗?那……是竖?束?述?这个字音居然有这么多适合作人名的字。

大意了,先入为主要不得。

"对不起啊!"写错别人名字确实很不礼貌,盛夏诚心道歉,咬了咬嘴唇,有些无措,"那……你是哪个shù呢?"

她那双眼睛,一心虚就像受了极大的委屈似的,仿佛一挤就能瞬间淌出一汪湖水来。

她怎么好意思如此无辜?她来这个班里也半个多月了,连侯骏岐那个起码有几十个同音字的"岐"字都能写对,不知道他是哪个"shù"?

张澍别开视线，拽着盛夏的手腕，从她的公主水晶笔筒里准确无误地抽出一支记号笔，在她的小臂上一笔一画地写了个"澍"字。

冰凉的笔尖在她的肌肤上划过，如电流一般。

她想要抽回手，他却很强硬，拽回去时反而让她靠他更近了些。

张澍写完，拎起她纤细的手腕满意地看了一眼："这个'澍'，懂了？不许擦，睡前多看几遍，醒了起来拜一拜，晨昏定省，保证你这辈子都不会写错。"

盛夏喃喃地说："这个成语不是这样用的……晨昏定省的意思是晚间服侍就寝，早上问安，是古时候服侍父母用的词。"

她的重点是怎么抓的？

张澍小声道："无语。"

盛夏问："什么？"

张澍说："夸你聪明伶俐，很有文化，说得都对。"

盛夏低下了头——一定不是这样的。

张澍也沉默了，她怎么又一副心事重重的表情了？他已经很客气地把"不如你把我当爹"这句话给咽下去了。

盛夏没有傻到再继续这个话题，大概是设想了更不好的事，这个乌龙事件对她来说不算太糟糕。她稍稍静下心来，看手臂上的字。

他的名字竟然是这个"澍"字，很少见。

澍——及时雨，天降甘露，比喻恩泽。

他对他的父母来说是珍贵的礼物吧，他们一定很爱他。

盛夏在晚自习过半时才发现自己的作文没发下来。

辛筱禾下课后特意跑过来，表情揶揄、语气调侃地对她说了句："超级厉害！"

盛夏还迷糊着，辛筱禾指了指教室后墙的展示栏："你的作文贴在范文墙上啦！"

正是下课时间，范文墙边上围了几个人，在窃窃私语，还有人频繁地回头看向盛夏。

盛夏不明所以，但并不打算凑到人堆里，左不过是她又拿了满分？

辛筱禾坐在张澍的座位上，搂着盛夏的胳膊："我自己在那边好无聊，这周快点儿过去吧！"

"是呀，快点儿过去吧……"

还是和女生做同桌比较自在。

辛筱禾放开盛夏，百无聊赖地打量着张澍的桌面："他怎么一点儿别的教辅书都没有？"

确实没有，盛夏发现他除了完成每天的作业，几乎不会额外做别的练习，这与她想象中的学霸也有所不同。

盛夏说："可能学校发的就够用了吧。"

辛筱禾点点头："张澍这个人从来不按常理出牌。"就在这时，她看到了盛夏胳膊上的字，"天哪，这是什么东西呀？"

盛夏皱着眉头，指腹在胳膊上搓了搓，一点儿用都没有："我以为他的名字是数学的'数'字，写错了他的名字，这……是他不按常理出牌的成果。"

辛筱禾又气又觉得好笑，吐槽说："真是服了，他是皇帝吗？"

盛夏抿抿嘴，用无声表达无奈。

"晚上去吃夜宵吧？"辛筱禾发出邀请。

盛夏摸摸肚子："我的肚子可能没有空间了，晚饭吃了好多呢……"

"'午托'那儿的饭好吃吗？我也有点儿想订，但是听说一天要一百块钱？"

"不知道多少，贵的是中午住宿费吧，饭菜很好吃，就是……"盛夏顿了顿。

"就是什么？"

盛夏道："就是老板很喜欢做可乐鸡翅。"

"可乐鸡翅很好吃啊，我好喜欢。呜呜，什么时候食堂也能有可乐鸡翅……"

"我也喜欢。"盛夏说，"可是已经连续吃了一周了……"

辛筱禾说："不是听说菜单不会重复吗？"

"是呀，不知道呢，好像有人投诉了……"

辛筱禾敲敲桌面："要不你问问这个不按常理出牌的，'午托'不是他亲戚开的吗?"

盛夏说:"是这样的吗?"第一天去的时候似乎听到了阿姨和老板说到"阿澍"。

"是的呢。"

"还是算啦……"

"那继续吃鸡翅。"

"嗯……"

"嘻嘻。"

"哈哈。"

两个女孩儿趴在桌上叽叽咕咕地聊天儿,没有注意到挺拔的少年就倚靠在后边的座位旁,双手抱臂优哉游哉地边刷手机边听她们的对话。

等到临近上课,辛筱禾准备回自己的座位,刚转身就被身后的人吓一跳。

"你是属鬼的吗?!"辛筱禾拍拍胸脯。

张澍说:"鬼的座位舒服吗?"

辛筱禾说:"呵,还不是因为挨着仙女沾了点儿仙气,否则我会来?"

张澍短促地笑了一声。

"踩一捧一"真的好吗?

"仙女""仙气"什么的……

盛夏备感尴尬,也不好这么待着,拿了杯子出去接水。

围在后边的人已经少了些,盛夏装作不经意地经过范文墙,顺便看看范文。

她的作文被贴在范文墙中央的位置,卷头标着醒目的50——满分。

右下角是付婕洋洋洒洒百十来字的评语,以及对张澍评语的评价。

付婕在张澍那句"超级厉害"下面画了两条红线,并在后面用红笔写上:"确实超级'腻害'。"

还画了个笑脸,这个笑脸很有"灵魂"。

盛夏再默念那句"卷面厉害,文采厉害,论证厉害,逻辑厉害,超级厉害"的时候,不知不觉地就都代入了"腻害",尤其是那句"超级'腻害'",尾音上扬,只一个读音的差距,竟然有种别样的感觉。

盛夏找不出合适的形容词，闷不吭声地回了座位。

少女去而复返，张澍看着她那原本就盛满水的水杯，无声地笑了笑。

第二节晚自习打铃没多久，盛夏这扇窗户又热闹起来了，这回外面蹲着一、二、三、四个脑袋。

盛夏已经有了经验，知道是找张澍的。见他背对着自己，她正准备开口叫他，又想到他不让叫，只好抬手拍了拍他的胳膊。

张澍扭头，视线落在她细白的手指上，向上看，她小臂上那个"澍"字，白纸黑字……不，"白肤黑字"，格外晃眼。

"有人找你……"盛夏提醒。

张澍这才抬头。

窗外蹲着韩笑和周应翔，还有之前高一时没分班那会儿玩得比较好的刘会安和吴鹏程。

盛夏给他们开了窗，察觉到外面几个人的目光都落在自己身上，她忙低头继续写作业，没有和他们对视。

"走啊，澍哥？"韩笑边说边拍拍前边的侯骏岐："侯哥，撤呀？"

侯骏岐看看张澍。

张澍的目光在黑板上扫了一圈儿，又翻了翻数学习题册，才回应："二十分钟。"

周应翔冒出个头："明天再写呗。澍，陈梦瑶在外面等着呢！"

张澍淡淡地瞥了他一眼："那就三十分钟吧。"

"别，别！"韩笑知道张澍是什么性格，威逼利诱这种话越说他越能抬杠，不如妥协，"我们在北门等你啊，二十分钟？"

张澍说："你废话这会儿，我能写一道题。"

韩笑说："行，行。我们走了，等你呀。"

但是张澍并没有在二十分钟后离开，而是在第二节晚自习下课铃响后，才慢悠悠地收拾书包走人。

侯骏岐在前座都不知道回头看了多少次了。

盛夏看着他空荡荡的座位，觉得还是挺意外的，他这是欲擒故纵故意让女生多等会儿呢？还是真心以学习为重？

张澍和侯骏岐刚出教学楼，就看到蹲在马路边的四个人。他们守着路口,生怕他不去了似的。

看见他们来了,几个人站起身来:"阿澍!"

"打什么?"张澍问。

"都行!"周应翔跟上来,豪爽得很,"人多,打'保皇'?"

"行。"

几个人往北门走,吴鹏程忽然问:"阿澍,你的同桌挺漂亮啊,以前怎么没见过?"

张澍挑挑眉:"有吗?"

吴鹏程说:"很漂亮啊,你看不见吗?"

刘会安接茬儿:"你跟他说这个有用吗?他眼里只有陈梦瑶。"

吴鹏程和陈梦瑶同班,不知道怎么总瞧不上陈梦瑶:"陈梦瑶是会打扮,你那个同桌,仙气飘飘的,她们不是一种漂亮。"

侯骏岐也很同意似的:"一个是'人间富贵花',一个是'不食人间烟火'呗。"

吴鹏程立起大拇指:"行,你有文化,就这个意思。"

张澍不置可否,淡淡地说:"刚转来的。"

吴鹏程问:"从哪儿转来的啊?"

张澍说:"二中。"

刘会安说:"高三了还能转学,还是从二中转过来,这女生家里不简单哪。"

刘会安的母亲在附中当行政老师,他对附中有更深层次的了解。

侯骏岐来了兴致:"怎么说?"

刘会安指了指周应翔:"就连咱们翔哥不是也只能上'英杰部'?咱学校就只有转出去的,哪儿见过转进来的?"

周应翔点点头说:"还真是,进'英杰部'都花了我爸不少心思,到处找人。"

"英杰部"原是南理附中的"复读部",学费高昂不说,也不是谁都能进的,几乎只招本校高考失利或者外校高考成绩不错,但想冲刺考名校的。

但这两年,也不知道学校是真穷了还是怎么着,"英杰部"招了一个班的外校高三生，在原本的学费上加缴借读费，那借读费也高得让普通家庭望而却步。

就这样名额还供不应求，因为"英杰部"也是附中老师授课，所有教学体系都是附中的。

相当于花大价钱念了一年附中。

这么想想，还真是从没见过转进本部的。

张澍知道盛夏在他姐那儿"午托"，他姐收费不算便宜，而且她一天一杯果汁，有时候两杯，文具批发不看价格……他知道她家境不差。

而她永远端庄沉静，极有涵养的模样，约莫家教也颇为森严。

"人家女孩儿胳膊上的字是什么情况啊？"刘会安碰了碰张澍的肩膀，"这么快就给人家盖章了呀？你的陈梦瑶可怎么办？"

"是啊，人家可是翘了培训过来给你庆生的。"周应翔积极地融入话题，毕竟陈梦瑶是他叫来的，可别拍错了马屁。

张澍忽然停下脚步，发出疑问："你们到底是怎么就认为我非陈梦瑶不可了？"

他在音乐社那会儿有一阵子和陈梦瑶走得近，传点儿"桃色新闻"他也没意，只是后来传得好像越发离谱儿了。

他至今搞不明白谣言的出处在哪儿，很少有人真的跑到他面前来八卦，这些东西对他来说也不是什么造成困扰的事，也就听之任之，随他们去。

久而久之，别说是八竿子打不着的人，就连他身边的人都当真了。

吴鹏程问："你不是从初中追她到现在？就这？情比金坚哪，哥？"

张澍就差翻白眼了："初中时我根本不认识陈梦瑶！"

连韩笑这个初中同学都惊了："什么？！"

陈梦瑶在桌游吧里玩了一个小时的手机，有点儿烦了。

她一整个暑假都在东洲上艺考培训班，翘这么两天课如果被母亲发现了，还不知道会怎么挖苦她浪费钱不上进，结果就上这儿来"坐冷板凳"？

周应翔大费周折地给她报销路费，眼巴巴地叫她来，半个小时前就回复她说等五分钟,是他的时间"膨胀"了还是他"膨胀"了?这么晾着她。

陈梦瑶拎起包抬脚就要走,包厢门就这么被推开了,一群男生吵吵嚷嚷地进了门。

"哟,大美女,好久不见哪?见你可比见明星都难!"吴鹏程最先打招呼。

女生的直觉总是准的,尤其在"谁喜欢自己,谁讨厌自己"这个问题上,格外敏感。

她看得出吴鹏程跟自己不怎么对付,皮笑肉不笑地回了句:"可不?"

周应翔打着圆场:"都坐呀。老板,先上点儿吃的喝的?"

"没问题!"

大伙儿落座,很自然地把主座留给寿星张澍。陈梦瑶就坐在张澍旁边,和他自然而然地四目相对。她打了声招呼:"阿澍,今天是你生日,生日快乐。"

本来挺缱绻旖旎的画面,该有几声起哄的,但大伙儿因为张澍在路上的话,谁也没起这个头儿,包厢里一时寂静。

张澍懒散地往椅背上一靠,表情淡淡的:"快不快乐的,主要看今晚能赢多少钱。"

表情像是在说——与你无关。

陈梦瑶脸面上多少有点儿过不去。这么多人在呢,张澍今天好像有点儿冷淡。

她对张澍的想法挺复杂的。她知道自己喜欢他,但她绝不可能和他在一起。

张澍供不起她,也不会想尽办法掏空腰包供着她。

她对张澍就只想"吊"着,咽不下,又舍不得扔。如果他和别人谈恋爱,她会气死。

这一点上,她感觉张澍与自己是达成了默契的。

张澍也喜欢她,但并不想和她在一起。因为他知道她需要什么,而他给不起。他这么骄傲的一个人,一旦自我纠结起来,整个人就会忽冷忽热的。

眼下大概又不知道被戳中了什么敏感点。

她也懒得哄,反正男人就是贱脾气,越哄才越拿乔,晾一晾就自己好了。

周应翔就是个反面例子。他巴结了张澍这么多年,张澍正眼瞧过他吗?

陈梦瑶很明白周应翔这种人,穷人乍富以后,就需要存在感。他不过是感觉和张澍走在一块儿特别有面子,从初中那儿就这样。

有些人就是天生招人稀罕,一群人待在一块儿,大伙儿就是愿意听他的,这种天生的领导力谁也说不明白。张澍想必从小就是"孩子王"。

初中的张澍比现在更张扬一点儿,在哪里出现身边都是一群一群的人跟着。他长得好,个子又高,穿着虽然普通,整个人却有气派。

陈梦瑶也经常被别人说很气派,一定程度上来说,他们很像。他们是同一种人,是注定不会被埋没的人。

所以即使他们不在一个班,陈梦瑶也早早就知道张澍,只不过一直和他没什么交集。

听说张澍考上了附中她还挺惊讶的,他平时看着跟混日子似的,没哪点像个爱学习的。

高一军训时期的某天晚上,她抱着吉他在篝火晚会上唱了首民谣,多少双眼睛直勾勾地盯着她看,其中就有张澍。散场后,她在操场的树下遇到了他。

她至今记得他说的第一句话:"陈梦瑶?你能不能再给我唱会儿歌?"

当她卖唱的呀?

这要换了别人,她一个眼神都懒得给。可就冲他那么自然而然地叫着她的名字,想必也早早就认识她了吧?

鬼使神差般,她问:"唱什么?"

"就刚才那首,再唱一遍。"

那首老歌"冷"得掉牙,没几个人听过,但她很喜欢,所以这就像是一种精神共鸣。

他搭讪的手法很高明,比那些上来就问 QQ 号的不知道聪明多少倍。

张澍最显性的魅力就是聪明。

眼下他又拿了"皇帝牌",牌面很烂,刚开始被压制得死死的。他也不着急,就等着后边找时机大杀四方。

不得不说在这种场面上,张澍那双看似慵懒实际上狡黠锐利的眼睛真是迷人。

陈梦瑶有时候真的挺想不顾一切地跟他谈一场恋爱的。

"阿澍,我看你今年礼物没少收啊。都有些什么东西,说出来让兄弟们羡慕羡慕?"打牌的空当,侯骏岐调侃道。

张澍扔了组牌,随口答:"没看呢。"

周应翔问:"真的?多少啊?"

侯骏岐说:"上午几个,下午几个,晚上还有几个。收了两天了,怎么说十几个得有了吧?今年格外多呀,阿澍?"

张澍耸耸肩,也觉得莫名其妙,往年也有那么两三个,没有今年这么夸张。

毕竟拜身边那位女士所赐,他的"人设"是"苦追校花的痴汉"。

吴鹏程说:"还不是因为联考考了第一名?现在别说咱们学校,哪个学校的高三女生不知道你?职高都有你的粉丝。"

"真的假的?"刘会安笑嘻嘻道,"会考试的人这么有魅力吗?"

"那得问问女生了。"周应翔自己请来的人,怎么也得关照关照:"梦瑶,你说呢?"

陈梦瑶拢了拢牌,徐徐地说道:"会考试魅力只能加 110 分,帅哥会考试才能加 10010 分,帅哥不只会考试,那就能加 10086 分。"

"哈哈哈。"

"牛啊!"

"你们女生还挺会计较。"

屋里的人笑作一团,气氛慢慢变得融洽。

就连一直没什么表情的张澍,也咬着棒棒糖扯了扯嘴角。

陈梦瑶在这种场合从来没掉过份儿,她知道怎么样反客为主地吸引所有人的注意。

过了半晌,牌都洗了好几轮了,话题也已经过去。吴鹏程又冒出来问:"那你呢?大美女,你送的什么?空手来的?"

陈梦瑶就差没踹他的凳子了,可表面上没生气,托着腮慢悠悠地说:"我来了还不算礼物?我再送别的不是'逼宫'?"

她本就不打算送什么,她和那些暗恋他的女生能一样吗?她没那么上赶着。

话音刚落,她不着痕迹地观察着张澍。

他专注看牌,牙齿"嘎嘣"一声咬碎了棒棒糖,含混不清地说了声"冲牌",就把手里的牌全扔了,腾出来的手把那根棒棒糖梗拔出,仰着靠在椅子上,长臂随手一扔,准确地投进远处的垃圾桶里。

他一系列的动作一气呵成,过程中目不斜视。

他又赢了。

输家哀号一片,转瞬间就把陈梦瑶的话给淹没了。

"不玩了。"张澍站起来,从抽屉里摸出筹码来数,"今天就到这儿吧。"

周应翔忙阻止:"别呀,阿澍。这才玩了两个小时,还早呢!"

张澍手掌朝着周应翔,一边示意他别吵,一边继续自顾自地数筹码,数完往桌面一扔:"四十三张。"

"再打会儿呗。"韩笑也意犹未尽。

"是啊,好不容易聚聚。"

张澍说:"不打了,我姐发短信说在家等我。"

侯骏岐一听这话,看来阿澍和他姐关系破冰,于是赶忙同意:"那你快回家吧,这事要紧。"

周应翔也不执着地留人了,叫来老板把准备好的蛋糕推上来。

张澍这人虽然嘴毒,但其实很少实质性地驳人脸面,来都来了,他也不差这一会儿。

周应翔很会搞气氛,蜡烛一点,灯一灭,就把陈梦瑶推上前:"起个头儿啊,大明星。"

"祝你生日快乐,祝你生日快乐……"

陈梦瑶长得明艳,说话声音偏"御姐",唱歌时带出点儿烟嗓,很沧桑,适合唱民谣。

这生日歌从她的口中唱出来,少了轻松活泼,多了浪漫旖旎,有种让人沉浸其中的故事感。

于是也没有人跟唱来破坏这氛围，大伙儿只是轻轻地拍手，听着她唱。

在摇曳的烛火中，张澍的目光渐渐地变得专注而深沉，一如军训那天晚上时的样子。

陈梦瑶都有点儿不想结束这首歌了。

"Happy birthday to you（祝你生日快乐）。"

一曲终了，她再次祝福少年："生日快乐呀，阿澍。"

"许愿，许愿！"侯骏岐提醒。

张澍没有双手合十，没有闭眼，也没有把愿望藏起来，洒脱如常地说了句"那就祝今年快过去，我快点儿成年"，就俯身把蜡烛吹灭了。

"生日快乐！"大家欢呼鼓掌。

灯光大亮，大伙儿分食甜腻腻的蛋糕。

张澍只意思意思地吃了两口，便捞起书包挂在肩上："今晚谢谢大家了，都回去吧。"

周应翔忙说道："下回再约呀。"

"再说。"张澍不置可否，转头问陈梦瑶："你是怎么过来的？"

陈梦瑶摊开手掌："周应翔接我来的呀。"

张澍冲周应翔吩咐："你请来的，你送回去。"

"那是自然，保证安全送到家。"周应翔回答。

张澍说："散吧，走了。"

"生日快乐呀，阿澍！"

"生日快乐！"几个人对着张澍的背影喊道。

张澍没回头，抬手挥了挥。

灯光把十七岁少年的影子拉得老长。

张澍出来才想起来车停在教学楼的车棚，也懒得回去取，走着回家了。

文博苑里的房子是张苏瑾租的，这片学区房的房价贵得吓人，卖一辈子饭也买不起。

就连租金都不便宜。

他姐姐为了他上学，真的挺拼的。

屋里开着灯，张澍喊了声："姐！"

张苏瑾捧着个小蛋糕从厨房里出来，他们吵过架后，有些日子没打照面儿了，这下都有点儿不自然起来。

"过生日就不知道笑一笑？"张苏瑾把蛋糕放在茶几上，拍了拍张澍的屁股。

张澍揉揉臀部："多大了还打屁股！我看你不是不想嫁出去，是嫁不出去！"

这话是以玩笑的口吻说出来的，说明张澍妥协了。

张苏瑾了然，叹气说："是！你说得对，可不就是嫁不出去？我什么时候不想嫁了？"

"既然没有人要你，那我就再坚持坚持，再照顾你一年。"张澍说着反话，"我今天可满十七岁了，虚岁就是十八岁了，明年这会儿我就成年了。你要是再嫁不出去，我可就不要你了。"

他明年就成年了，再也不是任何人的"累赘"了。

她也可以放心地嫁人了。

张苏瑾盯着张澍笑，仍旧年轻的脸上挂着一双与年龄不符的慈爱的眼眸："行，等你十八岁，我就嫁人。"

张澍说："那你现在就可以谈恋爱了。"

张苏瑾说："好。"

张澍说："反悔是小狗！"

张苏瑾点头："是小狗！"

"姐，你给我唱首生日快乐歌呗？"

张苏瑾的笑容敛下去，拒绝说："不唱。"

"是你发短信让我回来的，就一句？"张澍双手合十，小狗乞食一样拜托，"一句！"

张苏瑾坚持："不唱！"

张澍撇撇嘴，放弃了。这么多年，他只在视频里听过张苏瑾唱歌。她的胸前挂着吉他，纤纤手指抱着麦克风，声音缠绵，抬眼便是风情万种。

那才是真正的张苏瑾，那才是大美人张苏瑾应该有的人生。

他把那块小蛋糕吃了个精光，问："明天中午吃什么？有可乐鸡翅吗？"

张苏瑾收拾着蛋糕盒子，擦了擦茶几，在张澍看不见的角度笑了笑，开口语气却冰冷生硬："没得挑，有什么吃什么。"

张澍嗤道："呵呵。"

不知道她天天做他最喜欢的可乐鸡翅在等谁，他再不去，别人该吃吐了，"午托"就该倒闭了。

睡前张澍把礼物都拆了。"有名有姓"的，就找个没人的时候退回去；"没名没姓"的，也就只能放在角落积灰。换位思考的话，他觉得送礼物的人有点儿可怜，却不冤枉。送个礼物连名字都不敢写，写那些长篇大论的情情爱爱，他哪儿猜得出来是谁？他又不是"神仙"。

可好巧不巧，就是有那么一份"没名没姓"的礼物，让他做了回"神仙"。

《中华人民共和国刑法》，他用脚指头猜都能猜出来是谁送的。

目录上还标了"星星"，画了重点——制作、复制、出版、贩卖、传播淫秽物品牟利罪。

旁边还手写了注释——即使没有真正盈利，罪名也会成立，也是犯罪。

可真贴心。

字倒不像是她的，潦草潇洒，像是男人的字。

欲盖弥彰。

张澍连笑都笑不出来了。他可真是小瞧她了，平时一副瑟瑟发抖的样子，看不出来关键时候真是个"牛人"。

如果他是"神仙"，那她就是"菩萨"，企图普度众生。

这礼物他收了，不打算退，也不打算让它积灰。

张澍拆了那套护膝的包装袋，把标签剪了。等正式开学了上体育课，就戴出去吓吓她。

盛夏如今骑车已经很熟练，都从文博苑里抄近道骑。

清晨六点的风微凉，蝉声窸窣，世界才刚刚苏醒。

她没想到会碰见张澍，这个点儿，按理说"踩点狂魔"还没有睡醒……

她看见他从单元楼里走出来，他没有骑车。她默不作声地从他跟前经过。

"盛夏！"

盛夏按住刹车，回头。

"带我一程？"张澍拍拍"小白"的后座，语气自然地说。

"什么……"盛夏戴的头盔有耳罩，她怀疑自己听错了，喃喃地问。

"我的车放在学校了，带我一程。"

啊？这要怎么带……

"小白"是一辆两座"小电驴"，但明显是女生骑的车，很小巧，带他的话不是不行，就是这空间……怎么坐两个人都会有肢体接触吧？

"我没有带过人……"她委婉地拒绝，"怕开不稳。"

张澍说："你下来。"

盛夏说："嗯？"

张澍说："我带你。"

盛夏说："……"

没有人能拯救一个"拒绝困难症"患者，沉默是今早的盛夏。

盛夏只好下车，张澍一坐上去，"小白"的减震器弹了弹，盛夏感觉"小白"承受了生命从未承受之重。

张澍显然也注意到了，问："你多少斤啊？"她上车下车，车的高度一点儿变化都没有。

"九十八斤。"她的声音低低的。

"多高？"

此时他已经坐在车上，她站在他旁边，高出他不少。

"一米六六……"

张澍其实没概念，一米六六应该多重？

他只是上下打量着她："多吃点儿。"

盛夏："……"

这一打量，他注意到她轻微红肿的小臂："胳膊上的字呢？没'晨昏定省'？"

盛夏下意识地把手臂往身后藏。

天知道昨晚她花了多长时间才弄掉。

普通清洁产品对她胳膊上的字根本无济于事，她用王莲华的卸妆油卸掉了一部分，还有一些残余，就只能用棕榈毛使劲搓掉。

她的肌肤本就比别人白嫩些，这么折腾下来像是蜕了一层皮。

想到这无妄之灾，盛夏有点儿恼怒，愤愤地说道："哪有人在别人身上写字的，在古代这叫'黥刑'，是非常严酷的刑罚，是耻辱，是罪人才有的。我虽然写错你的名字，但也不至于是罪人，而且……"

她声音渐弱，有种敢怒不敢言的意味："而且你又不是皇帝……"

这一通抱怨差点儿没把张澍说蒙了，这是他们认识以来，他听她说过的最长的一段话。

张澍轻轻地笑了一声，颇为无奈地说道："行，真有文化，说不过你，上车。"

她……怎么上？侧着？还是跨坐……

等了会儿，少女还是没有动静，张澍回头就看见她一脸纠结的模样。

"侧坐不符合交通规范，违规。"他提醒道，想起那本《中华人民共和国刑法》，笑了一声，"你不是遵纪守法的好公民吗？"

盛夏并未察觉他的话有什么不对，迟疑几秒，还是抬腿跨上后座，然后一点儿一点儿地往后挪，全身上下半点儿没碰到前面的人。

张澍扭动把手启程。

"小白"限速四十迈，平时她最多骑到三十迈，进入小区和校园就保持二十迈以下的速度。张澍上来就将把手拧到头，因为惯性，她一个后仰，险些就这么摔下去，还好她紧紧地抓住了后边的防护杠……

盛夏的心脏"怦怦"直跳。

张澍松了点儿把手，降下速度来，语气抱歉："对不住，我适应适应。"

盛夏提醒："你慢一点儿……"

风把她细弱的声音向后吹散，张澍没听清："你说什么？"

盛夏心有余悸,倾身靠近了些,歪着脑袋在他耳边耐心地重复:"你慢一点儿……"

——你慢一点儿……

细细软软的声音,带着无奈、劝告、乞求,像迎风的羽毛,草率地挠过张澍的耳垂。

"吱——"车子一个急刹与地面摩擦时发出刺耳的声响,盛夏也因为惯性整个人扑倒在他背上。少年脊背僵硬,绷得死紧,撞得她生疼。随即她反应过来,猛地和他拉开距离。

他到底会不会骑车!

"闭嘴!"张澍回头忽然冲少女低吼了一声。

盛夏:"……"

她刚才的质疑并没有说出口,他为什么叫她闭嘴?

他看起来气得还不轻,耳朵和脸颊都憋红了。

可该生气的不是她吗?

太凶了,太可怕了,太莫名其妙了。

后半段路程就顺畅很多,他匀速地骑着,拐弯也很稳。

高一和高二的学生还在放假,清晨的校园人不多,但也有零星几个来得早的。

盛夏戴着头盔压低脑袋,恨不得人间蒸发。

一个男生和一个女生共骑一辆车……

她不知道附中舆论环境如何,这件事情放在二中,不出一天,早恋的传闻就会满天飞。如果当事人平时风评不错,舆论也就到此为止了;如果风评差些,甚至还有更不好听的传闻。

她就应该拒绝他的。

还好这会儿车棚里没有人,车一停稳,盛夏就赶紧下了车。她摘下头盔,从他手里接过车,挪动停好,把头盔挂在扶手上,摘下钥匙,锁车,然后背起书包就往教学楼走。

一系列动作一气呵成,她全程看都没看他一眼。

张澍脊背笔直地立在原地,就这么看着少女离开的背影,也没叫她。

整个早上两个人毫无交流,无论是从语言、眼神还是肢体上。

盛夏连出去接水的频率都低了，实在要出去也是默不作声地等他主动给她挪椅子。

就连侯骏岐都觉得这两个人有点儿奇怪，但又不知道奇怪在哪儿，于是一直频频地回头看。

"鬼鬼祟祟的干什么？"张澍毫不留情地说。

侯骏岐今天最高兴的事就是可以去苏瑾姐那里吃饭了！他"嘿嘿"地笑道："想到中午有好吃的，有点儿激动，就差热泪盈眶了。"

张澍淡淡道："出息。"

侯骏岐看向一旁的盛夏："小盛夏，你是不是在北门二楼订了'午托'？"

盛夏点点头："嗯。"

"中午一块儿吃饭去？"侯骏岐喜不自胜，看谁都跟看亲人似的。

盛夏满头"黑线"，忽然就学会了直截了当地拒绝："不了。"

比拒绝竞选语文课代表那会儿还坚决。

侯骏岐一愣，怎么软绵绵的小盛夏好像忽然长出了"刺"？他偏头去看张澍，却只看到一张"事不关己，高高挂起"的脸。

可最终盛夏还是在"午托"那儿碰到了张澍和侯骏岐。

虽然知道他们是亲戚，可看到张澍站在老板跟前，两个人跟一个模子里出来的"雌雄版"似的，盛夏还是微微惊讶。他管老板叫"姐"，大概率是亲姐了。

老板虽然貌美，但看着应该有三十岁了，比张澍大十几岁吗？

怪不得取名为"澍"，他父母应该算老来得子了，所以溺爱得他整天凶巴巴的吗？

盛夏吃得快了些，在侯骏岐看到她的时候，就已经准备收拾东西走人。

"哎？小盛夏？怎么就走了？"

回答他的是盛夏礼貌的颔首和决绝的背影。

侯骏岐问："她怎么跟逃难似的？"

"嫌你的称呼太恶心。"张澍端着盘子落座，淡淡地说。

侯骏岐无辜地说："小盛夏？哪儿恶心了？多亲切。"

"人家又不小。"张澍说完,便看见侯骏岐眼睛一瞪,知道这家伙可能想歪了,翻了个白眼补充道,"人家身高有一米六六。"

侯骏岐说:"真看不出来,看着'小小只',我以为她一米五。"

张澍无语道:"至于吗?"

原先张澍也觉得她看起来瘦不胜衣的,但那天捏着她的胳膊写字,触感不是干瘦的,还有早上她扑倒在他背上……

肉乎乎的,大概只是骨架小。

她身形纤细,肤色又很白,看着软软的,显得娇弱,在侯骏岐这种又高又壮的人看来确实"小小只",但也不至于一米五。

"夸张手法,夸张手法。"侯骏岐回过意思来,"不过你是怎么知道的?"

张澍挑挑眉,也不回答,自顾自地开饭,一副"我就是知道"的表情。

侯骏岐扒了几口饭,感慨完这餐饭多么来之不易,忽然想起什么似的,转移话题说:"我怎么觉得小盛夏在躲你?"

张澍抬起眼皮,淡漠地扫他一眼——还不算粗线条。

侯骏岐问:"为什么呀?"

张澍稍顿,说:"因为心虚。"

侯骏岐说:"心虚什么?"

张澍没打算聊早上的事,只把生日礼物的事告诉了侯骏岐。

侯骏岐一口汤差点儿没喷在桌上,使劲咽了下去,呛住了,边咳边笑到眼泪横飞:"哈哈哈,神人哪,送你《中华人民共和国刑法》!太有趣了,哈哈哈!"

"闭嘴吧,喷饭了。"

"那你不打算解释解释?"

"没有的事解释什么?"

欠钱的总比借钱的跩,举报人总比当事人慌。多有趣?

漫长的一周终于过去,又是一个星期一。

张澍的座位挪到第二组,和盛夏再次隔着一个走道。

两张桌子分开时，张澍问："你有没有什么东西落在我这儿的？"

她的东西确实比较多，总是乱飞，经常上着课就找不到笔，找不到修正带。张澍就会掀开她的习题册，十有八九能找到她的东西。

盛夏检查了一下，说："没有了。"

她看到他在检查抽屉，才想起来那个"礼物"，他到底看到了没有？

他没什么特别的动静和表示，要么就是没看到，要么就是看到了并未联想到她。

总之，她是安全的。

辛筱禾的位子再次换到她的左边。

每天听辛筱禾和杨临宇斗嘴，还是挺振奋精神的。

毕竟天气越来越闷热，人也陷入了倦怠期，一到下午，盛夏就犯困。前座的侯骏岐一倒下，她就更困了。

这时候，她会看看一直刷题的张澍和聚精会神的辛筱禾，她就不敢犯困了。

学霸环绕，压力倍增。

这几周下来，盛夏感觉在附中与在二中最大的不同就是紧迫感。心里一直有未完成的事项，脑中一直有未吸收的内容，整个人从身到心都在急速运转，停不下来。

因为周围的一切一直在动，一直在变，人像被裹挟在巨大的机器中，不自觉地跟着转。

每天的吃饭时间，就是盛夏最放松的时候。

她很喜欢"午托"的饭菜，家常可口，营养均衡。

可偶尔碰到侯骏岐和张澍，轻松的用餐时间也会变得不轻松。

这天下午放学，盛夏先去"鲜果屋"里买了杯青瓜汁才上二楼吃饭。张澍和侯骏岐已经在吃饭了。

侯骏岐招了招手："小盛夏，来这儿！"

盛夏端着餐盘迟疑，如果不过去，是不是嫌弃得太明显了？

想想这样确实不礼貌，盛夏还是走过去了。

四方的桌子，张澍和侯骏岐面对面坐着，盛夏无论坐在哪个空位，都是被两个男生"拱卫"着，挺显眼的。

她低着头吃饭，用眼角余光都能看到不少人往这边瞧，包括服务的阿姨和美女老板。

"小盛夏，你真的有一米六六？"侯骏岐吃饭从来就静不下来。

盛夏微怔，下意识地瞥了一眼张澍。

他和侯骏岐是无话不谈吗，这种琐碎事也说吗？

她点点头："嗯。"其实那是去年体检的数据了，她似乎又长高了些。

"你和卢囿泽很熟？"侯骏岐又问。

这话题跨度有点儿大，盛夏不明所以。

卢囿泽坐在辛筱禾后边，离盛夏很近，但卢囿泽也不是爱聊天儿的性格，两个人其实没有太多交流，也就早上讨论了一下汪曾祺的书，聊得久了些。

盛夏言简意赅地回答："初中同班。"

侯骏岐说："他初中就爱打小报告吗？"

盛夏："……"

她抬眼："没有吧，我不太清楚。"

"那你……"侯骏岐还要说什么，被张澍一筷子敲在餐盘边的声音打断。

"话那么多，不吃就站一边儿说相声减肥。"张澍的声音淡淡的，话语却不客气。

侯骏岐做了个"唇部拉链"的动作，乖乖地闭嘴。

盛夏默然，觉得侯骏岐也挺不容易的，和这么暴躁、刻薄的人交朋友。

晚自习的时候，班上来了两个扛着梯子的工人，在讲台上捣鼓半天，大伙儿都好奇地撑着下巴看。

最后工人钉上一个巨大的倒计时牌，事了拂衣去，留下教室里一片哀鸿遍野。

"啊，怎么忽然害怕起来了……"

"不是吧？居然剩下不到三百天！"

"不要啊，我还是个宝宝！"

八月已悄悄地行至末尾，补课结束，下周就正式开学了，真正的高三生活便开始了。高中生涯只剩下倒计时牌上鲜红的数字——二百八十六天。

平时总在说还有高三一年的时间，可真正剩下的日子，哪里还有一年？

紧迫感如翻腾的巨浪汹涌袭来。

"吵什么吵，知道时间不多还不抓紧？在这儿嚎，能把时间嚎长吗？"王潍忽然出现在后门，目光凛然地看着疯成一片的学生们。

今晚不是王潍负责的晚自习，他怎么来了？

教室里安静下来，大家各自埋头做题。王潍喊："张澍，你出来一下。"

张澍扔了笔起身。

"又怎么的？"到了教室外，没等王潍说话，张澍不耐烦地开口，"考个第一名就要一周一次'知心哥哥时间'吗？那我考虑考虑下次考个第二名。"

"你小子！"王潍一把抽出夹在胳膊下的书卷，就要冲张澍背上拍去，高举到一半又放下来，瞪一眼路过的不知所谓的学生，"有正事！"

张澍懒洋洋道："说。"

王潍又搂着他的肩膀，背对着教室，摆出说正事的专用姿势："下周开学升旗仪式，学校安排你做国旗下讲话，你……"

王潍的话还没说完，张澍就拒绝："不做。"

"这不是说不做就不做的，学校每年开学都是高三第一名给学弟、学妹传授学习心得，你不讲也得讲！"

这类演讲，说白了就是"打鸡血"。

张澍皱眉道："传授什么学习经验？我能说什么，天赋异禀？也没什么，就是好好听课写完作业？"

王潍一时语塞。

"我听说你的错题本在高二学生间卖得挺火的？都快人手一本了。"王潍开始使用怀柔政策，"要不你就说说怎么做错题集。"

啊？王潍都知道他卖的是错题本，怎么就有人觉得他在卖淫秽物品？

张澍笑了声:"每个人的错题肯定是不一样的,不知道要我的错题本有什么用,大概是拿来拜一拜,搞点儿'玄学'。"

"你!"

王潍每次和张澍说话都能被气个半死,他稳了稳情绪,又说道:"你实在不会讲,就问问卢囿泽,人家演讲经验丰富,再不行你先写写,再让盛夏同学给你改改。"

张澍总算松口:"行吧。"

王潍松了口气——张澍倔归倔,答应的事一般就不会出岔子。

不承想张澍又补充:"我叫不动人家,要不你给安排安排?"

王潍疑惑道:"安排什么?"

"安排人家给我改稿子呀。"

接着,(六)班的学生就看着张澍进来了,王潍又把盛夏叫出去了。

这顺序怎么和上次一模一样?这两个人别不是有点儿什么。

盛夏再回教室的时候,脸有些僵。辛筱禾问:"怎么啦?"

"老师让我帮张澍改演讲稿。"

"啊?"辛筱禾反应过来,"哦,是国旗下演讲吧,张澍是第一名,是该他讲的,可能老王怕他那个稿子给咱们班丢人吧。"

盛夏点点头:"老师是这么说的。"

辛筱禾说:"改稿子而已啦,对你来说不难。"

改稿子确实不算难事,可是……

辛筱禾见她欲言又止,低声问:"我怎么觉得你很怕张澍?"

盛夏抬眼,她也不是怕,就是那本《中华人民共和国刑法》,现在还没个说法,像把刀似的悬在她脑袋上。

辛筱禾拍拍她的手:"别怕,你等他求你就行,反正如果说得不好,丢人的是他。"

求她?他可没长着一张求人的脸。

盛夏不知道该说什么,只好点点头。

正式开学前,高三放假三天,寄宿生可以回家,放松后调整好状态全身心地投入学习。

而事实上根本没有人会真的放松，因为黑板上写满了作业"建议"。

盛夏正在收拾书包，对照黑板上的目录找出册子，带回家。

她的椅子横杠被人用手点了点，她扭头。

张澍的长腿霸道地横在走道，撑着腮看着她，问："放假有空吗？"

盛夏不明所以，回答："要做卷子。"

"有不会的吗？"张澍的语气就像恩赐，"我可以给你讲。"

旁边有同学投来好奇的视线，盛夏的神态有些不自然："不用了，我放假回来再问你吧。"

放假回来也不会问的，不如等晚自习的时候问老师。她只是不擅长驳回别人的好意。

张澍一副了然的模样："老王不是叫你给我改演讲稿吗？礼尚往来，我给你讲题，真不用？"

他这么一说，围观众人顿时没了兴致，神色讪讪的。

盛夏听说过他讲题很清晰，因为是学生视角，有时候讲得比老师更浅显易懂。

"你已经写好了吗？"她问。

张澍说："写了个开头，今晚应该能写完，明天有空吗？"

盛夏迟疑地说："可以放假回来再改吗？"

张澍的声调高了些："你说呢？放假回来得给付婕看啊，第二天就升旗仪式了，哪里有空再改？"

确实。

盛夏无声地叹气："我明天和朋友去书店自习，你有空的话可以去一方书店找我。"

有陶之芝在，总比独处好。

"行，加个QQ号，好联系。"

"好。"

盛夏夜晚睡前收到了张澍发来的消息。

"明天几点见？"

他的头像没什么图案，一团墨色，犹如黑洞，看起来像一直没在线，就这么弹出来，让盛夏吓一跳。

她回复:"我们一般早上十点就去了,下午五点回家,你什么时候有空过去都行。"

他发了个表情过来,又迅速撤回,留下"OK(好的)"两个字母。

虽然一闪而过,但是盛夏看见了,那个表情是个丑陋的熊猫头,翘着兰花指,脑袋上标着"OK"的字母。

盛夏想了想,还是应该先跟陶之芝说一声。

果不其然收到好几排感叹号和一句话:"我去是不是打扰你们约会了?"

这叫什么约会?

盛夏把改稿子的前因后果说了一遍,陶之芝也回了个"OK",加上一句:"我懂,我都懂。"

盛夏退回主页界面,看到张澍的昵称只有一个英文字母"S"。

她点开他的头像,编辑备注,打下"张澍"二字,又想起他在自己胳膊上写的"澍"字,有些气不过,于是"哒哒哒"地删掉,想了想,打上两个字"宋江"。

这么一个好汉的名字,便宜他了。

盛夏还是不满意,但想不到更合适的备注,便不打算在这个问题上浪费脑细胞,她选择关灯睡觉。

第二天,陶之芝到得比盛夏还早,平时盛夏都得等她一个多小时。

虽然陶之芝对张澍的"帅"已经不抱期待,但还是想要一睹"学神"真容。

可一直到中午,她们都已经在店里吃过午餐,张澍还没来。陶之芝还很有"人道主义"地给张澍留了一块比萨。

饭后陶之芝也不做题了,看了会儿漫画,就趴在桌上睡着了。

盛夏正在做一套数学模拟卷子,是王莲华刚给她买的。

她刚写完选择题,桌面就覆上一层阴影。她抬眼,少年单肩背着书包站在桌边,看着只有两张椅子的座位,提了提眉头:"我坐哪儿?"

听到声音,陶之芝从睡梦中苏醒,搓了搓眼睛抬头……

光晕中出现一张精致的脸,表情冷淡,眉梢轻轻地挑着。

就这么站着不动,浑身透着股桀骜又散漫的劲儿。

闲散且跩。

她蒙了，又搓了搓眼睛，仰头看着"死亡角度"下仍称得上英俊的少年，又看看自己的闺密……

盛夏介绍说："这是我同学，张澍；这是我朋友，陶之芝。"

张澍点点头："你好。"

陶之芝："……"

天哪，盛夏是从什么时候开始眼睛不好的？

书店老板送来一张椅子，把菜单给张澍。张澍落座，扫了一眼菜单，没接："白开水，谢谢。"

老板问道："还需要别的吗？"

张澍说："不需要了。"

老板还想说什么，看了一眼盛夏，又憋了回去，回了句"好的"就抱着菜单离开了。

这类书店从来就不是靠卖书赚钱，座位都有茶水费是潜规则，但盛夏和陶之芝是常客，也是会员，老板也就没坚持收茶水费。

陶之芝问："张……澍同学，你吃午饭了吗？这儿还有比萨，很好吃。"

盛夏扶额，她风风火火的闺密怎么就忽然变成这副善解人意的样子了？

"吃过了。"张澍说。

"哦……好吧。"

"你的稿子已经写好了吗？"盛夏出声，拯救陶之芝的尴尬。

张澍从书包里掏出笔记本："结尾没写。"

盛夏接过，匆匆地浏览一遍。他写得很平淡，也没逻辑，全程喊口号，像是从好几篇稿子上分别截取再拼接到一起的。

"你之前听没听过别人的国旗下演讲？"盛夏委婉地问。

张澍说："每周固定时间被迫接受几分钟的'荼毒'，难道你们二中没有？"

呃……

陶之芝的眼神在两个人之间扫视，这"学神"说话丝毫没点儿求人的样子，还真如传闻所说，又跩又帅。

气场挺强的，陶之芝都有点儿犯怵。

没想到她的闺密盛夏同志已经能面不改色，甚至带着点儿情绪说："那你应该对国旗下演讲是有初步概念的。"

意思就是：你没有，你聋了。

张澍笑了声："不如你说说？"

盛夏放下水性笔，拿铅笔在张澍的稿子上勾画。她微微倾身靠近他，徐徐地说道："首先是演讲稿的格式问题，称呼这里……"

她讲起稿子来头头是道，提建议也委婉中肯，声音很轻，听着语重心长，又像在催眠……

陶之芝本来就困，听着听着就更想睡了，于是趴回桌上继续闭目养神。

"暂时就这些。"盛夏说完，把稿子还给张澍，"要不你现在改改？不行的话再看。"

张澍的目光从她跳跃着暖光的脸颊上移开，接过稿子，回应道："行。"

盛夏点点头，继续做自己的卷子。

张澍问盛夏："手机借一下？"

盛夏抬眼，用眼神询问。

"按照您的要求，再看看别人是怎么写的。"他晃了晃自己的手机，"没流量了。"

盛夏把手机递过去。

这个牌子的手机，高中生用得不多。

张澍挑挑眉，刘会安说得不错，她的家境确实不错。

他找了一会儿才找到浏览器，点开搜索栏，刚准备打字，就看到下面自动弹出的历史搜索记录。

上边几条都是搜索作家的名字还有典故和成语。怪不得她的语文成绩这么好，看样子课外学习量很充足。

再往下看，张澍的眼睛眯起来。

——复印淫秽书籍售卖是什么罪名。

功课做得这么足？张澍笑都笑不出来了，抬眼看向对面的女孩儿。

她正低头写一道证明题。尺子在卷子上来回摆弄，还是没想好辅助线往哪里画，愁得她紧紧地咬着下唇，粉嫩的唇瓣泛白，半晌被放开又迅速恢复血色，覆上一层水光……

张澍迅速地移开视线，喉结滚动，端起水喝了一口。

盛夏一张数学卷子还没写到一半，张澍的稿子就已经完成了，这次比他的初稿要好许多。他真的很聪明，即使文字并不能像公式那样有数套数，还是一点就通。

"我觉得已经很好了，只是结尾没有升华。"盛夏再次提出修改意见，"演讲最重收尾，令人印象深刻的演讲都是在末尾给人鼓舞。"

果然是张澍最讨厌的环节："那不就是'打鸡血'？不还是在喊口号？"

盛夏："……"

她刚刚说过喊口号不行。

"也可以这样说，但是也有很真诚的结尾呀，会给人意犹未尽的感觉。"盛夏好脾气地解释。

张澍问："怎样才算真诚？"

盛夏短暂地思考，又习惯性地咬唇："就是……"

刚开口她就看见张澍扭过头去，正狐疑，他又转过头来。

她继续说："不如，说说你的理想和目标吧，会有共鸣一些。你有什么理想？"

张澍思索——他有什么理想？

他想成年，他想独立，可这些好像都不是理想。

盛夏有些惊讶地看着他茫然的样子："你没有想要做的事情吗？或者，你想成为什么样的人呢？"

张澍看着她认真的表情，竟有些说不出话。

"你那么聪明，一定可以做很多别人做不到的事。如果我有你那么聪明，我会有许多想做的事。"盛夏循循善诱道。

聪明。

没想到她对他的评价还挺正面，他还以为在她心里他就是个作奸犯科之徒。

"那你想做什么?"张澍问。

"嗯——"盛夏放下笔,反手托着下巴,边想边说,"现在还不具体。我的能力有限,不知道能考什么大学、念什么专业,但总的来说,想留下点儿什么吧,留下我来过的痕迹。如果庸碌,至少做个好人,对身边人有点儿用处自然更好;如果杰出,那就做对国家有用、对世界有用、离开后还被世人铭记的那种人吧。"

她像是沉浸在自己的世界里说话,说完才回过神似的,有些不好意思地低下头:"后面的有点儿难。可我觉得,如果是你,好像可以做到。"

这是盛夏的真心话。

他还没有用尽全力,就已经达成别人废寝忘食都难以做到的优秀。他有能力做很多选择,只要他想,就可以念任何想念的大学,学任何想学的专业,能做很多很厉害的事。

张澍看着她,没说话,目光好像落在很远很远的地方,像在发呆。

盛夏的耳郭微微泛红,后知后觉这话题有点儿"交浅言深",他没话说才是对的。

张澍抿了口白开水,弹了弹手中的稿子,点点头说:"成,我回去再改改。"

半晌,他又问:"你卷子写完没有?"

盛夏摇摇头:"还有两道压轴题。"

张澍问:"平时考试能写到压轴题吗?"

盛夏再次摇摇头:"偶尔能,通常只能读个题……"

张澍说:"我建议你先把前面的做题速度提上来,再开始刷压轴题。不然,你刷了那么多题,也做不到最后面,有什么用?现在先读完题不管三七二十一列出个式子,解不出来就放在那儿,多少能拿两分。"

"现在放弃压轴题,不会太冒险吗?"盛夏迟疑,因为她有时候是能写出一道的,虽然正确率不高。可现在已经高三上学期了,再不刷压轴题,之后想拿起来,还来得及吗?

张澍不以为然道:"选择题的速度和正确率上来了,后面的题不会差的,一通百通。"

盛夏若有所思。

"我只是建议,怎么学还是看你自己。"张澍补充。

张澍之后居然兑现了"礼尚往来"的诺言,一直在一旁等盛夏写完卷子再对答案,然后给她讲题。就连本来没心思学习的陶之芝醒来后,都蹭了蹭课。

张澍走后,陶之芝在胸口竖了个大拇指,表情充满崇拜:"就一个字,牛。"

盛夏点头赞同。

虽然他时不时会冒出两句疑似不耐烦的言辞,但总的来说算是细致认真,深入浅出。

"我觉得他对你挺不错的。"陶之芝说。

盛夏微微抬眼:"哪有?他给谁讲题都这样。"

陶之芝煞有其事地摇摇头:"不是讲题,不知道怎么说,感觉他跟你说话的时候不那么'跩王',声音都比对着我要小……"

盛夏:"……"

返校的晚自习时,盛夏并没有收到张澍的演讲稿终稿。她也没多问,见他带着稿子去找了付婕,也就放心了,心想自己的任务算是完成了。

星期一早读前是例行换座位,她再次成了张澍的同桌。

不过经过几次换座,盛夏已经不把座位当成很大的事了,怎么换都差不多,距离近一些或远一些的差别罢了,身边还是这些人。

附中的升旗仪式安排在每个星期一的第一个大课间,这天轮到盛夏值日,不用去升旗。

她和辛筱禾扫地、洗黑板,卢囿泽和他同桌倒垃圾。

他们虽然不去升旗,但是能听到全校范围内广播中的升旗仪式。

"下面有请高三(六)班的张澍同学做国旗下讲话……"

主持人的声音响亮悦耳,从讲台上的音响传出来。

伴随着稀稀拉拉的掌声,音响里传来少年的声音,磁性慵懒的音色通过音响,带上些沉厚的重音,添了些沉稳:"老师、同学们,早上好,我是张澍……"

盛夏轻叹，他原本写的是"大家好，我是张澍"，她修改后明明写的是"尊敬的老师、亲爱的同学们"。

算了，"跩王"有"跩王"的倔强。

紧接着忽然掌声雷动，伴随着叽叽喳喳的议论声，声音通过现实空间和音响双向传来，此起彼伏……

"这声音，国旗下演讲哪里有过啊？"辛筱禾停下打扫的动作，"张澍是不是在'孔雀开屏'？"

掌声减弱，张澍开始演讲。

中间的内容都是盛夏看过的那些，没有太大变化。她发现，一些中规中矩的内容从他口中念出来，好像都没有那么刻板了。有的人在懒散和正经之间，捏住了宝贵的分寸。

其实他还挺适合演讲的，没有高亢激昂的振臂呼喊，就像聊天儿一样，能让人不由自主地听下去。

结尾的内容是盛夏没听过的，她缓了缓擦黑板的动作，停下来仔细听。

他似乎稍作停顿，才徐徐地说道："有人跟我说，来这世上一场，要留下痕迹。如果庸碌，至少做个好人；如果杰出，要对国家有用，对世界有用。我不知道我能留下什么，但我有想成为的样子——'人格健全、自主发展、家国情怀、世界眼光'。如果能成为这样的人，就算不枉年少。我的演讲完了，谢谢。"

——人格健全、自主发展、家国情怀、世界眼光。

——如果能成为这样的人，就算不枉年少。

盛夏默念着这几句话，胸中倏然升腾起一丝称之为"震撼"的情愫，或者应该说是共鸣。

"精彩。这是张澍写的还是你写的啊，夏夏？"辛筱禾感慨。

盛夏想起那句"有人跟我说……"，感到略微赧然，不过最重要的主旨是他自己写的。

"他写的。"

"真的假的？不是抄的？"

呃……刚开始的版本确实是她写的，后来是他自己写的，基本只参考了一些同类演讲稿的逻辑和表达方式。

"不是抄的。"

辛筱禾惊讶了:"士别三日当刮目相待。当真是只有三日,就放假这三天,张澍就能变成'三好青年'?求求了,多放假吧。"

升旗仪式结束后,人群从广场往教学楼挪动。高一和高二的学生回教室时要经过高三的教学楼,而(六)班就在一楼最边上,高三的其他班要上楼也要经过(六)班。

于是盛夏几个人就在教室里听着路过的学生在谈论张澍。

尤其是高一和高二的学生,语气里充满崇拜与好奇。

"张澍居然长得这么好看。"

"那张脸出现在大屏幕上,我以为后台的人切到哪个选秀节目了……"

"理综就扣三分,可怕呀……"

"真有这种人?上天究竟给他关了哪扇窗?"

"哎,这就是他们班,你看。"

"是'平行班'啊……"

辛筱禾默默地听着,感慨地说道:"与有荣焉哪,张澍这算是火了吗?"

盛夏点点头:"是吧。"

班里陆续回来人,大伙儿好像都心情不错,或许就像辛筱禾说的,与有荣焉。

张澍几乎是被大家簇拥着勾肩搭背地从远处走来。

他身边除了(六)班的人,还有那天窗边蹲着的那几个人。

到了(六)班走廊,一个个的也不走,就挤着坐在走廊那两张桌子上,嘻嘻哈哈地打趣起哄。笑声都快把天花板掀翻了,路过的人无不回头看。

"牛啊,我澍哥!这种稿子念得那么自然,谁写的呀?老实交代吧,真是个人才!"

"真是阿澍自己写的好吗?我作证。"

"真的?我不信。他能写出这种东西,我倒立走路!"

张澍扯了扯嘴角,笑得意气风发:"你就是倒立撒尿,这稿子也是你澍哥写的。"

"哈哈哈,阿澍有点儿'偶像包袱'行不行?"

"真的呀,阿澍?你行啊,没想到你这么正能量呢?"

张澍说:"我什么时候'歪'过?"

"你'直'我信,你'正'成这样,我怎么犯怵呢?听听这句'对国家有用,对世界有用',雄赳赳、气昂昂的'根正苗红'好青年,牛啊!"

"牛啊,牛啊!我没文化,就是牛啊!"

"哈哈哈!"

"澍——"刘会安抓住对话的漏洞,"那什么'对国家有用,对世界有用',不是有人跟你说的吗?谁说的呀?"

"是啊!"吴鹏程也反应过来,"还有那个什么'如果庸碌,好歹做个好人',这说的不就是我吗?被你'内涵'到了。"

侯骏岐反驳说:"是'至少',至少做个好人!"

"对,对,对。"

张澍笑了一声:"我怎么不知道你们听得这么认真?都咬文嚼字上了。"

"那当然了,也不看是谁的兄弟在上面讲话?"

"我敢说今天早上是所有人听得最认真的一次国旗下讲话,不止我们好不好?"

张澍打住:"行了,行了,差不多捧到这儿吧。散了,散了,别在这儿挡路。"

他们这一群人太过耀眼,许多本要从(六)班走廊路过的人都绕道从草坪走了。

"你快说是谁说的!"

"有什么好藏着掖着的?"

"编的!编的行了吗?"张澍继续赶人,"赶紧走,别在我们班撒野,再不走要不要在这儿表演倒立?"

"啧。"

"人火脾气大啊,不好伺候喽!"

"哈哈哈!"

几个男生你推我搡、一步三回头地走了,嘻嘻哈哈的笑声响彻走廊。

少年人真是有无数可挥洒的精力。

张澍进了班里,还有不少男生打趣他。他三言两语地打马虎眼儿,来到自己的座位,抽开椅子一屁股坐下,捞过水杯"咕咚咕咚"地灌水。

讲了这么长时间的话,口干舌燥。

路过他座位的同学都笑嘻嘻地看着他,带着或赞赏或打趣的表情。张澍保持喝水的姿势不动,偶尔点头回应,目光慢慢地移向身边的人。

他的同桌竟然十分平静,毫无表示?

怎么说也算合作愉快不是?

盛夏已经无暇顾及这些,她刚才弯腰在他们中间的书箱里找习题册的时候,目光不经意地看向他挂在椅背上敞开的书包,里面有一对运动护膝。

如果不是他刚好自己买了同款,那就是她送的那一对,从护膝的松紧程度看,是用过的。

他早就拆开了吗?他看见了?他为什么一点儿反应也没有?他是不是很生气?他知不知道是她送的?

一连串问题在盛夏的脑子里"过电"一般闪过,每闪过一个问题,脑子里就"噼里啪啦"地一阵"火光",快烧到她的眉毛了。

盛夏低着头,从侧面隐约可见她的嘴唇泛白。

"你病了?"张澍问。

盛夏抬眼看过去:"啊?没有啊。"声音有些不自然。

张澍放下水杯,手背往她的额头上一探,凉的?

盛夏却因为他这个动作忽然站了起来,嘴唇更白了:"你……你干什么?"

本来周围人群熙攘,并没有人注意到他们,这时辛筱禾、杨临宇和卢囹泽却都看了过来:"夏夏?怎么了?"

辛筱禾用疑惑又质询的眼神看着张澍。

张澍也有点儿蒙,刚才是他唐突了,手比脑子快。但她在那之前,好像就已经在瑟瑟发抖了?

因为她平日唇红齿白,皮肤又细腻通透,脸色一变就十分明显。

刚才她那样,像整个人刚从冰窖里出来的……

"你怎么了？"张湀不理会辛筱禾，看着盛夏，坚持地问。

他对她这个反应，应该是不知道那个"礼物"是她送的吧？

盛夏这才感觉自己的反应过激了，摇了摇头坐回座位上："没事，我……肚子疼。"

她只能用女生的万能理由搪塞过去，众人也都了然。盛夏这样脸皮薄的女生，有这样的反应也正常，于是不再围着她让她更害羞。

辛筱禾凑到她跟前问："我给你去接点儿热水吧？"

盛夏说："不用了，筱禾，我还有水，谢谢你啊。"

辛筱禾还是担忧地看着她，刚才明明还好好的……

"那你如果不舒服就叫我。"

"好。"

然后辛筱禾冲着张湀说："你离她远点儿，莫挨仙女。"

张湀难得语塞。

后两节课盛夏能明显感受到来自张湀的一种称之为"莫挨仙女"的照顾。

他几乎不和她说话，坐得远远的。她稍微有动静，他就会看她一眼，那眼神像是唯恐她再忽然站起来。

她弄掉了笔，正要弯腰。他已经伸手去够，递给她说："你还是别动了。"

盛夏："……"

倒也不必。

此刻愧疚的人变成了她，她并没有肚子疼，她像个骗取同情的"渣女"。

好不容易挨到放学，她刚到"午托"店里拿起餐盘，就看到张湀和侯骏岐前后脚进了店门。

高一和高二的学生开学后，"午托"店里也拥挤起来。

盛夏打好了饭，看到有张桌子已经坐了两个女生。她端着餐盘走过去，小声地询问："同学，这里有人吗？"

那两个女生愣了愣，隔壁分明还有空桌。

"没有。"

"我方便坐这里吗？"

"当然可以。"

盛夏落座。

张澍和侯骏岐端着餐盘从盛夏旁边经过，侯骏岐"咦"了一声，打招呼道："小盛夏？"

盛夏在他看不到的角度默默地叹了口气，就不能假装看不到她吗？

"嗯？"她抬头。

"过来坐啊？"侯骏岐边走边回头说。

盛夏说："不用了，我快吃好了。"

侯骏岐瞥了一眼她还没吃两口的餐盘："你就吃这么点儿？"

盛夏："……"

张澍已经在隔壁桌坐下，颇为无语地看着侯骏岐："这么操心，要不你去帮她吃？"

侯骏岐察觉到气氛不对，终于闭嘴，坐下专心扒饭。

和盛夏同桌吃饭的两个女生你看我、我看你，最后看着盛夏，欲言又止。

盛夏和她们对上视线，其中一个女生鼓起勇气低声问："同学，你和张澍认识吗？"

盛夏觉得这不算是个好话题，但还是诚实地点头："嗯。"

那个女生的眼睛一亮："你有没有他的QQ号啊？"

盛夏明白了，这是今天早上某人"孔雀开屏"后招来的。

她摇摇头："没有。"

撒谎不实在，但她不想自找麻烦。

女生面露失望："好吧。"

旁边另一个女生安慰说："他一看就很高冷啦，不过这样也说明他的交际圈子很干净！"

盛夏默默地吃饭，心想：她有他的QQ号的话，他就不干净了？难道她看起来是什么"不良少女"吗，这是什么逻辑呀？

阿姨在这时端来三碗红糖鸡蛋醪糟："我们老板送给女生们喝的。"

不止她们三个人，店里的女生们都有，大家受宠若惊，有人扭头冲老板道谢。老板笑起来风华卓然:"开学福利!"

有男生佯装哭泣的样子:"我们怎么没有?"

老板说:"男孩子穷养,喝白开水就行了。"

"下辈子当女生。"

对面的女生嘀咕:"虽然很贴心,但是大热天为什么送这个呀?如果是西瓜汁该多好……"

另一个说:"是啊。"

盛夏只觉得有福利就很好,舀起一勺醪糟,热热的,甜滋滋的。

午休过后,盛夏已经把早上的事抛在脑后,下午整个人精神状态拔了一个度。张澍看到她恢复得良好,不由疑惑:早上疼成那样,一碗醪糟对她就这么管用?

女生真是神奇的动物。

下课时辛筱禾过来关怀:"夏夏,你好些了吗?"

盛夏怔了怔,想起自己骗了好友,心下涌起歉意。

她的双颊泛起粉红色,双眸漾起"感天动地"的泪光,化歉意为谢意,宣之于口:"好多了,真的很谢谢你。"

辛筱禾圆目微瞪,心道:我有什么好谢的?

张澍皱眉扭头,用眼神回应:她有什么好谢的?谢我!

第四章
第一次月考

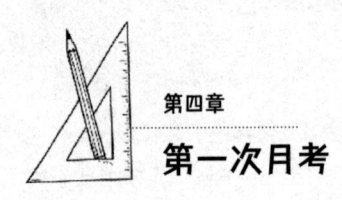

  一个多月来，学习节奏紧巴巴的，以往盛夏最不喜欢的体育课，现在都成了她的期待。因为高三取消了美术、音乐和思政等课程，非高考科目就只剩下体育没有取消。只有体育课的时候，这个被称为"高三"的巨大机器才会暂时停下，进入休整期。

  附中的体育课运动项目各班每学期都不同，听说高一的时候都是游泳、华尔兹、拉丁舞、健美操或太极拳之类，越往高年级越"硬核"。

  这个学期（六）班的体育课运动项目是篮球，男生雀跃，女生大多兴致索然。

  星期四下午第一节课就是体育课。

  盛夏把车停好就直接去操场。操场旁的树荫下三三两两地坐着人，体育老师也刚到。一声"上课了"之后，同学们才懒懒散散地排队。

  盛夏是新来的，不知道站在哪里合适。

  辛筱禾跑过来拽她的胳膊："你站我左边吧。"话音刚落她比了比，发现盛夏竟然比她高，"你穿内增高了？"

  "没有呀。"

  边上的女生也都看过来。

  盛夏穿着一双平底的白色帆布鞋，哪里有什么内增高？

  "盛夏真的比老辛高啊，看不出来啊！"

  "真的！"

辛筱禾说："那你站在我右边吧。"

盛夏就被她挪来挪去。

男生们在后边张望，也都觉得意外。

大家正吵吵嚷嚷着，张澍和侯骏岐推着一车篮球从体育馆方向走过来，车轱辘滚过地面"咣当咣当"地响。

车实际上是被侯骏岐一个人推着，张澍拍着球走在一旁，时不时在胯下运个球，姿态闲散，走路节奏没变，没有刻意地停顿耍帅……

阳光在他松软的额发间跳跃，少年明亮而耀眼。

怪不得有人说，少年就是"阳光"的代名词。

即便是同班日久对他有了"免疫"，女生们还是三三两两地窃窃私语。

辛筱禾的室友周萱萱说："侯骏岐打篮球的时候还挺帅的，站在张澍旁边怎么就跟个'公公'一样？"

"哈哈哈！"辛筱禾毫不避讳地大笑，"确实。"

虽然平时没少跟张澍互开玩笑，但对于张澍的外形条件辛筱禾却是服气的。

侯骏岐原先是按篮球体育特长生招上来的，后来受了伤就没再练了，一闲下来就快速发胖，没了原先的模样。幸好他个子高，整体看其实不算胖，只是比较壮。

如果不是站在张澍身边，他应该算个帅小伙儿。

"盛夏！"辛筱禾拍拍盛夏的肩，"是二中的男生帅，还是附中的帅？"

盛夏正在发呆，她看着张澍的篮球裤下露出的半截儿护膝，整个人僵住了。

"盛夏？"

盛夏回过神："嗯？"

"是二中的男生帅，还是附中的帅？"

盛夏陷入思考。如果普遍来讲，应该是二中的男生帅，他们大多数比较会打扮，尤其是一些"混社会"的，虽说吊儿郎当，但很会起范儿。相对来说，附中的男生要朴素一些，可如果说个别……

周萱萱笑嘻嘻地说道："你就别为难她了,没见她看张澍看得眼睛都直了吗?"

盛夏:"……"

天地良心,她没有。

不知道是不是她过于敏感,她感觉张澍的视线也有意无意地落在自己身上。

完蛋了,他戴着护膝,就是来示威的吧?

辛筱禾见她面色不佳,询问:"夏夏,你'大姨妈'走了没有?一会儿怎么打球啊?"

盛夏一怔,真是应了那句话,撒了一个谎,就需要一百个谎来圆。

"快了,没事的。"她答道。

侯骏岐做体育委员做得有模有样,先是带着大家跑步热身,再做一些拉伸动作,和老师配合做一些演示动作,比老师还专业。

接着就是自由练习,男生根本不需要练习,三五分组就打起比赛。

女生们把球你扔给我,我扔给你,站在烈日下有一搭没一搭地聊天儿。

"拍起来,打起来!扔着玩算什么啊,你们是海豚吗?"体育老师的怒吼传来,女生们也不敢应付了,分散开来练习运球。

以前在二中,体育课很水,基本跑上两圈就开始自由活动了,所以盛夏几乎没碰过篮球,别说运球了,连拍球都不会。她磨磨叽叽地把球从操场这头拍到操场那头,再磨磨叽叽地拍回来。

她一直弓着身子拍球,没有注意周围的动静,直到听到一句:"盛夏!"

她抱着球刚站直身子,视野里出现了一个从高空飞速朝她袭来的篮球,裹挟着"簌簌"的风声,气势逼人。与此同时一抹穿着篮球服的身影在向她靠近,结实的手臂揽过她的肩把她带向一旁,站定后随即放开她,双手稳稳地接住了球。

那球就停在她眼前,离她咫尺的距离。她惊魂未定,心脏"怦怦"地跳得猛烈而迅疾。

张澍的脸从球后边冒出来。他抓着球假装砸向她,手一放又一收,把球抓得紧紧的。她的眼睛因为这个假动作下意识地闭了起来，张澍的笑脸肆意又张扬："吓傻了？"

刚才喊她的辛筱禾也跑到了她身边："没事吧？你别在他们旁边练了，他们打得太猛了。"

盛夏这才回神。

刚才是他们的球飞过来，被张澍拦住了，此时他的表情像是正在邀功。

"谢谢啊。"盛夏喃喃地说，抱了抱手臂，感觉被他短暂触碰过后的肩膀微微发热。

张澍嘴角一扬："好说。"

说完他运球回到了场上，男生们看着盛夏的方向乱哄哄地起哄，什么"英雄救美""澍哥真牛"的话全钻进了盛夏的耳朵里。

就连辛筱禾也笑眯眯地说："你不知道张澍跑得多快，比球还快，帅不帅？"

"我……我没看清。"

"真的？"

"嗯。"

"咦……"

这一节课下来，盛夏是再也不想上体育课了。

她一回到教室就蔫了，张澍却是截然不同的状态，整个人容光焕发，浑身上下像是有挥洒不完的精力。

他额头上全是汗，站在风扇下仰着头往嗓子里灌汽水，喉结上下滚动，像整个儿吞下去的鹌鹑蛋。

"有纸巾吗？"他喝完一罐汽水，低头问盛夏。

盛夏从抽屉里拿出一包抽纸递给他，他也不客气，两下就抽走大半包纸，撩起额发擦汗。

侯骏岐从教室外走进来，看见这一幕，笑嘻嘻地说："哟，有的人打完球，还有美少女搞服务，怎么这么幸福呢？英雄救美后待遇就是不一样啊，哈？"

盛夏拿着纸巾的手缓缓地收回，把纸巾扔在张澍桌上，那表情像在说——请自便。

张澍瞥了一眼她迅速泛红的耳垂,把擦了汗的纸巾揉成团,往侯骏岐脑袋上一扔:"给,'美人恩',接住了,幸不幸福?"

侯骏岐双手抱头挡住纸巾的攻击:"你有必要吗!"

正式开学后,高三就不能明目张胆地补课了。学校星期六全天和星期日上午组织大家集体"自习",自愿参加,可是大家都心知肚明,不来就会落后,几乎没有人不参加,实际上就变成只放星期日下午半天假。

星期六的班里大多数人都换下了蓝白校服,穿上常服,班里恢复了假期补课时的鲜亮。

许多女生都穿上了漂亮的裙子或者超短裤,神采飞扬。盛夏身上却还是穿着那套蓝白校服,衣领扣得死紧,裤子宽松得直晃荡。

辛筱禾问:"夏夏,你怎么还穿校服啊?"

盛夏低头看看自己:"嗯?为什么不穿呀?"

张澍听见声音,转过头,不由在脑海中搜索她没发校服前都穿的什么。

结果他竟毫无印象,反正跟校服差不了多少。

"因为周末不用穿校服呀!"辛筱禾说。

盛夏眉眼弯弯:"哦,我没注意,都差不多吧。"

她买了三套校服,够换。

辛筱禾说:"我感觉你穿那种白色的,棉麻的或者纱的那种裙子好看。啊,不,也不局限于什么样的裙子,你穿什么衣服应该都很好看!"

"不知道。"盛夏回答。

"你没穿过吗?"辛筱禾看到盛夏茫然的眼神,有些惊讶,"我以为只有我从来不穿裙子。"

盛夏只说:"因为要骑车。"

"骑'小电驴'还好吧,又不用踩脚踏板,可以穿长一点儿的裙子呀!"

"嗯……也是。"盛夏不擅长否定别人,"不过裤子方便些。"

"我小时候很喜欢穿裙子,还必须要穿亮晶晶的裙子。"辛筱禾聊起小时候,丝毫不给自己留面子,"但是我腿好粗,还黑,被我发小儿说像只'荧光小猪'。哈哈哈,从那以后我就只能观望别人了。"

"没有啊,你挺瘦的呀!"这是盛夏的实话。辛筱禾虽然称不上苗条,但是绝对不胖。

辛筱禾叹气:"上高中才瘦下来的,但是也不爱穿裙子了,不习惯,总觉得凉飕飕的,哈哈哈。"

盛夏点头,很理解这种感觉:"我也是。"

喜欢,但是不习惯了。

张澍百无聊赖,竟有心思撑着腮听两个女生聊天儿。

他听到这话,扬了扬眉头。

她也是?她也是什么?她也是高中才瘦下来?还是她也不习惯穿裙子?

他的脑中忽然闪过她穿裙子的画面,细白的胳膊,细白的脚踝,腰窄得……

他看了一眼自己的小臂,目测一只手就能圈住……

"喀——"他忽然轻咳一声,支着腮帮子的手握在鼻尖的位置,迅速地扭过头去。

盛夏闻声看过去,只见少年低着头的侧脸。

他今天穿着一件黑色T恤衫,没有什么图案,只后颈处有一颗四四方方的小铆钉。因为只有一颗,所以一眼看去会不自觉地把视线投在那儿。

他低着头,后颈一串脊骨凸起,没入他的短发之下。

那骨骼,有一丝恰到好处的野性和力量感。

她无端地又想起他给自己挡球时,他的手掌与高速运动的篮球发生碰撞,那"砰"的一声,听着生疼,他却一点儿反应也没有。

还有他挪开她的那股劲儿,好像用单只胳膊就能把她拎起来似的……

他不知怎么又默默咳嗽了一声,声音小到几不可闻,只是喉结滚了滚。

盛夏默默地移开视线,低头时又看到他膝盖上的那对护膝。

看来这东西送得还挺实用,就算最后发现《中华人民共和国刑法》

是她送的,应该也会"功过相抵"吧?盛夏想。

周末高一和高二的学生不上课,"午托"又回到了给高三生开小灶的时候,人很少。

侯骏岐这个唯恐气氛不僵的人最擅长不识时务,上来就大刺刺地坐在了盛夏边上,还招呼张澍:"这边!"

于是盛夏又坐在了两个高个子中间,低着头像个被绑架的"良家少女"。

侯骏岐吃饭狼吞虎咽,三两下就扒完了去添饭,张澍倒是正常饭量和正常速度。

盛夏吃得少,又刻意地吃得快,吃完说了声"我吃好了,先走了",也不等别人回答就离开了。

交代一声是她的礼貌,不等回答才是她的态度。

还挺有脾气。

从"美人恩"到现在,盛夏已经有两天没理他们了。

这两天下午张澍几乎都去打球,每天都戴着那对护膝,也没见她有什么特别的表现。

行啊,胆小如她,竟没被他吓着,看来信念感够强的。

正道的光果然够亮?

"阿澍,看什么呢?"侯骏岐在张澍眼前晃了晃手,"这么虔诚?"

"看菩萨。"张澍说。

"……"

张澍说:"刚才显灵了,你没看见吗?"

侯骏岐看了一眼门外,一脸蒙:"……"

张澍说:"你欠点儿造化。"

侯骏岐:"……"

张澍又说:"多做点儿善事。"

侯骏岐:"……"

星期日下午休息,盛夏接到了李哥的电话。说临近教师节,盛明丰给她准备了送给老师的礼物，问什么时候方便给她送过来。

盛夏对这些人际应酬没有好感，也没有耐心，拒绝说："不用，班里的同学会一起给老师送礼物。"

盛明丰的安排，盛夏很少拒绝。这话一出，李旭没了主意。

电话挂断没一会儿，盛明丰的电话便打了进来。

"你感觉老师们用不用心？要不安排一块儿吃个饭吧，把你们各科的老师都叫上。"

盛夏无声地叹了口气："老师都很好，时间真的很紧张，应该是没空吃饭的。"

"哦……"盛明丰思索着，"行，那你好好学习，别的爸爸会做好。"

"其实……"不用做这些。

"怎么了？"盛明丰抢话，"如果有问题要及时提，很多事你们小孩子不懂。"

"没什么。"

"真的没有吗？"

"嗯。"

"那行，听说你们也快月考了，你刚去附中，不适应是正常的。成绩不成绩的无所谓，别老听你妈妈的，把自己绷坏了，知道吗？"

"嗯。"

盛夏挂断电话后，把手机关机放到抽屉里，收拾书包换好校服，提前回学校上自习。

不知道从什么时候开始，她坐在自己房间的书桌前，已经没法儿全神贯注。

在学校里，在一方书店，在不属于自己的公共空间里，反而能聚精会神。

盛夏骑着车漫无目的地转了一圈儿。

天气实在太热，盛夏不再晃悠，从南门拐进校园。路过报告厅时，发现这个平日沉寂的"大圆球"建筑此时格外热闹，报告厅外围是全镜面的装饰，此时有成群的人在对着镜子排练。

附中每年的教师节都有晚会，既是教师节晚会，也算是迎新晚会。

表演节目的主力是高一新生，高二和高三的学生也会出几个节目。

盛夏竟然在一群人里看到了熟悉的身影，明明他穿的黑色T恤那么不显眼。

张澍席地而坐，双手撑在背后。大概是因为热，他把牛仔裤的裤腿往上提了提，板鞋一晃一晃的，看着更显悠闲，头一动不动，很专注地看向人群中央的女生。

那个女生对着镜子在跳舞，高高扎起的T恤衫下露出纤细的腰，牛仔超短裤下露出的一双长腿白得晃眼，一头栗色卷发随着动作甩起来，她边跳边往后撩……

盛夏看不清楚女生的脸，但知道那是个美女，还是个大美女。

大概就是辛筱禾说的那位狗血三角恋故事里的校花女主。

盛夏拧了一下车把手，加速驶过报告厅。

陈梦瑶跳得气喘吁吁、满头大汗："歇十分钟，一会儿从第二节开始排。"她吩咐了一声，走到一旁休息，就这么站在张澍跟前，不满又无奈地看着他。

他来看她排练，空手来的。她就不指望他带什么奶茶、果汁或汽水了，连瓶水都不带？

一旁的学弟给她递了瓶汽水："梦瑶，要水吗？"

陈梦瑶接过来，递给张澍。

他还是保持刚才席地而坐的姿势，她居高临下，这个角度看她的腿又直又长。她做过镜头训练，怎么找角度她清楚得很。

可是张澍的目光并不在她的腿上。

他正扭头看路旁的树，看一眼，头转回来，又扭头看了一眼。

陈梦瑶顺着他的视线看过去，只看到绿油油的一条香樟大道，路面被太阳烤得发白，坦荡得没有人迹。

"你在看什么？比我好看？"

张澍抬起头，拍拍手上的灰尘站起，狐疑地看着她递过来的汽水："我不喝。"

陈梦瑶只想翻白眼，谁注定孤寡一生，快被领走吧，帅成潘安，她也不要:"帮我扭开!!!"

张澍轻轻地笑一声接过汽水,边轻松地拧开边拆台:"我看你刚才跳舞挺有劲儿啊?"

陈梦瑶想把汽水浇在他头上:"你能不能不张嘴?"

张澍不接茬儿,把汽水递回去给她,摸出手机看时间:"我先走了。"

陈梦瑶叫住人:"还没排到唱歌部分,你走了谁指导?"

"你呀,全能大明星。"

"服了,你还不如不来。"陈梦瑶有时候真搞不懂张澍,忽冷忽热这套玩得也太炉火纯青了,他差不多行了吧?

"阿澍——"她再次叫住他,"过两天演出,你会给我献花吧?"

也不知怎么,她有点儿沉不住气了。

这两年她有过很多演出,收到过很多花,可高一那年迎新晚会上张澍送的那束洋牡丹,在她的记忆里最为鲜亮。

那时候刚结束军训,张澍只在队列会操的时候露了次脸,就吸引了不少人的关注,人气不比现在差,女生宿舍没少聊他。

而她在众目睽睽下收到了他送的花。

陈梦瑶现在还能想起自己接过花的那一瞬——他专注的目光,自己剧烈的心跳,以及台下的起哄和欢呼。

虚荣心就这样被充盈。在后来很漫长的一段时间里,她一直以为,这只是虚荣心而已。

张澍离开的步伐没停,像他过生日那晚一样没有回头,只是挥了挥手:"没钱。"

周围有不少学弟和学妹在看着他们,陈梦瑶喝着饮料,却觉得没什么滋味。

星期日下午的教室里居然有不少人。盛夏现在还是对不上人脸和名字,但有几个人还算熟悉,比如杨临宇和他的室友齐修磊。因为齐修磊是物理课代表,所以她能记住。

走读生在放假时间很少来学校,杨临宇问:"盛夏,你怎么来了?"

盛夏说:"在家里没什么事,就过来了。"

"不巧!"杨临宇笑起来露出一口大白牙,"辛筱禾刚刚回宿舍了。"

"这样。"

"估计一会儿还来。"

这杨临宇,左一口"筱禾"右一口"筱禾"的,唉……

盛夏掏出习题册:"你们放假也不回去吗?"

齐修磊说:"我家太远了,来回得三个小时。"

"左右回家也没什么事。"杨临宇说,"都上高三了还放什么假?又不是个个都是张澍。"

盛夏很赞成地点点头:"嗯。"

不是人人上了高三都有心情去看女生跳舞,还能考第一名。

盛夏看了一眼课表,今晚是数学晚自习,现在的时间正好能做一套数学卷子,晚上可以问老师问题。她刚准备计时刷题,就听到杨临宇和齐修磊在讨论一道物理题,这题她在家做的时候也卡住了,于是改了主意,翻出物理习题册凑过去听。

齐修磊才刚列开一个公式,杨临宇就一拍脑门儿作恍然大悟状:"啊,我明白了!我怎么就没想到?原来这么简单!"

杨临宇回到座位上自己写去了,盛夏一脸茫然,他怎么一点就通?这样显得她很"废物"。

盛夏有点儿不好意思地看着齐修磊:"我还不会,你能给我讲讲吗?"

"当然可以,那我从头讲?"

盛夏坐到齐修磊前边的位子,转头摊开草稿纸:"嗯。"

齐修磊讲得很细,还会把公式从头推一遍,顺便告诉盛夏怎样记忆公式最牢固。

盛夏一边头脑狂转,一边不禁想,附中的尖子生们都很乐于分享,也善于分享,这也许是他们成绩厉害的原因之一。而她就算自己会做,也不会讲,什么时候她才能厉害到给别人讲题?

"那我自己解一遍吧。"盛夏听明白了,但怕自己只是现在听懂,转头就忘,之后还是不会。

齐修磊很有耐心:"好,我把答案盖上。"

两个人的脑袋扑在盛夏的稿纸上,半晌,头顶覆盖上一层阴影。

盛夏专注地解题,并未注意周围。齐修磊抬头,撞上凑过来的下巴。

他痛呼一声，抚着脑袋，哀号道："阿澍你干吗？吓人！"

盛夏笔下一顿，也抬起了头。

张澍站直，一只手摩挲着下巴，另一只手在齐修磊的脑袋上揉了揉，或者说蹂躏了蹂躏更合适："不哭，不哭，'爸爸'给你吹吹……"

齐修磊炸毛："滚开！"

男生们互相在称呼上占便宜这件事情，无论学校重点不重点，都一样。盛夏在二中也经常听见男生们互称"爸爸""爷爷"，实在搞不懂他们的趣味。

她摇摇头，继续解题。

杨临宇转过身来问："阿澍，你怎么也来了？"

齐修磊说："这个'也'，就很有灵性。"

张澍淡淡道："路过。"

"哦，你去看排练了啊？"杨临宇了然，"今年的节目怎么样？有没有好看的学妹？"

张澍说："没注意。"

杨临宇挑眉道："那你是去看了个寂寞吗？"

张澍也不否认："闲得慌。"

杨临宇说："不如来给我们讲讲题。"

"哦。"张澍拉过一张椅子，大刺刺地坐在走道上挡路，"有要问的吗？"

他一副恩赐的模样。

盛夏低着头，暗暗地抿了抿嘴。

"呵，不巧，还真没有。"齐修磊指了指盛夏，"盛夏倒是有，不过你们是同桌，什么时候问不行？"

张澍扯了扯嘴角。呵，不巧，她还真没问过，倒是喜欢舍近求远。

"哪道题？"张澍凑近去看她的草稿本。

盛夏却飞快地合上本子站了起来："我解出来了，我去对对解析。"

说完她就站起身，可张澍坐在走道挡住了去路，于是她从旁边的座位绕着回了自己的座位。

张澍："……"

他是有瘟病吗？值得她这么草木皆兵？

齐修磊和杨临宇的眼神在二人之间来回扫视。

齐修磊困惑道："你欺负人家了？"

杨临宇下结论："辛筱禾不会饶过你的。"

张澍也站起身，把椅子提回原位："无聊，走了。"

盛夏一整天都钻在数学题里，头昏脑涨。

没想到晚自习的时候数学老师又发了一张自己出的卷子下来，限时一个小时做完，然后对答案，星期一早上讲解。

题都是中高难度的选择题，十五道题盛夏错了七道题，正确率刚刚过半。她看了一眼左边的辛筱禾，错四道题；斜后方的卢囿泽，错四道题；前边的侯骏岐，没做完，错六道题。

她跟侯骏岐差不多一个水平吗？

右边的张澍……

不用看，应该是全对，因为他拿起红笔后，就没在试卷上落过笔。盛夏知道他改卷子只标错题，不会像她一样在每个对的题后面打钩。

"浪费墨水。"他之前说过。

因为学校不让老师在晚自习时间讲课，老师就在白板上写答案，让学生自己先对着答案看能不能弄懂。

盛夏思考的时候会忍不住咬嘴唇，这会儿咬得嘴唇都快泛白了。

忽然，她的卷子上出现一团纸，是从右边递来的。

她看看张澍，他示意她打开。

老师正背对着他们在写板书。盛夏轻声叹气，还是打开了那团纸，是一张草稿纸的边角，撕得很随性。

上面有一行字："有要问的吗？"

盛夏在那行字下边写了个"？"。

然后也没折，直接递回去给他。

没一会儿他又把纸扔过来，还像煞有其事地又折上了。盛夏再次翻开，上面写着："可以问我。"

盛夏写："没有。"

张澍回："你都会了？"

什么意思呀？她就不可以都会吗？

盛夏写："不行吗？"

张澍看见这三个字，短促地笑了一声，很轻。其实用她的语气念那句话，还是温和的，可是看文字真的很像"抬杠"，真是难得。

盛夏皱着眉看过去。

有了"抬杠"的印象，盛夏这神情在张澍看来像是瞪着他，可他一点儿脾气都没有，反而被瞪得心情很愉悦。他就在她瞪着他的视线下低头写字。

盛夏见他嘴角带着嘲笑，写下："行，当然行，你最行。"

很敷衍，没有一丝真诚，盛夏无语："……"

张澍回："不会就问我，别出去丢人。"

盛夏对这"恩赐"不予置评："哦。"

星期一大课间，盛夏头一回参加了附中的升旗仪式。省重点高中就是省重点高中，财大气粗，连参加个升旗仪式都有大屏幕转播。左右各有一张大屏幕，平时藏在灯架上，盛夏这是第一次看见。

今天国旗下讲话的是高一的新生代表，很伶俐的女生，但看起来有点儿紧张。

那么大的屏幕，那么近的镜头，每一次眨眼都看得清清楚楚。

盛夏不由得想，张澍那张脸在大屏幕上放大是什么效果？他那张不羁的脸念那么正经的内容，是什么表情？台下黑压压的有几千人，他有没有紧张？

她忽然觉得有点儿可惜，上周没有看到他演讲。

"这效果，和上周阿澍的演讲比差远了！"

"没得比好吗？"

"上周创纪录了吧？应该收录到附中纪录片里。"

留在班里的值日生也在遥遥地参与话题，聊着上周的升旗仪式。

扫地的男生忽然发出"啧啧啧"的感叹，站在张澍桌边，看着手里揉成一团的字条："张澍不会是在和盛夏谈恋爱吧？"

"什么？"

周萱萱扭头："怎么可能啊？张澍周末还眼巴巴地去看陈梦瑶排练呢。"

"要不你看？"那个男生晃了晃手里的字条，几个人听到这话，全都围上去。

周萱萱接过，另一个女生也凑近看，一字一板地念着字条上的话。

"有什么要问的吗？"

"问号。"

"可以问我。"

"没有。"

"你都会了？"

"不行吗？"

"行，当然行，你最行。"

"……"

"不会就问我，别出去丢人。"

"哦。"

念完，女生搓搓手臂上的鸡皮疙瘩："咦……好腻歪，我的妈呀！"

发现字条的男生说："这一看就是他们的字，太好认了。"

盛夏的字漂亮得像字帖上的字，大家都在范文墙上看过。张澍的字略显潦草，龙飞凤舞，也很有辨识度。

周萱萱皱眉道："仔细看这对话其实也没什么呀！"

另外一个女生想了想，也推翻自己之前的想法："是啊，才开学多久，怎么可能啊？盛夏看着就乖乖的，你们男生就爱乱说，毁人清誉！"

"这……我也没说什么啊！"男生撇撇嘴。

另一个男生说："我看盛夏的回答都挺正常的，是张澍一个人在鬼话连篇。"

"哈哈哈，你别说，还真是！"

周萱萱瞪了一眼那个男生："张澍喜欢的是陈梦瑶，好吧？"

没人不知道周萱萱和陈梦瑶走得近，陈梦瑶经常来班里找周萱萱，加上之前陈梦瑶追过卢囿泽，所以（六）班的人对陈梦瑶也都很熟悉。男生摊手，不在这个话题上纠结，走到一旁开启兄弟间的话题。

"你觉不觉得盛夏更好看?"

"整体是挺有气质的,没怎么仔细看过脸,身材也……没印象,感觉她每天都低着头。"

"她是缺点儿存在感,没有陈梦瑶那么亮眼,但是,有一回我接水时站在她旁边,她转过头来,那张脸跟透明的一样……说不明白。"

"你这是什么形容,鬼啊?"

"天使更适合形容她吧?"

"你喜欢人家?"

"不,不,不,别胡说,只是说她好看好吗?"

升旗回来后,盛夏去接水,排队时发现几乎都是(六)班的学生,连今天的值日生都在。她觉得奇怪,一般值日生都会趁大家去升旗时接水、上洗手间,这会儿怎么齐齐地排在她后边?

而且不知道是不是她的错觉,大家都在有意无意地打量她,这让她感觉浑身不自在。她对还算比较熟的周萱萱颔首,当作打招呼。

周萱萱也微微笑:"夏夏,早呀。"

周萱萱边上的女生叫住她:"盛夏,等等我们嘛,一起回班呀。"

说话的女生是周萱萱的同桌,好像叫李诗意,盛夏和她几乎没说过话,但还是点点头:"好呀。"

她站在一旁等候接水,就听见周萱萱冲后面招手:"梦瑶,这儿!"

盛夏看见一个栗色卷发的女生拿着水杯走过来,脸上洋溢着明媚的笑。她上身穿着蓝白校服,下身是深棕色的超短牛仔裤,在校服下若隐若现,帆布鞋踩住了鞋后帮当拖鞋穿。

朝阳斜照进走廊,照得她的长腿白得发光。

周围很多人都在悄悄地回头看她。

她就是陈梦瑶?真的很耀眼。盛夏的目光在她脸上短暂地停留,又礼貌地移开。

陈梦瑶排在最后,几个男生给她让位置,她很客气地道谢,然后对周萱萱说:"萱萱,那你等等我。"

"那肯定的呀。"周萱萱回应。

于是,盛夏就只能跟着一起等。

陈梦瑶接好水，挽住周萱萱的胳膊："走吧。"

于是李诗意就挽着盛夏的胳膊，四个人并排走着。

盛夏越发不自在，这感觉很奇怪，像莫名其妙地被拉入一个自己并不熟悉的"闺密聚会"。

周萱萱问："你排练都结束啦？"

陈梦瑶回答："今晚还有彩排啊。"

周萱萱又问："你东洲那边的培训都结束了？还去吗？"

陈梦瑶说："肯定还要去呀，艺考前会一直来回跑。"

"那你的文化课怎么办？"周萱萱关心道，"你想去的那几个大学，文化分要求也是很高的。"

陈梦瑶叹气："我也不知道啊，大概还是得课外补补课，但是都好贵呀。"

"找张澍呀！这么好的资源你不用？"

陈梦瑶撇撇嘴："再说吧，不想理他。"

周萱萱抽出手臂拍拍陈梦瑶的肩："喂！你把我们（六）班的大红人、大学霸、大帅哥这么晾着，真的好吗？"

陈梦瑶笑笑，不说话。

陈梦瑶在（四）班，到了她的班级她就进去了，进门前又回头冲周萱萱喊了声："中午等我一起吃饭？"

周萱萱比了个"OK"的手势。

陈梦瑶比了个心，眯着一只眼睛做了个 wink（眨眼），很有元气，又漂亮。在收回视线前，她的眼神不着痕迹地掠过盛夏透着恬静的侧脸。

微微低头走路的盛夏自然没有注意到陈梦瑶的眼神，更没有注意身后的男生们在窃窃私语。

"我觉得你说得对，盛夏好像更好看。"

"没错吧？"

"真的很漂亮，还没怎么打扮，两个人站一块儿很明显，陈梦瑶到底也就这样了，盛夏还是一张白纸。"

"对，我差不多也是这种感觉，就是形容不出来。"

"难怪张澍……"

"哈哈哈！"

教师节的晚上，全校师生在报告厅看演出。高三的学生似出笼的野兽，兴奋异常，整个高三的教学楼沸反盈天。

教师节晚会再次颠覆了盛夏对学霸群体的认知，节目质量不知道比二中高出多少倍。有时候她真的搞不清楚上帝究竟为什么这么偏心，怎么就有人能做到"德智体美"样样都拿得出手？

盛夏学过很多年古筝，也曾是学校表演的主力，但她的古筝在盛明丰和王莲华某次争吵中被摔坏了。之后盛明丰给她买了更好的古筝，她却再也没有动过。

看到舞台上编制齐整的民乐团，盛夏的指尖在膝上动了动。

陈梦瑶领舞的节目掀起了整场晚会的高潮，致敬《歌舞青春》，又唱又跳还有情景表演，现场气氛很热烈。节目结束时，除了（四）班，就数（六）班座位区的欢呼声最热烈。

陈梦瑶谢幕时，往（六）班的方向挥了挥手。大伙儿一时起哄，看看张溯，又看看卢宥泽。

台下的戏比台上还精彩。

"张溯一会儿会去献花吗？"

"会吧，他不是陈梦瑶的头号粉丝吗？"

"上次送的还是很贵的洋牡丹，啧啧，对溯哥来说可真是'铁公鸡拔毛'！"

"哈哈哈！"

"所以感情这事多奇怪啊，就这样'女神'还是没有和他在一起，惨不惨。"

"张溯都追不到的人，谁追得到啊？"

"'富二代'追得到啊，比如卢少爷！"

"哎，如果是你，你选少爷，还是选校草？"

"我又不是校花，这是我能选的吗？"

"也是，不过他们三个人的剧情还能不能在毕业前更新完了？别等我上了大学还在八卦高中校花、校草和'富二代'的二三事。"

"哈哈哈，不得而知。"

盛夏坐得靠后，把身边的低语听了个全。

她看着前排那个人的后脑勺儿。他手肘撑在扶手上，支着下巴看着舞台，会是什么神态？他看喜欢的人的时候，是什么表情？

应该是像那日看陈梦瑶排练时一样，专注而沉迷吧。

总归不会是看笨蛋的眼神。

盛夏晃了晃脑袋。她究竟在想些什么呀？

晚会结束时全体演出人员上台联欢，背景音乐青春又激昂，台上彩带飘扬一片热烈，台下许多观众冲上去献花。陈梦瑶抱着好几束花，整个人都被花遮住了，而她的怀里并没有洋牡丹。

观众陆续地撤离报告厅，盛夏看见那个漂亮的脑袋走在前面，并没有出现在舞台上献花。

盛夏回到班里又自习了会儿才收拾东西回家，没注意时间，此时已经有些晚了。夜深人静，她从文博苑抄近道，车子驶过小区花园时，忽然听到熟悉的声音。

"你不是已经有很多花了？"张澍靠坐在凉亭石桌边缘，冷冷地开口。

"阿澍，你是不是在吃醋啊？"陈梦瑶站在一旁，还没卸下舞台妆的她眉飞入鬓、唇红齿白，在夜里显得格外明艳。

张澍叹了口气，很重。

他站了起来，走到了陈梦瑶跟前，居高临下地看着她。他们距离很近，从盛夏的视角看过去，他稍稍地低头就可以吻上对面的女孩儿，气氛暧昧而紧张。

张澍因为走动，似乎注意到车道上的"小电驴"的声音，目光往车道这边扫过来。

盛夏慌忙地加速，目不斜视地迅速驶离眼前的"琼瑶剧场"。

夜色掩映，也不知道他有没有看见自己，毕竟接连撞见他，还都是挺私密的事，盛夏还是挺慌张的。

张澍看着在车道拐角消失的白色车屁股，眉头轻轻地一提。

"你干吗……"张澍很高，陈梦瑶感受到前所未有的压迫感，稍稍后退。

张澍的视线从车道收回来，看着面前的明艳面孔，打量着她，忽然觉得她和张苏瑾一点儿都不像了。张苏瑾从来不会拐弯抹角，眼神永远是直接而爽利的。

她只有唱歌的时候像张苏瑾，尤其是抱着吉他的时候，姿态、音色都和张苏瑾如出一辙，他仿佛能看到张苏瑾年轻时的样子，风情万种。

军训那一晚，她唱的就是张苏瑾的歌，小众到查无此曲的歌。

音色跟张苏瑾的契合到令人恍惚。

"我很奇怪，你为什么觉得我会吃醋？"张澍反问。

陈梦瑶被他突如其来的质问语气吓到了，愣了两秒才回神："我哪里注意过这些，是我的姐妹都这么说。"

"你的姐妹？谁？"

这打破砂锅问到底的架势，陈梦瑶都没想到："我姐妹那么多，都列给你听？这是重点吗？"

张澍轻轻地笑了一声："她们是不是还说，我初中就开始追你，爱而不得、死心塌地？"

陈梦瑶哽住，察觉张澍的态度有些不善，不知道话题还应不应该继续深入。

她分明是来质问他为什么不给她送花的，分明是来暗示他可以更进一步的，怎么现在紧张的人居然成了她？有时候她烦透了他这副无所谓的模样，因为看不透，所以很难应付。

她还是选择暂退一步，也换上一副无所谓的表情，用"你怎么开不起玩笑"的语气说："张澍，你现在是在干吗？"

张澍忽然不知道说点儿什么，他不擅长处理这些。平日里，只要是他的朋友，无论男生女生，在他这儿受到的待遇都差不多，但在语言上，他跟女生说话会客气很多，虽然偶尔也会嘴毒两句，但不像对着男生那么肆无忌惮。所以现在这种类似于"摊牌"的对话，他有些不知道该怎么进行下去。他还没有跟女生掰开了、扯碎了谈过话。说轻了怕没用，说重了怕伤人，很难办！

他从来就不怎么在意流言蜚语，因为有些话没有对他造成什么实质性的影响，而有些话他如果当众反驳了，就是打女生的脸。这些流言对他来说不重要，不代表对女生不重要，所以他对流言基本选择无视。

可这谣言也太夸张了点儿，再传下去他都快成"情圣"了。

人生苦短，做什么"情圣"？他宁愿去取经。

"陈梦瑶，我有对你说过'我喜欢你''我要追你'吗？"张澍犹豫半天，还是选择直言直语，开门见山。

陈梦瑶一怔，犹疑道："你想说什么呀？"他确实没有说过，他这种性格，喜欢就直接行动了，说这样的话才不符合他的个性吧。

张澍斟酌着措辞，继续说道："第一，我不是喜欢你，所以不存在吃醋；

"第二，我不知道那些我从初中开始追你的谣言是从哪儿来的，如果你觉得困扰，那我先说对不起。如果你乐在其中，那我也不会驳你的面子，但咱们自己必须清楚这事子虚乌有，初中咱们压根儿不认识，对不对？

"第三，你唱歌确实很好听，祝你成为大明星，到时候我做你的粉丝都行，但这和我喜欢你是两码事；

"第四，我那时候给你送花是因为，你说有人送花的演出才算成功，这话我姐也说过，我觉得挺有道理的，洋牡丹是我姐特别喜欢的花，我想女生应该都差不多，我看你也挺喜欢的，那花还很贵，至少对我来说贵得要命，也不算辱没你对不对？你现在有那么多人送花，很成功了，那也不差我这一束花；

"第五，我觉得最近的谣言有些离谱儿，所以这次没有送花，以免造成不必要的误会。你就为你姐妹的几句疑问，大半夜的在这儿堵我？我非得给你送花？我真的很穷啊，妹妹！

"第六……"

他专心地细数着，也没察觉面前的女孩儿脸色已经变得阴沉，双手紧攥成拳，在微微颤抖。

"够了，停！"陈梦瑶低声打断他。她从"初中咱们压根儿不认识，对不对"开始，就已经听不下去了。

还问对不对？对个屁！还第一、第二、第三……第六？口才这么好，怎么不去学播音？！

张澍抬眼,停止说话。他很烦,很烦摊牌,不如去摊煎饼。

"你的意思是你没喜欢过我呗?"女生的声音高傲如常,好似刚才张澍的一串话并未在她心里激起波澜。她像一只高傲的天鹅,质问岸上给她拍了照却不投食的游客。

"对啊!"张澍点点头,有点儿不理解她为什么忽然换上这种执着的眼神,"反正你喜欢的也不是我,干吗在意这个问题?还是说,大明星就是这样,非得大家都喜欢你才行?"

陈梦瑶说:"他们都说我在你这儿太拿乔了,是不是这样?"

张澍没听懂:"什么?"

"那我如果说,咱们在一起吧,你还会说不喜欢我吗?"陈梦瑶深呼吸道。

这是什么逻辑?张澍烦躁地叉着胯:"你不是在追卢宥泽吗?干什么,知道他反正要出国,赶紧找备胎啊?"

"我……"陈梦瑶忽然语塞,"我没在追他呀。你之前为了这个针对他,我也知道……唉,反正这是两码事,也都过去了,你究竟要不要跟我在一起?"

张澍完全蒙了:"我为什么要跟你在一起?不是,先说清楚,我针对他不是因为你追他,是他惹了我,明白吗?"

陈梦瑶反问:"你真的不喜欢我吗?"

张澍双手一摊:"对呀,这还要证明吗?"这不是很伤人吗?

就着他摊手的动作,陈梦瑶忽然朝他靠近,作势要扑进他的怀里。

张澍手疾眼快,双手撑着她的肩膀往外推,脑子里已经没什么说辞,什么都顾不上了,开始口不择言:"我做梦都没梦到过你,你说呢?"

陈梦瑶僵住了,周围死一般的寂静。

晚风拂过香樟树,"沙沙"作响。

"你恶不恶心?我听到外面都传得很离谱儿,我都慌了,我还想做朋友。你要是真喜欢我,这朋友是没法儿做了。"陈梦瑶退后两步,双手抱臂,换上一副轻松的表情,"行了,那没事了。"

张澍:"……"

对话进行到这儿,其实张澍的心里已经有数,她都这样跑来质问了,他还有什么不明白的？但既然女生选择退一步保留尊严，他也没必要拽着她的"小尾巴"非得把人家的骄傲踩在脚底。

之前吴鹏程跟他说过，陈梦瑶这个人虚荣心很强，无论在物质上还是精神上，又爱钱又享受别人的簇拥。对此他不予置评，谁还没点儿虚荣心，这么评价女生有些过分。

爱面子罢了，算了。

"我走了。"陈梦瑶潇洒地转身，挥了挥手。

张澍站在原地吹了吹风。他看了一眼手机，都快十点了，怪不得那个胆小鬼从小区里走。

第一次月考就这样来临了。这次考试的意义对于盛夏来说，要比其他同学重要。

这能够检验她在附中的适应情况。

考前的一周里，盛夏几乎"头悬梁，锥刺股"，每晚都复习到很晚，王莲华催好几次她才入睡，梦里也全是题，几乎魔怔了。

白天不免有些困，盛夏便泡茶提神。

她喜欢茉莉花茶的香味，便带了些来学校泡。茶一泡开，就染香了一整个教室。付婕课间来到她桌前，问是什么品牌的茶。

盛夏也不清楚，只说："家里买的，我也不知道。"

付婕夸赞说："茉莉花和你很配，芬芳美丽满枝丫，又香又白人人夸。"

这夸赞太过直接，盛夏有点儿不好意思，笑盈盈地看着付婕。她现在已经不会动不动就脸红了，只是有些慢热，熟悉以后就会好很多。

隔着一个走道，付婕的话就这么钻进张澍的耳朵，他在脑袋里过了过《茉莉花》的歌词："好一朵美丽的茉莉花，好一朵美丽的茉莉花，芬芳美丽满枝丫，又香又白人人夸，让我来将你摘下，送给别人家……"

芬芳美丽，又香又白，为什么送给别人家？什么奇怪的用词和逻辑？这歌真傻。

考试就像之前辛筱禾介绍的那样，把两列座位挪到走廊，教室里剩下的座位拉开一些空隙，就开考了。老师也就过来发个试卷，其间就去忙自己的事了,并不怎么盯着考场,结束再来收个试卷,对他们完全"放养"。

附中老师批卷子的速度不是吹的,上午考语文,下午考数学,晚上两科成绩就出来了,课代表已经能知道分数。卢宥泽告诉盛夏:"语文你考了咱们班第一名。"

盛夏惊喜地说道:"真的吗?我以为成绩会退步。"

"真的,你没问题的。"卢宥泽鼓励道。

盛夏回了他一个感激的笑容,忽然对其他科目有了一些信心。第二天的英语和理综考试她心态放松,竟觉得难度不算大,跟考前她刷过的几套附中往年的"变态"题比,她感觉月考这套题只能算中等难度。

可到了晚自习,她的心情就如同坐了过山车,一下子跌到谷底。

全科成绩都出了,年级排名也在第二节晚自习公布。这速度,把"即时反馈原则"用得淋漓尽致。

盛夏班级排名第四十三名,倒数第九名,年级排名第一千六百多名,班级排名进步了两三名,但年级排名远比之前要差。

这说明她比起附中独立命题的卷子,更适应联考的卷子,听起来喜忧参半,实际上是个坏消息。附中独立命题的卷子比联考的卷子质量高,这是大家的共识,许多有门路的考生都向课外辅导机构私下拿附中独立命题的卷子来做。

盛夏从以前的"舒适区"出来,忽然走进现实的险滩,这个跟头栽得结结实实。

即便之前做足了心理准备,她还是觉得很难受。

附中的教学进度比二中起码快了一个学期:高二已经上完了高三的内容,高三补课期间会再复习一遍高三的内容,高三正式开学后就开启第一轮复习。

所以盛夏整个暑假都在辅导班赶进度,全天上课超过十二个小时。

她来到附中,努力程度和在二中的时候完全不是一个级别的,可是她的努力却丝毫没有体现在成绩上,尤其是数学。她这段时间大部分的精力都在数学上,竟然只能刚过及格线,91分,倒数第六名。

这是她在完全不紧张的情况下考出的真实水平,如果加上紧张,不知道成绩会差成什么样子。

近两个月的努力难道只是自我感动吗？她的视线落在自己精致的笔筒和色彩缤纷的水性笔上，感觉自己真的只是文具多的差生。

下了第二节晚自习，盛夏还在看自己的卷子，整理错题，没有离开的意思，或者说，她压根儿就不知道下课了，连下课铃声都没有听见。

张澍发现，她整个晚自习罕见地一口水都没喝，也没有出去上过洗手间。

她就像个"扫描仪"，一直埋头反反复复地看卷子。只有老师在白板上展示解析的时候，才会抬头对答案。

她没有什么太激烈的表现，但已经足够不寻常。

辛筱禾倒是没察觉到什么，只是留意到盛夏还不回家，问："夏夏，你要上第三节晚自习吗？"

盛夏抬起头"啊"了一声，似乎是才从自己的世界里出来。她扭头看了一眼已经半空的教室，说："哦，我得回家了。"

辛筱禾说："嗯，免得路上都没人了，怪瘆人的。你回去吧，如果有新的解析发下来，我给你留好。"

"嗯，谢谢。"

"太客气啦，baby（宝贝）！"

盛夏正收拾东西，想把试卷再拿回家看看，数学试卷就被走道那边伸过来的手抽走了。

张澍看着她的卷子，抬眼："我给你讲讲？"

干什么？又是这副看笨蛋的怜悯眼神。

盛夏想拿回卷子，却扯不动，低声说："谢谢你，先不了，我得回家了。"

"一会儿我送你。"张澍说。

盛夏双眼圆睁，感觉周围忽然安静了一些。

他知不知道自己在说什么？

张澍递上他的作文卷子："我这作文进步飞速，不得谢谢盛老师？"

盛夏瞥了一眼他的作文——47分。

这个成绩算是高分档了，之前他的作文一直在45分以下，这几分的进步意义重大。

不过，这和她有什么关系，还"盛老师"？她没有指导过他的作文呀……

盛夏久久不语，张澍语气不耐烦地说："还不是老王说了要互通有无？那你去跟老王说，我尽到同学义务了，是你不领情。"

这……老王什么时候说过？反正，没有和她说过。

侯骏岐扭头，兴致盎然地看着张澍：阿澍什么时候这么听话了？还有，老王会用"互通有无"这种成语？

周围同学听了张澍的"解释"，八卦的兴致顿时消减不少，也不再围观，纷纷做自己的事去了。

盛夏松了口气，回答："明天吧，可以吗？回去太晚家里会担心。"

她理由真诚，语气温和。张澍忽然有一种自己在刁难人的感觉，乐于助人不该是这么个待遇吧？于是摆了摆手："都成，你自己的成绩，我急什么？"

盛夏感觉一句"谢谢"噎在喉咙里，对着他这副不耐烦的面孔怎么都说不出口来，最后也只是抿抿嘴，再点点头，背着书包离开教室。

这是什么被胁迫的表情？

张澍收回视线，有点儿烦躁地把卷子拍在书桌上。

"阿澍？"侯骏岐靠近，露出了贼兮兮的眼神，"你怎么回事啊？"

张澍抬眼，给了个"关你什么事"的眼神，又低头继续做题。

侯骏岐吃瘪，反而笑得更欢，嘴里念叨着"有趣，有趣"，后脑勺儿忽然就被草稿本拍了。

深夜，盛夏辗转反侧，她还不知道要怎么汇报自己的成绩，学校有"家长监督系统"，不知道王莲华看到了没有。想到王莲华"恨铁不成钢"，想要指责却欲言又止的表情，她又翻了个身，睁着眼，干脆爬起来点开英语听力催眠。

都是徒劳，英语单词在耳边蹦着，却进不去脑子。

盛夏深知王莲华的不易，她希望三个女儿都能成才、独立、强大，希望她们拥有跟命运对抗的能力和勇气。可是到现在为止，没有一个人能满足她的期待。

盛夏的成绩不错，也只是不错，而且性格柔软，没什么脾气，看着没有主见。

吴秋璇性格倒是强硬，却又过分强硬，成绩一塌糊涂。

郑冬柠不必说，能够健康长大，恢复社交能力，她们就已经要谢天谢地……

盛夏想起小时候，放学回家不是练琴就是练书法，不是背公式就是背古诗，就连惩罚也与学习相关。比如琴没练好，就要罚站，背后架着站姿矫正木，站在电视机前，念屏幕上的古文，直到能背诵为止。

如今想来，这对她的文学素养不无裨益，但那时候，她感受到的只有痛苦。

站到最后，她背后的木架子硌得胳膊生疼，她忍不住哭，王莲华就抱着她一起哭，说："妈妈也不想这样，夏夏一定要更优秀，否则以后就会像妈妈一样后悔……"

盛夏只哽咽着，说："妈妈我错了，我会好好努力的，你别哭了……"

盛夏又拿起手机，点开和盛明丰的对话框。前阵子他给她转了一千块钱，她没有收，又被系统自动退还回去了。

盛明丰留言说："在专心学习？不要绷得太紧了，周末和同学出去放松放松。"

盛夏打下几个字，又看了一眼时间，还是作罢，关了手机，重新陷入黑暗里。

第二天全天的课都在讲卷子，盛夏头昏脑涨。

语文老师在课上念了盛夏的作文，用来当作典型进行分析，最后说："盛夏同学的作文是很有参考意义的，大家多看、多分析。张澍之前在作文课上是不是学到不少？这次作文就写得不错。学，不是让你们学盛夏同学的遣词造句，这个短时间学不来，但是她的作文结构、思路、主旨的选择都非常值得大家学习。你们……"

盛夏低着头，躲过大家的注目，不承想，桌上忽然跳出一个纸团。

她扭头，张澍撑着腮帮子，挑挑眉。

她双手放到桌下打开纸团。

张澍看见她鬼鬼祟祟的样子笑了，这低头猫腰的动作，简直欲盖弥彰。

"牛啊牛啊。"

字条上写着四个"龙飞凤舞"的字。

盛夏皱眉。

"无聊。"她回。

"那你跟我聊聊？"他又扔过来。

现在他们不是同桌，隔着走道扔字条要比之前明显很多，盛夏不想回了，他的长腿却伸过来，有一下没一下地撞她的椅子横杠。

盛夏偏头去看，他目光专注地看着老师，一副认真听讲的样子……

这人怎么这样啊？她轻轻地叹气，只能回复："下课再说。"

她以为这就完了，他竟又把字条扔了过来，上面写着："收到。"

他真的好无聊啊！盛夏把那字条一团，扔进了自己的垃圾袋里。

下课铃刚响，就有几个人围到盛夏桌边，想看看她的作文，可卷子只有一张。有人问："盛夏，你还有以前的作文吗？"

盛夏想了想："都在家里。"

"那你什么时候拿过来给我们看看吧？"

"好。"盛夏应答，还有点儿不好意思。

以前在二中，她的作文也被老师夸得"天上有，地上无"的，可是没有同学这么好学地请教她。她也只是会写而已，如果真的要她分析讲解，她也不知道从何说起。

上课铃快响的时候，人群才散去。盛夏斜后方的卢囿泽拍拍她的肩："盛夏，借你的作文让我看看？"

"好。"

盛夏拿起卷子，正要往后边送，卷子的一角就被人捏住了，她抬头就看见一张跩得"二五八万"的俊脸。

张澍看着她，淡淡地开口："不是说下课和我聊聊？"

盛夏："……"

她看了一眼卢囿泽。卢囿泽露出了一个谅解的表情："你先给他讲吧，我不着急。"

"嗯。"盛夏的眼神里充满感激，看向张澍的时候，她的神情又恢复如常："我不会讲，只会写。"

张澍皱着眉，她怎么对着他就是这副被胁迫的表情了？刚刚不是还含情脉脉？

"之前演讲稿不是讲得很好吗？"张澍坐下，朝向她。

偶尔有同学从走道经过，隔绝了两个人之间的视线，张澍就歪着头，一刻也没错过她的表情。

盛夏说："你的领悟力很强，要不你先自己看看吧。"

这是实话，昨晚她匆匆地扫了一眼他的作文，真的进步很大，至少已经脱离模板化的"五段三分"式的论证手法，遣词造句也不是生搬硬套了。

她想起之前的作文课，他看了很久她的作文，想必是在分析她作文的逻辑和思路。

不得不说，即使在语文这种更重积累的学科上，他仍旧有自己的一套法子学习。

一点就通，这就是天赋。

"你这算夸奖？"张澍问。

盛夏一愣，他的重点是不是抓得有点儿偏？她狐疑地点点头："嗯。"

"行。"张澍拿过她的卷子，忽然很好说话的样子，"我再看看。"

盛夏不着痕迹地叹气。

他一看就是一天，到了晚自习还没还给她，卢囿泽只能干等着。

盛夏问："你看完了吗？"

张澍回道："我再分析分析。"

盛夏没辙。

考试过后的晚自习，自然是王潍的"知心哥哥时间"。盛夏又是第一个被他叫出去的，这下教室里也有了些窃窃私语。

老王好像对这个新同学格外上心，盛夏也有些紧张，她知道王潍要说什么，她还没想好怎么回应。

果不其然，王潍先是做了一番铺垫，安慰她刚来附中还不适应，成绩出现一些波动是正常的,不要太紧张,把心态调整好,然后开始转折——"但是"后边接着就是"时间紧迫,只能自己适应环境,和老师多交流"此类的话。

盛夏一直轻轻地点头,不发一言。

王潍问:"你觉得在学习上最难的问题是什么?可以跟老师提。"

如果说没有,未免太敷衍。看得出来,王潍虽然一直是老生常谈,没什么新鲜的措辞,但眼中的关心是真切的。盛夏想了想,说:"很多题都是换汤不换药,我还是会出错,不知道怎么办……"

"这样啊——"王潍摸了摸下巴,思忖几秒,问道,"你平时有没有做错题积累?"

"有的。"

"一会儿拿给我看看,做错题整理也是有方法的,不是把错题抄上去就完了。"王潍说着,想起什么似的,说,"不如你问问张澍同学,他的错题集就做得很好。他高二时做的错题集卖给北门文具店了,复印了卖给学弟、学妹们,紧俏得很……"

说到这儿,王潍笑了笑:"这小子,可真是……不知道怎么评价好。"

他感慨完又言归正传:"他那些错题集,整个高二的学生差不多人手一份了,销量这么好,内容应该是不差。"

盛夏听到这话,脸都白了。

错题本?他复印的是错题本!

不是……那什么吗?

王潍看她一副心有戚戚的样子,心中了然:张澍那小子对女生确实是不够亲切。于是,他语重心长地说道:"你别害怕,同学之间互相帮助有时候比问老师更有效,你有什么不懂的就问他,他要是不告诉你,你就告诉我,我批评他!"

"谢……谢谢老师。"

"嗯,你去吧,把张澍给我叫来。"

盛夏魂不守舍地回到座位,低声叫:"张澍……"

怎么语气这么幽怨?张澍皱眉抬头。

"老师叫你。"

"哦。"张澍狐疑地看她一眼，出去了。

教室里众人对这熟悉的谈话顺序都"免疫"了，只是盛夏的表情实在值得推敲，好事者不由得猜测起来。

"我之前听说张澍在'撩'盛夏，不知道是不是真的？"

"我看王潍这操心的样儿，还真像。"

"状元的苗子，王潍能不紧张吗？"

"那盛夏也挺惨的，无妄之灾。"

"谁主动的还说不定呢？张澍不是一直暗恋陈梦瑶吗？"

"'窝边草'不香吗？"

"复杂。"

"有趣。"

他卖的是错题本吗？一本错题本，能值大几百块钱？这超出了盛夏这个"文具多的差生"的认知。如果是这样……她彻头彻尾地误会了他。那么，他看到那本《中华人民共和国刑法》会是什么表情？无语？震惊？愤怒？还是当作一个恶作剧扔到一边？她没法儿想象，扶着额发呆。

"夏夏，你怎么了，王潍说什么了？"辛筱禾看见她脸色不佳，问她。

盛夏抬起头，回过神："没……没什么。"

看见辛筱禾仍一副狐疑的样子，盛夏补充说："他让我多问张澍。"

"哦。"辛筱禾了然，"哎呀，你别怕。张澍跩是跩了点儿，但他对事不对人。他就那副样子，其实不可怕。问问题的话，他还算知无不言。"

大概是意识到自己在夸张澍，辛筱禾吐了吐舌头："没事的啊！"

"嗯。"盛夏点头。

真的是她"以小人之心度君子之腹"，私自给同学安上那么一个罪名。

一种前所未有的愧疚感在盛夏的心头弥漫。

王潍和张澍聊了很久，直到下课铃声响起，张澍才回到教室。他的神态没什么异常，还是那副悠闲的模样，只是因为话说多了口干舌燥，回来第一件事就是大口喝水。

盛夏的视线从他滚动的喉结上移开，叫他："张澍。"

张澍放下水杯,边吞咽边含混不清地回答:"嗯?"

"对不起呀。"她开口。

张澍:"?"

周围同学:"?!"

盛夏咽了口唾沫,对上他稍显惊讶的目光,犹豫了半响,说:"我……我想拿回我的作文。"

张澍看着她白里透红的脸,笑了一声。

周围同学——嗐,还以为什么事。

张澍翻出她的作文卷子,递了过去:"要回自己的作文有什么好抱歉的?"

盛夏躲避他质疑的目光,她自己也不想这样,可是真的很想为自己的鲁莽和小肚鸡肠道个歉。

她只能用这种方式自我安慰:她道过歉了,他收到了。

"王老师说,互相帮助,你还需要的话,我整理完再给你。"她拿回卷子,小声地回答。

"王老师?"张澍在嘴里过了一遍这个称呼,又笑了一下,"差点儿反应不过来是谁。"

整个(六)班,私下里就没人正经称呼王潍的。

盛夏不言语,开始整理自己的作文册子。

他能不能不这样笑?每一声都带着不羁的意味,从鼻腔里嗤出音节,嗓子跟着哼,声音很短促,轻轻地擦过闻者的心尖,让人心尖一颤一颤的。

晚自习结束后,盛夏在北门文具店买了一本张澍的错题集,十五块钱一本。王潍说高二的学生几乎人手一本,这么一算老板给张澍那几百块还给少了。

回到家,王莲华如往常一样在客厅等她,还做了一碗鸡蛋羹给她当夜宵。

"妈妈,我们的月考成绩出来了。"盛夏端着碗说。

王莲华点点头:"我在'校园管家'上看到了。"

盛夏没从母亲的脸上看出什么表情,只"嗯"了一声。

吃完夜宵，盛夏说："我去学习。"

"夏夏。"王莲华叫住她。

盛夏重新坐回座位上，听候母亲表态。

王莲华叹了口气："高中的学习内容，我也帮不上你什么忙，你觉得需不需要找个课外机构给你补补课？"

以前这种问题，王莲华根本不会问她，自己直接就决定了。也许是王莲华把她近日的努力看在眼里，知道不是她态度有问题，能力已经摆在那儿，再多说什么也于事无补。

盛夏被母亲无奈的眼神刺痛，吸了吸鼻子："妈妈，我现在感觉时间不太够用，再补课的话，时间会不会……"

"那你有什么办法吗？"王莲华说，"如果现在不抓紧，下学期会更加被动。"

盛夏微微哽住："我向那位考第一名的同学要了他的错题本，我学习学习。"

"管用吗？"王莲华的语气急切。

"我也不知道。"盛夏觉得很无力，未知的东西，她没办法保证。

王莲华忧心忡忡，可也不好再多说，最后决定："那再看看下次考试成绩吧，如果不行，就早些安排补课，学习时间不多了。"

"嗯。"

"好孩子。"

"我去看书了，妈妈。"

"嗯，去吧，别学太晚了。"

"嗯。"

这一晚，盛夏直到两点都还没睡，把张澍的错题集看了又看。

月考后就是国庆节和中秋节的假期了，附中还是那个安排——组织集体"自习"，爱来不来。

盛夏自然是每天都到学校，盛明丰想带她出去吃饭，她都拒绝了。

王莲华说，她的学习时间不多了。

倒计时牌上鲜红的数字也这么提醒着她。

假期里的午饭特别,"午托"加了餐,给大家发了月饼,在店里吃饭的人不多,大伙儿一块儿谢谢老板,气氛像极了吃团圆饭。

盛夏坐在张澍和侯骏岐中间,默默地吃饭。

她已经适应了这种配置,不会像之前那样刻意地吃得很快。侯骏岐知道她吃饭时不爱说话,也几乎不会再刻意地叫她。

大多数的时候,她只是听着他们聊天儿。

"阿澍,一会儿去不去小卖部?"侯骏岐问。

张澍说:"不去。"

侯骏岐说:"想喝汽水,这不发了月饼,太干。"

张澍说:"哦,喝汤不行?"

"不是吧,阿澍,你上次说戒汽水和零食是认真的啊?我不信,就你吃糖那个瘾……"

"真的。"张澍淡淡地答。

侯骏岐觉得大可不必:"这也省不了几块钱呀……"

张澍说:"能省几块是几块。"

侯骏岐看了一眼张苏莲,见她不在附近,凑近张澍,低声说:"你真要买那条项链?超级贵的!"

张澍睨他一眼,不回答,专心吃饭。

侯骏岐又瞥了一眼盛夏,才意识到有别人似的,做了个"拉链封嘴"的动作,闭嘴了。

盛夏感到有点儿不自在。

他们为什么就不能干脆当作她不存在?说悄悄话说到一半才注意到要防着她,这真的好吗?

不过,她想起张澍自习课总叼着个棒棒糖的样子,他好像真的挺喜欢吃糖。汽水更是,他的桌面总有汽水罐,几乎每天一罐,他不怎么爱喝水。

最近他好像还真的是一直喝水。

为了给喜欢的姑娘买项链,要省钱戒零食、戒饮料啊?挺不容易的。

想起自己曾经的误解,盛夏心里有了补偿他的办法。

接连几天,张澍抽屉里都放着棒棒糖和汽水。棒棒糖是他平时都舍不得买的牌子；汽水五花八门，也都是他平时喜欢喝的牌子。每天一袋棒棒糖、一罐汽水。

张澍刚开始以为是侯骏岐买的，没多想，等过了一阵子他渐渐地觉得不对劲，于是问侯骏岐："你可怜我？"

侯骏岐一头雾水："什么？"

张澍从抽屉里摸出棒棒糖和汽水："每日投喂？"

侯骏岐更蒙了："什么呀？"

侯骏岐这人如果说谎，张澍一眼就能看出来，还真不是他？

"不知道是谁放的，吃了好几天了。"张澍说。

侯骏岐惊喜地说："暗恋者呀，兄弟！"

张澍想想，也只有这个解释了。他点点头："麻烦。"

这段对话盛夏并没有听到，她去接水了，回来的时候辛筱禾搂着她的胳膊神秘兮兮地说："哎，张澍又有追求者了。"

盛夏不是很感兴趣，但还是应和道："是吗？"

"对！还很傻，每天都给张澍买东西吃，可张澍根本不知道她是谁，还差点儿以为是侯骏岐送的，哈哈哈！"

盛夏："……"

呃，这……她每天都买好了先放进自己的书包，趁着大家去吃饭的时候塞进他的抽屉里。她也很难，还要被说傻。不过这样也好，这样他是不是好受一点儿？被喜欢是一件幸福的事啊，也算是她的歉意被他接受了。

不过接下来两天，她发现张澍没吃自己放的东西，而是堆在窗台上，不知道要干吗。

他是不是吃腻了？可是盛夏也不记得他爱吃什么，之前没有仔细地观察过。要不就换成她自己喜欢的食物试试？

她也不会一直送，就送到月底吧。算算也有几百块钱了，可以支付他的精神损失了吧？

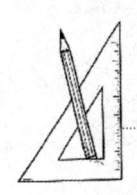

第五章
我没有纸巾，你别哭

南理的夏天燥热而漫长，十月的天仍没有一点儿凉风，天气如同盛夏。

附中的运动会就要来临。每年十月底、十一月初举办，共三天。高三学生不再参加传统项目的竞技，但需要参加开幕仪式和最后半天的趣味运动会。

"趣味运动会可有意思了，有绑腿跑、钻轮胎等各种项目，到时候你就知道了！"辛筱禾兴奋地介绍。

这种形式盛夏还是第一次知道。

附中人不仅会学习，还很会玩。

"哎，夏夏——"辛筱禾神秘兮兮地说，"我听说，老师们想让你做咱们班的'举牌女神'？"

举牌女神。

虽然盛夏没听说过这种叫法，但顾名思义，她猜测是开幕式上举班牌的人。

"啊？"她有些惊讶，让她一个插班生举班牌真的好吗？

"是周萱萱说的。"辛筱禾凑到她耳边说悄悄话，"去年咱们班是她举牌，因为她是文艺委员嘛，咱们班也没有什么突出人选，所以就直接定了她。昨天我们宿舍的人问她，今年举牌穿什么礼服，她很不高兴，说今年不是她了，老王属意你。"

原来是这样。

盛夏在二中也是举过班牌的，但怎么感觉这次的意义不太一样："还要穿礼服啊？"

"当然啦！要不然怎么叫'女神'？这不是个人的比美，是班级的荣誉好吗？班有一美，全班起飞！你不知道去年（四）班都快飘天上了。"辛筱禾格外兴奋，"咱们班今年要长脸了！"

（四）班，陈梦瑶的班级。

盛夏和辛筱禾待久了，已经可以从她的语气判断出许多东西。

比如，她可能并不喜欢她的室友周萱萱。

再比如，她对自己举牌这件事情很期待。

于是，盛夏一句"不举可以吗"就憋了回去。

这件事横竖也只是猜测，还没有老师问过她。

运动会之前都要设计和制作班服，班服大多是T恤衫，选好颜色，每个班级自己设计图案到电商平台定制就行。盛夏没想到，（六）班的班服是由张澍设计。

"去年也是他设计的，他画画很好。"辛筱禾说。

盛夏叹气，想问问天，到底有没有给他关上什么窗，是不是忘记关了？

张澍吃过午饭，打算回教室画图。

侯骏岐说："不午休了？"

"睡什么呀？老王催催催，烦。"

他们刚进北门，就看到盛夏骑着车才出校门。

侯骏岐说："我说怎么最近中午吃饭总碰不到小盛夏，原来她在教室学到这个时候啊！够拼的，不过她上次考得确实不太好？"

张澍笑了一声："你还有心思操心别人，自己倒数第几，心里没数？"

侯骏岐摆摆手："嘁，我也就这样了，你又不是不知道，反正我也要出国，光英语一门就要我的命了。我没考全校倒数，还不是因为怕丢你的人，我才学学的。"

张澍说："关我屁事，你爱学不学，出去别丢中国人的脸就行。"

"您可真是具有家国情怀和世界眼光。"侯骏岐说。

到了教室,侯骏岐就坐在盛夏的座位上玩游戏,等张澍画图。忽然,他想起来什么,随意开口:"哎,澍,听说今年咱们班是小盛夏举牌。她举牌,你画图,你们这搭配,干活儿不累,哈?"

张澍踹侯骏岐的椅子:"在别人面前少胡说,她脸皮多薄,你没见过?"

侯骏岐正色道:"不会,不会,一定不会。"半晌,他又反应过来什么似的,也不管游戏玩得正酣,一下子站起来,"阿澍,你该不会是喜欢盛夏吧?"

之前他调侃陈梦瑶,也不见阿澍这么警惕。这么一想,张澍这人看着什么都不关注,其实心里门儿清。陈梦瑶不就是喜欢跟他传绯闻吗?他知道,但也懒得拆穿。

侯骏岐这一站,不小心把盛夏的桌子顶得晃了晃,几个本子从她的抽屉里掉出来。

侯骏岐正低头要捡起来,张澍忽然扯他的胳膊把他挪到一边,盯着地上的那个本子,半晌,弯腰捡了起来。

张澍翻看着熟悉的复印本,眼前闪过一些画面——

吃饭的时候,侯骏岐提到他戒零食;

她最近总是不按时去"午托"吃饭,在教室待到很晚;

下午他抽屉里总会多出零食和汽水;

那天晚上跟老王谈完话,她满脸惊吓和忧郁;

然后老王把他叫出去,问他是怎么做错题改错的;

再回来就听到她那句突兀的"对不起"……

这一串画面连起来,他明白了。敢情她是从老王那儿知道他卖的不是淫秽物品了?还自个儿去买了一本错题本验证。够严谨的。心虚了?愧疚了?

他忽然笑了,瞥了一眼窗台上摆的汽水和零食,本来以为是别班的学生送的,于是他原封不动地放在那儿提醒那位暗恋者,他对她的心意没兴趣,不想竟然是这位"菩萨"。

行啊,倒是很像她偷偷摸摸的风格。

侯骏岐不明所以:"干吗呀,阿澍?"

张澍把盛夏的本子归位,回到自己的座位,弯腰看了一眼自己的抽屉,果然从里面摸出了零食和饮料。这回不是棒棒糖和汽水,是一整条橡皮糖和一整排甜牛奶。

侯骏岐"扑哧"一声:"哈哈哈,这女生是要甜死你?"

张澍也笑了一声,撕开一包橡皮糖,捏一颗扔进嘴里:"不错的死法。"

甜死得了。

星期一再换座位的时候,座位排序已经轮过一回,张澍要到第一组去了。然后,盛夏就看见他小心翼翼地把窗台的零食和汽水都放进他的抽屉里,连同桌子一块儿搬走了。

她还以为他要把汽水和零食扔在窗台了,那她搬到窗边,会整天看着自己送的零食尴尬到无法呼吸。而她又看到他吃她送的橡皮糖和甜牛奶了,看来之前真是吃棒棒糖吃腻了,他还挺喜欢她喜欢的东西的。那就行,不算浪费。

大家一整天都在聊"举牌女神"的事,盛夏听进耳朵里,心想到时候王潍来问她,要怎么回绝才比较合适。

可在下午班会时,王潍上来就通知:"大家都知道快开运动会了,咱们重在参与就行。侯骏岐,组织好趣味运动项目,提前把参加的人员安排好。另外,今年咱们班的'举牌女神'就定下盛夏同学了。大家有没有意见?"

"没有!"

"好!"

"很好,很不错!"

"举手、举脚支持!"

掌声伴随着起哄声一阵盖过一阵。

盛夏:"……"

难道从来没有人拒绝过吗?为什么会省略问当事人意见这个环节?

不是盛夏矫情。她举过班牌,克服被人注目的心理压力都还算是小事；更麻烦的是，举牌看似简单，其实是需要配合方阵列队彩排的，长时间举着班牌，手臂好几天都是酸的。

而且，运动会结束后紧接着就是第二次月考，她这只笨鸟不想在学习之外的事情上消耗精力，她真的已经足够忙了。可是看这个架势，她没有拒绝的权力，只能接受。

"盛夏——"王潍在台上叫她，吩咐说，"你有空去看看礼服，如果不知道去哪里看就问问付老师。预算五百块钱，到时候来找我报销。"

"五百块钱，太抠了吧！"

"对呀，别班的礼服都超级好看，一看就很贵呀！"有人看热闹不嫌事大，喊道。

王潍一个粉笔头砸过去："全校的班级预算都是五百块钱，超出的部分也只能是自己愿意付，是我抠吗？别胡说！"

众人都笑了。确实，谁不想闪亮登场？往年有多少争奇斗艳的事，自己贴钱的人多了去了。

盛夏在众目睽睽下点头。总归也只是练两天，就当是放松了。学习成绩也不可能因为不参加活动就变好，如果确实有影响，那也是自己确实不够强。该来的总会来，盛夏提醒自己不要"贷款"焦虑。

晚自习前，几个女生围在盛夏桌边叽叽喳喳。

"五百块钱能买什么呀？租都租不到好的。"

"对呀，现在正版礼服都很贵的！"

"去年周萱萱的礼服花多少钱？"

"自己贴了一千块钱，租的。"

"我觉得那种纱裙的小礼服肯定适合夏夏。"

"我觉得旗袍也超赞啊，穿的人还少。"

"碾压陈梦瑶！冲！"

"小声点儿，周萱萱不高兴好几天了。"

"呵，管她呢。去年想跟她拍几张照，一直扭扭捏捏的，最后跟赏脸一样拍了一张，结果也没见她发跟咱们班任何一个人的合照，就只发了她和陈梦瑶的合照，一副与有荣焉的样子。我就搞不懂了，平时就因为和陈梦瑶玩，眼睛长在头顶的样子，烦她很久了。"

"你不怕她听见？"

"怕什么？反正我觉得陈梦瑶今年也就那样了，让盛夏闪了她的眼睛。"

"话说陈梦瑶的校花到底是谁封的啊？"

"不知道啊，不都这么说？"

"因为是艺术生吧？经常露脸，本来就招眼！"

"和张澍、卢圉泽传八卦也是她的'流量密码'吧？"

"谁知道呢？"

盛夏有一种置身旋涡中心的窒息感，说话也不是，不说也不是。就这么听着大伙儿"踩"别人夸她，总觉得不自在。

最后还是上课铃声拯救了她。

众人散去，盛夏面露疲惫。她还不知道要怎么对王莲华提这件事，母亲一定会嫌她耽误学习时间，她很愁。

她正准备投入学习，却忽然听到斜后方的卢圉泽叫她："盛夏。"

她回头："嗯？"

卢圉泽说："你是不是住在'翡翠澜庭'？"

盛夏说："是呀。"

"我中午好像看到你了。"卢圉泽说，"你骑一辆白色电动车？"

盛夏点头："嗯。"

"那就是你了，没想到咱们是邻居。你是住在 B 区？"

盛夏说："嗯，这么巧呀？"

卢圉泽笑起来："我住在 A 区，经过 B 区路口时看见你。你不会是从初中起就住那儿了吧？"

"是啊。"

"我也是，咱们居然都没碰到过。"

毕竟是八中的学区房，他们是邻居也正常。

"翡翠澜庭"的 B 区是洋房，A 区是别墅。两个区虽然只有一墙之隔，但门厅和车库入口在不同的两条街上，住几年都碰不到也正常。

"神奇。"盛夏说。

卢圉泽也点点头："离家这么近，怎么还办'午托'？"

盛夏说:"家里没有做饭的人。"

"这样。"

闲聊就这样结束了。

盛夏没想到,到了第二天,之前的话题又接上了,卢囿泽问:"盛夏,你爸爸是盛明丰吗?"

盛夏一愣,没及时回答。

卢囿泽有点儿不好意思:"我觉得很巧,昨晚回家就提了一嘴,我爸居然知道你,你名字比较特别。我爸和你爸有些交情,说之前你们家买房的时候,我爸给你们家打了些折扣。"

"这样啊?"盛夏不擅长聊此类话题,家里的事她向来不过问,也不清楚。

这么说,卢囿泽的父亲就是"翡翠澜庭"的开发商吗?

他们家给她家买的房子打了折,她应该说声"谢谢"?

话题挺奇怪的,盛夏选择沉默是金。

"你住得这么近,为什么晚自习只上两节就回家了?"卢囿泽问。

盛夏老实地回答:"怕黑。"其实有路灯,路上不黑,只是夜里人和车稀少,路上太静了。

"我都是第三节下课才走,你怕黑的话可以和我一路。"

"是吗?"盛夏有些喜出望外,她一直想多上一节晚自习。

卢囿泽点点头:"反正我一个人回去也挺无聊,不过我骑自行车,没有你的电动车那么快。"

盛夏说:"我骑车也不快。"

"好,那以后就一路回家。"

"嗯!"盛夏回应,"那我晚上回去和我妈妈说一声。"

这样是不是举牌的事情也会比较好跟母亲开口?

晚上盛夏回到家,却听见王莲华在和吴秋璇的班主任讲电话,她不好打扰,只好作罢。

这么一拖延,说举牌的事情又拖到了周末。

星期日中午盛夏回家吃午饭,见吴秋璇也在家。饭桌上的气氛不算好,盛夏也没多问,犹豫许久,还是决定先对王莲华提起自己要上满三节晚自习的事。

王莲华自然是赞成的，只是仍旧有些顾虑，旁敲侧击地问："和你一块儿回来的那位男生，和你只是同学关系吗？"

"嗯。"

"真的？"

盛夏抬眼："嗯，他叫卢圉泽，不知道妈妈还记不记得，他是我初中时候的同学。"

王莲华"啊"了一声："记得，家长会上总是他发言，是个成绩很好，也很有礼貌的孩子。他爸爸是君澜集团的董事，和你爸有点儿交情。"

盛夏点头："嗯，是他。"

王莲华对学习好的学生自带"滤镜"，盛夏是知道的。

"他们家确实就在咱们隔壁。"王莲华嘱咐盛夏，"你们也别走得太近了。上高三了，一切以学习为重。"

"我知道，妈妈。"

"你是最让我省心的，你说知道，就一定是明白了。"王莲华叹了口气，"不像有些人，愁死人。"

吴秋璇摔了碗："要骂您就直接骂，不用这么拐弯抹角的！"

"你还有理了是吧？你看看你哪里像个姑娘家？你再看看你染的什么头发，戴的什么蓝色眼珠子，你是外国人吗？耳朵上钻的什么东西？耳朵上有几个洞你自己数数！"王莲华的气本就没消，这下更是火冒三丈。

因为盛明丰的身份，他们家是不能超额生育的，所以吴秋璇和郑冬柠的户口都不在盛家的户口下。

吴秋璇的户口登记在盛明丰的一个好友名下，那人姓吴，户籍在东洲市。吴秋璇从法律意义上来说是那个人的孩子，所以她得去东洲念初三，在那边参加中考。

开学前小姑娘还满怀期待，以为摆脱唠叨的生活多么美好，结果刚去一周就开始闹脾气，和室友处不来，开始和室友吵架，最近还染了头发、打了耳洞。王莲华星期五被叫到学校，顺便去把她接回家，下午还得把她送回去。"

吴秋璇一下子坐起来："反正我不想去东洲读书了，都是爸的孩子，凭什么我就要去东洲上学？凭什么姐就能上南理附中？别以为我不知道。她的成绩很好吗？她的成绩也只能考上二中！还不是爸把她弄进附中的！为什么到我这儿就是这样？凭什么？！"

"你别胡说！"王莲华敲她的碗边，"你姐是因为中考失利去的二中，后来成绩提升了才可以去附中上学，你这些话最好咽下去，出去说指不定出什么事！"

吴秋璇"呵呵"一声："反正只有盛夏一个人姓'盛'，我和柠柠算个屁！"

说完就离席而去，把房间门摔得震天响。

盛夏一口饭没咽下去，含在嘴里味同嚼蜡。

王莲华冲房间喊："你就使劲地拍，使劲地砸！把这房子震塌了，你爸估计能来看一眼！"

"不要他看！要这种爸有什么用！他生我的时候怎么不把我掐死？！"吴秋璇在房间里反驳，声音嘶哑，带着哭腔。

王莲华不再回应，只是低头快速地扒着饭，桌上的菜她一筷子没动，把白米饭一团一团地往嗓子眼儿里塞。

盛夏看见她眼角的皱纹边淌着眼泪，泪水尽数没入白花花的米饭里，又随着米饭一同被她咽进肚子里。

郑冬柠被吓坏了，捧着碗眼巴巴地看着盛夏。

盛夏的嗓子眼儿里像堵着一面"气压墙"，无形却逼人。她使劲地咽了咽口水，揉了揉郑冬柠的脑袋："柠柠，乖，把饭吃完。"

"姐姐。"郑冬柠忽然出声。

盛夏努力压抑的情绪在这一瞬间几乎破防。郑冬柠有孤独症，盛夏已经许久没听过她叫自己姐姐了。不知道是不是眼前的场景刺激到了她，小孩子看到这场景肯定是害怕的。

盛夏抚摸小妹的脸蛋儿："怎么了？"

郑冬柠只是眨巴着眼睛看着她。

饭后，王莲华坐在沙发上看电视，电视机里播放着无聊的购物节目。

显然,她没在看节目。

郑冬柠坐在茶几边上画画,看着像是在画海豚。

屋里的氛围安静,看着安详、和谐。殊不知内里纷繁复杂,一片混乱。

盛夏洗好碗筷,敲了敲吴秋璇的门,里面没有回应。她按了按门把,是松的,门没锁。

吴秋璇惯是如此,不过是等着人去哄她。

盛夏推门进去,而后反手轻轻地关上门。果然见床上盖着被子的人动了动。

屋里没开空调,盛夏在床头找到遥控器打开了空调冷风,才坐到吴秋璇的床边,轻轻地掀开被子的一角。被子被人从里面揪住,掀不开。

盛夏温柔地说:"阿璇,是我。"

被子里的人还是不动。

"你不热吗?"

被子松了一点儿。盛夏拉开被子,被子下露出一双通红的眼睛。

"姐,对不起……"吴秋璇说着,又开始哽咽。

盛夏的嗓子眼儿堵得有些说不出话。她摇摇头,缓了缓,才找回自己的声音:"阿璇,妈妈也是迫不得已,她也很难受。"

这个家里,没有人比王莲华更难过的了。

"远嫁""下嫁";婆婆重男轻女;冒着风险连生三胎,却都是女孩儿;丈夫青云直上,娘家家道中落,她连和夫家对抗的资本都失去了。

融不进的夫家、回不去的娘家、一场破败的婚姻、三个未成年的女儿……

曾经光芒万丈的女人,如今连哭都是奢侈。日子多难挨,或许只有她自己才能知道。别人,即使是盛夏,也没法儿完全感同身受。

王莲华管不住吴秋璇的一个很重要的原因,就是吴秋璇的脾气和她年轻时一模一样,任性张扬,遇事不依不饶。她总是骂吴秋璇,又总是从吴秋璇身上窥探和怀念过去的自己。

吴秋璇边哭边点头:"我知道,我都知道,可是我忍不住。对不起,姐,我不是故意的……"

"那一会儿睡一觉，起来和妈妈道个歉吧？"盛夏察觉到妹妹仍在迟疑，转移话题说，"你的耳钉很漂亮。"

吴秋璇摸摸耳垂，抽泣着问："真的吗？"

"真的。"盛夏抓过妹妹的手，"阿璇，你知道吗？我经常会羡慕你，羡慕你有自己的想法，有自己的计划。你是属于你自己的，你有自己的模样，将来也会有属于自己的生活，因为你不姓盛……"

"姐，我不明白……"

"你会明白的。"盛夏挤出一个笑容，"我听说东洲很繁华，很时尚。其实阿璇很适合住在东洲，如果考上那里的高中和大学，在那里工作也很不错呀！反正离家也挺近的，周末都可以回来。"

"可我在那儿一个人都不认识……"

盛夏说："人总是要认识新的人，能认识很多不一样的人，也是一种幸运哪。你才十四岁，就不止见过一个城市的风景，不止领略过一个地方的风土人情，多酷呀！"

"好像也是。"

"为什么和室友吵架呀？她们欺负你？"

"没有，有个女的很狂。她是我'爱豆'对家的粉，她诅咒我'爱豆''塌房'。"

"这么气人？"盛夏和妹妹同仇敌忾，"那你诅咒她'爱豆'因为偷税、漏税进局子！"

"哇，这可严重多了。"

"可不吗？用不着和她吵架，气死她。"

"气死她！"

姐妹俩躺在一张床上聊着天儿，直到慢慢睡着。

盛夏的生物钟很准，一过午休时间她就醒了。她蹑手蹑脚地走出房间门，王莲华已经不在客厅，应该是送郑冬柠去心理医生那里了。

盛夏回到自己的屋里写卷子，却怎么也无法专心。她想了想，决定收拾书包去学校。

走之前她打了个电话给王莲华，告知吴秋璇已经没事了，傍晚送她去东洲就行。

王莲华叹了口气："好孩子，难为你了。"

"妈妈，你说什么呢？"

"那你晚上怎么吃？"王莲华道，"我去东洲来回得三四个小时，赶不上晚饭了。"

星期日"午托"不包饭。

"没事，学校周边有很多餐厅。"

"那你挑卫生的餐厅吃。"

"好。"

下午三点的太阳火辣辣的，晒得人后背发烫。盛夏骑着车，却并没有直接去学校，而是绕着这一片区域漫无目的地转着。

热风灼面，好像能把思绪吹散，也能把眼泪蒸干。

可盛夏的眼泪越来越汹涌。视野开始蒙眬的时候，她在树荫下一个急刹车，忽然趴在车头哭出声来。

眼泪的王国太神秘了。

它只是一滴水罢了，里边藏着的各式情由却足以将人瞬间吞没。

所以她总是把眼泪藏起来，在没有人的地方延迟眼泪的释放。

因为她不能让所有人同时被淹没。

于是她总是一个人哭。

张澍大周末的时间还在给王潍"当牛做马"。

下周再不订班服就来不及了，王潍就差"晨昏定省"地催他了。他家里的电脑没有专业的绘图软件，那玩意儿要付费使用，就用那么一次付费不值当，而且手稿又没法儿直接印。

张澍随口在群里提了一嘴，周应翔便自告奋勇，说他的亲戚开了家小小的广告门店，就在学校附近，可以带张澍去。

于是大热的天，张澍就上店里折腾来了。

他忙了一下午，终于搞定设计图发给王潍，伸了伸懒腰。周应翔在一旁拍马屁说："澍哥，你还会这玩意儿？牛啊，牛啊！"

侯骏岐在一旁玩游戏，笑了笑，看别人像"狗腿"似的感觉，原来是这样的。

张澍说:"还不是被逼的?"

王潍那人,抠得要死,网上一抓一大把的设计师都不舍得找,非逮着他"奴役"。

"要换成我这个脑子,逼也逼不出来呀。"三人走出广告店时,周应翔说,"澍哥,要不出去撮一顿?"

"太热了,不去了。"刚回绝完,张澍又想,刚找人家帮过忙,总不好这么晾着人家,"也行,去吃冰,我请客。"

"我请,我请。"周应翔说。

张澍说:"那不去了。"

"行,行,行,你请。"

侯骏岐说:"阿澍,你不是还要给你姐买项链?这顿让老王给你报销。"

"他?"张澍冷哼一声,"不如叫他多拿几块钱给女生买礼服。"

"哈哈哈,死抠!"

周应翔不明所以,问:"什么项链?什么礼服?"

张澍没回答他,突然停下了脚步。周应翔差点儿没撞在张澍背上。

"怎么了,澍哥?"

侯骏岐也停下脚步,和周应翔一样疑惑,然后他们顺着张澍的视线看过去。

广告店门口正对的马路上,一辆白色"小电驴"停靠在路边的树荫下,一个穿着附中校服的女生正趴在那儿,肩膀微微耸动。

由于距离太远,他们听不到对面的声音,但只看姿势也能看出来,她是在哭。

张澍皱眉,把手里的样图卷了卷,塞进侯骏岐的怀里,自己大步往马路那边去。

"哎,澍哥?"周应翔提步也要跟上去,被侯骏岐一把扯住。

"站住!"

周应翔狐疑地看着侯骏岐:"吃冰,不去了?"

"吃你个头。"蠢人真让人暴躁。

"那是谁?"侯骏岐喊道。

"你澍哥的'女神'。"

"啊？那人不是陈梦瑶啊？"

"真笨。"

"……"

盛夏趴在车上，眼泪都往车踏板上砸，哭泣本就是件需要肺活量的事，她哭得有些喘不上气，缓缓地直起身。可她一时忘了自己是趴在车头的，手一松，车就晃了一下。

她的心头闪过一瞬的慌乱，还没来得及反应，手臂就被人抓住了，车头也稳稳地被扶住。

她抬眼，蒙眬的视线中出现了熟悉而陌生的面孔。

熟悉的是，这是与她朝夕相对两个多月的脸。陌生的是，他的神情不再是跩跩的、优哉游哉的样子，而是皱着眉，眼底有她形容不出的情绪。

"你……"她开口，一口气因为长时间趴着而没有顺好，她耸着肩抽了抽气打了个嗝，眼泪又顺着打嗝的动作涌出眼眶，一串晶莹的泪挂在她的脸颊上。

盛夏为这个"泪嗝"而感到尴尬，而张澍只觉得这串眼泪碍眼。

他不自觉地抬手，指背从她的面颊上划过，手上一片濡湿。

盛夏这一次来不及躲闪，也忘了躲闪。她怔怔地看着他，渐渐地回神。

她哭了多久？这里不是学校呀，他怎么会在这里？他是什么时候来的？他为什么又擅自碰自己？

"路过。"张澍说。

盛夏用惊慌的眼神看着他，又看看周围，没什么人，目光才重新回到张澍的脸上。

他怎么知道她在想什么？

张澍被她的反应逗笑，提醒她说："我没有带纸巾，你别哭了。"

盛夏吸了吸鼻子，从书包里拿出纸巾，细致地擦掉眼泪，再抬头时脸上已经洁净如前，只是那双通红的眼睛里仍旧蓄着晶莹的泪珠。

她的眼睛红得可怕。

张澍稍稍移开目光，问道："你是要去学校？"

盛夏点点头，呼吸仍旧是哭过之后的急促频率，鼻子一抽一抽的样子格外可怜。

"这么早去干吗？"

"学习。"

张澍看看表："快五点了，不吃饭，去学习？"

她是打算在北门随便找一家吃的，再不然就去超市买个面包。不过这么长的话，她不想说，只说："不饿。"

"好热，我没骑车，一起去吃饭？"他煞有介事地用手掌往脸上扇风。

盛夏震惊："一起？"

"不行？"

"我……不用了，我买了零食。"她找了个理由拒绝。

张澍短促地笑了一声："什么零食？棒棒糖还是橡皮糖，橘子汽水还是甜牛奶？"

盛夏腹诽：他怎么又这样笑？很烦人。

她心里的吐槽还没说完，整个人就僵住了。

她茫然又震惊地看着他。

什么意思？他都知道了？那她要怎么说？

"给我塞了本《中华人民共和国刑法》，就打算用那些零食打发我？"

他真的知道了！

周围的空气好像有半分钟的凝滞。

"对不起呀。"盛夏脑子里一片空白，丝毫没有思考的能力，只能顺势道歉。

张澍说："不接受，除非……"

"嗯？"

"请我吃饭。"他说。

躲在广告店门口的周应翔和侯骏岐面面相觑。

刚开始看见平日跩得要死的人轻柔地给女生擦眼泪，两个人就已经够震惊的了。

后来就看见他们不知道聊了什么，女生就下了车。张澍骑着车，女生坐到车后座，两个人骑着"小电驴"扬长而去，就这么抛弃了他们，就这么爽了吃冰的约。

周应翔好生气，如果他知道刚才说"太热，不想吃饭"的人会想方设法拐别人去吃饭，大概刚才就会气死。

盛夏再一次坐到了张澍的后边，这一次他开车显然熟练很多，平稳起步，平稳加速，而她也不敢再在他身后说话。

张澍感受到后背窜风，知道她大概离自己有一尺远，无奈地笑了笑，想起她刚才答应一起吃饭后，又补充："不在学校附近吃，行不行？"

就这么怕跟他有点儿什么？

张澍骑着车，进了南理大学的东门。

盛夏在身后问："在这里吃吗？"

张澍点头："里边有家豚骨面很不错。"

"哦，好。"

她还挺喜欢日料的。

日料店在南理大学学生活动中心的下沉广场，车需要停在广场上面，人要步行下去到广场。

张澍今天穿着黑色T恤衫、牛仔裤、白色板鞋，混进大学生里也不违和，而盛夏还穿着一身高中的校服，白嫩的小脸儿不施粉黛，马尾竖着几根"呆毛"，更显稚嫩。两个人走在一起，怎么看怎么像大学生"诱拐"未成年少女。

周末的大学校园里人来人往，尤其是在饭点，"下沉广场"的每个店都排得满满当当，大家都在排队。他们打扮得扎眼，一进到店里就有不少人看过来。

"你找个位子坐，我去点餐，想吃什么？"他歪头问。

因为人挤人，他与她几乎咫尺之距。盛夏的心跳漏了一拍，往边上挪了挪："都……都可以。"

"吃辣吗？"他全然未察觉她的异样，淡淡地问。

"吃一点儿。"

"好，你等我。"

"嗯。"

盛夏先去找座位，张澍看着她乖巧的模样，笑了笑。如果他忽然掐她的脸蛋儿，她会怎么样？

会不会被吓哭？

盛夏坐下后才想起来，这不是那种扫桌面点餐码点餐的店，他去柜台点餐不就直接付款了？说好她请客的，可她又不能离开座位，怕被别人占了座位，就只能干等着。

张澍几分钟后找到她，在她对面落座。

盛夏说："应该是我付钱的。"

"来日方长，下次。"张澍说。

下次……盛夏低下头，不要下次了吧。

她不说话，场面一时安静下来。她实在担心他问自己为什么哭，于是斟酌着找了个话题："对不起呀，之前误会你。"

开启话题，也好正式道歉。

"没关系。"张澍脸上是十分无所谓的表情，似乎不打算深聊这个话题。

这么无所谓，为什么非要她请客吃饭？要她请客又不让她付钱，说下次，他……到底在干吗？

"你是……什么时候知道的……"她问到最后，声音小了下去。

张澍弯弯嘴角："拆礼物的时候。"

什么？

盛夏一双桃花眼睁得圆圆的，说不出半个字。

张澍自鼻腔里"嗤"出一声，笑容有点儿无奈。怕是这个话题再进行下去，这顿饭她是吃不下去了。于是，他转移话题："所以你看了我的错题本，有什么感悟？"

他怎么知道她看了他的错题本？

他怎么什么都知道？

盛夏犹疑，想了想，低声答道："很系统。"

他的错题本的右边和下侧各画了条横线，把每页划分成三个部分，中间大片面积抄错题，他一般是直接剪了习题贴在错题本上，旁边写上正确答案，右边标注哪里容易错，下边是对知识点的总结，还有一些发散性的思考。

"但我有个问题。"盛夏说。

张澍挑眉,往椅背上一靠,一副洗耳恭听的模样。

"为什么有些题你没有做错,也贴到了错题本里?"

看来她看得很仔细。

张澍说:"因为题目典型。有些题做对了,有可能是稀里糊涂、误打误撞做对的,这种题我也算作不会。还有一些题,看似简单,但是特别容易错。"

"对!"这正是盛夏的症结所在,她总是反复做错一些不算难的题,"有些题我总是粗心大意。"

"不,不是粗心。"张澍说,"粗心就是不会。"

"嗯?"她不明白,实际上她是会的呀。

"粗心,有时候是因为手比脑子快,有时候是因为觉得这一步只是中间的步骤,可以略过。每一次都这样略过,等这个知识点作为最终步骤的时候,你就会出错。归根结底还是对知识点不够熟悉,所以,粗心本质上就是不会。"

盛夏愣了几秒,她没法儿形容当下的感觉。

原来这就是茅塞顿开,通透清爽得好像擦掉了眼镜上多年的积尘。

张澍说这话的时候很随意,也没有说教的模样,只是陈述事实。

盛夏怔怔地看着他,原来有些人的优秀从来就不是偶然。

"怎么,被我帅呆了?"他俯身,抬手在她眼前晃了晃。

盛夏回神,移开视线,喃喃道:"自恋。"

张澍笑了笑。

这家店的豚骨面确实味道不错,不比盛夏吃过的日料餐厅里的差。但她饭量小,汤喝了不少,面却剩了大半。

张澍看看她:"再吃点儿。"

"吃不下了。"她耷拉着肩,一副吃累了的样子。

这模样有些娇俏,还有点儿撒娇的意味,但她全然未察觉。

张澍轻咳了声:"真不吃了?"

"不吃了。"

"给我吧。"说着他的筷子已经伸过来,从她的碗里夹走了剩下的面。

盛夏:"……"

这是她吃过的呀!

她的耳根不受控制地开始发烫。

张澍低头吃面,想起什么似的,抬头:"以后有问题可以直接问我。今天这个问题你要是早点儿问,是不是就很好?"

盛夏想了想,点头。

"问题得解决了才有用,哭没有用。"他觉得自己这话说重了,顿了顿,补充说道,"当然,哭一哭也行,哭爽了再想办法。你下次考试不会是倒数的。"

他以为她是为了成绩哭的吗?这个误会,倒也行。

"先努力看吧,至于成绩,尽人事,听天命。"她没有什么信心。

"听什么天命?你那么有理想,怎么可能输?"张澍待她抬眼,二人四目相对,"你对你的潜力一无所知。"

盛夏没想到,有一天她可以和张澍这样对话。

回到教室,她还在思考这个问题。她之前对张澍的误会是不是太深了?他其实是个不错的同学。

而且,她胆战心惊很久的事在他那里好像并不是什么大事。同一件事上,男生和女生在意的"点"好像很不一样?

一整晚,侯骏岐都奇奇怪怪的,时不时回头贼兮兮地看着她。最后,她实在忍不住,问:"侯哥,请问您有什么事吗?"

她的眼神有些无奈,语气带着点儿调侃。平时大家都叫他"侯哥",还有叫"大圣"的,他都习惯了,并不觉得有什么,可现在他有点儿理解为什么张澍不让盛夏叫他名字了。

她说话时的那个尾音,真的是要命。

"哎——"侯骏岐忽然来了兴致,"不如你叫声'澍哥'听听?"

盛夏:"……"这是什么莫名其妙的要求啊?

她瞪了侯骏岐一眼。

"嘿!"侯骏岐觉得稀奇极了,忽然就站起来,隔着一整个教室叫最北边的张澍,"阿澍,盛夏瞪我!"

即便是下课时间，教室里吵吵闹闹，他这一声还是过于响亮和招眼了，不少人好奇地看戏。

盛夏都不知道该做什么表情了。他这话怎么跟告状似的？这让别人怎么想。

张澍正在给别人讲题，听到这话，抬起头，看着高高地站着"邀功"的侯骏岐和埋头看书的少女，也瞪了侯骏岐一眼，说："扯淡！"

然后张澍继续给别人讲题。

侯骏岐被张澍泼了冷水，却热情不减，穿过整个教室来到张澍的座位，正好那个问问题的同学走了。他凑到张澍跟前，笑嘻嘻地说："真的，小盛夏真的瞪我了！"

张澍周边的同学都略感震惊——侯骏岐不会是喜欢盛夏吧？叫得那么亲昵。瞪他，他还高兴？

张澍问："你干什么了？"

侯骏岐凑到张澍耳边："我让她叫声'澍哥'听听。"

张澍面色不变，眼皮一抬："嗯，再接再厉。"

侯骏岐笑眯眯地走了。

周围同学：这情景究竟是怎么个展开法儿？

侯骏岐走到讲台，想起什么，又拍拍脑袋，折返回到张澍的桌边，稍显深沉地说："阿澍，我上周听见盛夏和卢宥泽约好一起回家……"

话没说完他看见张澍脸色一变，连忙修正："不是一起回一个家，他们是邻居。盛夏怕黑才没上第三节晚自习，这下发现他们是邻居了，卢宥泽就叫她一块儿上完第三节晚自习再一起回去，小盛夏……答应了。"

还答应得很高兴。这句他没说。

张澍睨他一眼。

"换个座位。"张澍收拾了几张数理化卷子，"你来我这儿。"

侯骏岐说："好嘞。"

盛夏看着忽然出现在自己前面的人，不自在地低下头去。

经过那一顿饭，她和张澍好像熟悉了些，但是这份熟悉，总让她觉得有那么一丝奇怪。她也说不上来是哪里奇怪、怎么奇怪，总之现在他再和自己说话,她就感觉有些不自在。

"盛夏。"他扭头叫她。

盛夏抬眼:"嗯?"

张澍说:"你的错题本给我看看。"

"啊?"

"'啊'什么?你澍哥的私教时间很宝贵,赶紧。"张澍干脆倒着跨坐在椅子上,手搭在椅背,就这么看着她。

你澍哥……盛夏险些握不住笔。侯骏岐抽风的毛病传染给他了吗?

上课铃打响了,她不想再多说话闹出动静,问:"哪一科?"

张澍一副"我都恩赐了,你就这态度"的表情:"全部。"

"啊?"

于是,盛夏掏出自己的数学、物理、化学、生物、英语错题本。

"英语就算了,从数学开始讲。"

"可是已经上课了。"这样怎么讲?而且她许多作业都还没有做完。

张澍简单一翻,发现都是她手抄的原题:"我先看看你原本怎么整理的错题,对应的试卷有没有?"

盛夏的资料都整理得很好,一下子就能拿出来。而张澍并没有转回身,就这么靠着侯骏岐的桌子,将资料搭在她的桌边翻看,并不占用她的桌面空间。但她还是觉得施展不开,浑身不自在。虽说晚自习没这么多讲究,可周围的同学都看着他们呢。她现在坐窗边这列,数学老师赖意琳在外边也朝她看过来……

"张澍……"她低声叫他。

"嗯?"

"你转过去。"

"什么?"他没听清。

盛夏叹气,撕下一张便利贴,在上面写:"你转过去。"

然后贴在了张澍正在看的卷子上。

只见他微微弯起嘴角,瞥了她一眼,并没有执行她"转过去"的请求,而是悠然地从她的笔筒里抽了支笔,写:"为什么?"

盛夏回:"老师在看咱们。"

张澍看向窗外，赖意琳已经跟别的同学讲题去了。他挑挑眉，写："没人在看你。"

他刚要把便利贴递给她，想起什么似的，又收回，继续写："除了我。"

他到底在说什么呀！

张澍好像丝毫不觉得这有什么，低头继续看错题本，只留下盛夏看着便利贴在风中凌乱。

她把便利贴一揉，扔进了垃圾袋。

张澍就这么反向坐了一节课，时不时跟盛夏提要求——

"铅笔是哪支？"

"红笔呢？"

"橡皮。"

辛筱禾投来八卦的目光，隔着走道冲盛夏挑眉，然后对张澍讲唇语："牛啊，老弟！"

张澍一边的嘴角扯了扯，不回应，不置评，视线专注在卷子上，用铅笔在上面勾勾画画，状态随意得像涂鸦，学习也学出一派潇洒。

下课铃响了，走读生收拾东西走人，教室里喧闹起来。路过的几个男生打趣地看着张澍，还有人拍拍他的肩膀笑着说："阿澍，这么乐于助人？"

"什么时候给我也看看？"

"我也排队呀，澍哥？"

张澍给他们的回应一律是"眼神攻击"。

侯骏岐回到自己的座位，"哟"了一声，夸张地感慨："原来我这椅子还能这么坐呢，我才知道呢，阿澍！"

"打开新世界的大门哪！"

"厉害了！"

再这样下去，盛夏有点儿想走了。她转身，问卢囿泽："你一般几点走呀？"

卢囿泽说："差不多十一点，如果你想早些也可以。"

她回到家差不多十一点二十分，洗漱过后再背背单词，时间正合适。

盛夏想了想:"那就十一点吧。"

两个人对话的时候,张澍和侯骏岐在旁观。这情景落在旁人眼中,又是一段"你追我、我追他"的"三角剧情"。

辛筱禾和杨临宇耳语。

"张澍是不是在追盛夏呀?"

"不知道,总之他不太正常。"

"我隐约听到一些风声。"

"张澍和卢圉泽是不是上辈子有仇,这辈子注定当情敌?"

"盛夏也没喜欢卢圉泽吧?"

"谁知道呢,他们是邻居,人家不是说了他们的爸爸有交情,高级点儿这叫'世交'。"

"嚯,还是初中同学。"

"知根知底。"

"门当户对。"

"我觉得追盛夏可比追陈梦瑶难度大多了。"

"张澍'头铁'。"

"好了,给你讲讲。"张澍用本子拍拍桌面。

盛夏转过身:"嗯,谢谢。"

客客气气,泾渭分明。

张澍从她抄题的效率、题目分类讲到该如何做总结、如何发现和标注易错点。直到第三节晚自习铃响,连一科都还没讲完。

"你跟我出来。"张澍站起,把她的本子一捞,先出去了。

盛夏已经被同学围观了一节课,再扭扭捏捏地反而显得她和张澍真有什么了,她干脆大大方方地拿着笔记本跟他出去了。

赖老师坐在外边,他们也不算是独处。

张澍平时虽然跩得要命,讲起题目和方法论来还算耐心。最后就连赖意琳也凑过来一起讨论,时不时地夸奖张澍,让盛夏好好领悟。

说实话,她有点儿消化不过来,觉得应该录音才对。

某一时刻,她瞥过他认真讲解的侧脸,会瞬间失神,感觉他周身好似笼罩着层层光圈,人影朦胧而俊逸。

他们就这么讲了半节课,张澍说:"你下次月考前先按照我刚才说的做,把数学错题本重新整理一遍,考前每道题都再做一遍,其他科目慢慢来,数学是基础。"

听到这话,赖意琳郑重地点头:"说得不错,数学是重中之重,搞透错题比刷新题要有用得多。"

盛夏也郑重地点头:"知道了,我会的。"

"不会就问我。"张澍说完,又补充,"问赖老师。"

赖意琳笑眯眯道:"问他,问他。多方便哪,多问他。"

"好。"

再回到教室,张澍就和侯骏岐把座位换回来了。

盛夏埋头消化张澍讲的东西。下课后住校生陆续走了,走廊外人来人往,她干脆把窗关上,继续奋战。

十一点的时候卢匿泽提醒:"盛夏,走吗?"

她回过神,感觉时间过得也太快了些。果然在教室里学习注意力会更集中。

"好啊,走吧。"

二人一前一后地出了教室。盛夏有些感慨,这么晚了,教室里还有那么多人,她不落后谁落后?

张澍还没走,看样子是在补作业,她刚才占用了他太多时间。

就连侯骏岐都还没走,在写英语卷子。

其实盛夏没走两分钟,张澍就写完了作业,走过来招呼侯骏岐:"走了。"

"终于!"侯骏岐跟上张澍。

"刚才小盛夏跟卢匿泽一块儿回去了。"

张澍把书包往肩上甩,满不在意:"我眼睛没问题。"

他看见了。跟他走时恨不得离他百丈远,跟在别人身后倒是屁颠屁颠,亦步亦趋。

侯骏岐搞不懂:"那你换座位是闹哪出?"他还以为张澍把座位换过来是要把那两个人一块儿回家的事搞黄呢,结果就这个结局?

张澍说:"两码事。"

"啊?"

"单纯乐于助人,不行?"

侯骏岐都懒得拆穿他:"扯淡吧。"

盛夏骑车和卢圉泽一前一后地出校门,到了非机动车道就变成并排走。即便她放慢了车速,卢圉泽骑着自行车也不太好跟上她。他笑着说:"看来还是骑'小电驴'轻松点儿,改天我也买一辆吧。你这辆是什么牌子的?"

"不知道。"盛夏没注意过,"一会儿看看,车后边有商标。"

"最近感觉学习怎么样?"卢圉泽随意地开启话题。

"还可以。"盛夏也随意回答,但想了想自己那个成绩,哪里可以了?她叹了叹气,"其实我也不知道。"

"我看张澍不是在辅导你?"

他怎么也提张澍?盛夏顿了顿,斟酌了会儿才说:"是王老师让我向他请教怎么做错题整理,但是学霸的方法也没有那么好学,挺难的……"

话题相当于又转回了学习上,卢圉泽接话:"嗯,还是得摸索适合自己的方法才行。"

"嗯。"

一时冷场,好在两个人都在骑车,氛围不算尴尬。

半晌,卢圉泽打破沉默:"你的礼服找得怎么样了?我爸他们经常有一些活动需要穿礼服,应该有认识的人能弄到礼服,你需要我帮你联系联系吗?"

盛夏这才想起来,被吴秋璇的事那么一耽搁,她把礼服这事忘得一干二净。

"不需要太隆重,我随便找找就好了。"

"那怎么行?"卢圉泽一笑,"我可听说,咱们班住校生已经在宿舍里押你和陈梦瑶谁人气更高了。"

这……

盛夏不好说什么扫兴的话,这些都不是她能控制的事,只淡淡地回答:"我回去问问家里。"

"需要帮忙的话和我说。"

"谢谢。"

"太客气了。"

两个人就这么尬聊到了"翡翠澜庭",盛夏先到家,卢囿泽还需要再绕到 A 区。

"那明天见。"

"嗯,明天见。"

盛夏回到家,王莲华在沙发上睡着了,听到开门声才惊醒:"回来了?给你做了海参小米粥,我看看凉没凉……"

她说着把粥端了上来:"还温着,今天晚上吃了什么啊?"

盛夏回避后一个问题,说:"妈妈,你早点儿休息吧,以后晚上不用给我做夜宵的。"

"我在家也没事。"

盛夏放下书包:"你开了长途车呢,应该早点儿睡。"

"唉,阿璇要是能这样想就好了。"王莲华叹气道,"你趁热吃。"

盛夏边吃边问:"阿璇怎么样呀?"

"脸黑了一路,但是也还好,没发什么脾气。"

盛夏点点头:"那就好。"

王莲华坐在餐桌的另一边:"你今天是和那个卢同学一路回来的?"

"嗯。"

王莲华欲言又止。

盛夏抬眼:"妈妈,怎么了?"

"知道你乖——"王莲华犹犹豫豫,还是开口,"但是这个年纪妈妈也经历过,不管怎么样,一定要以学习为重,明白吗?"

盛夏知道,母亲还是担心她早恋,一点儿苗头都格外重视。之前在二中,类似的事也有过,她现在甚至怀疑,母亲让自己转学,也有这个因素。

"我明白的,妈妈。"

"别嫌妈唠叨。女人不同于男人,女人一辈子是没有试错资本的,一步错就会步步错。什么时候该做什么事,一点儿也马虎不得,知道吗?"

盛夏埋头吃粥,闷闷地点头。

"知道了,妈妈。我一会儿收拾碗筷,你快早点儿休息吧。"

"也好。年纪上来了,开这么点儿路程就很乏。"

"妈妈,晚安。"

"你也早点儿睡。"

"好。"

餐厅归于静谧,盛夏吃完粥,清洗好碗筷,便回房间洗澡。

运动会和礼服的事终究还是没有说出口,盛夏靠在床头,犹豫好久,还是给盛明丰留了言。

她知道,这种事跟盛明丰开口了,多半是邹卫平去办。如果被母亲知道了,还不知道会怎么样。可在母亲这儿,她连开口的机会都没有。

盛夏无意识地叹气。

算了,先不想了,运动会高三学生的参与度不高,母亲应该也不会知道。

第二天,盛夏特意带上了手机。课间果然接到了盛明丰的电话,她跑到教室外连廊的楼梯处接听。

盛明丰仔细地问了她对礼服有什么要求。

"简单一些,长一些就可以了。"盛夏说,"对了,预算要限制在五百块钱以内。"

"这个你就别管了,还有别的要求吗?颜色呀、款式呀,没有要求吗?"

"应该没有吧。"

"行,很好!你多参加活动,多和老师同学交流、相处,多交朋友,很好!"盛明丰听起来很高兴,"要不要亲自去试一试礼服?"

"不用了。"盛夏觉得按照身高体重挑就行了,"最近没有时间。"

"行,那就尽快订好了,让李哥给你送过去。"

盛夏回到教室,看到自己座位上坐着一位"不速之客"。

张澍坐在盛夏的椅子上,正和前边的侯骏岐说话。

盛夏走到座位边,以为他会自觉地起身把座位还给她,不承想他优哉游哉地打量着她的桌面,抬眼问:"没有橡皮糖了?"

既然昨天已经讲清楚了，盛夏认为没必要继续送了，今天确实没带。他怎么……居然跑过来问。

盛夏答："没有了。"

张澍浅笑："可我吃上瘾了怎么办？"

当然是自己买呀！盛夏第一反应就是这句话。当然，她没说出口。

"不是说，吃饭就……"说到一半盛夏顿住。她想说，不是说她请他吃饭这事就一笔勾销了吗？可想了想，那顿饭是他请的，这事不仅没一笔勾销，牵扯得反而更多了。

张澍问："就什么？"

盛夏不语。

张澍看着她因为窘迫而紧紧皱起的眉头，几不可闻地叹了口气："算了，扯扯就平了。"

扯平了就扯平了，什么叫作"扯扯就平了"？

他站了起来，作势要把座位让给她。

盛夏松了口气。就在擦肩而过的瞬间，她感觉脸蛋儿有温热的触感，随即脸上的皮肉弹了下……

他……他掐了她的脸蛋儿！只一下，动作快得她都没看见他用哪只手掐的，什么时候抬的手，又是什么时候把手收回去的。然后他弯弯嘴角，短促地笑了声，从她身后离开了。

他究竟干了什么！扯……扯平了……是……这样扯的吗？盛夏不可置信地捧住了他掐过的那一边脸颊，紧张地看着周围。

或许是他擦肩而过的身躯遮挡住了她的视线，又或许是他的动作太快没有被人捕捉到，此时并没有人注意这边，除了近在咫尺的侯骏岐。

侯骏岐目瞪口呆，转瞬换上一副贼兮兮的笑脸，低声惊叹了一句，转过身时，还边摇头边嘀咕着"牛啊""太绝了""这谁顶得住"……

盛夏落座，猛地喝水，捧着脸的手没敢放下来，害怕脸已经红成一片被人看出来。

隔着整间教室，她瞪着张澍的背影。

他已经走到自己的座位，坐下时又有意无意地往她这边看过来。在他们四目相对前,她赶紧扭头看向窗外。

她一把拉开窗透气。

从闷热的走廊吹不进一点儿风来,少女徒劳地深呼吸。

星期五的下午李旭就把礼服送来了。

盛夏一放学就往北门去,见李哥把车停在树下,捧着一个巨大的盒子站在车边。或许是刚参加了什么会议,大热的天他穿着竖条纹衬衣套小领黑衫,三十岁出头的年纪看着就像"老干部"。

盛夏略微汗颜,在做服务这块,李哥恐怕从来没给盛明丰丢过脸。看他那副接待领导的样子,她都有点儿不敢上前。

"夏夏!"还是李旭先叫住了她。

"李哥,等很久了吗?"

"没有,刚到。"李旭看那盒子大,"我给你送到教室去吧?"

盛夏连忙摇头:"我能拿住的。"

李旭说:"后备厢里还有点儿东西。"

盛夏以为又是盛明丰给自己准备的一些水果和零食:"不用了,我还有晚自习。"

"都是跟礼服配套的小东西,分着盒子装的。"

李旭让盛夏先拿着大盒子,而后打开后备厢,抱出一个鞋盒,还有两个精致的丝绒盒,都有档案盒那么大。

这⋯⋯

"不用这么隆重的。"

李旭只是干活儿的,也没法儿给她什么答复,只能说:"我给你送进去吧?"

盒子倒是不重,但是这体积,盛夏一个人确实拿不了。她看了看时间,这会儿大家都去吃饭了,教室里人应该不多,于是点点头。

李哥拿着大盒子,盛夏就捧着几个小盒子跟在他后面,没走两步便碰见了张澍和侯骏岐。他们正准备去吃饭。

"小盛夏?"侯骏岐先打了声招呼。

盛夏一怔。唉,"薛定谔的相遇"⋯⋯

张澍瞥了一眼她身旁站着的人，又看看他们手里的大盒小盒，问："需要帮忙吗？"

李哥看着她，征询她的意见。

盛夏犹豫少顷，还是觉得李哥这身打扮进学校不太合适，感觉像教育局领导来学校视察。

盛夏对李哥说："让我同学帮我送进去吧。"

李哥明白她的意思，点点头，目光在张澍和侯骏岐之间扫视，最后把盒子递给了侯骏岐。

张澍则很自然地从盛夏怀里接过那三盒小的。

盛夏与李哥挥了挥手道别，三个人一起进了北门。

侯骏岐回头看了一眼消失在街角的车，心里思忖——车简单，人不简单。

他是个没心眼儿的，想八卦自然就开口了："小盛夏，刚才那个人是谁啊？"

盛夏有回答这类问题的经验，没怎么思考就回答："我爸爸的同事。"

侯骏岐没料到这个答案，愣了愣后，笑嘻嘻地说："啊，哈哈，这样啊。"然后就不再多话。

盛夏没想到东西这么占地方。本以为就一个纸袋子，放在桌边也就是了，结果现在这大盒小盒的，教室里也没法儿放。

侯骏岐建议说："要不放在阿澍那儿？"

张澍挑挑眉，点头表示可以。他家倒是近，可她这样来往他家，不好。

盛夏想了想："先随便放吧，下午我问问付老师，看看能不能放在她的办公室里。"

张澍看见她避之不及的表情，蹙起眉头。

侯骏岐问："离运动会还有挺长时间呢，你怎么现在就把礼服拿来了，不放在家里？"

当然是因为不能放在家里了。盛夏在心里叹气，侯骏岐的好奇心什么时候能稍微小一点儿呢？

她正思考着如何回答，身后传来冷冷的声音："仙女的事你少管。"

呃……

盛夏用眼角余光一瞥，只看见张澍淡漠的侧脸。这话她经常听辛筱禾说，还觉得很可爱，可从张澍嘴里说出来，怎么那么别扭？语气像是不高兴。

教室里没什么人，放好东西盛夏自然是和两个人一道去吃饭。整顿饭下来，张澍目不斜视，专心吃饭，虽然他平时吃饭也话不多，但是她确定，他现在就是不高兴。

可他为什么忽然不高兴？明明刚才在校门口还好好的，也是他主动说要帮忙的。好奇怪。

下午，盛夏一到教室就看到几个女生围在自己桌边。看见她，其中一个女生叫住她："哇，盛夏，这是你举牌时要穿的礼服吗？可以打开看看吗？"

盛夏自己也还没看过，但她看看挂钟，说："快上课了。"

"那咱们一会儿下课再看吧。"

"好。"盛夏说。

"夏夏，看盒子上的商标，是个新锐设计师设计的牌子，之前我'女神'穿过这个牌子的礼服给代言站台，特别出圈，我看到微博后援会和资讯站上一直在发照片，印象深刻！"

这个同学说的每个字盛夏都听得懂，连起来就不太明白，但这个品牌大概挺不错的？

那个女生又说："你的礼服超好看的，花了多少钱哪？买的还是租的？"

盛夏想了想，回答："六百多。"

"五百元整"显得有点儿刻意了，而她自己贴了一百元，说多不多，说少也算用心了，应该不会惹人非议。

女生的脸上表情有些微妙，声音放低了些说："啊？那估计就不是正版了，正版的礼服租都要几千块钱的。"

盛夏被这价格吓住了，盛明丰是不可能租仿货的，邹卫平就更不可能了。

另一个女生安慰说："没关系的啦，小活动而已，穿个款式就好了。"

"是呀,是呀。"其他女生附和。

盛夏能明显感觉到,有女生既失望又松了一口气。她也松了一口气。

前桌的侯骏岐默默地听着,摇头叹息:有的人费尽心思要出风头,有的人却使劲地把自己埋起来。好戏,好戏。

第六章

举牌女神

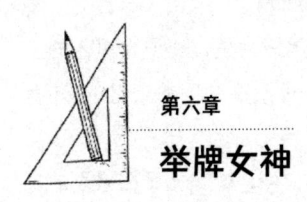

下午第一节课是付婕的课,星期五的语文课有点儿催眠。

下了课,大伙儿都昏昏沉沉的,大概对"仿版"没有兴趣,没人再提看礼服的事。盛夏等付婕出了教室才追上她,提了让她代为保管礼服的事,她欣然同意。

盛夏便叫上辛筱禾,两个人抱着礼盒跟在付婕身后上了楼。

语文组女老师个个年轻。盛夏发现,附中很敢任用青年教师,像付婕和赖意琳都是硕士毕业,从高一带学生上来,任教不过两年。这样的新人老师在二中是带不了高三学生的。

其实年轻的老师不仅教学手段新,教学成效也显著,还能和学生打成一片。

"盛夏,你还不会化妆吧?"付婕在座位坐定,忽然问。

盛夏把礼盒放好,摇摇头。

付婕笑盈盈地说:"那开幕式那天老师给你化妆?"

盛夏蒙了:"还要化妆吗?"

辛筱禾说:"当然啦!"

付婕说:"你可是代表你们(六)班的脸面哪!"

辛筱禾猛点头:"是呀,'举牌女神'都是要化的!"

盛夏抿抿嘴,点头。

付婕说:"你的礼服是什么风格?我看看,好准备准备妆容的风格。"

盛夏自己也不知道，便打开礼服盒子。

裙子层层叠放，拎起来才看到全貌。

上身是黑色丝绒抹胸，以黄铜片点缀蕾丝做腰封；裙身是灰蓝色，层层叠叠，点缀金色立体刺绣。淡雅的灰蓝色与浓郁富贵的金色相得益彰，抹去了金色的土气，黑色丝绒一压，优雅大气。

鞋盒里躺着一双黑色复古高跟鞋，两个丝绒盒里，一个是黑色的王冠，另一个里面有一条黑色丝绒 choker（一种紧贴颈部的项链），还有一双丝绒手套，长度到手肘位置。

"这是……'赫本套装'啊？"付婕眼睛一亮，捻起礼服在盛夏的身上比了比，"嗯，有反差感，很惊艳。"

盛夏看着这件抹胸礼服，这……在学校里穿，真的好吗？

她当时只说了裙摆长度，倒没想着上身效果。可是，盛明丰看过裙子吗？他和邹卫平都觉得这个款式穿着可行吗？

办公室里其他老师也伸脖子看过来。

"付老师，你们班学生长得可真俊呀！"

"那是！也不看是谁的学生？"

"看把你美的。你可别厚此薄彼，你还有两个班的学生呢！"

"就你多嘴。"

盛夏和辛筱禾面面相觑，原来老师们在私底下是这种"画风"。

她正出神，就听到付婕低声调侃："盛夏，你这回要自己贴不少钱吧？"

辛筱禾抢答："贴了一百块钱，我看着这礼服好高级，跟他们一千块钱的礼服比也完全不怵。"

付婕把礼服小心地叠好放回去，听到这话，惊讶地说道："只贴了一百块钱？"

随后她看了一眼盛夏逐渐低下的脑袋，了然地笑了笑："嗯，那是很划算。"

这个课间不长，盛夏和辛筱禾先回教室了。

办公室里，刚才还只是站在各自格子间的老师们凑了过来。

"你改天替我悄悄跟你的学生打听打听在哪里租的礼服。我嫂子在备婚，六百块钱的礼服也太值了，可以当敬酒服！"

付婕挑眉："这是正版'赫本套装'，六百块钱是不可能的。"

"正品？"

"嗯，鞋子是名牌的，也是真的。"

付婕家境富裕，上班着装朴素，可下了班也是妥妥的"时尚咖"，她说是真的，就假不了。

"现在的学生，为一个活动，这么拼吗？"

付婕摇摇头："我这傻学生可什么都不知道。"

"长得确实很漂亮！"

"性格也好。"

盛夏和辛筱禾下楼，盛夏满耳朵都是辛筱禾的赞叹——"太好看了""低调又金贵""优雅黑天鹅"……

盛夏已经开始担忧，这样穿是不是太过了？她从来没有穿过抹胸礼服。

"筱禾，以前有人穿过抹胸礼服举牌吗？"

"几乎都是抹胸礼服啊，不然就是吊带之类。"辛筱禾说，"往年穿婚纱的都有，这一天不就是要各显神通？"

盛夏这才稍稍放心。

星期一换位，盛夏又要跨越一个教室换到第一组去。这一次换位不是辛筱禾的'特殊日子'，她自告奋勇地帮盛夏搬桌子。两个人抬着桌子艰难地挪动，几步一休息。

"哇，夏夏，你的桌子怎么这么重啊？"辛筱禾一边喘气，一边艰涩地开口。

盛夏在休息的间隙说："可能我的东西太多了。"

抽屉里被塞得满满当当，整齐但拥挤。

辛筱禾叹气："上次张澍怎么自己就拎过去了？跟他一比，咱们可真是'菜鸡'。"

盛夏想起上次是张澍帮自己搬桌子，他的手臂肌肉绷得死紧，想必也并不轻松。

"刚开学的时候东西没有现在这么多。"盛夏鼓励道,"咱们也很厉害了。"

话音刚落,身后传来冷冷的声音:"是吗?乌龟爬似的,毅力确实可敬。"

盛夏扭头,迟到的少年站在教室门口,表情不算友好。

"放下吧,别在这儿挡路。"张澍语气不耐烦地开口,说话间已经来到盛夏跟前,把身后的书包摘下来递给她,"拿着。"

盛夏看着他,有点儿发呆。他要干吗?

张澍自顾自地把书包塞进她的怀里,双手一把提起她的桌子,抽屉里的东西"哐当"作响。辛筱禾回神,挪到一旁给他让路,少年轻轻松松地把桌子搬到了既定位置。

辛筱禾看向盛夏,尴尬地一笑:"咱们和他的体力还是有差距的。"

盛夏抱着张澍的书包,跟在他身后走到了座位旁,喃喃地说:"我……书箱还在那边。"

既然实力差距悬殊,那么,他应该也乐意照顾照顾她,送佛送到西吧?

张澍抬眼,轻轻地笑一声:"今天使唤我倒使唤得挺顺嘴。"

"使唤"这个词不是什么人道的词,他的语气听起来不太乐意。盛夏皱着眉,解释说:"我不是这个意思,不好意思啊。"

说完放下他的书包,转身打算自己去提书箱。

少女留给他一个背影。

张澍目瞪口呆,话都说不出来了,她怎么连这种程度的调侃都遭不住?那岂不是他话说重点儿,她就要哭给他看了?

明明是她之前防着他的,现在又开口让他帮忙。他还嘴一句都不行了?当真是一点儿说不得。

张澍无声地叹了口气,提步跟上去,没走两步就看到卢圉泽抱着她的书箱走了过来,身后还跟着亦步亦趋、用眼神感激他的少女。

"谢谢啊。"盛夏说。

"怎么还这么客气?有需要帮忙的你叫我就行,离得这么近。"卢圉泽稍扭头回答。

走到盛夏的座位旁，卢囿泽没看见张澍一般，问："夏夏，放哪儿？"夏夏？

张澍叉着胯，气没喘过来，只剩冷笑。他搬个这么大、这么重的桌子她甩冷脸，人家搬个小破书箱她殷勤成这样？要不要这么"双标"？

盛夏犯了难，之前坐这边的时候，书箱是张澍放在他们中间的，而现在……

他的表情像极了护崽的母鸡——就是鹰来了，也休想侵占他的领地。

"放在我桌底下吧。"盛夏说。

张澍的一句"放中间"没说出口，就被掐了回去。

他给卢囿泽让出地方，叫上侯骏岐离开了教室。

桌底的空间本就不宽敞，书箱一摆，盛夏的腿窝在狭小的空间里无法舒展，一天下来腿脚有些僵硬。

她不开口，他也没说话，他们就这么僵持了一整天。

最难受的就是侯骏岐。张澍今天嘴格外毒，他就是用脚指头猜，也知道后座两个人在"冷战"。

不过，挺新鲜的。

晚上十一点，卢囿泽过来叫盛夏回家。

盛夏从做习题中回过神，居然又这么晚了。她今天的效率太低了，于是收拾了习题册打算回去再补补。

张澍还没走，而他坐得靠后，完全挡住了她的去路。

她收拾东西的动静这么大，显然是要走，也没见他自觉地让一让。

盛夏在心里微微叹气，无奈地叫他："张澍……"

听到她的语气不同往日，有种淡淡的不耐烦，张澍眉头一挑，往椅背上一靠，目光笔直地看着她。

他其实没有什么目的，只是一整天都没和她说话，想听听她会不会再挤出一字半句，哪怕就像刚开始那样，说一句"我要出去"，或许他半推半就，就打破这僵局了。

可他不知道的是，他这个样子，在盛夏看来就是——求我啊？

她有些为难，卢囿泽正等着她呢。

卢囿泽见状，忍不住开口："张澍，你幼不幼稚？"

这话一出口，周围众人神态各异。侯骏岐已经站了起来，张澍一个眼神扫过去，他又讪讪地坐下。

盛夏也呆住了。

张澍扭过头："关你什么事？"

虽然卢圉泽站着，张澍坐着，但张澍的气场完全没输，云淡风轻的语气反而噎得卢圉泽一时无话。

"要不你去打个小报告？别光老王呀、年级主任呀这一流，打到校长那儿去更符合你卢少爷的身份。"侯骏岐在一旁冷冷地嘲讽。

气氛剑拔弩张。

盛夏没想到对话会发展到这个地步，眼神不知道往哪里放。

她不知道该与为自己出头的卢圉泽同仇敌忾，还是事不关己地绝不参与。

张澍用眼角余光瞥见她的紧张，无意识地低叹一声，抽了抽凳子腾出空间让她出去。

盛夏如释重负，刚迈出走道，忽然听到身后传来张澍仍旧冷淡的声音："路上注意安全。"

盛夏脚步一顿，僵硬地回头。他……是在对她说话吗？

应该是，因为没有别人。

"啊？哦，知道了。"盛夏讷讷地回应。

盛夏和卢圉泽离开了教室，这场短暂却刺激的"三角剧目"落下帷幕。

看客竟无法分辨，两个男主角到底谁赢了。

说是张澍吧，可女主角跟着卢圉泽走了。

说是卢圉泽吧，可女主角最后又蒙又愣的回应就像是"红杏出墙"未遂的小女朋友。

侯骏岐骂骂咧咧："这'龟孙'，在女生面前装什么绅士？看着恶心。"

张澍不予置评，继续刷题。

"阿澍，你知道卢圉泽也买了辆'小电驴'吗？"侯骏岐的语气要多嫌弃有多嫌弃，"和盛夏那辆一样，不过是黑色的，小小的，骑着真幼稚。"

张澍抬眼,冷哼一声。搞什么?"情侣车"?幼稚。

次日早晨,盛夏来到教室的时候,书箱已经被挪到她和张澍的座位中间。

虽然张澍还没来,但她想不出第三个人会挪自己的东西。

相处久了,她也有些能猜中这个阴晴不定之人的心思了,他这个人,有点儿"外冷内热"的意思。

盛夏从书包里摸出一颗巧克力,塞到他的抽屉里以表感谢。没有棒棒糖和橡皮糖,他将就着吃吧。

在下午的班会上,侯骏岐公布了趣味运动会的项目名单。

硬性要求就是全体参与,身体条件不满足的除外。所以每个人都有项目参加。

盛夏看到自己被安排在"环环相扣"项目。

她有九个队友,其中包括张澍。十个名字两两并列,看着像是一对一对的,而她和张澍的名字就并排而立。

这是什么?

其他项目还有"十人十一足""大风车""滚滚向前""美轮美奂"……

大伙儿都是参加过趣味运动会的,不用解释项目规则,只有盛夏看得一脸茫然。

王潍说:"大家有要调整队友或项目的,就和侯骏岐同学说,但是,没有什么必要的理由,就尽量服从安排。每个人都换来换去的话,工作就没法儿开展了,大家要有点儿集体观念。趣味运动会,就是玩,让大家放松放松,然后全力迎战月考。"

侯骏岐在一旁点头如捣蒜:"没错,这名单我排好几天了,都考虑到大家各自的身体条件和同学关系了,非常公平公正,所以别找我调整,我不同意。"

"态度好点儿。"王潍睨他。

侯骏岐点头哈腰:"得嘞。"

台下,辛筱禾对杨临宇说:"呵,还公平公正。"

杨临宇没反应过来:"啊,这不是挺好的吗?"

"榆木脑子!"辛筱禾愤愤然,"居然把盛夏和张澍绑在一块儿,卑鄙。"

杨临宇再看一眼名单:"绝了。"

辛筱禾的目光跨过整个教室看向一脸茫然的盛夏:"可怜的娃娃,肯定没看明白。"

等侯骏岐下来,盛夏点了点他的胳膊:"侯哥,你那儿有没有项目规则啊?"

张澍听她这声招呼,也抬起头来,盯着侯骏岐。

侯骏岐如芒在背,"呃"了半天,说:"我跟你解释一下就行。"

"'环环相扣'呢,就是两个人拿着呼啦圈跑,一共五组,接力跑。"

盛夏脑补了一下画面:"拿着呼啦圈怎么跑啊?"

"就是两个人钻进呼啦圈里,提着呼啦圈跑。呼啦圈不能接触手以外的其他身体部位,不能超出任何一个人的头顶,也不能掉在地上。"

盛夏说:"这样不好跑吧?"

两个人在一个呼啦圈里,跑的节奏得一致,手得提着呼啦圈不能摆动,还要追求速度,这……

侯骏岐说:"好跑还叫趣味运动会吗?趣味运动会就是要大家精诚合作。"

盛夏想了想,还是问:"我之前没有参加过,怕影响班级成绩,有没有相对简单一些的项目呀?"

"成绩不重要,没人在意那个,玩得开心就行了。"侯骏岐很有耐心的样子,"别的项目更难,要不你听听?"

"嗯。"

"'十人十一足',就是十个人的腿绑在一起跑。'大风车'就是十个人一起拿着长杆子跑。'滚滚向前'就是滚充气悠波球,也是两人一组,五组接力。你别听这个简单,跟公园里玩的不一样,到时候足球场上全是悠波球,一个撞一个,跟碰碰车似的,这个得不怕头晕。'美轮美奂'就是跨栏跑的变种,把跨栏改成钻轮胎,也是接力。"

侯骏岐介绍完,瞥了一眼要笑不笑的张澍,再盯着被唬住的盛夏:"你选哪个?哥给你安排。"

周围众人满脑"黑线":说好的"不调整、不同意"呢?

盛夏蒙了,她就没有擅长的体育项目,更不要说趣味项目了,这些项目听着都挺难的,她注定是拖后腿的那个。

可是……她用眼角余光看到"事不关己,高高挂起"的张澍。

可是和他在一起跑,很别扭。

侯骏岐见她不语,眨眨眼:"哥哥是不是给你挑了个最好的?又不用钻,又不用滚的,多好!"

盛夏抿着唇,点头也不是,摇头又说不出什么反驳的话来。

侯骏岐说:"这真的是最合适你的了,'美轮美奂'需要瘦小的,'滚滚向前'也不能太胖的,所以到'环环相扣'就不剩几个瘦子了,排人很难的!"

话都说到这份儿上了,盛夏再说什么都不对,只好点点头。

边上的同学说:"侯哥,说好的公平公正呢?你怎么开小灶啊!"

"滚!"侯骏岐不以为然,"给'女神'开小灶不行吗?有本事你当'举牌女神'啊?"

那个男同学语塞,众人笑起来。

也有道理,盛夏要举牌,当然不能钻和滚了。她可是他们班的门面。

有人嘀咕:"你怕是忘了去年周萱萱被你派去'滚滚向前'了……"

侯骏岐听见了,肩一耸手一摊,就一个表情——你能拿我怎么样?

张澍叫侯骏岐:"去不去小卖部?"

侯骏岐看看时间:"现在?快吃饭了。"

张澍说:"请你。"

"什么?!"侯骏岐跳起来,"你请我?真的假的?我今天做什么好事了?走啊,走啊。"

二人从后门绕到小走廊出去了,路过盛夏的窗边,她听见侯骏岐问:"哎,阿澍,之前给你送零食那位没再送了?"

张澍笑一声:"换成了巧克力。"

"啧啧!"侯骏岐拍拍张澍的肩,"锲而不舍啊。"

盛夏:"……"

接下来的两天里,盛夏发现,"环环相扣"确实是个好项目,不需要怎么练习,不像"十人十一足""大风车"都需要十个人一块儿练习。

辛筱禾是"大风车"的组长,下午一放学,就扛着软杆子吆喝队友去练习。

卢囿泽是"美轮美奂"那一组的。第一天练习完,晚上一块儿回家,盛夏发现他的手肘青一块紫一块的,别人好像没他那么严重。他自嘲道:"没有体育细胞,小时候也没玩过那些。"

"我也没有。"盛夏只能如是安慰。

"你那个项目,和张澍练习过了吗?"

"没有呢。"

卢囿泽说:"我去年就是参加'环环相扣',听着简单其实还挺难的,而且……"

盛夏放慢车速,认真听。

"可能会有一点儿肢体接触。"卢囿泽瞥了她一眼。

这一点盛夏考虑到了,身体不能碰到呼啦圈,难免两个人的身体会靠得比较近。但想到"十人十一足"还得搂着左右两边的人的腰,"滚滚向前"指不定还会滚到队友身上去,"环环相扣"还算是好的。

"体育只是体育。"盛夏说。她也是这么告诉自己的。

卢囿泽一愣,在黑夜里点点头。

话说得好听,体育课上张澍拎着呼啦圈找到盛夏的时候,她还是紧张得手心冒汗。

张澍却没有什么表情,语气有点儿漫不经心:"盛夏,练习一下。"

"哦。"她扔了篮球,跟在他身后去了足球场。

为了防摔,"环环相扣"在绿茵场地开展。

盛夏和张澍到的时候,班里其他几组"环环相扣"的队友都在,他们一到,人就齐了。其中一组盛夏还比较熟悉,是周萱萱和齐修磊。

组长齐修磊已经排好了顺序,盛夏和张澍在第四棒,周萱萱和他自己在最后一棒冲刺位。

"先各组自己练习,快下课的时候练练接棒就可以了。"齐修磊说。

张澍询问:"咱们上哪儿练习去?"

盛夏左右看看:"最边上吧?"

张澍眉头稍抬,下巴轻点:"走呗。"说着就把呼啦圈从她头上罩下来。

盛夏感觉呼啦圈落在自己的腰上,随即一道力量扯着她往前走。

"你干吗?"

他在前边拉着呼啦圈,呼啦圈兜着她,她只能亦步亦趋。

这个人到底是什么恶趣味!

张澍回头笑了笑,瞥见她不悦的表情,索性就这么倒着走,双手拉着呼啦圈,笑眼戏谑。

盛夏才不会任人这么拉着,像只小狗!她加快脚步,腰远离了呼啦圈,呼啦圈险些掉落。张澍手臂一扯,也走得快了些,呼啦圈又贴回她的腰。她又加快脚步脱离他,他就更快,又贴上她。如此循环。

足球场上其他组就看着这二人你拉我,我追你,满头"黑线"。

齐修磊无语:"他们做同桌的时候没腻歪够,要上这儿来'屠狗'?"

他的搭档周萱萱睨他一眼:"胡说什么?张澍不就是爱捉弄人?快点儿练吧!"

齐修磊摸摸鼻子,选择闭嘴。

盛夏就这么被张澍像"遛狗"一样扯到了足球场边缘。她一句吐槽的话还没说出口,他就已经从呼啦圈下边钻进来了。

突如其来的靠近让盛夏猝不及防,不自觉地后退了一步,却被圈住退不了几分。张澍的胸膛近在咫尺,气息就喷洒在她的头顶,她就这么怔在原地。

她的头顶与他的下巴齐平,眼睛稍抬就正对他的喉咙……

他的喉结滚了滚,那"尖角"如锐器刮过浅薄的皮肤,似下一秒就要破皮而出,旁观者只觉得惊心动魄。

盛夏目光凝滞,心跳声躁如擂鼓——怦、怦、怦。

他的喉咙里到底装着什么?这……这么大……

"我身上有地图?"她的头上传来漫不经心的声音,"看前面。"

盛夏回过神,稍稍地往后仰了仰身子才缓缓地抬起头和他四目相对。

张澍微微歪头把视线放低:"我很帅?"

盛夏瞪了他一眼,扭过头去,同时转身站在他身前,距离他半个身位。

张澍笑了一声。

他有点儿理解那天侯骏岐为什么这么激动了,她瞪人的时候还真是稀奇,又别有一番趣味。

他们圈在同一个呼啦圈里实在不好活动,侯骏岐说找瘦子参加这个项目不是没有道理的。

盛夏和张澍都算瘦,空间还算绰绰有余。

"要怎么跑起来呢?"盛夏喃喃地问。

她扭头去看其他组,基本都是女生在前、男生在后,女生几乎不碰呼啦圈,全靠男生用双手提着。

为了维持平衡,男生后面半圈的空间是空的,这样前面的空间就很拥挤。

"咱们背对背跑。"张澍说。

盛夏回头:"嗯?"

"转过去,各自拿着自己面前的呼啦圈,没人规定非要面朝前跑。"张澍后退,给她挪了挪空间,"咱们侧着跑。"

盛夏懂了,这样各自完全不干涉,也几乎不会有身体触碰。只要他们的脚步和节奏一致,就可以跑得很快。除了……跑的姿势有点儿不美观。

她忽而一笑:"好主意!"

下午的阳光明亮而热烈,尽数洒在少女的笑脸上,闪了张澍的眼睛。这好像是她头一回这么放肆地笑。

他轻咳一声,扭过头去:"明白了?"话问得有点儿刻意。

盛夏点头:"明白了。"

这样确实会快很多,其他组见状,也有样学样。半节课不到的时间,大伙儿已经练得差不多了,于是又练了练接力。

接力很简单,就是把呼啦圈摘下来交给下一组就可以了。

整节课下来,都没有发生卢囡泽说的"肢体接触",这一切都归功于张澍的好办法。回到教室,辛筱禾过来问起他们的练习情况,盛夏一五一十地告诉了她。

辛筱禾有点儿惊讶:"张澍这么绅士?"

绅士吗?好像可以这么形容吧。

肢体接触这种事,男生大多是不怎么介意的,甚至还乐在其中。毕竟体育比赛,一些磕碰在所难免。

而他与众不同,是在主动规避。或许是因为他有喜欢的女生,所以要和别的女生避嫌。

虽然他有时候说话有些……盛夏不知道怎么评价,因为细细追究起来也并没有什么。大概率只是她过于小心谨慎,想偏了罢了。

就事论事,在这件事上,他的做法也是值得肯定的。于是,盛夏轻轻地点头。

"不像啊……"辛筱禾嘀咕,"难道是个只会'口嗨'的人?"

盛夏没懂:"嗯?"

辛筱禾说:"没什么,享受运动会!嘻嘻。"

午后的一方书店空寂无人,音响里播放着轻缓婉转的法语歌。

阳光从窗户透进来,在少女的周身环绕成光晕。

少女听见脚步声,缓缓地抬头,双眼像盛着一汪清泉。

"阿澍……"她唤他,声音轻灵软和,像飘过荒野的蒲公英。

"阿澍……"她望着他,慢慢地站起来,"这道题我解了很久,你能给我讲讲吗?"

张澍走到近前,少女周身的光晕散去,少女的脸和身体在眼前变得清晰。她白得像瓷器,润得像玉石。

他低头要看题,却见满试卷都是少女漂亮的字——张数,张数。写得满满当当。

"阿澍,阿澍……"

"阿澍,阿澍……"

张澍闷哼一声,惊醒,额头全是细密的汗。他扶额,看了一眼时间——清晨六点。哪儿来的什么午后的阳光?原来是在做梦。

张澍爬起来洗澡。在淋浴的喷头下,少年的肩膀宽阔,小臂紧实。

他撩起额发，仰着头任冷水冲刷着自己的脸。

张澍擦着头发走出浴室，拐弯就撞上双手抱臂倚在墙边的张苏瑾。

"啧啧——"张苏瑾感慨，"随便套块破布都这么帅，不愧是张澍。"

少年笑起来得意又张扬："不看看是谁的弟弟。"

转瞬，反应过来他穿的可是自己设计的东西，立即改了口风："不是，这是块破布吗？这图案，你再仔细看看，不是艺术家的水准？"

张苏瑾笑笑，戳了戳他的额头。

"今天不是不用备菜吗？你起这么早干吗？"张澍问。

"给你做早餐啊，没想到有人起得比鸡还早，什么都来不及做。"张苏瑾进了厨房，端出来两碗馄饨，"速冻的，将就吃。"

张澍把长腿往餐椅上一跨，吃得一脸满足，含混不清地说："你以后不用备菜的时候就歇歇，不用给我做早餐，我出去随便应付应付就成。"

张苏瑾挑挑眉："哟？都会心疼你姐了呢。最近怎么这么温柔？"

张澍说："爱听不听。"

张苏瑾说："你这样是找不着女朋友的！"

张澍用一种"你有毛病"的眼神看着她："别的家长可都担心孩子早恋，你怎么这样？"

天天话里话外地打探他有没有女朋友。

"不能早恋只是因为大多数人的判断力不行，也保护不了女孩子。"张苏瑾笑笑，"可我觉得阿澍有自己的判断力，也能保护女孩子。之前不是还无师自通，知道红糖可以缓解经期疼痛？"

"这是常识好不好？"张澍不自然地低下头，撂下话，"别乱操心。"

"倒是你！"张澍囫囵吃完，抬眼盯着张苏瑾，"你谈恋爱，周末不去约会吗？"

张苏瑾收拾碗筷，说："一会儿去。"

张澍挑挑眉，心情很不错地拍拍张苏瑾的肩膀："吾姐可教也！去吧，晚上十点前必须回家。"

张苏瑾："……"

少年背着书包准备出门，张苏瑾再次叫住他："张澍。"

张澍脊背一紧，她叫他的大名，大事不妙。他回头："怎么？"

"如果你有喜欢的人了，记得告诉我。不，一定要告诉我。"张苏瑾神情执着而认真，"姐姐有很重要的话要交代你。"

张澍在这样的注视下，说不出"抖机灵"的话，沉默两秒，回应道："知道了。"

星期日下午，（六）班的同学穿着班服一块儿练了练运动会入场走方阵。

（六）班的班服是明晃晃的黄色，很张扬，图案是张澍设计的艺术字体，英文单词 SIX（六），单词里面还隐藏着王潍的 Q 版头像，胖乎乎的脸，头上有几根斜着的毛发，很是神似。班服的整体风格可爱却不幼稚，有点儿"潮牌"的感觉，大家都很满意。

走方阵要举横幅，（六）班的横幅内容是"你有你的诗情画意，我有我的山水田园，虽然是盗版的"。

后面印着张澍设计的那个王潍的 Q 版头像。看来大家的运动会都一样，调侃班主任就是主基调。

盛夏还以为走方阵要练几天的时间，谁知道走了一圈儿就回去了。辛筱禾说，附中的运动会开幕式特别随便，不用整齐列队，反正从班服就能看出来哪个班是哪个班，也不用彩排，反正最后都是"呼啦呼啦"地闹过主席台。于是盛夏也不需要太认真地练习举牌了，随便一走就好了。

这才是运动会应该有的样子，不拘小节，享受运动。

星期三至星期五举办运动会。星期三早上进行运动会开幕式，盛夏还是如同往常一样六点就到校，做了会儿英语听力题，付婕就来叫她了。

付婕在办公桌上摆出化妆品，盛夏看着琳琅满目的瓶瓶罐罐，还有长得差不多却又有些不同的刷子，讷讷地问："老师，这些都会用到吗？"

那得化到猴年马月呀？

"当然不是了。"付婕说，"不过也差不多吧。"

盛夏："……"

她坐在付婕的椅子上，付婕站着给她化妆。

盛夏有点儿不好意思："老师，要不我去教室搬张椅子来？"

"不用,不用,我也坐不住。"

于是盛夏就看着付婕的手上不断变换着各种工具,在她眼前晃啊晃。

"真好,年轻就是好,一点儿也不卡粉。

"真好,这眉毛形状都不需要怎么修。

"真好,这鼻子连阴影都免了,打点儿高光就行。

"真不错,这睫毛都不需要贴假睫毛。

"真羡慕,你画内眼线都不会流泪。"

…………

桌面上的时钟从六点四十分走到了七点五十五分,付婕终于结束最后一个步骤,端着盛夏的下巴左右看。她眉眼飞扬,对妆容十分满意:"完美。快走,去换衣服,弄头发。"

啊?还没结束?

"你下去叫个人上来帮忙,把你的礼服什么的都拿到运动场那边去。"付婕吩咐,"我先收拾收拾。"

"好。"

学校在运动场主席台下方安排了房间,给"女神"们化妆、换衣服用,避免大家穿着礼服到处晃。

盛夏老是感觉脸上有东西,紧巴巴的,不太自在。她垂着头来到教室,想叫上辛筱禾,但辛筱禾不在座位上,于是便在后门张望着。

"哇,盛夏!"

有人看见她,低呼了一声,这下几乎所有人都回头看过来。

"好漂亮……"

"女明星!"

"今天要赢了。"

"是盛夏……"

盛夏有点儿蒙,她能看出来众人的眼神是充满赞赏的、被惊艳到的。她感觉手心渐渐地发热,脸颊也爬上温度。她不知道自己现在什么样子,印象中,她觉得自己不太适合化妆,以前表演化的妆都奇奇怪怪的,不像自己了,所以她没抱什么期待……

她正愣着,身后传来一道漫不经心的声音:"干吗?在这儿挡路。"

盛夏扒着门框，扭头，撞进了张湍不耐烦的眼睛里。

她往一旁让了让，解释说："我在找筱禾。"

他们四目相对，"踩点"到教室的张湍愣在那儿，一动不动，原本悠闲的表情有轻微的呆滞。

两个人的对视间，一时静默。盛夏涂了睫毛膏的翘睫毛因为仰视而频繁地扇动，忽闪忽闪的。

时钟从八点走到八点零一分。张湍的喉结滚了滚，抬头移开视线看向教室里，辛筱禾压根儿不在。

全班的人都在回头望，看着他们班今天的门面——盛夏。

张湍问："找她干吗？"

他的声音有点儿发紧。这样的距离和角度，她又看见他那"凶器"一般的喉结，心一跳，也移开视线，低着头说："我叫筱禾帮我拿一下东西。"

张湍轻咳一声："拿礼服？"

他怎么又知道？盛夏点头："嗯。"

"走吧，我给你拿。"他把自己的书包扔在最后一排靠窗的座位上，也不管座位是谁的，转身往楼梯走去。

盛夏抿抿嘴，提步跟上。

教室里同学们你看看我，我看看你，脸上都挂着玩味的笑，三五成群，窃窃私语。

"这是在谈恋爱吧？这状态，不是我吃粉笔灰！"

"看起来有点儿般配！"

"张湍不是喜欢陈梦瑶吗？"

"那都是多久以前的事了，张湍早就在'撩'盛夏了。"

"真的呀？"

"那谁不是看见他们写的字条了？"

"对上张湍，盛夏简直就是'小白兔'！"

"长得好、性格好，谁碰上盛夏不得移情别恋？"

"好漂亮，好漂亮。我忌妒美女，但不忌妒仙女，我可以！"

"张湍刚才的眼神，好可怕呀，都快抽丝了。"

付婕看到是张澍上来帮忙，挑挑眉，眼底都是笑意："既然是男同学来，那就都你一个人拿吧。盛夏别干活儿了，一会儿出汗了妆就不美丽了。"

盛夏微微窘迫，心想倒也不必如此。

张澍也稍提眉毛，点点头："行。"

他弯腰把小盒子摞在大盒子上，一把抱起来就走："送到哪儿去？"

"运动场啊。盛夏，你带他去。"付婕抬眼，"然后你先把裙子套上，别的别动，我收拾好去给你弄头发。"

盛夏点点头。两个人一前一后地下楼，一前一后地路过（六）班走廊，听到教室里一阵起哄。

盛夏走快了点儿，张澍则只当没看见那些起哄的人，不紧不慢地跟着她。两个人穿过花园来到运动场，运动场上彩旗飘飞，人山人海。

九点开幕式开始，高一和高二的学生都提前来了，运动场播放着奔放、热烈的暖场音乐，大家穿着各自班级的班服，把跑道和绿茵染得五彩缤纷。

运动场是国际标准的规模，绕一圈儿走到主席台还是挺远的，更何况还要下台阶。

盛夏回头："好不好拿？我拿小的吧。"

话音刚落，她因为回头倒着走险些踏空一级台阶……

"你小心点儿！"张澍抱着东西的手差点儿松开要去扶她，看见她已经站稳，叹了口气，呵斥的语气十分不善，眼神无语，"泥菩萨，好好走路！"

盛夏拍拍胸口，专注脚下，不再提帮忙的事。

这可真是窘迫。

不知道是因为盛夏的脸上带妆，还是因为张澍那张在升旗仪式上"大红大紫"的脸，总之，他们穿过跑道的时候，回头率不低。盛夏甚至看到有摄像机在拍他们，那个人胸前挂着校园记者的胸牌。她有点儿后悔让张澍帮忙了。

他们好不容易才绕到主席台后边，盛夏正对着门牌号。

星期日侯骏岐带她来过了，高三年级十个班的"举牌女神"都安排在一〇五室。

一〇五室的大门敞开，里边隐约传来说笑声。

"到了。"盛夏转身，从他怀里抱走三个小盒子，"这里你不好进来。"

张澍嘴角一弯："不错，还知道先通知一声，'泥菩萨'有'泥菩萨'的修养。"

盛夏："……"

盛夏先进去看了一眼，看到屋内也有别的男生，才回头叫张澍："可以进。"

里面的人也注意到了门口的动静，纷纷扭头，就见一对"璧人"进了门。

真正能称得上"璧人"，"般配"二字就差刻在他们的脑门儿上了。

他们穿着一样的班服，如果不是出现在运动会上，肯定会被认成"情侣装"。

张澍，高三的学生没有人不认识他的。他的绯闻写成小说能绕附中三圈，小说的绯闻女主角是校花，此时正在里头的隔间换礼服。那现在他身边的美女又是谁？

盛夏有点儿不知所措。

这地方说是化妆间，其实是调度室改的．里面就摆了几张书桌和椅子，换衣间是之前值班人员的卧室，所以整个空间并不大。此时已经人满为患，桌椅也都被各种化妆品占满了，地板上甚至随意地放着礼服，各种纱裙和裙撑铺满了地面，让人几乎下不去脚。

盛夏本就不擅长与人打交道，付婕又还没来，面对十几双好奇的眼睛，她一时不知道开场白要怎么说。她下意识地回头看张澍，都没察觉自己的眼神里带着求助。

张澍在心里叹气，她应该去照照镜子，别总这么可怜兮兮地盯着人看，谁顶得住这样的眼神他管谁叫"爷爷"。

"在边上等等。"他扶了扶盛夏的肩让她站到一旁，拉开她腰后的门把，绕到门背面浏览着什么东西，而后忽然走到一张书桌旁，把桌上乱七八糟的东西往里挪了挪。桌角露出了序号——六。

张澍回头，冲屋里的人问："这些东西是谁的？"

人们面面相觑，纷纷摇头。

张澍说："拿走吧，这张桌子是（六）班的。"

他个子高，站在低矮的调度室里，伸手就能够着天花板。此刻，他的语气冷漠，有种睥睨之感。

刚才还在喧闹的一〇五室，此刻一片寂静。

正僵持着，换衣间的门开了，入目是仙气飘飘的米色纱裙，腰线掐得又高又细，配上那头栗色卷发和明艳的面庞，青春靓丽。

"阿澍？你怎么来了？"陈梦瑶的眼睛一亮，提着裙摆走近他。

"送我们'女神'过来。"张澍转了转身，退了半步，指着六号桌，"这是你的东西吗？"

陈梦瑶顺着他手指的方向看过去，点了点头："是啊。"

也是从这个方向，她看到了盛夏，一个她留意了很多次的女孩儿——（六）班的插班生、张澍的同桌、抢了周萱萱的"举牌女神"的人。

这个女孩儿去接水经过（四）班时，总有那么几个男生吃喝着"哎，（六）班那个""快看"，跟看见大熊猫似的。

盛夏抱着盒子的手臂有点儿僵硬，不知道是因为抱得太久了，还是因为他那句"我们'女神'"……

虽然他们都是这么称呼她的，可她还没有完全融入这份"文化"，有些许不自在。

"你自己没有桌子吗？"张澍扭头看了一眼旁边同样放得满满当当的桌子，笑了一声，听不出是嘲讽还是无奈，因为他惯是这种漫不经心的态度，"没看见门后有座位安排表？"

陈梦瑶惊讶道："什么表？"

张澍不打算多说："别管什么表了，把东西拿走就行，我们也有东西要放。"

陈梦瑶忽然用手捏起脖子上的项链挂坠，问："阿澍，好看吗？"

张澍后退一步，这才注意到，她的项链和他买给张苏瑾的是同一款。他微微扬眉，点点头："不错。"

陈梦瑶又提提裙摆，示意他看她的礼服："好看吧？"

张澍催她:"没眼看,快搬东西。"

"张澍,你这嘴有病,早点儿治,晚了可能没救。"陈梦瑶瞪他一眼,招呼陪自己来的两个人,"去拿过来吧。"

那两个人中的女生盛夏很眼熟,在接水和上洗手间时遇到过,是(四)班的;另一个男生化着妆,看上去应该不是附中的学生,像彩妆专柜的化妆师。

两个人经过张澍面前时,都大气不敢出。

盛夏在一旁看着他们熟稔地互动,觉得有一丝奇怪——张澍不是在追陈梦瑶吗?怎么看起来似乎……

他追人的时候也这么跩?

桌面空出来,张澍放好东西,上下打量着乖乖地站在一旁一动不动的女孩儿:"要忙什么就忙啊。"

盛夏回过神,为自己的胡乱猜测而羞赧,"哦"了一声,手忙脚乱地打开礼服盒。

一打开礼服盒,她就蒙了!

礼服是配有胸贴的,之前应该是藏在礼服下面,她没有注意到。上次礼服盒被翻过一次,现在胸贴就这么明目张胆地摆在盒子里的最上边。

肉色的、硅胶材质的两片胸贴。

她目瞪口呆,几乎是立刻合上了礼服盒,但她知道晚了,张澍就站在她旁边,不可能没看见。

她下意识地瞥过去,他在四目相对前扭过头去,眼睫毛不自然地扇动……

简直欲盖弥彰!他看见了!时间能不能倒回?倒回一分钟都可以!老天哪!埋了她吧!

付婕提着一个小行李箱姗姗来迟,大伙儿见老师来了,都安分了许多,在自己的座位上做准备,低声交流。付婕也没察觉到气氛不对,吩咐盛夏:"快换衣服呀。我以为这会儿你该换好了,没时间了。"

"嗯。"盛夏的耳根通红,也不敢这么打开礼服盒了,抱着盒子就往换衣间去。

张澍摸摸鼻子,和付婕说了一声,就回班集合了。

盛夏没法儿直视胸贴了,可礼服是抹胸款,不得不贴胸贴。她见过猪跑,但没吃过猪肉。她不会贴胸贴,而且礼服很重,她提不起来。

于是她只好探出头,叫付婕帮忙。

付婕给她拢抹胸的时候,"啧啧"两声:"盛夏,藏得够深呀!"

盛夏羞得低下了头。

她初中的时候,就感觉自己发育得很快,但是那时候胸部丰满的女生总会被人议论。她对尺寸又没有概念,因为她骨架小、胸骨扁、胸位偏低,只要穿的衣服宽松,胸部看上去也就是普通幅度,所以她不在被人议论的范围内,以至于一直以为自己属于"小胸"。

大家上了高中才隐约有"以胸部丰满为美"的审美,陶之芝问她的时候,她很无所谓地说:"我就只是 C 杯呀。"

陶之芝暴揍了她,盛夏才知道这个年纪胸部 C 杯的女生并不多,而且在手臂和腰都很瘦的情况下,就更是格外稀少。

这套礼服剪裁考究,抹胸上边紧紧地包裹着,穿上并不暴露,只是把胸部与腰部的曲线都勾勒得很明显。前胸后背都空荡荡的,盛夏缺少安全感。

付婕要把她的头发盘起时,盛夏低声要求:"老师,我想梳披肩发,可以吗?"

付婕当然了解她的想法,商量说:"可是你要戴王冠,头发盘起来会更适合?"

"嗯……"她的声音里充满顾虑。

"那我给你卷一卷头发,披着吧。"付婕终究不忍心,这个小姑娘不撒娇,但她这个小表情,她遭不住。

学生会的人来催了,大伙儿都忙着做最后的整理。还是有人时不时地透过镜子瞥了一眼盛夏。经过刚才那么一出"修罗场",大伙儿各自都在心里给盛夏和陈梦瑶打分。别人没什么好比的,今天恐怕就是这两位的主场。

统筹老师过来催促,盛夏最后只匆匆地看了一眼别人镜子里的自己。她还是她,没有被化成自己不认识的模样,那就行。

"女神"们从调度室走出去,先到主席台领牌子,再各自回到自己的班级队伍。盛夏能感受到一路上大家对她的注目，比此前在二中的运动会要热烈。

盛夏告诉自己不能畏首畏尾，大家都是盛装出席，她不必过分紧张给班级丢人。试想如果她今天没有举牌，应该也会好奇与欣赏地看着"女神"们，不是吗？

这些目光都是善意的。

于是，摄像机拍过来的时候，盛夏学着其他人，冲镜头招了招手，笑了笑。

绿茵场上忽然传来尖叫声，盛夏循声望去，看到"明黄色方块"的班级方阵在冲她热烈地招手，"盗版山水田园诗人"的横幅在挥舞，那是（六）班的同学们。

原来是因为大屏转播，他们都看到了她。

"快点儿，谁写通讯稿夸夸咱们'女神'啊！"

"长脸了！"

"我去夸，天使面孔，魔鬼身材！"

"哈哈哈，哪个播音员敢给你念？"

这时，队伍最后方传来付婕"掉书袋"的声音："有形有态，端和沉静，腼腆却从容，忧郁却有光。"

"付老师，牛啊，牛啊！"

付婕得意："那当然，你们虎啊，虎啊！"

"嘻嘻嘻……"

盛夏穿过跑道，回归到（六）班的队伍。

陈梦瑶和（五）班的"女神"走在她前面，（五）班的"女神"险些崴了脚，大约是穿细跟高跟鞋不适应走塑胶跑道。陈梦瑶同样是穿细跟的高跟鞋，鞋跟高度看着超过了十厘米，她却能健步如飞。果然是要当明星的人。

盛夏庆幸自己的鞋子是粗跟的，一方面是舒适，另一方面也不会损坏跑道。她的礼服裙身长，其实看不到多少鞋子。

邹卫平从来都是思虑周全，无论鞋子尺码还是礼服大小，甚至胸贴……都很合适。而盛夏与她相处的时间并不多，也不知道她是如何做到对自己的各种尺码如此熟悉的。另外，她应该是打听了附中历届运动会的"举牌女神"的穿着。盛夏一眼望去，满场的礼服都是抹胸、吊带款式，"女神"们穿得都很隆重，她披着头发，已经算是保守的。

盛夏归队，（六）班的方阵又是一阵欢呼雀跃，引得邻近的班级都朝这边张望。

盛夏这身"赫本套装"优雅大气，风格独一份儿。她化了大地色的眼妆，没有画亮晶晶的眼影，搭配她的一对浓黑眉毛，妆容恰到好处，神采奕奕。

妆容的神来之笔是那干枯玫瑰色的唇彩，付婕没有运用"黑裙配红唇"的经典搭配，而是给盛夏的面部留白，看起来不至于用力过猛，也比较符合她稍显清冷的气质。

她这样打扮像高洁的白茉莉，又似优雅的黑天鹅。

辛筱禾从队伍后面钻到前面，在盛夏耳边说："赢了，宝贝！"

台上，主席已经开始发言。辛筱禾说完又弯着腰钻回到自己的位置，还冲盛夏比了个爱心。

盛夏被她逗笑，刚准备转身就看到站在最末尾的张澍。他正单手插兜和旁边的侯骏岐讲话，眼睛却看着她的方向，显得心不在焉。明明侯骏岐边说边笑得直抽抽，他们应该不是在聊什么沉重的话题，他却眉头紧蹙，脸色黑沉，像要去"夺命"。

盛夏的肩膀一瑟缩，转了回去。

领导讲话的同时，大屏幕开始插入各班方阵的特写。特写切换到高三（四）班的时候人群一阵骚动；到高三（五）班时人群寂静了一下；到高三（六）班时人群又喧闹起来，三三两两地咬耳朵。台上发言的领导被大家突如其来的热情吓到，不知道发生了什么，停下讲话扭头瞥了一眼大屏幕。

"如果说陈梦瑶像是准备录 MV 的女团门面，闪闪发光；盛夏就像是要去参加颁奖礼的青年演员，高端大气上档次。"辛筱禾摸着下巴，"啧啧"地感慨。

"精辟。"室友附和。

周萱萱嘀咕："倒也不必。"

导播搞事情一般，让大屏幕的特写在（六）班这里起码多停了五秒。

（五）班的方阵夹在（四）班和（六）班中间，一个个左看看、右看看，动作出奇地一致，画面离奇又滑稽。

开幕式进入了最后一个环节——班级方阵进场。

各方阵从主席台前经过，最后回到看台规定的位置。高三的学生优先进场，盛夏始料不及，以往在二中都是从高一的学生开始进场的。

不过这样的安排很好，她不需要站太久。

还真是如辛筱禾所说，主席台前干什么的都有，吹口哨的，唱歌的，高呼某班"万岁"的，扮演奥特曼打怪兽的，还有的班级表演起了胸口碎大石，大家欢呼着走过主席台。

各班的横幅也是精彩纷呈。

相比其他班级，（六）班扮演的皮卡丘就显得低调、普通很多，只是为了和班服的颜色相称。

"正在向我们走来的是高三（六）班的学长、学姐们，在'山水田园诗人'的带领下，高三（六）班秉持'寄情田园，快意高三'的理念……"

盛夏举牌举得好好的，差点儿没被这介绍词逗摔了，没忍住低头笑了声。在镜头特写下，她既克制又温婉动人。

绿茵场上，候场的方阵里传来洪亮的一声"学姐好美"，起哄声接踵而至。

盛夏目不斜视，看上去从容淡定。可是仔细看，她的耳根子已经红透了，心里也在打着鼓，觉得这几百米路无比漫长。

"学姐是学长的！你哭去吧！"盛夏听见身后传来中气十足的回应。

怎么是侯骏岐在说话？他不是在皮卡丘玩偶服里面吗？怎么没有玩偶该有的自觉！

盛夏没回头，只听人群里发出一声爆笑。原来是"皮卡丘"冲候场区做了个踢腿的动作，玩偶服的小短腿，兜不住玩偶服里边的长腿，这么一扯，里面的人直接摔了个狗啃泥。一群人手忙脚乱地把"它"扶起来。

"皮卡丘风评被毁！"

"最丑'皮卡丘'滚出来道歉!"

就连主席台上的领导们也笑了。这一来一回的互动把运动会的气氛推上了高潮。

"嘭"的一声,礼花绽放,间隔时间放飞的气球也恰好在这一刻飘向天空,五彩缤纷。

碧空澄澈,点缀着青春的色彩,张扬又热烈。

付婕和赖意琳坐在主席台旁边的看台上,感慨起来。

"咱们老了。"

"胡说!"

"青春就是这样啊。"

"年轻真好啊。"

真好啊——鲜衣怒马,烈焰繁花,人间至味,少年风华。

走完方阵,盛夏就像吉祥物一样,站在那儿和同学们拍合照。合照的人一个接一个,一群接一群,盛夏的笑容都有些僵硬了。

巨大的"皮卡丘"朝她走过来,身边跟着身形瘦削的张澍,还有张澍的那几个朋友。

几个男生穿着各自的班服,五颜六色,都是高高的个子,气质都不错,格外招眼。

他们来到盛夏跟前,"皮卡丘"左摇右摆地扭着屁股,用尾巴撞她,嘴里说着"皮卡皮卡皮卡丘",然后转过身来说:"美女,可以赏脸和可爱的'皮卡丘'拍照吗?"

这浑厚的声音掐着嗓子卖起萌,真是让人鸡皮疙瘩起一身,盛夏被逗乐了。

张澍翻了个白眼:"恶不恶心?"

刘会安说:"老侯,不要脸要有个度!"

吴鹏程感慨:"你还是不要说话了,美女与'皮卡丘'瞬间变成美女与野兽。"

韩笑说:"美女,拒绝他!"

"皮卡丘"不管,嘴里念叨着:"你们是忌妒吧!"他屁颠屁颠地蹭到盛夏旁边，叫张澍："阿澍，你帮我们拍照！"

玩偶巨大的脚不小心踩到盛夏的裙子边缘，"皮卡丘"往外蹦了蹦，只用上半身靠近她，一只脚跷起，一颠一颠的。如果不知道玩偶服里面站着的人是侯骏岐，这个玩偶确实很萌。

盛夏也歪着脑袋靠近玩偶。张澍拿着手机，画面里，女孩儿亭亭玉立，如同一朵长在金贵容器里的洁白茉莉，比月亮高洁，比阳光耀眼。

早晨在班级门口看见她，张澍的脑海里无端地蹦出一句诗——芙蓉不及美人妆。

付婕说过什么来着？

——有形有态，端和沉静，腼腆却从容，忧郁却有光。

想到付婕，他的耳边又响起那首《茉莉花》："又香又白人人夸，让我来将你摘下，送给……"

送个"锤子"！"废物"歌词。

"阿澍，拍了没有？""皮卡丘"催促。

相机"咔"的一声。

"行了。"张澍说。

"皮卡丘"不干了："再拍几张，再拍几张，万一我眨眼了呢？"

张澍笑道："谁能看见你眨眼？"

——反正你都糊了。

"哦，是。"侯骏岐顿悟，站直了，"阿澍，我给你拍？"

张澍回答："不拍。"

"拍呀，干吗不拍？一起拍！"韩笑推搡着张澍。

刘会安也吃喝起来："我们也要拍！"

"皮卡丘"喊："你们班没有'女神'？在我们班拍什么拍？起开！"

"嘿，阿澍都没说话呢，你嚷嚷什么呀？"吴鹏程打趣地看着张澍。

最尴尬的就是盛夏。他们这群人，真的好能闹，到哪儿都是人群的焦点。这下连校园记者的镜头都招来了。

韩笑拽住站在边上的杨临宇，把张澍的手机塞给他："快给我们几个拍一张！"

几个人挤作一团："多拍几张！"

张澍被推得离盛夏很近,女孩儿身上独特的馨香盈满他的鼻腔,之前的梦境闪过他的脑海。他敛了敛眼神,不着痕迹地向侯骏岐那边迈了一步。

他的T恤衫袖子轻轻地擦过盛夏的肩,她把他疏远的动作尽收眼底。

张澍的表情过于严肃,杨临宇说:"阿澍,笑笑啊!"

他从令如流,嘴角一扬,露出模式化的假笑。杨临宇又说:"算了,你还是别笑了,好好的偶像剧拍成了惊悚片,感觉你对'女神'意图不轨。"

张澍:"……"

盛夏:"……"

相机"咔咔咔"地响了好几声,杨临宇才把手机还给张澍:"你看看拍得行吗?"

张澍把手机一锁揣进兜里,也不关心拍得怎么样,视线扫过女孩子已经笑僵的脸,问韩笑他们:"你们是想赖在我们班不走了?"

"走,走,走,热死了。"侯骏岐率先回应,刚要摘下玩偶头罩,被张澍按住,呵斥说:"有点儿良心,别破坏少女的幻想。"

侯骏岐:"……"

几个人风风火火地来,又风风火火地走了。

杨临宇是过来传话的:"筱禾他们组去训练了,让我跟你说一声,你有什么要帮忙的叫我就行。"

盛夏点了点头:"好的。"

她的目光穿越跑道,看着"皮卡丘"和几个少年的背影。

从早上在教室门口和张澍碰见开始,他好像都没有正眼看过今天的她。

拍完照,盛夏想回去学习,就没留在看台上观礼,独自去换礼服。

换衣间顶门的棍子被人拿走了,只有一把椅子用来掩着门。盛夏刚把裙子换下来,还没来得及整理,外边就传来人声。

"一个个的看不见吗?明明是你更好看,盛夏也就是穿的衣服好看,还是假货,他们要不要那么谄媚?无语了,也不知道是怎么回事,感觉咱们班主任和语文老师都格外巴结她!就连我们寝室那群人也是,真想不通。"

盛夏听见自己的名字，且对话内容并不友好，她准备开门的动作顿住。

这声音是周萱萱的。

随后传来一个男生的嗤笑："她的妆容和造型就很奇怪啊，也不知道是什么风格，一通乱搭，很土。"

说这句话的应该是之前在化妆间看到的那位化妆师。

另一个女生附和说："新面孔大家都会格外注意罢了，没什么好比的啦！萱萱，你别生气。倒是张澍，他怎么回事？我今天怎么老听人说他在追盛夏啊？"

"追什么啊？"周萱萱冷哼，"'撩骚'而已。"

"他不是和我们梦瑶……'撩骚'别人是什么意思啊？"

周萱萱说："嗐，他追不到'女王'，逆反了呗，撩撩'小白兔'，看看'小白兔'那小鹿乱撞的娇羞样子，满足一下自尊心呗。"

"行了，别老在我这叨叨别人。"陈梦瑶的声音也十分冷淡。

周萱萱才意识到，从今天的妆容和造型风格来看，陈梦瑶才是"小白兔"，而盛夏是"女王"。

她急于挽回局面，说道："我看今天张澍送盛夏过来，就是为了气气你，今天整场的主角还是你啦！"

陈梦瑶卸下王冠和首饰，看着自己买的项链，目光深沉："幼稚，反正我也无所谓，别提了。"

她托周应翔从国外代买的时候，才知道这条项链有多贵。她本以为张澍买的那条是送给她的，但是看那个价格，她知道应该不是给她的。他从来没送过什么贵重的物品给她，或者说，没送给过任何一个女孩儿。但现在她有点儿慌了，他买的那一条，是送给了谁？盛夏吗？

外边又进来人，一时喧闹起来。

盛夏靠在墙边，整个脊背僵硬，视线越发蒙眬。她意识到有泪水在眼眶里打转，仰起头，小心地从眼角抹掉一点儿晶莹的泪水。她的手是冰凉的。

门被人敲了敲："有人吗？"

"嗯。"盛夏应了一声,用手朝脸上扇了扇风,抱起礼服打开了门。

外边乱哄哄的,各班的"女神"都在拆妆发、卸首饰、到处找东西,没几个人留意从换衣间里出来什么人,除了四号桌边上的几个人。

周萱萱目瞪口呆地看着盛夏,不确定盛夏有没有听到她们的话,因为那个房间的隔音挺好的。

周萱萱身边的一男一女也明显地呆住了,僵硬地立在那儿。

陈梦瑶专注地卸假睫毛,但目光一直通过镜子追随盛夏的身影。

盛夏目不斜视地走过,看不出喜怒,纤瘦的身体透着股凛然,那是平日里低垂着脑袋的盛夏所没有的。

"盛夏?"周萱萱率先打招呼,带着试探。

盛夏正在叠礼服,"嗯"了一声回头,好像才看见她的样子,眼里没什么情绪,温和平淡地开口:"萱萱,你可以帮我叠一下礼服吗?"

周萱萱松了一口气,挤出一个笑容凑上去:"好呀!"

礼服的裙摆很大,盛夏拿着一边,周萱萱拿着另一边,两个人抻了抻裙摆。盛夏靠近周萱萱去够礼服,在距离最近的时候,她听到盛夏用只有她们能听到的声音问:"萱萱,你是不是对我很好奇?"

周萱萱一愣,忽然脊背发寒。她还没来得及反应,盛夏就从她手里捏走了裙角,又把裙身交给她,重复折叠的动作,再一次靠近时又说:"背后论人是非……主角从来不会这样做。"

周萱萱麻木地配合,盛夏没再正眼瞧她。她手上的衣裙质感贵重,丝绒细密,刺绣立体繁复,走线精细。她虽然没见过正品,但也知道这绝不是六百块钱就能租到的东西。

盛夏叠好裙子放回盒子里,直起身,对周萱萱说:"如果你有疑问,以后可以当面问我。"

她的语气温温柔柔的,旁人听了,只觉得两个人在聊天儿,而周萱萱整个人都僵住了。

盛夏听见了,完完全全地听见了,或许从第一句开始就听见了。盛夏在明示她,有话当面说,还暗讽了她那句"你才是主角"。

直到盛夏抱着东西离开,周萱萱都久久没有动弹。她无法形容现在的感觉。在她的印象中,盛夏这样的人即便是听见了,也只会假装没听到，躲起来偷偷地抹眼泪，回到班里相安无事，不会告诉任何人，更不会明火执仗、夹枪带棒。

今天，盛夏就好像一只猫忽然抻开柔软的肉垫，露出了尖细的爪子。那两句话，细想之下并没有多么强势，班里任何一个人说出来，周萱萱都不会多么当回事，也不会觉得有什么杀伤力。可那是盛夏，那个走路永远低着头的盛夏，那个被多看两眼就会脸红的盛夏。

盛夏也没法儿形容现在的感受，被恶意中伤的悲戚在她走出一〇五室的时候就淡了。言语报复的快感？谈不上；对未来同学关系的担忧？隐隐约约有，但她也正在疏解。

在复杂的家庭背景里成长，她从小就知道怎么让自己的心里舒坦一些。她虽与盛明丰相处的时间不长，但在人情世故和识人断事上，她从他那里学到了许多。

像周萱萱这样的人，他们一方面鄙视他们口中的"走后门"和"巴结"，一方面又畏惧和尊崇这些。如果有一天他们拥有了这些，甚至只是靠近了，就会恨不得向全世界炫耀。

和这类人相处，默不吭声从来不是一个好方式，适当的强硬才是生存之道。

很多道理，盛夏早早就清楚，只是极少真正用到。今天这样的处理方式，她也不知道是不是正确的，可已经迈出这一步，那就随遇而安吧。周萱萱于她而言，不过是匆匆过客。她明白自己心里的郁结并不是因为周萱萱，但又想不明白是因为什么。她只觉心里堵得慌，找不到头绪。

盛夏也不知道自己是怎么把这么多盒子抱回来的。她进教室的时候，收获了满教室的人震惊的目光，此刻她就像一个"金刚芭比"。

她把盒子都放在桌子上，手臂因为长久地保持一个姿势已经僵硬了，直不起来，稍微伸一伸手臂，肌肉就被拉扯得一阵酸疼。她打电话的时候手还在颤抖。

盛明丰在开会，是李旭接的电话。盛夏问他什么时候有空，过来一趟把礼服拿回去。

李旭不明所以，问："为什么要拿回来？穿着不合适吗？"

盛夏说："没有，很合适，活动已经结束了。"

"那你留着就行啊。"

盛夏轻轻地皱眉："不需要还回去吗？"

李旭以为盛夏担心的是影响纪律，笑了一声，说："不需要的，都是自己花钱买的，不是人情礼品，你放心留着就行了。"

买的？如果这套礼服的租金几千块，买的话要多少钱？

盛夏了解盛明丰，他出身普通，一直保持勤俭的生活作风，平时衣、食、住、行都很随便，这一点他不是装给同僚和上面的人看的。不过到底是有了社会地位，见识广了，眼光高了。家人偶尔消费昂贵的物品也能接受，他不会因为沽名钓誉而去禁止，但也不会鼓励和提倡。

邹卫平自小含着金汤匙长大，最喜欢低调的奢华。这件事应该完完全全是邹卫平操办的。如此，盛夏就难办了。这么贵重的衣服她要怎么处理？拿回家是不可能的。跟盛明丰说？那估计盛明丰和邹卫平又得吵一架。

短暂的几秒钟时间里，盛夏的脑子里闪过无数个"藏裙之所"，都一闪而过又被她否定。

盛夏握着手机，站在连廊的楼梯下，一筹莫展，犹豫着要不要自己联系邹卫平。可是这么多年以来，她都没有和邹卫平单独打过交道，怎么开口？

倏地，她听到侯骏岐和张澍的声音从头顶上传来，伴随着脚步声。他们应该正从楼上下来。

"把照片发给我呀！"侯骏岐说，"微博、说说和朋友圈都发一遍，炫耀炫耀。"

张澍问："炫耀什么？"

"炫耀咱们班'女神'呀！"

张澍反问："跟你有什么关系？"

"跟我没关系，跟你有关系，行了吧！"侯骏岐乐呵呵道，"阿澍，那你觉得，是盛夏好看，还是陈梦瑶好看？他们几个寝室的人都在下注了，你要不要下一个？"

张澍回："无聊。"

侯骏岐说："没想到小盛夏的身材这么好……"

"啪"的一声,巴掌拍在肉上的声音格外响亮,伴随着侯骏岐的吃痛声:"阿澍,你干吗?!"

"电脑中毒不要紧,你别脑子中毒。"张澍一字一板,最后又补充,"少乱想。"

"没乱想!你想到哪里去了?我就夸夸,夸不行吗?!"侯骏岐的声音委屈极了,"发给我呀!"

两个人的声音越来越远,盛夏估摸他们已经进了教室,才从楼梯下面出来。透过教室的玻璃门,她还能看见少年宽阔的肩膀和漂亮的后脑勺儿。她忽然不想回教室了,不想坐在他身边,不想露出娇羞的表情,不想——与人"撩骚"。在这个瞬间,那些刺耳的言论又在她的脑海中循环。

——"撩骚"而已……

——追不到"女王"就撩"小白兔"……

——"小白兔"那小鹿乱撞的娇羞样子……

——满足自尊心……

——张澍带盛夏过来就是为了气你……

…………

"撩骚"而已。为了气你。

一股酸涩在盛夏的喉咙里蔓延。

在这个糟糕的瞬间,盛夏明白了胸中久久不散的郁结到底是什么——她或许正在体验一种陌生的情感,叫作"喜欢"。

但它似乎并不美妙。

第七章

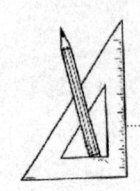

我没有纸巾,你哭吧

"盛夏!"

盛夏正愣在原地,有人唤她。

是辛筱禾,她正托着参加"大风车"用的杆子从连廊走来。身边还跟着几个女生,都满头大汗。

"你戳在这儿干吗呢?"辛筱禾走近盛夏,问她。

"给家里打电话。"盛夏说。

辛筱禾把杆子递给同学,等人都走了才问:"怎么了?没事吧?你看起来不太好。"

有这么明显吗?

盛夏紧了紧握着手机的手,灵光一闪,问:"筱禾,我能暂时把礼服之类的东西放在你的寝室吗?"

辛筱禾微微惊讶,却也没多问,点头说:"当然可以啊!现在就拿去吧?"

盛夏看时间,已经十一点多:"好呀,谢谢你。"

"总这么客气?"辛筱禾作势要揽盛夏的肩,又看看自己满身的汗,讪笑,"走!"

她们回教室取礼盒,盛夏的座位边上却围满了人。准确地说,是围着张澍的座位。

一群男生聊着即将开始的NBA(美国职业篮球联赛)常规赛——谁

又看好谁了；哪支队伍换教练了；哪支队伍又后继乏力了；新的明星诞生了，中国的球员会有什么样的表现……

辛筱禾雄起起地加入了讨论，盛夏站在人群外一脸茫然——若为兄弟故，姐妹皆可抛？

侯骏岐第一个注意到盛夏，拍了拍占用盛夏座位的男生："起开，'女神'来了。"

众人回头。张澍也随之扭头，对上盛夏忽闪忽闪的眼睛，又移开视线。

她什么时候能把妆卸了？她的眼睛又水灵又大，看着能"游泳"。

"对呀，敢坐'女神'的座位，你活腻了？快起来，哈哈哈！"

"我的错，我的错！"

"押球队，不如先押一押'表白墙'上哪个'女神'赢了好吗？"

每次大型活动结束，校园"表白墙"的小程序就热闹非凡，这里已经不是树洞，而是大家图个好玩的地方。校园"顶流"多半在这儿诞生。

"我刚刚已经刷到好多盛夏的帖了！"

"陈梦瑶的呢？"

"呃，也很多……"

"打开数数，快！"

一群人闹腾着，还辟出一条道来，盛夏进退两难。

这样坐回去，任人调侃？而且，只有她和张澍坐在中间，周围一群人站着，画面怎么看怎么奇怪……

盛夏拍拍辛筱禾："筱禾，现在走吗？"

辛筱禾显然也看出来了，盛夏眼下"适应不良"。

"啊，好，走！"

侯骏岐问："上哪儿去？"

辛筱禾没好气地说道："女生宿舍，你去不去？"

侯骏岐说："您请便……"

盛夏弯腰，准备从座位中间的书箱上抱起礼盒，一只手臂却伸过来："不用帮忙吗？"

盛夏的动作一顿。她深藏的小心思被自己点破后，再听他的声音似乎都带着某种磁场，扰人心神。

他们离得近，他身上那股青草被暴晒后的气息又盈满她的鼻腔，让她的心跳乱了节拍。

她抱起礼盒，才回答说："不用了，谢谢。"

张澍微微皱眉，她的这两句话与平日语气无异，可他总觉得哪里不对。比如，她看都没看他一眼。

他鬼使神差地开口："那等你一块儿吃饭？"

周围寂静了，刚才还喧闹的众人全都面面相觑。虽然大伙儿都知道，盛夏在张澍的亲戚那儿订了"午托"，她经常会和张澍、侯骏岐一块儿吃饭。但是，现在空气里仿佛闪着"电光"是怎么回事？

怦！怦！怦！

盛夏听见自己的心跳声，在寂静处独占一隅，如沸腾的酒精。她只有一个想法——赶紧离开，不要让任何人听见自己的心跳声。

他为什么忽然在大庭广众下向她发出"邀约"？难道那些流言，他没有听说吗？也许听说了吧，他只是——"撩骚"而已。

她听见自己心底微弱的声音。

"不用，我中午和筱禾在食堂吃。"她回答，然后转身，率先离开了。

辛筱禾赶忙跟上，满脑袋的疑惑——刚才没说一起去食堂吃呀……

两个女生离开教室，众人八卦的欲望爆发，却无人起头，只是嘻嘻哈哈、挤眉弄眼地打趣着。

"散了，干饭。"张澍站起来，打发人走。

"哎，阿澍，你到底选谁呀？"

终究有人按捺不住，问了他。

张澍低头收拾书包，就在侯骏岐以为他又要回答"无聊"的时候，他开口了，声音淡淡的："还用问？选易建联。"

"谁问你易建联了！"

张澍把书包往肩上一挂，笑了声："走了。"

"没意思！"

"嘻！不好玩！"

侯骏岐的眼珠子滴溜溜地转，想通了什么似的，忽然拍桌而起，对失望的群众说:"这还不明白吗?他选自己人哪,傻!"

然后他得意扬扬地跟上了张溯。

运动会开幕式过后就没高三的学生什么事了,他们正常上课,但总能听到从运动场上传来的尖叫声,也总有高一和高二的学生成群结队地经过教学楼,呼朋引伴,好不吵闹。

最离谱儿的是,还有学弟专门到(六)班看盛夏。几个少年大大方方地趴在(六)班门口朝里看,一副"只要我不尴尬,尴尬的就是你们"的表情。

看到盛夏,其中一个人喊:"学姐,加个QQ号行不行?"

盛夏低着头,一言不发。这种情况在二中的时候也没有过啊,学霸们都这么活泼的吗?

侯骏岐站了起来,挡在盛夏的前方,叉腰道:"不是跟你们说了,学姐是学长的,还敢在这儿喊?"

学弟们笑呵呵的,也不惧怕,回问:"学姐是学长你的?"

侯骏岐语塞:"那……那必然不是了。"

"那关你什么事?你不会是那只'奇葩'的'皮卡丘'吧!"

"小兔崽子!"侯骏岐卷了一本书砸过去,几个少年乐呵呵地躲闪着,但就是不走。

班里的人笑成一团。

"盛夏,老师叫你。"

教室后门忽然传来好听的男声,众人都看过去。是张溯。他刚从王潍的办公室回来,神态不算友善。

那几个学弟无端地都消停了。

侯骏岐也愣了愣——阿溯什么时候管老王叫老师了?

"嗯?哦。"盛夏犹疑道。老师找她干什么?是不是有关她的风言风语传到老师的耳朵里了?

她叹了口气,忐忑不安地起身。

与张溯擦身而过的瞬间,她听见他倾身在她耳边说:"老师没叫你,你在水房等我。"

盛夏的脚步短暂地停顿。他……他在说什么？他又在干什么啊？

刚才那几个学弟在闹，这会儿几乎全班的眼睛都看着她，而他在众目睽睽下与她耳语。

他靠得那么近……

盛夏的耳朵发烫，也没有心思去观察班里同学的表情，她快步走出了教室，几乎是小跑着上楼。

教室里，同学们一个个眼神戏谑。

张澍面无表情，拿起水杯，又从盛夏的桌子上拿起她的杯子，走出教室，往水房的方向去了，全程没搭理那几个眼神好奇又挑衅的学弟。

什么意思？他是要给盛夏接水？那几个学弟也了然，敢情学姐真是学长的？

盛夏在二楼绕了一圈儿，回到一楼的水房。这时候的水房没人，她愣愣地站在一旁发呆。

他修长的指节在她面前晃了晃，戏谑的声音传来："一夜成名，招架不住了？"

盛夏抬眼，张澍站在她面前，歪着脑袋，挑了挑眉，一双眼睛很亮。

他的眼睛其实不算大，形状狭长，单看显得凌厉，但因为有着好看的卧蚕，中和了眼型的锐利感，增添了些少年气，笑起来右边嘴角扯动的幅度更大一些，有点儿痞气，又显得漫不经心。

盛夏没有见过两种矛盾在一张脸上能够如此相得益彰。

他宜动宜静，可威严也可少年。他是女娲的宠儿。

"是不如你习惯。"盛夏答道。

这语气带着愠怒，他闻所未闻。他微微挑眉，歪着脑袋观察她，目光戏谑又直白。

离她这么近，他才发现她的睫毛又长又密，只是不黑，是棕色的。她的睫毛显得软绵绵的，不怎么翘，直直地盖住了整只眼睛。难怪她一化妆，那睫毛掀上去，眼睛好像亮了几百瓦。不过，听说睫毛直的人脾气大，她怎么不是？又或者，她把脾气藏起来了？

张澍低头询问："你是在……发脾气？"

盛夏没答，敛着眉，才看到他手上的杯子。

她又抬眼:"你拿我的杯子干什么?"

张澍转身,打开水阀,"咕噜咕噜"就接满了水。他拎起水杯看了一眼,笑着说道:"你这杯子,中看不中用啊。看着挺大,就装这么点儿水?"

难怪她每个课间都要往外跑。

他的话题过于跳脱,盛夏不自觉地顺着答:"因为水杯是中空的,要隔热。"

"哦——"他拉着长音,一副"原来如此"的表情,嘴角挂着笑。好像在说——我哪能不知道?

盛夏才发觉自己被"调戏"了,不想露出娇羞的表情满足他的恶趣味,可他刚才算是给她解了围,总归不好对他摆什么脸色。她轻叹一口气,不再言语,感觉脑子里乱作一团,还来不及理一理,就有人谈笑着进了水房。

几个女生看见张澍和盛夏,不约而同地站定,目光在两个人之间打量,犹豫着要不要进去。

明明他们只是相对而立,可怎么磁场如此不同寻常?

盛夏从张澍的手里抢过自己的杯子,低头快步地出了水房,像是落荒而逃。

张澍一怔,看了一眼自己空落落的手,笑了一声。

几个女生你看看我,我看看你,满眼兴味。

盛夏回到教室时,那几个学弟已经走了。同学们看见她手里拿着水杯,心照不宣地相视一笑。她目不斜视,坐回座位,看着黑板呆了几秒,然后抽出一本笔记本,安静地看。

如果忽略她微微泛红的耳朵,她的状态几乎可以称得上"遗世独立"。她沉浸在自己的世界里,仿佛所有的视线都与她无关。

侯骏岐的直觉告诉他,这个小姑娘不太正常,但又说不上哪里不正常。待张澍回来,侯骏岐瞪着眼,满脸写着——什么情况?

张澍没理他,手撑着腮,放肆地打量盛夏。

她在看她的读书笔记,上边密密麻麻地抄着一些好词、好句,还有诗歌。

之前她说过什么来着?——读诗可以解暑热。

她……很热?

南理无秋,几乎是一夜入冬,眼下虽然已经是秋天的节气,却没半点儿秋色,十一月的天气,还是夏日风光。不过温度已没有八九月那么高,偶尔一阵凉风袭来,称得上凉爽。所以她的"热"自然不是天气的过错,那就是他的过错了?刚才说她"一夜成名",玩笑开大了?

当下,只见她把笔记本翻了页,在空白处写了些什么,然后合上笔记本,拿出书准备上课。

铃声打响,张澍从抽屉里掏书,身体因为掏书的动作朝盛夏那边倾斜了些,就见女孩儿如惊弓之鸟,倏然缩过身子,离他远远的。而她的手肘因为忽然抽离,把读书笔记给弄掉了。

张澍的动作停住,有点儿蒙……

怎么?他有瘟病?近不得身?

见她浑身写着"抗拒"两个字,张澍的脸色沉了下去,就着姿势捡起她的笔记。

笔记摊开在折页的位置,张澍就这么看到了她刚才写的字。很大的两行字,占据了一页纸的中心位置。不似笔记,更像自我警醒——

"一任闲言碎语多,唇枪舌剑又如何?

尘泥怎解冰心洁,我自逍遥我自歌。"

星期五下午,运动会的传统项目结束,趣味运动会开幕,第一个项目就是"大风车"。盛夏站在看台上给辛筱禾拿东西,为她加油。

比赛着实有趣味。大伙儿穿着各自班级的班服,抓着一根杆子跑,跑道上如同爬了几只彩色的"蜈蚣"。尤其到了拐弯处,"尾巴"处的队员碰到一起,你踹我,我拉你,看台上跟着起哄,好不热闹。

(六)班勉勉强强地跑了个小组第三名,没进决赛。

辛筱禾下了场猛喝水,气得唾沫横飞:"白练这么多天,(四)班那几个龟孙儿净搞些拽人的勾当,气死我了!"

"不就是玩嘛,没关系的!"杨临宇在一旁安慰。

辛筱禾说:"你当什么好人?被拽的又不是你!"

杨临宇讪讪地闭嘴。

"齐修磊！"辛筱禾抓住一旁的少年，"'环环相扣'一定要赢。别的不管，不跑赢（四）班你别进咱们班的大门了！"

齐修磊摸摸鼻子："那我进咱们班的后门。"

辛筱禾："……"

张澍笑一声："不让他进，你是要当'门神'吗？"

辛筱禾换了语气："不管，要赢！冲啊，澍哥！"

张澍搓搓手臂："打住，不要'猛女'发嗲。"

辛筱禾说："呵，那你要扛住'旧爱'发嗲，别临阵倒戈才行啊。（四）班的'环环相扣'可是有陈梦瑶呢。"

她说这话时声音很小，只有他们这一圈人能听见。张澍却忽然站起身，靠在栏杆上："旧爱？你给我说清楚，什么旧爱？我洁身自好这么多年，哪儿来的旧爱？辛筱禾，'移动谣言制造机'原来是你呀？给我一顿好找。"

他完全没控制音量，又朝着看台，周围的人几乎全听得见。按理说，这类话题他从来不接茬儿。

辛筱禾反驳说："这可不是我先传的，大家都这么说……"

"大家是谁？"张澍姿态闲散，语气却透着股较真的劲儿，"大家都说2012年是世界末日，这个谣言要是真的，你现在应该在喜马拉雅山上当化石。"

看台上的人哄笑，周围几个班的人都在窃窃私语。

辛筱禾心想：有必要这么毒吗？

侯骏岐意会，张澍这是要当众辟谣了，接话说："别慌，这跟你本人无关。阿澍的意思只是说，他喜欢那个谁的消息，就和2012年是世界末日一样已被证伪。"

辛筱禾也学张澍搓搓手臂，嫌弃地说："溜了，溜了，我还想活着，不想当化石。"

不知是谁看戏不嫌热闹，吆喝着问："澍哥，那你的意思是没有'旧爱'有'新欢'喽？"

一阵风把看台上的旗帜吹得"咣当"响，张澍淡淡地瞥了一眼看台的后排,慵懒的声音被吹散在风里:"建设祖国不好吗?整天传些没根没据的谣言,不正经。"

辛筱禾:"……"

侯骏岐:"……"

盛夏在看台的后排写通讯稿,想给(六)班争取点儿"思测分"。听到这话,笔下一顿。

"环环相扣"在跑道中央的绿茵场开展,一组六个班参加。高一和高二的赛程已经结束,人却没走,把绿茵场围了个里三层外三层。

这一组里有(四)班和(六)班的人,近期"表白墙"上的几个"顶流"都在,有好戏看。

"盛夏是不是素颜了?"

"应该是。"

"好白呀。"

"这么看好像陈梦瑶更好看一点儿。"

"我不觉得。陈梦瑶运动会还披头发,'偶像包袱'够重的。"

"她本来就是要当偶像的呀!"

"张澍还是和盛夏站一起更配,和陈梦瑶像'年下'。"

盛夏和陈梦瑶的出现,让大家喋喋不休,站在场内的盛夏当然没听到。

烈日灼灼,她和张澍并排站着,谁也没说话。他们之间的空隙能再站一个人。

"环环相扣"是往返赛,单程一个接力,盛夏和张澍是第四棒,排在了第二棒的后边,第一、三、五棒的人站在场地的另一侧。

陈梦瑶是(四)班的第二棒,现在就站在盛夏的左前方。

"阿澍,你让着我点儿啊。"陈梦瑶一边拉伸,一边冲张澍喊。

张澍虚叉着胯站着,淡淡地答:"我不跟你一棒,怎么让?"

陈梦瑶说:"那你也可以跑慢点儿。"

张澍笑一声:"凭什么?"

"就知道又是这种回答。"陈梦瑶翻了个白眼,"没意思。"

虽然陈梦瑶被拒绝了,但这对话一听两个人就很熟。

清脆的哨声响起，比赛开始了。

第一棒的同学套着呼啦圈从对面跑来，（六）班因为侧着跑占了上风，最先到达，第二棒快速出发。

陈梦瑶扭头："阿澍，你们班行啊！那你更得让着我了。"

张澍还没来得及回答，（四）班的人也开始交接，陈梦瑶又说："对面见！"

张澍不予回应，看向身边的人。阳光照在盛夏的脸上，白皙而温润，像水头很足的玉。

盛夏静静地站着，没有紧张，也没有一点儿别的情绪。

他摇摇头，无奈地笑了笑——干吗？觉得她会受影响？

他以前和陈梦瑶也是这种交流模式，现在想想，是不是该改改？

此时，广播里传来悦耳的女声："下面是高三（六）班的盛夏同学来稿……"

不少人朝盛夏看过来，就连（六）班的同学也问："夏夏，你是什么时候投稿的呀？"

"就在刚刚。"盛夏说。

"哇，有加分的！"

盛夏轻轻地点头："嗯。"

张澍竖着耳朵听，她的投稿开头在赞扬这场盛会，内容对仗工整，辞藻华丽，很适合这种场合。

"你是不是什么题材都能写，还都能写得这么快？"张澍问。

盛夏一怔。他们已经有一整天没有说话了。他忽然用这么崇敬、友好的语气夸赞她，是怎么回事啊？

盛夏否认："也没有。"

张澍说："厉害就是厉害，不用谦虚。"

周围的同学相视一笑。

"他们也没说什么，可我怎么觉得这么黏糊？"

"你不是一个人。"

就在这时，第三棒的同学迎面而来，还没过线就把呼啦圈摘下递过来了。

"到了。"张澍提醒着,揽着盛夏的肩膀把她转过去,手臂一伸接过呼啦圈往头上一罩,"走。"

两个人背靠着背,侧着往对面蹦……

这反应速度,这默契……

"他们是真的吧?"

"先'嗑'为敬。"

跑到中程的时候,盛夏忽然听见背后传来声音:"在最需要专注的时候,不能想太多,不要想别人怎么说,也不要管别人怎么做。自己跑自己的,才能赢。"

如果没有最后一句,盛夏几乎要以为,他是针对最近的流言想给她一点儿安慰。最后一句,只是说比赛而已。可(六)班几乎领先了一个单程,只要保持节奏就能赢,他没必要在这时候多此一举。她想不明白,也不想自作多情。

播音员还在念着盛夏的稿子:"最好看的落日会在夏天的晚自习时出现,最顽强的你会在赛道上变得耀眼,一起冲向终点吧,赛出青春的气象和境界!少年鲜衣繁花路,趁夏天还没走,我们一起见证。"

一起见证夏天和终点。

"张澍!盛夏!快点儿!(一)班的人学咱们,要追上来了,快点儿啊!"

还有不到十米的距离,周萱萱焦急的喊声传来。盛夏抬头,果然看到最边上(一)班的同学也侧着跑,几乎要超上来了。

周萱萱更是着急,跨步上前自己上手拽。张澍长得高,还没完全摘下呼啦圈,周萱萱这么一扯,呼啦圈直接勾着他的脖子把人往后带。

张澍敏捷地转了个身,但还是没能保持平衡,整个人往下倒。意识到面前是盛夏的背,他下意识地伸手撑地,可是惯性巨大,哪里是能撑住的?

事情就发生在一瞬间,盛夏只感觉背后一股力道扑来,她被压着朝地面摔去,而碍事的呼啦圈一落下来就绊住了她的膝盖。她的腿蜷着无法迈步,就这么直直地倒下去,忽然一声骨头响——疼!

盛夏的眼前闪过一道白光,在这个瞬间她觉得灵魂抽离了一秒,感觉自己就要这么与世长辞。

"盛夏!"

"盛夏!"

"夏夏!"

混乱,一片混乱。她听见焦急的声音此起彼伏,她知道自己的身体被翻了过来。她看见了面前的少年撑起身体,露出一张惊慌失措的脸。身边围了很多人,认识的,不认识的……

她的意识回笼,开始追溯疼痛的来源。是腿,她的右腿,撕心裂肺地疼,动不了了。

"盛夏,你怎么样?"张澍半跪着,上下打量着面前的女孩儿,确认她是不是完好无伤。

她的嘴唇发白,眼神涣散,额头冒着细细密密的汗,这副样子不像是普通的摔倒。

张澍喊:"盛夏!"

辛筱禾挤进人群,想要扶起盛夏,被张澍厉声制止:"别动她!"

辛筱禾着急道:"怎么办哪?夏夏,你怎么样啊?张澍,你个废物,让你赢不是这样赢啊!"

张澍像是听不见似的:"可能伤到骨头了,别擅自挪动。"然后扭头叫侯骏岐:"叫校医!"

"哦哦哦!"

张澍的目光回到盛夏的脸上,不自觉地轻抚她的脸颊:"能说话吗?"他的手背冰凉。

盛夏企图张嘴,一个"能"字张嘴就变成了:"疼……"

"好,好,别说话了……"张澍的眉头紧紧地拧在一起,给她抹去额上的汗。

盛夏闭上眼睛,牙齿紧绷,痛得意识模糊。周围的人看着二人亲昵的举动,你看看我,我看看你,没人不识趣地在这会儿八卦。

周萱萱快哭了:"梦瑶……"

盛夏不会以为她是故意的吧?她们才刚刚有过冲突。

陈梦瑶捏了捏自己的手,此时也无暇顾及周萱萱的情绪,目光落在张澍紧绷的侧脸上。

那样焦灼、疼惜、不知所措又强自镇定的神情，在张澍那张漫不经心的脸上出现，她从未见过。

校医就在调度室，很快就赶到了，老师们也过来了。体育老师、王潍，还有几个面熟却不认识的老师，一群人叽叽喳喳地说着什么。

"像是骨折了，具体怎么样很难说，得去医院才行。"校医说着，问盛夏，"其他部位呢？有异样吗？"

盛夏有些疼过劲儿了，缓缓地睁开眼，动了动手臂，摇摇头："没……有……"

"别那么多人跟着了，赶紧散开，带她去医院。"

"找担架来吗？"

"她折的是小腿，不能再伸展，担架反而不行，最好是小腿不动，把她抬起来吧？"

校医环顾了一圈儿，正打算找几个人一块儿抬。

张澍对辛筱禾说："扶着点儿她的腿。"

然后他揽过盛夏的肩，手臂往她的腿窝处一钩，把人打横抱了起来。起身的时候为避免摆动，他只能缓缓地直立，这比将人直接一把抱起来要费力得多。他手臂紧绷，脖颈的肌肉暴起。

虽然在这个时候想些有的没的不太人道，但围观群众还是忍不住"咬耳朵"。

"妈呀……"

"男友力爆棚。"

盛夏的手都不知道要往哪里放了，除了疼，还有酥酥麻麻的感觉传遍她的四肢，身体如同过电。

周萱萱很紧张，眼看人群就要散了，她用哭腔在说："梦瑶，怎么办哪……"

"没事的，你也不是故意的。"陈梦瑶上前一步："阿澍，萱萱她……"

"别吵，让路！"

张澍的声音又沉又急，不是怒吼，胜似怒吼，然后他也不等什么答复，用凌厉的眼神拨开不相关的人群，抱着盛夏往体育场出口走去。

陈梦瑶呆在原地，周萱萱更是吓得止住了哽咽。众人交头接耳，也都觉得这时候再说几句就真是添乱。

张澍好像也不是针对谁，只是过于着急。

少年走得又快又稳，盛夏抬眼便看见他额发里细密的汗。

走了一会儿，她身体有点儿松垮下去。张澍低头道："你得搂着我。"他不能猛地调整她的身位，一晃动，她的腿就要遭殃。

盛夏："……"

她用眼角余光瞥见来自四面八方的视线，破罐子破摔一般往他的胸口一埋，眼不见为净，将手缓缓地攀上了他的脖颈。

到了医院，拍片、诊断，等着打石膏。

跟着来的有王潍和辛筱禾，手续都是王潍和张澍去办的，辛筱禾一直陪着盛夏。

李旭来了，说盛明丰在开会，晚点儿过来。

王莲华也正从单位赶过来。其实该忙的也都忙完了，来了也就是看着盛夏，或者数落几句。

院长很快就来了，身后跟着科室主任还有几个医生。

他们在门口叫了声："李主任？"

李旭回头，抬手做了个制止的动作，就随着那一行人出去了，王潍也跟着出去了。病房里只留下三个少年人。

门被轻轻合上，通过一条缝，走廊外的谈话声偶尔钻进屋内。

这架势，再伴随飘进来的"书记""关怀""卫健""医保"此类在经常作为背景音乐的电视新闻联播上听到的词汇。辛筱禾有点儿缓不过来，她看了一眼张澍，他面无表情地靠在窗边，看不出什么特别的情绪。

科室主任亲自给盛夏上了石膏，说问题不大，但也要绑七周以上。

这时候盛明丰的会议结束，李旭开车去接他。一群医生七嘴八舌地交代了很多，接着离开了。

因为学校有事，王潍也准备先离开，走之前问要不要捎上辛筱禾和张澍。

辛筱禾说:"我留下帮忙吧,万一夏夏要上厕所什么的。"

王潍点点头:"行,有什么需要就给我打电话。你呢?张澍,回去吧?"

张澍回:"我自己回。"

王潍想着留个人跑腿也行。

盛夏却开口了:"你回去吧,张澍。"

"今天谢谢你呀,我这儿不需……没什么事了。"她补充。

她的语气冷淡,眼睛从头到尾都没有看过他,哪怕是一瞥。

她想说——我这儿不需要你了。

张澍看了她几秒,就出去了。

王潍勾着张澍的肩叹气:"你小子给我惹大麻烦了,要是你们的学习都被耽误了,我可怎么交代!"

"她伤的是腿,不是脑子。"

王潍还是操心:"来来回回地跑医院,包括心态上总归是有影响的。"

"她没你想得那么脆弱。"张澍说。

"嗯?"王潍没听清。

张澍甩开他的胳膊,说:"我说不会就不会。"

"这石膏一打,卸下来也快期末考试了,这样下去怎么能行啊?唉……"王潍叹气。

"我会让她行。"少年留下一句话,转身走了。

王潍摸摸鼻子,学生搞深沉,怎么办?

"哎!张澍——"王潍才反应过来他左拐是要上楼,"你上哪儿去?不回学校?"

少年的声音传来:"您先回吧。"

张澍独自进了科室主任的办公室,那个主任以为是盛夏有什么事,就站了起来,神态和蔼:"怎么了,小伙子?"

"她……盛夏,能打止疼药吗?"张澍问。

医生皱眉:"可以是可以,但不是必须打的,麻醉过了都会有点儿疼。"

"没什么副作用的话,给她打点儿吧?"

医生说:"她没说疼啊。"

"她疼得都直冒汗,这叫不疼?"这个年纪的小伙子语气急起来,还真挺唬人。

医生语塞,该怎么说——子非鱼,焉知鱼之"疼"?

盛夏看着返回的张澍,皱眉。

辛筱禾也疑惑:"你没走啊?"

张澍在隔壁床位坐下,淡淡地说:"老王太吵了,我不想被念叨一路。"

辛筱禾"扑哧"笑了一声,点头赞同:"确实,这一趟路程有大半个小时,要疯。"

病房里一时安静,护士推门而入:"盛夏,是吗?"

"嗯?"

"挪到输液室吧,打点儿止疼的药。"

"刚才没说要打呀?"盛夏问。

护士笑笑:"你同学说你疼得直冒汗,我看着也是,脸都白了。你怎么不说呀?这疼痛因人而异。你不说,医生也没法儿判断。"

盛夏微怔,辛筱禾也惊讶,她们都看向张澍。少年把手机横着,开了局游戏,做好了等很长时间的准备。

护士又吩咐说:"你最好先吃点儿东西,你们谁去给她买点儿吃的吧。"

张澍切掉游戏页面正要起来,辛筱禾说:"我去吧,你……比较细心,你留在这儿吧。"

"谢谢,筱禾,今天真的太麻烦你了。"盛夏疲于言语,但看大伙儿为自己忙前忙后,包括张澍……

她不习惯麻烦别人,总觉得亏欠。

"说什么呢?不许再说'谢谢'了!我去买,很快回来。"

护士去备药,辛筱禾也出门了。盛夏刚伸手去够拐杖,一个温热的身躯忽然靠近,接着她的身体就腾空而起……

张澍把她抱到了输液室。这种留观的输液室都有床,比正常病房的床小一些,一室三床。这会儿没别人,他把她轻轻地放到床上,将边上

217

床位的枕头也都拿来，放在她的背后，然后去取她的拐杖。

他抱得也太熟门熟路了，其实她可以自己走。

盛夏低垂着脑袋，决定还是不要自己挑起话题，徒增尴尬。

"盛夏。"他忽然叫她。

"嗯？"她下意识回应，抬起头。

四目相对，她见他抿了抿嘴，然后开口："对不起。"

盛夏的指尖微动。

他……为什么……

"没有保护好你，对不起。"他对上她疑惑的眼神，重复了一遍，语气郑重。

她今天写道——少年鲜衣繁花路，我们一起见证。

张澍当时脑中的画面是她站在"康庄大道"的尽头，穿着漂亮的裙子，抱着一束花，淡然宁静地笑。

现实却是她被他整个压倒在地，疼得五官都拧在一起……

一整天，她那副表情就一直在他眼前晃着。他的心底无端地冒出一个想法，再也不要看到她疼。他看着难受，他不允许她疼。

"没关系，这只是意外，不是你造成的。"盛夏不知道该说点儿什么。

张澍也不擅长这样说话，有些别扭地咳了咳。

输液室里再次陷入寂静。走廊外传来急切的脚步声，那脚步声进了隔壁留观室，一男一女刻意压低的争吵声传来。大概是吵了一路，没能及时刹车。

"盛夏怎么不在这儿？这不就是留观室吗？不是这间？"

"王莲华，如果你一会儿不能冷静地说话，就最好不说话！好好的闺女在你那儿养成什么样子了？盛夏小时候是多活泼的孩子！"

"那你倒是养，你看她愿意跟你吗？盛夏现在怎么了？女孩子文静一点儿怎么了？活泼有什么好？像我那么活泼然后被你这种男人骗？"

"说孩子的事，你扯这些有用吗？骗？你也用不着说得那么难听，不要每次见面都扯得老远，解决问题才是最重要的！"

"解决问题？你不给我制造问题的话，用得着在这儿解决吗？你是嫌你女儿不够'招人'是吗？多少年了，我连条普通的裙子都不敢给盛夏买，你看看你老婆给我女儿买的什么衣服？"

"王莲华！"

"有本事把你的女儿全部领走，别放在我这儿又嫌我管教得不好！"

"你！别在这儿吵。"

"呵，你在意影响，我可不怕。"

"好，你要说什么，咱们别在这儿说。回头你怎么说都成，行不行？"

"你以为我愿意说？不是你先说的吗？哪个病房？是不是走错了？"

"等李旭停好车上来问问他。你冷静冷静，收起你的情绪。"

"不劳你费心。"

两个人的声音其实不大，双方都暴怒且压抑，几乎是用气声在对峙，但因为输液室里太静，所以都听了个全。

大约是药水进入血液，盛夏全身冰凉，眼睛却一阵温热，鼻腔里酸涩的感觉蔓延。

张潏扭头，看见女孩儿已经双目通红。她仰头想把眼泪逼回去，然而已经打开的阀门怎么可能那么容易关上？她下意识地抬手擦眼泪，张潏迅速地起身抓住她输液的手……

"别动，有针管。"他低语。

下一秒，盛夏被揽进一个清新的怀抱。少年的动作轻缓而克制，扶着她的后脑勺儿。她的脸埋进他的胸腹处，被暴晒过的青草气味盈满她的鼻腔。她听见耳边少年腹腔的响动，以及从头上传来很低的声音。

"我没有纸巾……但是，你哭吧。"

仿佛是按下了闸口的开关，张潏的衣料瞬间被浸湿。

同时，盛夏感觉耳朵一热，被一双大手轻轻地包裹住了，一种类似耳鸣的声响由远及近，最后归于平静。

她无声地流泪。这已经是她第二次在他面前哭。上一次，他说："我没有纸巾，你别哭……"

输液室的门忽然被打开，盛夏迅速从张潏的怀里离开，惊慌地看着门口。

辛筱禾握着门把，双目圆睁，一副"我看见了什么，我要不要出去"的眼神。

盛夏吸了吸鼻子，靠回病床的枕头上。

"张澍……"盛夏开口，声音小得几近耳语。

辛筱禾不解地看着神秘兮兮的两个人。

"你先出去，可以吗？"盛夏望着与留观室连通的那扇门，"我妈妈，可能会冲你发火。"

张澍意会，她的父母大概不想见到他这个"罪魁祸首"："没事，我应该负责。"

负责……负哪门子的责？！

隔壁传来李旭的声音，说盛夏刚才还在这儿，他去问问护士。

盛夏急了，推着张澍。他站着，她坐在病床上，推的是他的小腹……

张澍的眉头紧蹙，忽然无声地笑了，一句调侃没来得及说出口，就撞上女孩儿焦急又无措的眼神。

他收敛神态，揉了揉她的脑袋："行，那我先走。"

辛筱禾戳在门口，手里的打包盒差点儿没拿稳——这……到底是什么进展？

盛夏也愣怔，头顶的发丝似"引线"，快把她点燃了。他怎么能……

但眼下不是计较这些的时候，张澍十分配合地离开输液室，盛夏松了口气。面对辛筱禾的挤眉弄眼，她也来不及解释，只轻咳了声，喊："妈妈，是你吗？"

辛筱禾惊："倒也不必，倒也不必，我不就是买了个饭……"

"哎，夏夏，你在哪儿呢？"王莲华边问边循声而来。

辛筱禾突然窘迫。

盛夏说："就在旁边，输液室这儿……"

话音未落，几个大人已经推门进来。王莲华和盛明丰的神色有点儿不自然，没想到他们是在女儿的隔壁吵了这么久，也不知道她有没有听见。

辛筱禾打着招呼："叔叔、阿姨好……"

"今天真是麻烦你了，同学。"王莲华说道。她的声音温柔，与刚才判若两人。

"不麻烦，不麻烦，应该的，阿姨太客气了。我买了粥和鱼，夏夏，你赶紧吃吧。"说完她差点儿没舌头打结。呜呜呜，盛夏的父母气场好强啊！

"谢谢你呀，筱禾。"

"别再客气了！"

盛明丰看着盛夏泛红的眼睛，问："感觉怎么样了？"

"好多了。"盛夏说。她想到什么，又补充，"刚才很疼。"

"疼哭了？"王莲华问。

盛夏答："嗯。"

王莲华松了口气，又问："一个运动会怎么就搞成这个样子？！"

盛夏说："意外。"

"他们王老师说过了。"盛明丰开口，语气和善，"没关系，运动会，难免有磕磕碰碰的……"

王莲华脸色黑沉："这得多耽误学习！说了多久能拆石膏吗？"

"你先让她吃饭！"盛明丰打断她，"别的问题问医生。"

屋子里一片静默，辛筱禾一个外人感到有点儿尴尬。盛夏留意到了，跟盛明丰说先送辛筱禾回学校，最好先带她去吃饭。

辛筱禾摆摆手："不用了，不用了，我在学校北门吃点儿就行。"

李旭便带着辛筱禾走了。

外头已是华灯初上。

"你们那位男同学呢？"李旭问。

辛筱禾和这样板正的人说话，有点儿不自在，只答："先走了。"

李旭说："那……那个人是不是他？"

辛筱禾顺着李旭指的方向看去。夜幕下灯影绰绰，大楼台阶旁，少年席地而坐，手肘撑在膝上，横着手机在打游戏。这情景略显萧索，如果不是他的气质和脸出众，那就像个落魄的流浪汉。

那个人不是张澍又是谁？

少年似乎也一直留意着大楼进出的人，时不时瞥了一眼。他看到辛筱禾，便拍拍屁股站起来，手机在手指间一转，随手揣进裤兜里，朝他们走过来。很普通的动作，少年却做出一股潇洒劲儿来。

夜风有点儿凉，吹着少年单薄的衣衫。

李旭不着痕迹地打量他——这样"危险"的小伙子，在这儿眼巴巴地等着，如果王莲华见了，还不知道多操心。

辛筱禾说："张澍！你怎么还没走？"

"反正我没什么事。"张澍不自然地眼神飘忽，"你怎么出来了，她吃了吗？"

辛筱禾不停地抖着眉毛，示意她后边站着人呢，然后回答："吃了。"

张澍瞥了一眼李旭，颔首当作打招呼，继续问辛筱禾："吃的什么？"

辛筱禾答："瘦肉粥，小黄鱼。"

张澍问："她还要输液多久？"

"不知道呢，怎么也还得半个小时吧？"

张澍点点头。

辛筱禾扭头，冲李旭说："那您不用送我了，我和我同学结伴回去就行。"

李旭说："我带你们先去吃饭吧，你们照顾盛夏一整天了。"

"不用了，不用了，我们去他家，他家有吃的。"辛筱禾实在不愿意和大人在一块儿，指了指张澍，"他家有餐厅，就在我们学校的后门。"

张澍睨一眼辛筱禾，配合地说："嗯。"

私房小破店，晚上不营业的！

李旭抽出几张现钞，还没来得及递出去，辛筱禾拉着张澍就走："那我们先走了！"

转眼间两个人就跑远了，李旭笑笑，无奈地摇了摇头，把男孩子家里开小饭馆这个信息记在了心里。

星期五的夜晚，北门的饭馆都歇业，只有几家小吃店开着。张澍买了两个卤肉卷，其中一个递给辛筱禾。

辛筱禾感叹："能吃到澍哥请客的卤肉卷，是我此生之幸！"

张澍笑了声："今天谢谢了。"

敢情这是辛苦费？她难道不值得一顿大餐吗，一个卤肉卷就打发她了？

抠门儿的澍哥，在线巩固"人设"。

她正腹诽，听见张澍低声说道："这会儿没什么能吃的了。你改天想吃什么，跟我说一声，我给你带。"

辛筱禾受宠若惊，还没来得及感慨一番，又听张澍说："走了。"

张澍没回教室，直接从北门回家。他单手插兜低头走着，踹了踹路边的小石子。

辛筱禾感觉张澍的背影透着股落寞，像个看上富家小姐的落魄书生。

张澍这个条件，陈梦瑶都看不上他。哦，他辟谣了，陈梦瑶不是他的"旧爱"，不过这样他和盛夏岂不是更没戏？

盛夏家里的这个阵仗——不小。

她不禁想到今天撞见的画面——盛夏坐在病床上，脸整个埋在张澍的胸腹间。少年高大挺拔，手掌大到覆盖住了女孩儿的整个后脑勺儿，小心翼翼地安抚她。

不得不说，排除这些乱七八糟的因素，他们真般配。辛筱禾觉得，目前她认识的人里，没有人配得上盛夏，除了张澍。

周萱萱紧张了半天，总算把辛筱禾盼回来了，然而没等她上前，就已经有一堆人围着辛筱禾问东问西了。

愧疚，周萱萱有之，但盖不住她的忌妒。

盛夏才来这个班多久，平时一声不吭的，为什么这么多人关心她的情况？大家背后聊起她，也几乎是零差评，没有人说过不喜欢她，或者对她有什么意见。

盛夏的这种吸引力是无端的，或许，是天生的。她又想起盛夏存放在她们寝室的那套礼服，她仔仔细细地看过了，是真的。还有那双鞋，也是价值不菲。

辛筱禾说，那套礼服八成是买的，得值好几万块。可为什么不把礼服拿回家？没人能猜出个所以然来，只觉得盛夏这个人，简单又不简单，神神秘秘的。

她没有再和陈梦瑶说这些事情。说不明白是为什么，就是忽然觉得自己挺没意思的。盛夏上回四两拨千斤，把她衬得像个小丑，时不时地，她还能想起来那句——你是不是对我很好奇？

今天一回到教室，她就看到几个同学围在一起嘀咕着什么，看到她回来立刻作鸟兽散。那眼神，她没法儿忽视——厌嫌的、无语的、避之不及的眼神。

难道他们觉得她是故意弄伤盛夏的吗？

盛明丰很忙，没陪盛夏打完点滴就被电话催走了，交代盛夏有事给李旭打电话。

临走前，他在门口回头，悄悄地冲盛夏比了个打电话的手势。王莲华背对着门，并未看见。

盛夏抿嘴眨眼表示接收到暗示，盛明丰这才离开。

"到底是怎么回事？跟妈妈说实话。"盛明丰人一走，王莲华坐到盛夏的床边，严肃地说道。

盛夏不明所以："嗯？什么实话？"

王莲华说："我在回来的路上看到你们学校公众号推送的消息了。"

盛夏还是不明白。

王莲华翻出那篇文章，把手机递给盛夏："自己看吧。"

盛夏已经隐隐约约知道了是什么事，但还是接过手机。

《赛出青春的气象和境界——南理大学附属中学第三十六届校运会圆满落幕》。

这个标题……用了她通讯稿中的内容。但这不是重点，重点是配图。

第一张是运动场全景，第二张是主席台领导讲话，第三张就有盛夏。虽然是几张照片拼的图，但还是能一眼看见她，位于中间，版面最大。

她穿着抹胸礼服和高跟鞋，举着三年级（六）班的牌子从主席台前走过。

图片注释——开幕式学生方阵。

盛夏缓缓地抬头，王莲华把手机抽走，放大图片又了看，声音淡淡的："我女儿是真的漂亮，漂亮得让人移不开眼。"

盛夏的手指无意识地拧着床单。

王莲华叹了口气："你长大了，有自己的想法，但是妈妈希望你能告诉我。女儿的一举一动我还要从手机上了解到，这让妈妈感觉自己很不称职。"

"没有的事,妈妈。"

盛夏感觉王莲华哪里变了,却一时说不出所以然来。如果是以前,大概又是王莲华一顿哭诉,然后母女相拥而泣的场面。

"这是……"盛夏犹豫了几秒,决定暂时跳过礼服的话题,"高三只参加开幕式和趣味运动会,没有耽误太多时间。"

"你知道我说的不是这个。"王莲华低声说道。

盛夏想到刚才的争吵,想必母亲已经知道礼服的来处了。她试探地回答:"礼服款式是班里根据风格决定的,邹……我爸只是付了钱。"

她还是选择了撒谎,心口又紧又涩。她感到难受,对母亲没有坦诚相待。她明白这不公平,可是她真的有点儿累了,生了"粉饰太平"的心思。

粉饰太平。

当这个词闪过她的脑海,她也忽然明白王莲华哪里变了。她上高三以来,母亲已经很少表露过激的情绪,一切都是淡淡的、闷闷的。不再激烈,粉饰太平。她们双方都是如此。

王莲华的语气听不出到底信没信:"也不知道你们学校是怎么想的。校风开放,也不能这种开放法啊。"

盛夏不语。

王莲华叹气:"罢了,就是你现在这样也不能骑车了,以后我接送你。不过中午和傍晚,我时间来不及。你跟你爸说一声,让他给你安排人吧?"

"不用了。"盛夏已经早王莲华一步想好了,"'午托'有床位,以后中午就在那边午休,傍晚不碍事的。我拄拐杖去吃饭,也很近。"

"你自己真的行吗?"

"没事的。"

事情似乎得到了圆满解决,但王莲华还是叹气。盛夏知道,王莲华依旧放心不下,觉得这场意外来得太不是时候,会影响她学习。

母女俩回到家,在小区门口见到了等候在一旁的李旭。他拎着几个购物袋,王莲华降下车窗,问:"小李,是有什么事吗?"

虽然对盛明丰没好气，但王莲华对李旭还是一贯亲切。

"书记让我送些衣服过来，盛夏上了石膏，不方便穿校服……"

附中的校裤是束脚的，王莲华沉默了一下，打开了后备厢。

她这是接受了，李旭暗暗地松了一口气。

回到家，王莲华帮盛夏洗澡。盛夏只能坐着洗，把受伤的腿搭在另一张椅子上。如此，她想洗头就只能仰着，王莲华用淋浴头给她洗。

刚开始盛夏还有点儿不好意思，王莲华挠了一把她的腰，母女俩都"咯咯"地笑起来。

"还知道害羞了？你小时候总是在我洗澡的时候敲门，门要是没锁，你就扒拉着门，在那儿看，不知羞。"王莲华边给她挠头边回忆着。

"哪有？！"盛夏想不起来，她怎么会这样啊？

王莲华说："怎么没有？还问——妈妈，为什么长大了不能吃奶啦，妈妈还有奶呀，怎么不给夏夏吃啦？"

"呜呜呜，那得是几岁呀？妈妈，你怎么还提！"

"哈，你小时候多可爱，怎么不让提？"

盛夏捂脸。

王莲华笑，又感慨："这一点你倒是遗传我了。"

"嗯？"

"胸大！"

"妈妈！"

"好了，好了，不说了，别动了……"

母女俩嘻嘻哈哈，浴室的门忽然被拧开。郑冬柠趴在门边，歪着脑袋看着她们，圆溜溜的眼睛转啊转，最后目光停在盛夏的胸口。然后她煞有其事地抬手挡住眼睛，又分开手指，露出贼兮兮的眼睛，眨巴眨巴。

这场景，不正是小时候的盛夏……

"柠柠，你出去！"

"哈哈哈……"

她们收拾好后，时间已经到十一点多。盛夏坚持刷了一组数学选择题,又写了篇英语完形填空,才准备入睡。

临睡前上洗手间,她见洗衣房的灯亮着,王莲华正在把衣服从洗衣机里掏到烘干机里。

盛夏定睛一看,那是——盛明丰给她买的新裙子。

烘干机在运作,王莲华却没走,站在那儿盯着滚筒发呆。

松快的气氛荡然无存。

母亲终究还是在意的,裙子于她而言或许已经不是一种衣物,而是一种象征——她与盛明丰截然不同的生存态度和教育方式的象征。

为了这表面的平和,她与盛明丰和解,与女儿和解,终究没能与自己和解。盛夏心尖微紧,还是没有发出声音,转身离开。

睡前她看了一眼手机,消息还挺多。

辛筱禾:"看,澍哥牌卤肉卷,厉害吧?我竟然薅了'铁公鸡'的羊毛!我吃过饭啦,放心吧!"

辛筱禾:"好好休息哦!"

卢圉泽:"夏夏,我今天不在体育场,才知道消息,你怎么样了?"

卢圉泽:"明天还能去学校吗?"

王潍和李旭也发了些消息,都是说有事尽管联系之类的话。

还有班上的一些同学,都发来了问候。盛夏一一回复,正准备放下手机,QQ弹出新消息,来自"宋江"。

盛夏还没点开,脑海里已经全是有关于他的画面。

他拨开不相关的众人,一把将她抱起……

他大手一揽将泪眼婆娑的她按进怀里……

他临走时无奈地笑着揉她的脑袋……

还有一些细碎的瞬间都在她的脑中成了海报般的特写。这些在她的视角里,根本看不见全貌的画面,现下都跟放电影一般,像"全知视角"一样呈现在她的眼前。

这一日太过混乱,疼痛带来的恐惧、父母吵架带来的压抑、因病误学带来的担忧包围着她,以至于有些微妙的情愫被她遗忘了。

比如,在看台上听到他说"洁身自好这么多年"时自己剧烈的心跳;

比如,明明担心周围人的眼光她还是义无反顾地埋进他的胸膛;

还有,她被安抚时迅速涌起的,更为汹涌的泪水……
…………

喜欢是展现美好,喜欢也是展现脆弱。她没有哪一刻像现在这般确定——她就是喜欢上他了。

也许比她预想中,还要喜欢。

盛夏点开消息。

宋江:"早餐想不想吃小馄饨?"

盛夏愣住了。

"洁身自好""没有旧爱""凭什么""厉害就是厉害""我没有纸巾但是你哭吧"……

他说过的话在脑海里轮播,盛夏才意识到,每一句都如此清晰深刻。她心里的"小人儿"在反复横跳,让她心乱如麻。

两分钟后,盛夏回复:"睡了。"

对面"秒回":"那梦里想不想吃?"

盛夏的手指微微握紧,"哒哒"地敲字:"你好无聊。"

她又删掉,像是试探一般地回:"可能想吧。"

发出去的瞬间她就想撤回,可是来不及了——

"叮"的一声,新消息钻进对话框。

宋江:"好,明天美梦成真。"

她就这么看着对话框发呆,手机屏幕黑了,她按亮,没一会儿,又暗掉。

漆黑的屏幕映着她的脸——一张无意识的笑脸。

她的嘴角都快咧到颧骨那里去了。她一惊,赶紧丢开手机,捞过一只玩偶塞进怀里,缓缓地闭上眼睛。

她荒芜的世界干涸一片——张澍,你会是一场及时雨吗?

早晨有了凉意,算是南理对秋天的一点儿尊重。

盛夏在白色棉布裙外套了件鹅黄色开衫,宽大的裙摆挡住了她被石膏包裹的左腿,右脚穿着一只白色浅口帆布鞋。整个人素净又温柔,像一朵法式郁金香。

"法式郁金香"支着拐杖，有种"病美人"的破碎感。

王莲华的车只能开到（一）班那头的大道。盛夏拄着拐杖穿过长长的走廊，从（一）班走到（六）班。教室里的人不约而同地扭头看她，同步得跟鹅群似的。

进了教室，众人眼前一亮——这是盛夏第一次穿裙子。

和她在运动会时的盛装不同，这条裙子简单得不能再简单，没有丝毫装饰，连腰线都没有，但就是格外抢眼。这是"人衬衣衫"。

同学们纷纷围过来关心问候她，王莲华放心地离开。盛夏回头看母亲的背影，没看出什么不同。但今天的王莲华显然是不一样的——早早把裙子熨烫好，让她挑穿哪条，真的是破天荒。

盛夏一边想，一边回应着同学们的关怀和询问，忽然听到走廊外一道女声："张澍！"

这声音很悦耳，众人都下意识看过去。

张澍在教室门口被陈梦瑶截住。

"有事？"他一只手揣进兜里，一只手拎着个食盒。

陈梦瑶瞥了一眼："这是什么啊？"

张澍拎高了点儿："喂猫。"说完又看向她，眼神示意——有事？

喂猫？

陈梦瑶无语道："这么大的食盒，你当我瞎吗？什么巨猫吃这么多？"

但她并不过分在意，扯了扯他的袖子："过来说。"

张澍眼神往教室里扫了扫，转身时不经意地扭了扭肩。陈梦瑶的手从他的袖子上滑落，而后自然地放下。两个人站在王潍进行"知心哥哥时间"的地方，背对着教室说话。

陈梦瑶开门见山："我因为准备艺考，文化课这边落下很多，上次月考成绩很糟糕。这次月考不知道会怎么样，我一点儿信心都没有。这样下去别说考北宴和东洲的那两所大学了，考'南艺'都别想……"

她顿了顿，抬头看张澍，只见他眉头稍提："然后呢？"

然后呢？这么明显还然后呢？

"然后，我妈想在外边给我找个补习班，但是我的时间又不是很集中，要报就只能报'一对一'。我想着，那不如找你补习了，你讲得还比那些老师要好……"

"那你准备给我开多少钱?"张澍打断她。

陈梦瑶一愣。

"啊?"张澍后退一步,好笑地打量她,"不打算付钱?"

"也不是……"陈梦瑶拧着眉,事实上就是打算请他吃吃饭之类,但他开口了,她也就改口,"这不是跟你商量吗?"

教室里,一群人看着他们叽叽咕咕地不知道在说什么。

"陈梦瑶最近对张澍好殷勤。"

"有危机感了吧?"

"可我听说,她过生日时张澍送了很贵的项链呀,他们还没在一起?"

"喀喀!"

那个人只是嘴快,反应过来后看了一眼盛夏,尴尬地闭了嘴。几个人关心了盛夏几句,便作鸟兽散。

围着的人走了,视野也开阔了许多,盛夏用眼角余光就能看到走廊那对般配的背影。

正在此时,张澍好像听见什么好笑的话,后退了一步,身体转了个方向,面向陈梦瑶,于是也面向班里。他的视线只是随意一瞥,便与盛夏好奇的双眸四目相对。他稍稍歪头,挑了挑眉,冲她弯了弯嘴角。

盛夏猛地低下头!他那个眼神是什么意思呀?她可没有偷看他们,只是瞥了一眼,怎么就被逮个正着?

陈梦瑶注意到他的表情,像是在逗什么小动物,于是循着他的目光看了一眼——一抹鹅黄色格外刺眼。她再回头时,张澍已经没有什么表情。

陈梦瑶说:"那你开个价吧。我主要是觉得,跟你补习在时间上更好沟通一点儿。"

"就是可以呼之即来、挥之即去的意思?"张澍的语气淡淡的,并没有怒意,还是那慵懒的调调,"那这可得加价。你也说了,我讲得比外边一对一的老师好,那不得比他们价格高?你先去打听打听他们要多少钱再来谈吧。"

他这种公事公办的态度让陈梦瑶有点儿下不来台:"阿澍,你怎么变成这样了?"

张澍拧眉:"我不是一直这样?你不是最清楚了?外面说我多抠门儿,不是你先说的?"

她其实指的不是抠不抠门儿,可他说"一直这样",似乎也没什么不对。他其实一直是这副吊儿郎当的态度,她以前看着,只当他是傲娇,还觉得互相呛声挺亲近、挺有意思,现在却感觉每一句都扎心窝子。

陈梦瑶的手心冰凉。变的人好像不是他,而是她。

张澍的目光时不时往室内瞥,不知道看见什么,眼神变为冷淡。

"行了,先这样。你还是找补习班吧,人家多专业,没必要找我。我也很忙,好吗?"

陈梦瑶:"……"

教室里,盛夏刚掏出英语卷子,斜后方的卢匦泽就过来询问:"医生说你多久能拆石膏?"

盛夏想起昨晚自己回复完"宋江"之后就扔了手机,忘了再看他的消息。

想到这里,她有些不好意思,温和地说道:"可能要七周以上。"

卢匦泽说:"那还真是挺久的,有需要帮忙的你随时和我说,反正咱们住得很近。"

"好,谢谢啊。"

"不用这么客气,感觉很不熟似的。"卢匦泽笑笑,"那都是家里接送你吗?中午和晚上吃饭怎么打算的?"

盛夏"嗯"了一声,刚打算回答,身后传来冷漠的声音。

"这就不劳卢少爷操心了。"张澍把食盒往盛夏的桌面上一放,在她边上坐下,用下巴示意:"尝尝?"

后两个字是对着盛夏说的。

盛夏用眼角余光瞥见不少好事者的眼神。卢匦泽握着笔的手收紧了,一言不发。

盛夏露出为难的表情——她要在大庭广众之下接受他的"投喂"吗?

虽然"美梦成真",可昨晚的悸动荡然无存,她感到了一丝丝尴尬。

张澍着实受不住她这种戚戚然的眼神。昨晚她应得好好的,今早就嫌他的东西有毒吗？

张澍给她打开食盒，介绍说："我姐做的，品质'三包'。"

周围的同学们眼神戏谑。张澍视而不见，手一伸摆了个"请"的手势："我姐说，给你赔罪。"

原来是赔罪，也好。

"没关系的，你也不是故意的。"盛夏的声音温柔平淡，"我接受了，下次就不用送了。"

张澍说："我姐说，送到你痊愈。"

啊？

盛夏说："我家里早上做早餐。"

张澍不以为意："我姐说，那你少吃点儿，来吃我的早餐。"

盛夏："……"

众人："……"

"我姐说""我姐说"，他姐姐给他"背锅"够累的。

果然，别指望"跩王"忽然转为温柔"人设"。

汤是骨汤，应该是过滤了，没半点儿油星，馄饨是虾仁馅儿的，鲜美爽口。只是，这馄饨怎么有大有小？有的很标准，有的包得有点儿丑。说实话，不太像张苏瑾的水准。

盛夏感觉在教室里吃东西很奇怪，可张澍撑着腮帮子就这么盯着她，一副她不吃完不罢休的模样，她也只能往嘴里塞。

可她本来就吃饱了，吃了几个馄饨就实在塞不下了，为难地看向张澍："我……吃不下了。"

张澍似是在发呆，听到这话，眉梢一动，恍然般："嗯？啊，行，没事，吃不动就算了。猫食似的，没指望你能吃完。"

盛夏点点头。忽然见他把食盒拿走，从食盒边上找出个塑料勺，舀起馄饨送进自己的嘴里……

辛筱禾傻眼，这……他们都到了吃一碗馄饨的程度了？

"落魄书生"没有一蹶不振，反而越战越勇，心理挺强大呀！

盛夏也看呆了，用眼角余光不自觉地扫了扫周围，似乎没有人太关注他们。她垂着头，捏了捏眉心。

中午,盛夏被张澍和侯骏岐"护卫"着去吃饭。两个高个子一左一右,跟开道似的,中间站着一个拄拐的瘸子,回头率百分之两百。

"你们先走吧,不用等我,我太慢了。"盛夏停下脚步,委婉地拒绝他们的"护送"。

张澍看着她在阳光下白得晃眼的脸蛋儿。鹅黄色的针织衫衬得她更白了,裙子下露着细白的脚踝,帆布鞋的鞋带松松垮垮……

"你以为自己走就没人看你了?"张澍觉得好笑。

盛夏语塞,正要说什么,就见少年忽然在她跟前蹲下。她低头,看见他蓬松的头发,发旋在阳光下黑得发亮。而后她感觉脚背一紧——他在给她系鞋带!

一旁的侯骏岐满脸兴致,嘴上不忘犯贱:"哟哟哟,这服务真到位!"

这下已经不只回头率高了,众人回头的时间都延长了。

有人看得过于专注,没看路,撞了前边回头"吃瓜"的人,双方互道抱歉。

一时间,宽敞的连廊里熙熙攘攘起来。

盛夏面红耳赤。

张澍拍拍手站起来,满意地看着自己打的蝴蝶结,还是那副优哉游哉的模样:"不等你,你不得踩鞋带摔个'狗啃泥'?"

盛夏:"……"

侯骏岐心想:如果阿澍不长嘴,一切真的都会顺利很多。

盛夏不语,三十六计走为上,赶紧加快速度。

"不用急,没人跟你抢饭!"

烦死了,她都说了原谅他了,他犯不着这样!

"午托"在二楼,盛夏还没有掌握拄拐上楼的技能,站在阶梯前踟蹰。

"想好了吗?"张澍开口,"是我们扶你上去,还是你用意念飞上去?"

盛夏抿嘴,抬眼看他,目光微动。

张澍不想管她的小脑袋瓜里又在纠结什么,给了选项:"我扶你,还是侯骏岐扶?"

侯骏岐摆摆手："不了，不了，我虚胖，手臂没劲儿。"

这天是星期六，他们又一路耽搁，这时"午托"里的人已经不多。

盛夏单腿独立，把拐杖交给侯骏岐，看看张澍："那就麻烦你了。"

她一只手抓着楼梯扶手，一只手被张澍撑着。可是……她还是不知道怎么下脚，要蹦上去吗？

她正迟疑，耳边一声不耐烦的叹息："唉，麻烦！"

话音刚落，盛夏瞬间腾空而起，张澍又把她打横抱了起来。她还没反应过来，手已经下意识地攀上他的胳膊。他几个大跨步就走到了楼梯的拐角处，避开可能撞到她的腿的楼梯扶手，轻轻松松地抱着她掉转方向，继续向上走。

他一步跨两个台阶。

"哇。"侯骏岐屁颠屁颠地跟在他们后面。

"你！"盛夏看着他紧绷的下颌。

她控诉的话在嗓子里斟酌，还没说出口，他已经缓缓放下她，盯着她："你什么你？等你自己上来饭都凉了。"

刚才是谁说不用急，没人抢饭的？

盛夏定睛一看，二楼到了。这么快？她平时双腿健全都走不了这么快。他今天又是送早餐，又是课间接水的。侯骏岐说得没错，他是在给她搞"服务"。她说不出什么指责的话来，那样显得自作多情，只徒留自己的心脏"怦怦"地乱跳。

她这一纠结，目光就显得有些委屈。

张澍叉着胯，"啧"了一声，似是无奈极了，缓声安抚说："行了，又没怪你。"

侯骏岐翻了个白眼，绕过两个人走在前头，嘴里念叨着："没眼看，没眼看。"

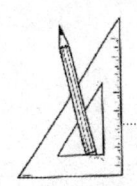

第八章
谁惹的不都我哄？

第二次月考就在盛夏心里兵荒马乱的时候，猝不及防地到来。

考完语文，盛夏就蔫了。她总觉得答得不顺，到底不顺在哪儿，她也说不上来。

吃午饭的时候她没什么精神，满腹心事地回到"午托"休息室，不承想休息室里有人。

她的室友都是上高二的小姑娘，周末没在，这会儿忽然碰面，双方都呆了。好巧不巧，其中两位是当初问她要张澍的QQ号的那对姐妹。她当时说没有张澍的QQ号，而现下，是张澍把她送到休息室门口的。两个学妹面面相觑。

张澍例行交代："有事叫侯骏岐，起床了等我来接你。"

侯骏岐也在这个"午托"里午休，就在她隔壁。男生的床位已经满了，张澍是在家里午休的。因为她没法儿自己下楼，所以张澍都是午休结束后，从家里过来接她下楼。至于侯骏岐——他说他有腰伤，背不了。

刚开始她还有些忸怩，张澍只淡淡地笑："抱都抱过了……"

这话简直没法儿听，盛夏往他背上一趴，手绕到前面捂住了他的嘴。他预备起身的动作一滞，盛夏也忽然地红了耳根子。本来只是想让他闭嘴，结果她的动作比脑子快，没有意识到嘴巴似乎是更亲密的部位……

她的掌心触感柔软，他的嘴唇稍微开合，她的手心似过电，当即移开。而他……他钩着她的腿窝站起，丝毫没碰到她的大腿。如此"绅士手"的后果就是,她只能搂紧他的脖颈,才稳得住身体。

她在后面分明瞧见他的腮帮子鼓了鼓,是在笑——笑她主动贴紧。

他很欠揍。

她正失神,那个学妹开口了。

"学姐,你是张澍的女朋友吗?"

盛夏一惊,连忙摇头:"不是的。"

两个女生又你看看我,我看看你。

"别害羞,刚才我们看到他抱你了哟!超帅!"

盛夏拄着拐杖的手一紧,讷讷地说道:"真的不是的,是因为……"

她本想回答,因为是他弄伤她的。可话到嘴边又咽下,这么说也不大对。

几个女生以为她害羞,笑了笑就躺回自己的床位去了。

唉……话题就这么中断了。双方不算熟,午休时间短暂,大家各自躺着,不再说话。

女朋友。

是呀,只有那样的关系,才能那样……肢体接触吧?她哪里不清楚呢?但是,他们是怎么变成现在这样自然而然的呢?他们明明不是男女朋友呀!

她的脑袋里冒出一个设想——如果换成别人,比如,是侯骏岐弄伤她的呢?或者是杨临宇、卢囿泽……她能接受他们抱她或背她吗?

——不能。

她的答案是如此坚决,毫不犹豫。

一整个午休泡汤了,盛夏没有睡着。

下午的数学考试盛夏考得浑浑噩噩,速度居然还可以,第一道压轴题写完了,第二道勉强列了个式子。

第二天一大早,一场秋雨淅淅沥沥,气温急转直下,冷空气迅速占领了这座以夏天漫长著称的城市。英语听力伴随着秋雨声,在高三的教学楼奏响。

万物欢腾的夏天落下帷幕,教室的倒计时牌又翻过一页。大家都换上秋季校服,捂得严严实实。盛夏只能换上宽宽大大的阔腿裤。

因为是雨天，盛夏拄拐更难走了。教学楼的走廊摆满了雨伞，侯骏岐在前面挪伞开道，张澍紧跟在她边上，遇到水坑就给她扶一扶拐杖。

路过的（六）班同学也都会帮忙。自然又是一路的回头率，盛夏已经有点儿习惯了。不习惯也没有法子，她要当将近两个月的"瘸子"。

"看哪，她跟公主一样，搞得跟废了似的。"周萱萱和陈梦瑶在后面走着，隔着几十米的距离。

周萱萱这几天在班里不好过，在寝室里更不好过。没人数落她，也没有人冷落她，但大家对她就是不亲近，大家聊什么、吃什么，都有意无意地避着她。这把她仅剩的愧疚都磨没了，她看见众星拱月般的盛夏，眼底就冒火。她想不明白，大家犯得着吗？

陈梦瑶一声不吭。

周萱萱亟须有人与她同仇敌忾，愤然说道："张澍现在每天给她送早餐，课间给她接水，就差跟着她上厕所了。他这样搞得我是罪魁祸首，却一点儿表现都没有似的！可我……可我也不是故意的呀！"

"那你去跟她道歉吧。"

周萱萱不可置信："瑶瑶，你说什么？"

陈梦瑶站定，低声说："那你就闭嘴，我很烦。"

周萱萱："……"

月考成绩在考完试当晚就下来了，几家欢喜几家愁。

"呵，不是说考砸了？这分数，你逗我呢？"

"你不也是？你还说你没做压轴题！"

"我是没做呀！"

"没做压轴题考120分！'凡尔赛'！"

"但我理综成绩不行呀！"

"都不行？别骗我，我看看你的物理成绩……好家伙，这叫不行？"

"唉，这题太粗心了，我明明已经算到最后了……"

周围都是讨论成绩的声音，无非是说考砸了，结果一看都战绩不菲。

盛夏看着自己89分的数学试卷。怎么会这样？她分明感觉做题更顺了，速度和题感都和之前不是一个水准的。怎么会……分数这么低……

她甚至已经没法儿静下心来去判断，到底哪题是粗心，哪题是不会。

她做的时候,感觉都挺会的。

近期虽然伤了腿,但是她经常加班加点地学习,上课的时候明显效率更高。因为已经进入第一轮复习,她也会偶尔一心二用,边听课边做题了。她的腿时不时会泛疼,疼痛令人清醒,她听课的专注度也提高了不止一星半点儿。结果怎么会是这样的?

听说她的总排名比侯骏岐还低。要知道,侯骏岐三堂课有两堂在睡觉,而她在二中时数学尚且能考 100 分左右,再不济也从来没有不及格过。

盛夏整个人如同陷入沼泽,无法平静地接受现实,又不敢徒劳挣扎。她一动不动,与往常淡然平静的模样没什么区别,只是与吵吵嚷嚷的众人形成了鲜明的对比。

无病呻吟者虚张声势,病入膏肓者寂静无声。

她脊背发寒,无知无觉。

王潍在讲台站定,小声问:"都拿到试卷了吧?"

"得,这个开场白,他来占晚自习了。"辛筱禾在一旁暗暗地撇嘴。

接着,王潍果然搬来一张凳子,在讲台坐定。他假装因为外面冷才搬进来的,以此躲避行政老师的督查。

"那咱们讲讲,把化学卷子拿出来……"

盛夏暂时忘却数学成绩带来的打击,即便她的化学成绩也平平无奇。

她听着听着就失了神——王莲华又要跟她谈课外补习的事了吧?她之前一直没敢说,每次请补习老师,她都要适应很久,因为自己是有点儿"社恐"的,前半个月几乎听不进什么教学内容。请的补习老师要是她原本班里的老师,"社恐"的情况就稍好些,但附中的老师是不可能接课外辅导的。

都到这个时候了,课外补习会完全打乱她的复习计划。这个理由她当然不能开口,毕竟在王莲华心里,她的复习计划对成绩提高似乎也没什么用,弃之也罢。

人在郁闷的时候,感觉全天下都在跟你作对,比如盛夏手中的荧光笔。不知道是她的手心出汗,还是这笔帽过于牢固,她怎么也扯不开。她那么多笔,完全可以换一支。但是她也来劲了,好像是一种发泄。她执着地掰着笔帽,手放在桌下暗暗地使劲,咬着牙,脸都憋红了也不管不顾。

她就要掰开它!

忽然她的右边传来一声叹息,然后一只瘦长的手从她的右边伸过来,抽走了荧光笔。

盛夏扭头,只见少年轻松地掰开笔帽,递还给她:"你是在跟它较劲,还是跟自己较劲……"

张澍这会儿是坐在单独那排靠窗的座位,隔着一个走道,他说话的声音不大不小,仅限周围几个人能听见。辛筱禾和侯骏岐都狐疑地看过来,不知道发生了什么。

盛夏敛了眉目,低声说:"谢谢。"

她拿回荧光笔,却已经忘了最初是要画哪里。

刚才,连同桌的辛筱禾都没有发现她的动作,他是怎么注意到的?

次日午饭,盛夏面前照例被摆得满满当当,有骨头粥、清蒸鱼、鸡蛋豆腐海带煲……

这是张苏瑾为她准备的小灶,时间久了,"午托"的学生都知道,老板把这个女孩儿当闺女喂养。

很快大伙儿也都知道了,这个女孩儿就是运动会时在"表白墙"上声名大噪的高三(六)班的"女神"——盛夏。她被张澍压断了腿……

和她同座的,就是高三的"学神"——张澍。

边上还有一个高高大大、打扮时髦的壮汉,男生基本都认识他——侯骏岐,以前"市青队"的"霸王"。

三个红人齐聚一堂,这配置过于引人注目。

盛夏安静地吃着,不言语。她看起来没什么不寻常,只是吃得过于慢,筷子夹起鱼肉,很久才送进嘴巴。

侯骏岐瞥了一眼张澍,用唇语问道:"怎么回事?"

张澍稍稍歪头,问盛夏:"不开心?"

侯骏岐心想:这么直接吗?

"嗯?"盛夏抬头,见两个男生都停筷看着自己。

近来他们对她的关心她都看在眼里。事实上，她只是有点儿吃腻了小灶，想吃辣的，或者煎的、炸的这些有滋味的食物。

"没有啊，我不太饿。"她索性停筷，"我先回去午休了，你们慢慢吃。"

她站起来，见张澍也作势起身，她又开口："不用送，这次又不用爬楼。"

侯骏岐看着盛夏的背影说："我看这回小盛夏的排名比我都低，怎么会这样？"

张澍正色："其实她的年级排名提高了，比你低是因为你的英语成绩忽然跟坐了火箭似的，她太盯着数学了。"

侯骏岐说："那怎么办？"

张澍睨他一眼："你挺着急？"

这也能"吃醋"？侯骏岐说："小妹妹嘛，看着可怜巴巴的。"

张澍说："她可用不着你可怜，她的脑子比你好使。"

侯骏岐没好气："夸人就夸人，为什么非要'踩一捧一'？行，其实我一看就知道不关我的事。你看她瞅也不瞅你一眼，八成又是你说错话、做错事，谁惹的谁哄。"

张澍笑了一声，心想：行啊，没过多久呢，侯骏岐的胳膊肘就往外拐了。盛夏才是他兄弟了？

张澍说道："谁惹的不都得我哄？"

侯骏岐说："够了，够了。'狗粮'吃饱了，吃饱了。"

盛夏刚回到寝室，她的手机就收到一条消息。

宋江："出来一下。"

盛夏回："怎么了？"

宋江："我在门外。"

就在看到消息的同一时间，盛夏的室友回来了，有一个人冲着她挤眉弄眼："学姐，张澍学长在外边等你呢！"

另一个人压低声音："他说让我们扶一下你。"

盛夏支起拐杖，学妹作势要过来帮忙。她已经自己撑好了拐杖，有些不好意思地说道:"谢谢,我自己就行的。"

"学长超体贴的!"

"……"

这会儿正是大家返回寝室的高峰期,人来人往的,女生们无不好奇地回头看张澍。他还是那副悠闲的样子,靠在栏杆边上刷着手机,正午的太阳在他身上圈出光晕。

"怎么了?"盛夏问他,不知道他有什么话不能在QQ上和她说。

张澍:"睡得着吗?"

盛夏:"……"

张澍:"带你出去走走。"

走走?盛夏低头看一眼自己的腿。抬眼,眼神好像在说——你确定吗?

"你的车是不是还在学校?"张澍问。

她的车确实在学校。她在运动会那天受伤后就没骑过,一直停在学校的车棚里。

"嗯。"

"车钥匙在身上吗?"

"在。"

张澍:"行,去取车吧。"

盛夏有点儿蒙,他怎么想一出是一出?她看一眼手表:"该午休了。"这么点儿时间能去哪儿?更何况带着她一个行动不便的人。

张澍笑了一声,说道:"下午第一节是体育课,哥哥带你翘课。"

等盛夏久违地坐在"小白"的后座上,风从她的耳边呼呼地刮过,在越来越快的车速中,她才缓缓地醒神——太疯狂了,翘课!

念书这么多年,她还从来没有翘过课。虽然只是体育课,虽然她本来就因为腿伤不用上体育课。但是,这依然算她的"有生之年"系列。她难以忽略在听到这个提议的时候,自己疯狂奔涌的心跳和血液,那种试图冲破束缚和羁绊的欲望让她忘乎所以。

他当时像是看穿了她一般,也没等她答应,就揉了揉她的脑袋,交代说:"去拿钥匙。"

她面前的少年脊背宽阔，光着手臂，他的校服外套此刻套在她的身上，他只穿着一件黑色的短袖T恤衫，十分单薄，还是只有一颗铆钉的那一件。铆钉往上是他的脖颈和漂亮的后脑勺儿，蓬松的头发四散纷飞，却始终保持着一个好看的形状。好看的人，头发都这么听话。

盛夏忍不住伸手，戳了戳他衣服上的那颗铆钉。

张澍的脊背一直，歪头说："皮什么？"

被发现了。她还以为这点儿触碰，他的感觉不明显。

他听不到身后的她说话，问："冷不冷？"

"不冷。"他的衣服都在她身上，她怎么会冷，"你呢，你冷了吗？"

张澍把车速降下来，稍稍回头："挺冷的，后边钻风，要不你搂着我？"

盛夏的身体一僵。他到底在说什么呀？！就着风声耍流氓？以为声音小她就听不见吗？！

她呼之即应的心跳暴露了，她明明听得清清楚楚。

后座寂静一片，张澍短促地笑了声，不再逗她，说："不冷，快到了。"

快到了？

"去哪里呀？"

"到了你就知道了。"

"哦。"

车子拐进滨江公园，他们沿着江岸的步道，一路慢慢行驶着。

张澍闻到不知名的花香，他正想问一问某位"百科全书"这是什么花这么香，就听见身后传来女孩儿软软的声音："我拿着拐杖，不好给你挡风……"

与此同时，他感觉身侧的衣服被扯了扯，低头一瞥，女孩儿白嫩嫩的手紧紧地攥着他的衣角……

风吹不进他的衣裳里了。

张澍无声地笑了，感觉满世界都是馨香，令人通体舒畅。

不好给他挡风是什么玩意儿？谁真要她挡风。

车子在滨江的小广场停了下来。这个地方盛夏知道，却也只是从桥上经过时瞥过几眼，没有来过。这里曾经要建一个滨江音乐厅，边上还要建个水上舞台。如今水上舞台在江上"漂"着，音乐厅却没建起来，于是改成了阶梯景观平台，保留了部分断壁残垣，颇有点儿古罗马斗兽场的感觉。

她曾听盛明丰说过，这个地方要是能盘活，会成为南理的新地标，但是历史纠葛复杂，招商是极大的难题，后来也就不了了之。

张澍扶她下车，两个人在阶梯边上找了块干净的地方坐下。这块地方只在晚上有些老头儿、老太太跳舞，白天少有人迹。

江风习习，凉意阵阵。盛夏把他的外套还给他："我不冷的。"

张澍没接，淡淡地说道："我也不冷，你披在腿上吧。"

盛夏没听他的，要从后边给他披上衣服。

她坐在他的左侧，去够他右肩的时候身体自然要靠近他些，而他察觉到她的动作，扭头要拒绝。他高挺的鼻尖就这么轻轻地擦过她嫩滑的脸颊，两个人都一顿。周遭寂静一片，时间好像静止了。

张澍凝视着她白润透亮的脸，脸上细密的绒毛在午后的阳光里跳跃。

盛夏完全僵住了。他的鼻子近得不可思议，挺立如冰山的脊梁。他的一切仿佛都格外鲜明，带着特有的力量感和锐利的攻击性——鼻梁、喉结、下颌线，以及眼角的锋芒。

她一动不动，眼皮轻轻地抬起，与这锋芒不期而遇。她对上了一双近在咫尺的、带着玩味的眼睛。

"嘭"的一声，好像有什么东西如热水瓶胆爆炸一般，在她的心底里炸开。

外表完好无损，内里溃不成军。

她迅速松手，外套松松垮垮地落在他肩上。

"喀——"张澍暗暗地咳了一声，扭过头，淡淡地开口，"我爸就是死在这儿的，在这片工地上。"

盛夏猛地抬头看向他。他的父亲不在了吗？

张澍似乎预判了她的反应："不要用这种眼神看我。那个时候我还没出生，所以其实没什么感觉。说得无情一点儿，我甚至不认识他。"

盛夏只能定定地看着他。她曾经还误以为他被家人溺爱，所以脾气差。

"我也没见过我妈，说是生了我就走了。是我姐把我养大的，她那时候才多大？"张澍上下打量盛夏，在她头上比了比，"应该和你现在一样大。"

他用他惯常的悠然语气说着，没有一点儿起伏，可盛夏的心就像在过山车上被抛来抛去。

"我说了，别用这种眼神看我！"少年一瞥，见女孩儿的眼睛又深沉又忧郁，他抬手揉揉她的脑袋，颇为无奈地说道，"看来我的话题切入得不好，你更不开心了？"

盛夏没想到自己情不自禁的反应被他关注着，缓了缓，开口："他们虽然不在了，但一定很爱你，所以给你取名叫'澍'。"

"我爸妈没什么文化，这个名字应该是我姐取的。"

"……"

"那你姐也很爱你，你于她而言，是及时雨，是上天的恩泽。"

张澍有点儿惊讶："你是我身边第一个知道这个字的意思的人，你查过？"话音刚落，他又了然，"也是，你这样的文化人，知道也不奇怪。"

盛夏："……"她应该谢谢他的夸赞？

张澍并不等她回应什么，自顾自地说着："我姐一直没结婚，所以我一直盼着她可以有个好的归宿。这个前提就是我能管好我自己，以后能有自己的出路。但我之前成绩并不好，因为我不爱学。学习确实很辛苦，后来我很想学的时候回头一看，已经落后别人很多了。所以我刚开始也和你一样，目的性太强，想得太远。那时候的成绩反而是停滞不前的，因为脑子太乱了，犹如一团乱麻。"

盛夏静静地听着，不言语。她回想起王潍也曾说过，张澍入学时的成绩并不好，所以才进了"平行班"。

"所以我能了解你现在的状态。你给自己的压力太大了，太想要一个'自己可以很强大'的证明了。"他站了起来，走到下一级台阶才回头看着她，"在医院那天……"他好像不擅长聊这方面的话题，说着停了下来，选择跳过，"你带着两种矛盾的教育方式，两种截然不同的期待在生活、在学习……"

盛夏把手收紧,眼睫毛轻颤。他只不过是见过她父母一面,不,连面都没见到,只是听到了他们的几句对话,竟能一语中的。他真的只有十七岁吗?眼前的少年似乎与平时完全不同了。

她的眼睛里盛着许多情绪。张澍顿住了,忽然迟疑,不知道对话是否要进行下去,却听到女孩儿低声说:"然后呢,我该怎么办?"

怎么办?其实张澍并不想和她说太多的大道理,但她似乎很需要。

"抛开这两种完全不同的期待,你自己的期待呢?你想考哪个大学?"张澍抛出问题。

盛夏摇摇头:"我的能力有限……"

"能力有限,不知道能考什么大学,不知道能念什么专业?"他打断她,接上了她的话。

盛夏惊讶地看着他。

"我不是你肚子里的蛔虫,这些话上回在书店的时候你就说过。"张澍了然一笑,"你看,你有那么遥远的目标,想在这个世界留下点儿什么,但是你连自己想考的大学都没有……"

盛夏又低下头:"因为,这不是我能决定的,这不是我一个人的事。"

"这就是你一个人的事。"他的语气坚定。

"即使实际上不是,也要当作这就是自己一个人的事。上哪个大学、考多少分、突破哪一个艰涩的知识点,都只是自己的事,与他人的期待毫无干系。只有做自己的事,掌控自己人生的方向盘,要走的路径才能看得最清晰。"

盛夏说:"如果真是我一个人的事,当时我应该会选择学文科。我可能确实没有学理科的脑子。"

张澍凝视了她半秒:"或许学文科确实更适合你,但很无奈,你学理科已经是定局。更何况,我不认为学理科的人比学文科的人聪明。文字逻辑是世界上最基础的逻辑,所有的逻辑最开始的表达方式都是用文字,而所有科学的最终极境界,是哲学。你文字里的逻辑结构那么清晰,你的思维是极其活跃的,敏感而精准。谁敢说你不聪明?"

从来没有人说过她聪明,她的心间微微震颤。

"你带着你不适合学理科的预设去学习,怎么能大胆去学呢?"

张澍望着她一双孤立无援的眼睛,尝试用文化人的角度去说:"走路要看远方的路没错,但那只适合站着的高个子。如果当下只能爬,那就看好手臂能够到的距离的路就好了,哪里有抓手就去抓哪里。过了这段泥泞的路,到了前面再站起来。"

"手臂能够到的距离……"盛夏喃喃。

"只做好眼前的题,读好眼前的书。管它是理科还是文科,管它跟你的远大目标有什么关联?这道题我必须会,这个知识点我必须记住,这个方法我必须掌握,别管其他有的没的……什么系统性、基础性、压轴题、提分性价比呀,这些分类和理论不适合你去思考,也不用执着于单一科目、单次考试的得失。"

是啊,她总在担心自己的基础不牢固,觉得应该先巩固好知识点再去深入学习。有时候她也太执着于系统性,每一科都要理出个所以然来,在本子上密密麻麻地画了许多思维导图,缺一环她就会很慌。实际要写题的时候,她哪里记得这些系统……

想想她做的事情,真的是自我感动,真的是在做无用功。这些他怎么都知道?

"我现在改变还来得及吗?"她几乎是无意识地问。

张澍说:"我不好给你灌'心灵鸡汤',这个时候你就要保持绝对的清醒。既要相信自己行,又要接受自己可能不行。既要明白自己不是每次都行,又要坚信自己下一次能行。无论今天如何,一觉睡醒,迎接新的清晨。"

盛夏看着他。从这个角度,她需要微微仰视他。少年的表情慵懒,但他眼里有光。

她好像终于知道,他为什么这么强了。他理应这么强。

张澍说:"其实这些都只是高谈阔论。最重要的是你要开心一点儿,洒脱一点儿,不会就问,就继续学。不就是一张卷子吗?不要拿它太当回事,学习也可以很纯粹。"

"真的吗?"

"真的。"张澍点头,"你的错题已经整理得很好了,但你没好好多看，提分不可能一蹴而就。数学考试这次是第一次考高中三年学习的全部内容，知识点多，又散，还细，本来考试的平均分就低，不是你没有进步。你这么聪明，还这么努力，不会有一个坏成绩的。"

两秒后他又补充："我说的是最终的成绩。"

他的语气淡淡的，但言辞恳切。

她的神态有些呆呆的，良久，她喃喃说道："我有点儿相信，当初韩笑儿找你聊天后对你死心塌地的事了……"

张澍一愣，没想到她是这个反应，转而笑了声："是吗？我常常感觉我是一个哲学家。"

盛夏："……"

他刚刚才说过，哲学是科学的最终极境界呢。盛夏觉得眼前的"光"不见了，"黑洞"里出现了"自恋狂"。

张澍见她的神态终于放松了些，笑了笑："这些事你都是从哪儿听的？还听说我的什么事了？"

还听说——你和校花不可言说的二三事。

当然，这句话盛夏没说出口，低头揪着自己的裤子。

张澍笑了一声，迈开一条腿，踩上她坐着的那一级台阶，忽然凑到她的面前，平视她："所以你也对我死心塌地了？"

江水拍岸，气势逼人。

盛夏凝望着他近在咫尺的狡黠眼睛，心就如同这江水，来去的方向和力量都不由自主。

糟糕，她再也无法用他只是"撩骚罢了"的理由来阻止自己疯狂的心跳了。

回程途中，"小白"由于长时间没充电，电量掉得飞快，还好滨江广场离学校并不远，它不至于半路歇菜，只是速度越来越慢，以十几迈的龟速前进。

一行装备齐全的中年骑行团风风火火地从他们旁边驶过。叔叔、阿姨们好奇地看着两个人，还有跟他们热情地打招呼的。

"小伙子，你这个车不行呀，还不如我这个自行车！"

张澍笑得张扬："大叔，你可别碰上我骑自行车。"

"嘿，好啊，遇上了跟我比比？"

"怎么都行！我让您一公里。"张澍应答。

"这小子挺狂妄！"

一位阿姨嗤笑着说道："你懂什么？没情趣，慢下来是年轻人的浪漫！"

盛夏："……"

张澍短促地笑了一声，不语。

学校门卫拦住了他们，张澍明目张胆地撒谎："我带她复查去了。"

门卫看看她的拐杖和腿，认出她是领导交代过家长可以开车进学校接送的那位学生，便给他们放了行。

等他们的车屁股消失在拐角，门卫才后知后觉地嘀咕："复查不应该是家长陪着去吗？这两个学生早恋吗？"

时间还早，大伙儿还在上体育课，教室里空无一人。没一会儿，男生们先回来了，一个个汗流浃背，说今天体育老师发狠了，体能不过的人都留下被训话，这会儿正轮到女生。侯骏岐和杨临宇应该在帮忙，没看见人。

齐修磊一边擦汗一边问："阿澍，你干吗翘课？老师说下堂课你一个人上。"

张澍没回答，提议道："去不去小卖部？"

"去呀！热死了，这什么鬼天气呀，都快十二月了，这么热还能不能行？"

"我也去。"

"我，我，我。"

一呼百应，一群男孩子咋咋呼呼地要跟他走。

张澍忽然回头问："喝什么吗？"

这句话没指名道姓，但大家都知道他在和谁说话，因为他说这句话时的声音好似都柔和了一些。

盛夏有点儿困了，茫然地摇头："不要了。"

张澍笑笑，被几个男生勾肩搭背地带走了，他们还打趣他——

"澍,刚才去哪儿了?"

"'午休'一刻值千金,你知道什么?!"

"那你知道?"

"废话,约会!"

下课铃响,女生们才被训完话回来,一个个蔫得不行,吐槽体育老师无情。

辛筱禾一进门就瘫在张澍的椅子上,明明她的座位再绕一个组的距离就到了。

"累死我了……"辛筱禾喘着粗气。

盛夏刚趴在桌上睡觉,这会儿迷迷糊糊地醒来。

辛筱禾拿张澍的草稿本往脸上扇风:"热得我好困,我要去超市买汽水。夏夏,你要不要?"

盛夏看时间:"还有五分钟就上课了。"

来回的时间应该来不及吧?

"也是。"辛筱禾说,"刚才应该让他们给带的。"

盛夏说:"齐修磊他们刚才都去了,要不你给他们打电话。"

"我没有齐修磊的手机号码呀。他们?还有谁?"

"就——"盛夏顿了顿说,"男生都去了。"

"你直接说张澍也去了不就得了?"辛筱禾一下子了然,"他的名字是不是烫嘴呀?"

与此同时,这个"名字烫嘴"的人握着一罐汽水出现在窗边,闻言,脚步一顿。

盛夏:"……"

背对着窗的辛筱禾并未看见他:"话说张澍翘课了,你看见他了吗?"

盛夏不知道要回答什么,正要示意辛筱禾张澍就在她后面,却收到张澍的眼神警告,便将话憋了回去,讷讷地说道:"没……没有……"

辛筱禾的眼神忽然充满兴味:"你结巴什么?我听侯骏岐说,他去找你啦?"

这……盛夏如置身在篝火堆旁。

"没找你?呵,又'口嗨',澍哥到底行不行?"辛筱禾继续嘀咕,眼看着盛夏眼神躲闪,"哈哈,不逗你了,那我给张澍打电话。你呢,喝什么吗?"

盛夏不知道张澍不进来是要干什么,她摇摇头:"我不太喜欢喝汽水。"

"那你喜欢什么?"

"青瓜汁。"

"那放学我去帮你买。"

"已经没有啦。"盛夏很遗憾,她已经给辛筱禾使眼色了,但是辛筱禾没注意,她只能接话,"老板说是夏季限定款。"

"黄瓜有什么好限定的?"辛筱禾无语。

盛夏说:"不知道呀。"

辛筱禾说:"老板就是'饥饿营销'。"

盛夏点头:"可能是呢。"

辛筱禾说:"那就不喝它!矫情!"

盛夏附和:"不喝它!矫情。"

辛筱禾重复:"矫情!"

盛夏说:"情。"

辛筱禾说:"ing。"

两个人的对话最后都引向"复读机渐退模式"。

"哎呀,不说了,我打电话去。"辛筱禾叨叨着起身,忽然一声惊呼:"张澍!你干吗?!你是鬼吗?!"

张澍被她们无聊又幼稚的对话惹得笑了,笑意还没来得及收回去,说:"你怎么回事?每次占用我的座位都骂我,我心情好让你继续坐着,还有错了?"

他那笑着说话的气声就这么钻进盛夏的耳朵里,酥酥麻麻的。她揉了揉耳垂。

"你是什么时候回来的?"辛筱禾无语了,该不会什么"口嗨"的话都让他给听见了吧?

张澍说:"就在你说我名字烫嘴的时候。"

辛筱禾:"……"

盛夏:"……"

张澍说:"不好意思,不能帮你带汽水了,'爸爸'喝剩的要不要?"

辛筱禾愤愤道:"滚!"

张澍大笑,牙齿整齐白亮。他浅笑的时候总是先扯一边的嘴角,随后另一边的嘴角草率地一带,又邪又跩。而他露齿笑的时候又不同,少了些跩跩的邪气,像天光忽然大亮,朝气扑面而来。

张澍绕到后门进了教室,往盛夏的桌上放了一块小蛋糕,还有一杯酸奶。盛夏抬眼,用眼神询问。

"你不是没怎么吃午饭吗,不饿?"他在自己的座位上闲散地坐下。

盛夏这才感觉肚子里空落落的,确实挺饿的。

辛筱禾眼尖,她刚被他堵过话,怎么会放过这等反击的机会。她贼兮兮地看一眼盛夏,对张澍说:"哎哟,澍哥,提拉米苏、酸奶,有钱人哪。最近做什么生意挣钱了?带带我呀。"

盛夏的耳根子一热。

张澍则自然很多,无所谓地轻嗤一声:"找一个只会'口嗨'的人带你赚钱,你怎么敢?"

辛筱禾:"……"

论斗嘴,她实在比不过张澍的修为,他的"现挂"一个接一个。

盛夏闷声吃了几口提拉米苏,上课铃声就响了。她把剩下的半块提拉米苏小心地放到抽屉里,嘴里甜滋滋的。她悄悄地看了价签——等找个机会还给他吧,他赚钱可不容易。

晚饭的时候,在"午托"老板给她准备的小灶里,有一杯青瓜汁。

虽然和水果店的青瓜汁的味道有那么一点儿出入,但还是十分爽口。盛夏胃口大开,晚饭几乎吃到光盘。离开时,她拄着拐杖挪到吧台,对老板道了声"谢谢"。

老板笑眯眯地低声说:"不用谢,以后想吃什么、想喝什么,直接打电话给我就行,用不着那小子耳提面命。"

那小子……盛夏不傻,联系着白天的对话,不难猜到"那小子"是谁。她扭头,张澍和侯骏岐站在门口等她。

电光石火间,她忽然想起之前那碗红糖醪糟……难道?她感觉自己的腿脚都麻了，走得步步沉重。

"吃这么多，今晚的饭很合你的口味？"盛夏走近了，张澍随口问她。

盛夏没答，慢慢地走在他身边，脑子里很乱。他知不知道，再这样下去，她真的要误会了。

晚自习时，盛夏把错题重做了一遍，心无旁骛，只想着下一步怎么解，一晚上的时间飞快地过去。

王莲华照例十一点来接她，脸色看起来不算好。她猜测，今晚恐怕不能平静地度过。

果然，王莲华在路上开着车，看似随意地说道："夏夏，你要不要问问你们的班主任，有没有什么推荐的补课机构，咱们找课外辅导也不能盲目，毕竟都到现在这个时候了……"

"妈妈。"盛夏忽然打断王莲华。

王莲华略微惊讶："嗯？还是你知道哪位老师开小灶……"

"我不需要课外补习，妈妈。"

车速在一瞬间被放缓，王莲华打开了车内的灯，从后视镜里观察盛夏："上次咱们说好，如果这回还……"

"我自己可以的。"盛夏很少反驳王莲华的安排，但这次，她决定试一试，"我也许找到成绩没有提高的原因了。"

王莲华显然很惊讶："也许？这时候说'也许'是不是太冒险了？"

盛夏说："可是找补习老师就不冒险吗？高考前的时间就只有这么多，再找补习老师，不是等于再转一次学吗？"

王莲华沉默，似乎在思考。

她们一直沉默到了家，王莲华才说："具体的安排呢，你打算怎么提高成绩？"

"提分不是一蹴而就的事，我需要时间，也需要空间。虽然这次没考好，暴露了一些问题，但也是有成果的，不像以前，考不好也不知道哪里不好。我有方向了……"盛夏迟疑了半晌，才说，"但是要说具体的安排，我不想多说方法论了，现在我只能先解决眼前的问题。"

王莲华久久不语，客厅里的空气凝固了一般。

她最终点头："那好吧，妈妈选择相信你，加油。"

盛夏不可置信地看着母亲。

王莲华拍拍她的脑袋："妈妈说过，希望你能多跟我分享你的想法，我喜欢听。"

这原本不是她的想法……

盛夏抿了抿嘴，点头。她纠结了许久的事，就这样解决了，比想象中轻松。她备感意外。

入睡前她半躺在床上，不禁想——过去钻牛角尖的也许并不是母亲，而是她自己。

纯粹一点儿，不管是学习还是生活，都应该纯粹一点儿。他说得对。

盛夏又拿起手机，点开QQ，也不知道为什么要点开。直到手机左上角的时间跳到零点，她才回过神，意识到自己呆呆地盯着和"宋江"的对话框已经超过五分钟。

她在干什么呀？睹物思人？这个词闪过她的脑海，她连忙退出聊天儿界面，心跳莫名其妙地加速……而就在此时，QQ主页的好友动态消息提醒她——宋江访问了你。

盛夏瞪大眼睛，忽然坐直，脊背一扯，连带拉着小腿。她疼得瞬间清醒，发出"哎"的一声。

她犹犹豫豫地点开消息，与此同时，QQ空间的最上方显示——二十六条新消息。

消息的旁边是他黑漆漆的头像。

他干了什么？

盛夏没意识到自己点进去的同时，呼吸是停滞的。

宋江潇洒地赞了我。

宋江有爱地赞了我。

宋江活力地赞了我。

…………

他给她点了二十六个赞。这个数字应该是盛夏用QQ以来发过的所有说说的总数。

她发的说说几乎都是一些"心灵鸡汤"，尤其是上小学、初中的时候，文案要么文绉绉，要么带着浓浓的"中二"气息，没什么内涵，矫揉造作,无病呻吟。

——生活本来沉闷,跑起来才有风。

——去驱赶风雪吧,春天快来啦。

——平安喜乐,得偿所愿。

——你若安好,便是晴天。

…………

她发的都是一些当时红极一时的话,如今看来格外像"时代的眼泪"的东西。还有几条是转发的诗歌。她的空间访客不多,大多看到这种说说,就无趣地退出了。

他到底在干吗呀?!天哪,他在看她的黑历史!公开"处刑"!杀了她吧!

盛夏想设置关闭 QQ 空间,可是她手忙脚乱,越急就越找不到设置在哪儿。她以为他点赞之后就完事了,QQ 主页上边又弹出消息——八条新消息。

盛夏仰天长叹,认命般点开消息。

宋江评论了你。

宋江评论了你。

宋江评论了你。

…………

这下不用猜她也知道,评论肯定不止八条,他正在那头继续评论着。他是觉得点赞的"嘲讽值"还没拉满?还要用评论再来一遍吗?要不要这么恶趣味?他很闲吗?!

他评论的内容比她的无病呻吟还要无厘头。

——生活本来沉闷,跑起来才有风。

他评论:"我晕。"

——去驱赶风雪吧,春天快来啦。

他评论:"喜欢春天?南理没春天,谢谢。"

——平安喜乐,得偿所愿。

他评论:"欢欢喜喜上学去,高高兴兴回家来。"

——你若安好,便是晴天。

他评论:"你怕是没把'雷公''电母'放在眼里。"
…………

盛夏正看着,一个手抖,点到了他的头像,页面一闪,就进了他的QQ空间。盛夏整个人僵住了,这下她会在他那里留下"访客记录"了。完了,她想假装没看到消息都没有办法了。

"啊"的一声哀号,盛夏扔了手机,抓过娃娃,把整个脑袋埋进娃娃里。

"啊啊啊啊啊啊!"

为什么?倒霉的人总是如此祸不单行?!

终究还是要面对,她又摸过手机,既然都点了,不看白不看。可是……他的QQ空间比她的还无聊,一条说说都没发过。她有理由怀疑他现场删除了,谁没有黑历史?不可能。

相册里倒是有内容,全是游戏截图。她也看不懂,于是草草地退出了。几乎是在她退出的瞬间,"宋江"发来消息:"视奸?"

他这都是什么奇怪的用词啊!就算是"视奸",也是他先开始的,怎么恶人先告状?!

电光石火间,盛夏想起来一件正事,或许能挽救当下的尴尬局面。她给他发了个红包,然后打字输入:"今天的下午茶费用……"

字刚打完还没发送出去,他已经先发来消息。

宋江:"这是什么?我刚才点评你'大作'的稿费?"

盛夏:"……"

烦死了,啊啊啊啊啊啊!

又是一个星期一,张潋的座位换到了教室最北边第四组,盛夏坐到了教室南边窗边单独的那一列。

她无比感谢附中这种奇葩的座位安排。正如辛筱禾开学时和她说的——让你在度过了一段时间的同桌生活后,独立独立,清醒清醒。她现在就非常需要独立独立,清醒清醒。

虽然他们还是会一起吃午饭和晚饭,她总归是不可能真的"独立",也不太可能真的"清醒"。不过她已经能够比较熟练地自己拄拐上下楼,基本上不需要张澍的帮忙了。

所幸,高三的生活没有那么多时间留给她想许多有的没的。有了方向,她干劲儿十足,对每道题都饱含热情,对复杂的题目也都有了"化繁为简"解开的欲望。

她到最后都没有去看自己第二次月考的真正排名,那不重要了。于她而言,现在就是新的起点。骨折给她带来了不少生活上的不便,但也让她对时间的流逝更加敏锐,每一天、每半天、每个小时对她来说,都是至关重要的。

座位换了又换,讲台上的倒计时牌翻了又翻,终于把百位数上的"二"翻到了"一"。

距离高考还有一百八十天。整整六个月,半年时间。

在这个特殊的阶段,高三年级开了一次家长会。

附中是特别不提倡开家长会的学校,校方不希望家长过多干涉教学活动,毕竟教学成绩摆在那里,也没有家长多说什么。

王莲华问过盛夏好几次:"你们学校怎么都不开家长会?"

家长会这不就来了?毕竟已经高三,一个学期开一次家长会还是有必要的。

按照王潍定的家长会主题,这次的家长会就是为了——统一思想,凝心聚力。

王潍为此还写了篇家长会演讲稿。本来他还藏着掖着,结果让付婕在课上以开玩笑的方式抖落了出来。

付婕说完还装模作样地捂住嘴:"呀,泄露王老师的秘密了!"

教室里哄堂大笑。也就是和王潍关系好的老师敢这么干。

"附中的老师都很有意思。"盛夏如此向王莲华介绍,"和二中的老师很不一样。"

所以,以前那些背地里给老师送礼的事情,就免了吧。

王莲华的眉峰一挑,淡淡地评价:"他还年轻。"

盛夏选择了沉默。

家长会定在了星期六下午的最后一节课。这周,盛夏和张澍是同桌,位置还十分明显,在第三组第一桌,就在老师的眼皮子底下。下午一来到教室，张澍就瞥见少女一副神游天外的模样。

"天也没黑，怎么开始梦游了？"张澍在她眼前晃了晃。

盛夏眨了眨眼，定定神看着他。这眼神……张澍现在已经能从她戚戚然的眼神里看出微妙的差别了——欣喜、幽怨、有事相求。

此时她就是"有事相求"的眼神，迷茫里带着点儿乞求。

张澍本来站着，居高临下，看着她可怜巴巴的眼神，就坐下来平视她："说吧，什么事？"

"我可不可以，把一些东西放在你那边？"少女开口。

张澍皱眉——这需要问？她不是都随便放吗？什么时候问过他了？不过她大多时候都不是故意的，她稀奇古怪的东西很多，总是乱飞。

张澍挑眉："你这个态度，是要往我的桌上放什么？"

女孩儿的眼神躲闪："就是我的一些文具而已。"

张澍的直觉告诉他事情并不简单，但还是点头："占地大的话，要交租金。"

"我请你吃糖。"盛夏答应着，给他一颗巧克力。

张澍："……"

然后，他就看着盛夏忙忙碌碌，先把他的黑色笔袋收进他的抽屉里，桌上摆上她的草绿色笔袋。

他很奇怪，她明明都用笔筒，还要笔袋干什么？

接着，她又把他的两本棕色封皮的笔记本收到他的抽屉里，替换上她那个像五颜六色的桌布的笔记本，插到了他的书立的最边缘。

再然后，她掏出一联贴纸，问："我可以贴在你的书立上吗？这个没有胶水，撕下来不会有痕迹。"

她的表情认真，张澍不解，但点头。她精挑细选了几张贴纸，贴在了靠近她那边的书立上。贴纸的图案花花绿绿，有蝴蝶结、草莓、小蛋糕、碎花……

最后，她对着他的书桌思索了一会儿，忽然拍拍脑袋，恍然大悟一般，嘀咕着："还有水杯！"

张澍："……"

她作势要去拿他的水杯。他的水杯放在桌面的右上角，她不能站立，就这么坐着伸长手臂去够水杯，几乎将整个身子横在他的身前。

张澍猝不及防地往后靠，两只手半举着给她腾出空间。一股馨香盈入他的鼻腔，他不自然地扭头，喉结滚了滚。

而盛夏因为倾身的角度太大，在拿到他水杯的一刻忽然失去平衡，身子一歪就要摔在他的膝盖上。

盛夏的手肘被有力的大手托住了，她的心跳漏了一拍。与此同时，她的耳边有热气吹拂，她听见张澍轻轻地笑一声，小声道："你怎么这么可爱啊？"

如果到这时，张澍还不知道她要干吗，就白白和她做那么久的同桌了。

经过她的一番改造，他的桌面妥妥的就是女生的桌面。待会儿开家长会，她怕她母亲知道自己的同桌是个男生？

张澍笑都笑不出来了，怎么会有脑回路这么简单的人？她母亲一旦和他姐姐稍微聊上两句，不就穿帮了？

盛夏连忙坐直，被他耳语的那只耳朵隐隐地爬上了粉红色。他最近怪话连篇，她已经有点儿对他免疫了。她不是没有心理波动，而是自动过滤了那些东西，扔进情绪的"回收站"，不闻不问。在QQ空间里和他"大战"那一晚她就想清楚了——她现在的"内存"不够，只能处理学习相关的"文件"。

现在，她手里还拿着他的水杯，不知道怎么处理，他的抽屉里已经放不下了。

"你的水杯，一会儿能不能放在书包里背走啊？"她还是跟他开口了。

因为要开家长会，高三年级会提前放学。而由于高三的学生晚上还有晚自习，不能跟着家长回家，所以也不用等着家长会结束，不少人已经约好，趁着这个宝贵的空当出去放松放松。比如，辛筱禾她们寝室的人就和杨临宇寝室的人约了去玩桌游。再比如，张澍和韩笑他们约了去打球。

他打球有时候不背包，书包就挂在他的椅子后边。盛夏告诉他——那不行，他的包"雄性气息"过于浓烈了，必须拿走。

张澍抿着嘴强忍着，眼底全是笑意，他无奈地点了点头："好。"

盛夏满意道："谢谢哦。"

张澍说："好说。"

下午四点，高三的学生放学，家长们陆续来学校了。

"阿澍，走啊！"

韩笑他们一堆人在教室门口等张澍。吴鹏程见盛夏看了过来，抬手打招呼："嗨，美女！"

盛夏："……"

周应翔是第一次看见盛夏的正脸，呆了，嘀咕："这是澍哥的'女神'啊？"

他以为自己的声音很小，但因为盛夏现在坐在第一桌，离门口很近，听得清清楚楚。

张澍把水杯扔到书包里，瞥了一眼女孩儿淡雅的侧脸，问："你要不再检查一遍？"

别让他落下什么"雄性气息"的东西。想到这里张澍又自顾自地笑了，无奈极了。

盛夏抬眼，还真的用目光扫了一圈儿他的座位，检查完毕："没有了。"

"那我可走了？"

"嗯。"

"哦哟哟！"

"行了，行了，不就是打个球嘛，还要报备！"

"我们很快就回来了，美女，晚上就把澍哥还你。"

"真是够了！怪不得老侯都瘦了，这一天天吃'狗粮'都吃饱了，哪里还有胃口吃饭哪！"

"老侯这个一米九的巨型'灯泡'，锃亮啊。"

侯骏岐佯怒道："滚！我心里苦。"

"哈哈哈！"

这帮人，每次遇见都这样，烦死了！盛夏不想理他们，低头找自己的单词本。张澍的一个眼神扫过去，这群人才算是消停了。

大家离开教学楼，盛夏这才抬眼看他们。好耀眼的一群人，好吵的一群人。

少年们吵嘴的声音越拉越远。

韩笑在吐槽："今晚我肯定要被我爸抽了，我上次的月考成绩'丑'不堪言。阿澍，你再指导指导我吧？"

张澍笑了一声："认命吧，你得允许这个世界有普通人的存在……"

韩笑："……"

一群人："哈哈哈！"

哦？可他不是说，要坚信下一次能行吗？他的很多话，是不是都是随口乱说的呀？她还奉为圭臬了。

盛夏摇摇头。

她腿脚不便，哪儿也不想去，就在连廊的楼梯下坐着，带着单词本在背单词。同样没去吃喝玩乐的还有卢囿泽，两个人在连廊下碰到，对视着笑了笑。

"在背单词？"卢囿泽坐在她旁边，问她。

"嗯。"盛夏看到他手里拿着的托福教材，惊讶，"你现在就开始考托福了吗？"

卢囿泽说："嗯，我打算出国。"

盛夏说："考本科的时候就去呀？"

卢囿泽点点头："嗯，我的成绩在国内考大学没有太多优势。"

盛夏沉默了，他的成绩考头部"211"大学是稳的吧，冲一冲"985"大学也是有戏的吧？

他这个成绩都说自己没有优势了，那她岂不是不用挣扎了？不过，像他这样的家境，许多人上高中就出国了，年纪更小的时候出国的都有。

盛夏搭话："如果有这个计划，当初怎么没有上'国际班'呀？"

卢囿泽说："刚上高中的时候没有这个想法，当时我爷爷刚去世，家里乱糟糟的。"

嗯……豪门秘辛。这话题切入得有点儿深了，盛夏下意识地回避，转移话题说："那你要去哪个国家呀？"

"M国。"

"很厉害。"

"哈?"卢匿泽颇为自嘲,"懦夫躲避现实罢了。"

盛夏:"……"

她看得出来,卢匿泽这个学期的学习状态一直在下行,和高一开学时刚见面的时候已经完全不一样,他现在整个人透着一股颓气。

"不会呀,不同的选择路径罢了,都是为了能够做更好的自己,不是吗?"盛夏说。

卢匿泽抿抿嘴,不知道在想什么,但还是点点头:"嗯。"

这时,教室里传来掌声,听声音是家长代表在发言。

"各位家长下午好,我是卢匿泽的家长。"

是卢匿泽的父亲吗?凭他君澜集团董事的身份,做个家长代表绰绰有余了。但盛夏还是挺惊讶的,他父亲这样日理万机的人,会来参加家长会?而且,他的声音听着还挺年轻的。

"这是我小叔,我爸从来没参加过我的家长会。"或许是看出了盛夏的疑惑,卢匿泽忽然开口。

盛夏抬眼,看到他眼底的落寞。

她安慰说:"我爸爸也没参加过……"

两个人对视一眼,卢匿泽笑了笑:"以前我小叔也不参加我的家长会,他来才不是为了我。"

不是为了他,还能为了谁?盛夏也不知道怎么接话,只好沉默着继续看单词。

家长会开了将近一个小时才结束。盛夏的手机铃声响了,王莲华说她需要和各科老师聊聊,让她再等等。她已经预料到了,所以并不惊讶。

没过一会儿,家长们就都散了,教学楼归于平静。盛夏不动如山,继续背单词。卢匿泽却也没动静,盛夏只想着他叔叔估计也找老师聊去了,没多想。半晌,她却听见一道熟悉的声音。

"还是等他们高考完再说吧。"是一道女声,光听声音便能勾勒出她冷艳的形象来,是张苏瑾。

"这学期结束吧,过年正好让他们一起见见面。他们也都是同学了,不差这一面。"一道男声,很有磁性,是刚刚在堂上发言的那道声音。

盛夏下意识地扭头去看卢匿泽,只见他无声地笑了笑。很难去定义那是怎样的一种笑，总归不是愉悦的笑容。

张澍的姐姐和卢圄泽的小叔在说话？

他们在教学楼的连廊边上说话，因为楼梯的遮掩，他们看不见这边的两个人。

盛夏自然也看不见他们，但是他们的对话她听得清清楚楚。看样子卢圄泽是知道他们的关系的，并且为此而感到烦恼。

盛夏不由想到——张澍呢，他知道吗？

连廊那头，张苏瑾的话给了盛夏答案。

"那也不差这一时了，等高考结束吧，小澍还不知道这件事情，我需要一点儿时间。"

男声叹息："他难道不是盼着你早日解决人生大事吗？"

"明天见面再说吧，别在这儿聊。"

"每次一说这个你就躲。又没什么见不得人的，谈话也不可以？我到底哪里让你丢人了？"

"我不是这个意思，先走吧。店里要开饭，我得过去了。"

张苏瑾走了，卢圄泽的小叔追在她后边。他们走出连廊时，从盛夏他们这边可以看到两个人的背影。卢圄泽的小叔身材高高大大，一身休闲西装低调又熨帖，很有气质。从背影来看他们十分般配。

不过，之前张澍说，他姐是像她这么大的时候开始抚养他的，那他姐当时十七岁，现在不就是三十四五岁？可卢圄泽的小叔看着——那头棕色的头发，打理得很显年轻，总归不太可能属于一个三四十岁的男人。

哇，"小奶狗"？

盛夏被自己的想法吓到，连忙低头。她怎么还评价起别人的家事来了，不应该。

"我先回去了。"卢圄泽说，"我小叔不记得自己还有个侄儿，但侄儿得记着小叔啊。我找我小叔去了，你呢？要去吃饭吗？"

盛夏说："我等我妈妈。"

"那我先走了。"

"好。"

入了冬，昼短夜长，天色已经完全暗下来，王莲华才谈完。盛夏听见她和赖意琳边下楼梯边聊着。

以前在二中也是，一开家长会，王莲华绝对是最后一个走的。不过那时候，她在二中算尖子生，不少老师又因为知道她父亲的关系，吃人情往来那一套，都比较殷勤。

现在……唉……盛夏都能想到，那几位年轻的老师对她母亲不知有多无奈了。

盛夏从楼梯下边出来，赖意琳正夸赞说："盛夏真是非常努力的一个孩子，你看，别人都出去玩了，就她还在背单词。"

王莲华叹气："唉，她也是笨鸟先飞，成绩不够就得多努力了。"

"没事的，这一次数学考试的平均分就低，又是第一次考得那么全面。盛夏之前有些知识结构接不上，也是正常的，来得及。"

"那就好，辛苦老师们了。"

"应该的，我们都很喜欢盛夏。"

"……"

又是一番寒暄，盛夏可以断定，这话她们刚才在办公室没少重复。不过，赖老师的话和张澍说的是一样的。他的分析，还是挺精准的。

终于和老师道别，王莲华带着盛夏出去吃饭，花胶鸡一炖就需要不少时间。

王莲华问："你和'午托'老板的妹妹是同桌呀？"

盛夏一怔。王莲华参加家长会时，不是向来目不斜视，不怎么与人交谈吗？

妹妹……嗯……这？明明是自己营造的假象，现在她却觉得羞于面对了。

"嗯。"

"那上次在医院的那个女孩儿不是你的同桌呀？"

"也是，我们的座位是轮着来的。"盛夏又把班级奇奇怪怪的座位安排说了一遍。

"那还挺巧的。"王莲华感慨，"你之前说，在'午托'那儿，老板没少照顾你，有时间我买些礼品去拜访拜访。"

"不用的，不用的，不用的。"盛夏连连拒绝。

王莲华觉得奇怪："怎么了？"

"我带过去就好了，'午托'那边还挺忙的。"

"也好。"王莲华随口问，"她妹妹的成绩好不好啊？"

盛夏快要无法直视"妹妹"这个称呼了。她的眼前闪过少年那凶器一般比"鸽子蛋"还大的喉结……呃……

"成绩比我好。"盛夏说。

王莲华满意地点头："那你多向人家学习。王老师还提到，你们班的第一名一直保持年级第一名，跟第二名是断层的分数。你之前说学人家的错题笔记，学得怎么样了？"

盛夏说："按他的方法在做错题笔记了，确实挺好的。"

"多看，多学，确实换个平台身边的同学都不一样。"

"嗯。"

盛夏松了一口气，看来母亲大人对今天的家长会还算满意。

盛夏赶在晚自习前回到了教室，张澍已经到了，身边惯例围着一群人。近期NBA战况激烈，男生们经常突然就围过来聊得火热。侯骏岐还经常熬夜看球，第二天上课睡一天。

张澍则是见缝插针，课间、吃饭的时候用手机看球赛。

不过他们今天聊的竟然不是篮球，也可能已经聊完了，这会儿正在调侃张澍……的桌子。

"这也太女生气了！"

"这笔袋还能忍，书立上贴的是什么玩意儿呀？"

"阿澍，这是盛夏搞的吧？"

下午目睹一切的杨临宇开口："你可真是个大聪明。"

"多好看，你眼睛是不是坏了？"张澍语气不善，"不好看吗？"

众人违心地奉承，语气带着反义："好看，好看，可真好看，你说好看就好看。"

"你懂什么？这叫爱屋及乌！"

爱屋及乌……这是什么用词啊？盛夏的心口像被什么东西一撞。她现在掉头出去行不行？

铃声响起，围着张澍的一堆人作鸟兽散，他们一转身就看到了在门口暗处的纤细身影，于是一个个眼神打趣着回到自己的座位。盛夏也低着头，拄拐慢慢地回到座位。

"我给你撕下来吧？"盛夏指了指那些贴纸。

张澍不以为意："撕下来还能再回收利用？"

盛夏摇摇头。

"那干吗撕它？过河拆桥啊？"

"……"

也不知道他是真觉得贴纸好看，还是在背后卖她个面子。他这个人，好像总是这样，当面说赖话，背地反倒说好话，不按常理出牌。

盛夏也不多纠结，但把自己的笔记本和笔袋都收了回来，然后自己学自己的，没再有其他的话。

半晌，她感觉身边的少年凑近，低声问她："今天我这配合打得怎么样？"

盛夏扭头，他的脸近在咫尺，她连忙往后仰了些："什么配合啊？"

张澍把她惊弓之鸟的状态看在眼里："你妈妈没看出什么吧？"

盛夏的心口怦怦直跳，忽然想起"妹妹"什么的……

"没……没有。"

"放心，我跟我姐通过气了，你妈妈拆穿不了你。"他的声音很小，气息吹拂在她的耳畔，"不过……同桌是男生又怎么了？你之前在二中被你妈妈抓过早恋？"

盛夏连忙扭过头去，脑袋摇得像拨浪鼓："没有！"

"没谈过？"

"没有！"

她只听到一声轻轻的笑，他也坐直回去，终于离她远了些。

老师进来了，课前按惯例巡视一圈儿。他没再说话，盛夏打鼓的心终于平静下来。

周末，陶之芝到"翡翠澜庭"来看望盛夏。自从盛夏伤了腿，她们的一方书店之约就断了，姐妹俩各自为学业而奔忙，只偶尔在 QQ 上聊两句。

这周末正好吴秋璇也回来了，而王莲华带着郑冬柠去心理医生那儿了。

——家中无老虎，猴子称霸王。

吴秋璇大剌剌地瘫在沙发上看选秀节目；盛夏和陶之芝有一搭没一搭地聊天儿，聊学习、聊新朋友、聊——张澍。

盛夏告诉过陶之芝自己的腿是怎么伤的，她的闺密不同情她也就罢了，还直呼这是偶像剧现场，所以"追剧"来了。

"所以他每天都背你上下楼吃饭？给你接水、给你系鞋带，呼之即来，挥之即去？"陶之芝处于震惊中。

盛夏说："也没有，就刚上石膏那几天。我现在可以自己上下楼了。"

"不对劲。"陶之芝完全忽略了盛夏的解释，"负责不是这么个负责法。他有女朋友吗？"

"没有吧……"

"什么叫'吧'？"

盛夏蒙了："别人的事，我怎么好确切地说呀？"

"看下他的QQ空间，有没有什么线索？"陶之芝说。

盛夏说："他的QQ空间里除了游戏截图什么都没有呀！"

"你看过了？"

"看过了。"

"全都看完了？"

"嗯……"算是吧，一眼就看完了。

"你完了！"陶之芝忽然蹦起来，神情故作凝重，"你喜欢他！"

盛夏的心跳漏了一拍："你……你胡说什么！"

"要不然你干吗把他的QQ空间看个遍？"

她没有啊！她是手滑。

可是……等等！

"把一个人的QQ空间看个遍，就是喜欢她吗？"盛夏对这个问题有点儿难以启齿。

陶之芝理所当然地说道："难道不是吗？要不然是闲的。这和随手点赞、评论又不一样,从头刷到尾,肯定是想了解他——了解他的过去,了解那些自己缺席的日子他是怎么度过的,也有可能只是想他了。难道你不是?只有……"

盛夏的耳边"嗡嗡"地响,陶之芝后面的话她逐渐地听不清了。

是这样吗?他想要了解她的过去吗?或者,他是想她了吗?他把她的 QQ 空间翻到头,是因为喜欢她吗?

这个认知像猛然袭来的飞盘,飞速盘旋后被忽然截停,冲击力巨大,震得盛夏整个人愣住了。

陶之芝自顾自地讲了一堆话没得到回应,晃了晃手,见盛夏还是不理自己,便夸张地喊:"你完蛋啦,你坠入爱河啦!"

吴秋璇听到这话,好奇地看过来。

陶之芝问:"这不是前年的节目吗?阿璇,你怎么才看?"

吴秋璇说:"看我的'本命'啊,他不营业,我只能一直'考古',拿放大镜'考古'。"

陶之芝建议:"你去网上找一些剪辑呀,再老的东西都能给你剪出新玩意儿来!"

吴秋璇:"找过了,能看的都看了,该买的周边都买了,该关注的'太太'也都特别关注了,'太太'也已经巧妇难为无米之炊了,我嗷嗷待哺,呜呜呜……"

"自己产出啊,你不是也会画画吗?"

"我不配,我画不出他的灵魂。"

"……"

盛夏已经回过神,静静地听她们聊天儿,这又是属于她每一个字都听得懂,但连起来就听不懂的对话。

陶之芝拍拍盛夏:"我看他们这一堆人,还不如张澍好看,你觉得呢?"

话音刚落,陶之芝就收到吴秋璇的眼神杀,连忙改口:"啊,不,除了你的'本命',其他人都不如张澍好看!"

盛夏感觉自己现在有点儿听不得这个名字。

吴秋璇虽然誓死坚持自己的"本命"最帅,但还是好奇地问:"芝芝姐，张澍是谁呀？"

"一个……"陶之芝微微挑眉，用手肘撞了撞盛夏，"问你姐呀！"

吴秋璇倏地坐起，满眼兴味地凑到盛夏的面前："姐，谁呀？你男朋友啊？"

盛夏呵斥："不要乱说！"

吴秋璇更有兴致了："那是谁呀？"

陶之芝看着自家闺密这个反应——全身僵硬，眼神躲闪，一看就不正常啊！

她神秘兮兮地说道："是你姐的同桌，一个没有缺点的男生，长得帅，学习好，唱歌好听，会弹吉他，会打架子鼓，会打球，打游戏也牛，个子还很高，还会画画……"

盛夏惊讶地看向陶之芝："你怎么知道他会画画？"

还有"游戏打得好，唱歌好，会吉他，会架子鼓"什么的，连她这个同桌都不知道呀……

盛夏不过是疑惑，就下意识地问了出来。可她这瞬间的反应让吴秋璇笃定了，她姐一定和这位张澍哥哥有点儿事！

陶之芝说："当然是听说的呗，你不知道他现在有多火。"

盛夏："……"是她孤陋寡闻了。他天天在她跟前晃，也没看出他哪里火了。

"这么夸张吗？"都传到外校去了？盛夏不太相信，至少她就从来没听过外校男生的八卦。

陶之芝笑道："当然是因为你的关系，我才格外关注他的嘛。但终归是有人讨论我才有得关注啊，嘿嘿！"

"嘿嘿"个鬼，和她有什么关系？

盛夏不搭话，吴秋璇却兴奋了："真的假的？有照片吗？"

陶之芝说："有视频，附中微博上发过呀。"

吴秋璇又问："真的很帅？"

陶之芝指了指电视："大概比他们里面的百分之八十……啊，不，百分之九十的人要帅吧！"

吴秋璇拿起平板电脑看微博，陶之芝很有经验地在一旁指挥："你点进附中的微博主页搜'盛典',有好几个视频,视频封面写着'音乐社'的那个,对,拉到时长三分半左右……"

"哇,这播放量对一个'素人'来说真是能'打'……"

吴秋璇和陶之芝的两个脑袋挤在平板电脑前,没注意到刚才事不关己的盛夏也坐直了,撑着胳膊往前凑。

视频开始播放,聚光灯下是编制齐整的乐队,几个人对乐器稍作调整,鼓手一棒子敲下来,灵动的节奏开启,慵懒的男声传来——

"等一个自然而然的晴天,我想要带你去海边——"

主唱竟然不是吉他手,而是鼓手——张澍。

他穿着简单的黑色T恤衫,身体随着打鼓的节奏耸动,整个人协调自然,麦克风横在架子鼓边。他稍稍地偏着头唱歌,丝毫没影响手上的动作,从头到尾没有看观众,姿态慵懒,随意得不像表演,仿佛只是在玩。

"其实不需要深刻的语言,趁现在还有一点儿时间——

"哦,可不可以再专心一点儿,请你不要心不在焉——"

这声音与他演讲时完全不同,音色还是那个音色,但是咬字……盛夏说不上来,他的声音如同猫爪子在懒散地扒拉你,尾音像猫爪子忽然露出"钩子",挠得人又刺又痒。

副歌结束,中间有一段伴奏又重又急,他挥棒的动作幅度大起大落,快得画面里都是重影,就连他蓬松的头发也跟着晃动。他整个人沉浸在节奏中,尽情舒展身体,荷尔蒙极尽挥发。

视频里台下的欢呼和尖叫声一阵接一阵,屏幕外的两个女生"啊啊啊"的叫声也没停过。

"让我们互相折磨的时间,怎么再见——"

歌曲临近结尾的高潮部分,是几声接近于呐喊的高音,张澍仰着头唱,聚光灯从他的头顶直直地打在他脸上,勾勒出他高挺的鼻梁和性感的侧脸,以及或许没有太多人注意的,凸出的喉结留下的阴影。盛夏不自然地敛了敛目光。

"等一个自然而然的晴天,我想要带你去海边——"

表演结束,音乐声戛然而止,而张澍的麦克风还没关。他急促的喘息声被完全收录,以及他边喘边冲队友笑时短促的笑声……

那笑声盛夏再熟悉不过,他经常短促地笑一声,声音从他的鼻腔里出来,带着气声,裹挟着他的那股散漫与不屑。她本就遭不住他的声音,他还喘……

"别喘了,哥。"

"麻了。"

屏幕内的视频淡出,进入下一个节目,屏幕外的尖叫还在延续。

"啊——"

"他怎么不'出道'啊?"

"帅不帅?"

帅不帅?盛夏躺回沙发,干涸的喉咙不自然地吞咽。麻了。

"这还不'出道'在想什么呢?"吴秋璇不停地重复。

陶之芝嗤笑一声:"出什么道?人家要考状元!"

"又是这种我瞧不起又干不掉的好学生!"吴秋璇嘴上占便宜,却回过头扒拉盛夏:"姐,你把他拿下给我当姐夫吧?"

盛夏的心跳不稳,抓起一个抱枕朝吴秋璇砸过去!

"胡说八道,你才十四岁!吴秋璇!"

吴秋璇打趣道:"怎么还气急败坏、恼羞成怒呢?你可以的,我温柔大方、美若天仙、人见人爱的姐姐!"

陶之芝忍不住笑:"哈哈哈!"

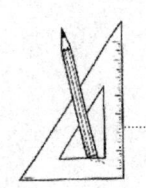

第九章

是谣言，也是愿望

星期一吃午饭再见到张苏瑾的时候，盛夏有些不自然。一是因为张澍的"通气"显得她太多事，二是因为她家长会那天在连廊楼梯下的见闻。

而张苏瑾只是笑眯眯地看着她："来啦？"

"嗯……"

美人笑起来，连她这个女生都失了神。

盛夏吃饭时在想，什么样的人才能配得上这么美丽的女人？

她摸出手机搜索——君澜集团。

君澜集团的官网上有企业管理层的介绍。一整页的董事、总裁、副总裁……大半都是姓卢的，但盛夏能一眼认出卢圉泽的小叔，毕竟就只有他的发色最浅。

官网上对他的介绍不多，但盛夏好奇的信息正好有——二十七岁。

他和苏瑾姐姐的年龄差还是挺大的，不过没关系，苏瑾姐姐看起来偏年轻。盛夏瞥了一眼对面边吃饭边看 NBA 的张澍——他和卢圉泽这么不对付，如果成为一家人……

她难以想象。

她正出着神，张澍好像感应到了她的目光，忽然抬起眼，对上她来不及收敛的视线。

与此同时，从没见过盛夏吃饭时间玩手机的侯骏岐凑近看了一眼她的手机。

"君澜集团?卢圉泽家的。小盛夏,你搜这个干吗?"

"……"

听到这话,她瞥见张澍按了按他的手机屏幕,大概是点了暂停,然后用一种"质问"的眼神看着她。

盛夏无端地感到心慌,想把手机赶紧收起来,可越着急越容易出事故,她的手机"吧嗒"一声摔在了地上。

侯骏岐手疾眼快地给她捡起来,检查了一下:"没碎。小盛夏,干什么坏事了心虚成这样?"

他不说还好,话音刚落就见张澍的眉宇拧成一个"川"字。

盛夏抬眼,紧张兮兮。

侯骏岐后知后觉,紧张地在两个人之间扫视着。

无果。两个人谁也没有先开口,一顿饭就这么沉默着结束。盛夏感觉自己陷入了一个循环——她又发现了有关于他的秘密。这个秘密不是乌龙。真是令人瑟瑟发抖。

晚自习的时候齐修磊带来两本书,《高考指南》和《招生计划》,大伙儿围着他叽叽喳喳地讨论,对应自己的成绩,寻找着自己的目标学校和目标专业。

辛筱禾看完回来,唉声叹气:"啊,'东大'只能是我的意难平吗?不!!"

盛夏也好奇,但是她腿脚不便。

"筱禾,你是怎么挑选自己的目标学校的啊?"她问。

辛筱禾蒙了:"好像没有什么特别的理由,就是觉得它好,然后分数线和我的成绩差得不是很多。但是我错了,我的成绩真的差很多!按照我考得最好的一次成绩算,接受调剂恐怕都进不去,呜呜呜……"

盛夏问:"你想考哪个大学?"

"东洲大学。"

盛夏点点头,嗯,声名在外的大学。

辛筱禾问:"你呢?"

"我……"盛夏摇摇头,"我不知道。"

"哈？"

盛夏抿抿嘴，又问："那你为什么觉得'东大'好呢？"

"呃……"辛筱禾思索，"好像也说不上来，大概是觉得'东大'很厉害，并且东洲离家很近嘛，我不想离家太远。"

盛夏说："那南理大学岂不是更合适你？就在隔壁，大概也是差不多等级的学校。"

"它们还是有差距的，南理大学偏文科一些，东洲大学偏理工科。"

"也是。"

"嗯！"辛筱禾说，"而且，虽然说我不想离家太远，但是也想出去看看。总不能一直待在家里，一直待在这座城市吧？"

盛夏点点头："有道理。"

学校、专业、城市，都是考量的要点，还真挺复杂的，盛夏觉得自己有必要买来看看。

"唉，我可能得做多手准备，再看看别的学校，北宴的重点大学比较多，但是离家好远哪。我这么怕冷，会冻死吧……"辛筱禾嘀咕着，"像咱们这种，去头部的高校比较难够得着，去次一些的高校又不甘心，真的很纠结。唉，张澍最轻松了，没什么好纠结的，考完等着人家抢他就行了。"

张澍……他肯定是要去北宴上大学的吧？河清大学和海晏大学这两所，他会选哪所？

正想着，杨临宇过来了，犹豫地开口："筱禾，你想考什么大学？"

辛筱禾瞪他一眼："你管我！"

杨临宇："……"

盛夏看着两个人，无奈地摇头。杨临宇这欲言又止的模样，真是个小可怜。辛筱禾是"只缘身在此山中"呀，没心没肺的。

"你想考什么大学"就是最含蓄的"表白"吧？

盛夏正准备进入学习状态，突然想到什么，拍了拍辛筱禾："筱禾，你知道张澍和卢囿泽为什么……关系不好吗？"

他们何止关系不好，简直是针锋相对。盛夏问得很委婉，辛筱禾惊讶于她会问出这个问题，因为她几乎从不主动打听八卦。事关张澍和卢圄泽……这微妙的关系，辛筱禾都不知道怎么说比较好。

犹豫半晌，辛筱禾问："你是为了张澍问的，还是为了卢圄泽？"

"嗯？"盛夏没听明白。

辛筱禾说："这么说吧，你想听谁的视角的？"

盛夏说："第三视角吧。"

辛筱禾："……"行啊，不上套。

"嗯，我想想怎么说……"

盛夏："……"这么复杂吗？

"简单来说就是卢圄泽举报了张澍、侯骏岐和陈梦瑶。"辛筱禾先用一句话总结。

还跟陈梦瑶有关吗？

盛夏问："怎么回事呢？"

"是读高一时的事了，当时卢圄泽还是学生会的，挺有使命感的一个人，也是有点儿刻板，我也不知道怎么形容。就……他跟年级主任举报陈梦瑶在外面参加乱七八糟的唱歌比赛，陈梦瑶因为这个弃赛了。比赛有几万块奖金呢，挺可惜的。陈梦瑶缺钱嘛，就自己搞路演直播挣钱，在街上唱歌被一些社会青年看上了。然后有人说，张澍和侯骏岐为了给陈梦瑶出气，把那几个社会青年给打了。也有人说和陈梦瑶没关系，他们是'江湖恩怨'。具体怎么样大家都只是猜，反正后来他们三个就都被通报批评了。"

"啊？"盛夏震惊。

这不是"情敌操戈"就是"江湖恩怨"的，听起来都很"社会"呀。

"我不知道是不是真的。学校里的流言，你懂的，怎么夸张怎么传。但那时候卢圄泽和张澍、侯骏岐不在一个班，他们之间就没什么事。后来高二的时候他们分到一个班，第一天侯骏岐就直呼晦气……然后双方也完全不是一个做派的人，关系就这么僵着呗。说起来本来卢圄泽还订了张澍他们家开的'午托'呢，因为这事才退了的。"

那还真是挺纠结的一件事情。怪不得开学那会儿侯骏岐曾问她，卢圄泽是不是初中的时候就爱打小报告。

"那……这样的话，陈……"盛夏八卦别人，有点儿开不了口，"陈梦瑶为什么还追卢囿泽呀？"

这件事情说大了，他们算"仇人"了吧？

"不打不相识？为了卢囿泽太子爷的身份？为了气张澍？"辛筱禾猜测说，"我不知道啊，我是乱猜的。反正他们几个的故事众说纷纭，我可不敢再主观臆断了，怕张澍再说我是'移动谣言制造机'。"

如此听完，盛夏还是没法儿判断他们到底结怨多深。但他们积怨已久，她算是确切地知道了。这两个人要是坐在一张餐桌上，不知道会怎么样？

晚上王莲华来接盛夏，盛夏让母亲先绕到学校北门去买《高考指南》和《招生计划》。

回到家，盛夏还没来得及翻看，王莲华就饶有兴致地边看边感叹："竟然有那么多学校啊？"

盛夏说："对照我的成绩，能选择的学校就所剩不多了。"

王莲华头也没抬："你先去学习吧，我给你看看。"

盛夏正要走，又听王莲华说："我看南理大学就很好，那里教务处的一个招生的老师还是你爸爸以前的下属。考那里你也可以继续住在家里，多好。"

盛夏的脑海里冒出辛筱禾的那句话——总不能一直待在家里，一直待在这座城市吧？

"南理大学的分数也是很高的。"盛夏喃喃地说。

"不是对在本地的学生有照顾政策吗？你现在还有一个学期呢，别说丧气话。"王莲华翻着书，又说，"我看南理也还有不少好大学，南理科技大学也是一本吧？本地的大学在就业上也是有优势的……东洲的大学也可以考虑，离家很近。"

盛夏没有再接话。很明显，母亲希望她留在南理。东洲大概就已经是母亲能接受的最远距离。像她这样，都到了高三还不知道自己想考什么大学，甚至对大学没有什么概念的人，应该不多吧？

盛夏想着，决定上网看看。

她先点开了河清大学的官网。页面刷出来的时候，她的心轻轻地一颤，自己是怎么敢的？转念又想，就当是提前看看张澍可能会去的学校吧。与有荣焉，不是吗？

河清大学的官网首页上有古朴庄严的校门，"河清大学"几个鎏金大字熠熠生辉。盛夏从学校概况看到院系设置，还有一些学生活动概况，甚至连某某老师获得"三八红旗手"的消息都看了个仔细。

原来大学是这样的啊？看到河清大学的图书馆藏七百多万册图书，盛夏满腹的激动和感慨。七百多万册，那得是多少书？市立图书馆里差不多是这个数吧？原来，著名的大学是这样的呀？想想河清大学那高得吓人的分数线，她赶紧点了退出。别看了，看多了容易做梦。

医院复查两周一次，顺利的话，这是最后一次。之前都是李旭带盛夏去的，这次盛明丰居然亲自来了。

医生说伤处的愈合情况非常好，照顾得很好，没什么磕碰，连小裂痕都没有，可以按时拆除石膏，还吩咐说，盛夏每天可以戴着石膏尝试走一走，锻炼锻炼。

一切都很顺利，盛明丰在外面安排了晚饭。盛夏婉拒了他，她感觉一下午耗在医院就已经够蹉跎时光的了。

"有重要的事要和你商量。"盛明丰说。

晚饭还是安排在他们常去的饭店，邹卫平也在。

包厢门刚打开，邹卫平就走过来扶她："腿伤快好了吗？我老早就说去看你，你爸说，嗐，我这亲爸都见不到，别说你了，盛夏呀，比书记还忙！"

盛夏说："快好了。"

盛明丰今天心情不错，笑着说道："可不，我女儿这学习的韧劲儿，像我！"

邹卫平撇撇嘴："别往自己脸上贴金了。你又犟又轴，夏夏的脾气这么好，哪里像了？"

盛明丰说："我的女儿我不了解？盛夏也就是在小事上脾气好，谁惹她试试，犟起来十头牛都拉不回来，还不带通知你的，她骨子里轴！"

盛夏："……"

"夏夏呀？"

盛夏抬头，看着父亲。

盛明丰问："你想考什么大学，有主意了吗？"

盛夏摇摇头："看高考的分数吧。"

"那你妈的意思呢？"

"妈妈可能想让我考南理大学。"

"南理大学很好啊，离家又近。"邹卫平说。

盛明丰多年前为了晋职，念过南理大学的在职研究生，知道这所学校的含金量和录取分数。即便是对本省学生有分数照顾，以盛夏的成绩也有点儿悬。

他用手摸摸下巴："有信心吗？"

盛夏无意识地叹了口气："没有。"

气氛僵住，邹卫平说："先吃饭吧，菜都凉了。"

看来父亲叫她来，也是聊学校的事。她食之无味，很快就撂了筷子。

"夏夏，你要不出国吧？先把语言学好，其他的材料交给留学机构去准备就行。"盛明丰淡淡地说道，不是用商量的语气。

盛夏摇头道："我不想出国，至少现在不想。"

想到"异国他乡"这个词，她就无端怅然。如果她出国了，母亲怎么办？

"这是对你来说最好的选择。"盛明丰双手扶肩，姿态就如同坐在各种大会的主席台上，慈眉善目，却庄重威严，"之前你李哥给你找过留学机构了，人家来找我谈过，他们那边有一些很合适你读的大学，排名可比南理大学要高很多，有些大学的排名是河清大学、海晏大学都比不上的。"

他这话说得很明显了，她选择出国，如果操作得当，语言再考个好分数，就能去比"东大"或"河大"更好的学校；而她如果选择留在国内参加高考，那么大概率连南理大学都考不上。这似乎是个没什么好犹豫的选择题。

"你的英语基础也不差，其他科目先放一放，把精力放在学习语言上，语言成绩过了就行，高分的话那更好，有奖学金。虽然我们也不在意这个，但是对你自己来说，会是莫大的精神鼓励。你回去和你妈妈说一说，我想她应该也不会反对。"

盛明丰循循善诱，跟她摆事实、讲道理。

盛夏一言不发。

学习，真的就不可以是她一个人的事吗？张澍，你说的，怎么这么难？

饭后盛明丰亲自开车送盛夏回学校，下车时竟碰上了从学校车棚出来的卢囿泽。

"夏夏。"卢囿泽叫住盛夏，这才看到盛明丰，叫了声："盛叔叔。"

盛明丰看着卢囿泽，一副苦思冥想的模样："卢——"

"卢囿泽。"卢囿泽自我介绍说，"叔叔，咱们见过。"

"对！"盛明丰感慨地笑着说道，"以前还是个小胖子，这会儿都长这么高了。"

卢囿泽说："先横着长了，才竖着长嘛。"

"一表人才了，你爸有福气。"盛明丰夸奖。

卢囿泽看一眼盛夏，从容地接话："盛叔叔才最有福气。"

盛明丰笑声爽朗。因为卢囿泽在，盛明丰就没送盛夏到班里，直接开车离开了。

卢囿泽走在盛夏身旁，两个人穿过走廊。他们从（一）班走到（六）班，教室里又是一番"鹅群效应"，盛夏只能快些走。

卢囿泽说："夏夏，我听我爸的助理说，你跟我报了同一个留学机构？"

盛夏一怔，这件事情她自己才刚知道，他是怎么知道的？

转瞬她又了然，指不定这留学机构就是卢囿泽父亲推荐给盛明丰的。

"我不知道，可能是吧。"她实话实说。

卢囿泽听出她语气里的消沉，问："你不想出国吗？"

盛夏说："我还不知道。"

卢囿泽说："我刚才在家听说这件事情的时候，真的挺开心的，如果有认识的人一块儿出国，也不算太难受。"

还没什么进展的事，盛夏不好应答他，两个人就这么沉默地走着。

他们快到教室后门时，教室前门那边传来吵吵闹闹的声音，有一群人从连廊那头风风火火地走来，拐了个弯，走了三两步台阶就上了（六）班的走廊。

都是盛夏熟悉的声音，都是熟悉盛夏的人。

两队人马狭路相逢，不约而同地停下脚步，就这么对视着伫立。

张澍和侯骏岐、韩笑他们几个人在一起，约莫是刚打完球回来。一群人大汗淋漓，校服外套有挂在肩上的，有扎在腰上的。已是初冬的天气，少年们却衣衫单薄、活力十足，与病恹恹、死气沉沉的盛夏这边形成强烈的反差。

张澍背着斜挎包，手里抓着个篮球，直直地站在那儿，面色是运动过后的潮红，目光却如月色一般森冷，空气中仿佛弥漫着无形的硝烟。

半个小时前，附中篮球场。

张澍一行人打了场街头赛，中场休息，他们把场地换给学弟用。几个大男孩儿或坐或立地在树底下喝着水闲聊。

韩笑碰碰侯骏岐的肩膀："澍哥最近怎么了？"

吴鹏程也凑上来："看着他不高兴？"

侯骏岐低声说："为情所困！"

韩笑惊讶道："啊？因为盛夏？"

侯骏岐几乎耳语："盛夏搜索了卢囿泽他们家的信息……"

"嚯！"

"什么玩意儿？！"

张澍坐在一旁，睨一眼几个好友，他们当他听不见还是看不见？

不过他也没在意，倒是想听听看这群"臭皮匠"能聊出个什么来。

"说起搜索——"刘会安想起什么似的，忽然掏出手机，"不是我刻意八卦人家呀，是我偶然听我妈说，咱们年级的转校生是盛明丰的女儿。看我爸那一脸震惊的样子，我寻思盛明丰是谁啊，我不在意，但我又寻思咱们年级还有别的转校生吗？没有。所以我也搜索了……"

他把手机递给几个兄弟，嘴里还嘀咕着："刚开始我想他是哪个 míng，哪个 fēng，好家伙，一打字浏览器就自动出来词条了……"

"天哪！"

"我的天?"

"这……有些人低调起来真能藏?"

侯骏岐看一眼张澍,后者席地而坐,两只手随意地搭在膝盖上,一副似乎已经了然的样子。

侯骏岐叫了声:"澍?"

张澍看过来,侯骏岐把手机递过去。

他瞥了一眼页面上渐变灰底色的证件照,接过手机往下滑动。

嗯……履历丰富又扎实的一位领导。其实,那天在医院里那个情况他能猜到一些,但盛明丰的实际职位比他想的还要再高一点儿。他把手机递回去,面无表情。这个职位好像……不止高了一点儿。确实如韩笑所说,有些人低调起来,真的看不出来。

一群人还沉浸在"我兄弟喜欢的女孩儿是'一把手'的千金"的震惊之中。张澍站起来,拍着球进场,一个三分球把篮板砸得震天响。大概他的气势太凶,几个学弟收了球,乖乖地退到一边。

侯骏岐几个人面面相觑,摇了摇头也进场继续打球。张澍打得又急又没章法,球一次次"哐哐"地砸在篮板上,也不管进不进篮筐,只像在发泄一般。

吴鹏程第 N 次跑老远去捡球,回来时边擦汗边吐槽:"大哥,您能打得轻点儿吗?"

张澍没有收敛,几个人只能"舍命"陪兄弟。又一个三分球猛地撞击篮板飞了出去,球瞬间跑出去好几个篮球场的距离,都快滚到教学区了。这回张澍自己跑去捡球了,几个人没等到他回来,只看见他捡到球以后,站在篮球场的铁丝网旁,静静地看着球场外边。

侯骏岐和韩笑跟着跑过去,顺着张澍的目光看过去。不远处的校道上停着一辆名牌车,边上站着他们刚才在浏览器里看到的那个人——盛明丰,以及盛夏和卢囿泽。他们其乐融融,言笑晏晏。

韩笑低声:"阿澍……"

张澍还是面无表情,把球夹在胯边,淡淡地说:"不打了。"

眼下这情况,可真是怕什么来什么。

侯骏岐想尝试打破这无端对峙的局面,小声说:"他们住在一个小区，可能只是顺路……"

张澍有了反应，睨了他一眼。谁不知道盛夏今天去医院复查了？什么顺路？

韩笑拧了一把侯骏岐的胳膊："你不会说话就闭嘴。"

这话不正是在强调盛夏和卢圁泽"门当户对"吗？笨蛋一个。

盛夏搞不懂张澍那要吃人的眼神是怎么回事，她不想撞枪口，挂着拐杖从后门进了教室，费力地穿过布满书箱的走道，到达自己的座位。这段路从前门进来会好很多，可她没有走。

门外，张澍看着那两个人一前一后地进了教室，卢圁泽跟侍卫似的护在盛夏身后。他勾起一边嘴角"嗤"了一声，把球扔给韩笑，进了教室。几个人作鸟兽散，都同情地看着侯骏岐。

盛夏刚坐下没多久，感觉身边的椅子被猛地一抽，高高大大的少年猛地落座。随后，也不知道是怎么，周围一片静默。过了大概一分钟，张澍才猛地转过身，手随意但很重地落在她的椅背上。

盛夏一蒙，扭头看他。他这个姿势，就跟环着她似的。他那目光笔直而锐利，眼里仿佛冒着火光。他要干……干什么？

"劝你好好学习，都这个时候了，脑子里少装些有的没的。"张澍出声。

他的声音很低，像克制着音量，只有他们能听见；他的语气很重，沉重得好似每个字都要把盛夏压死。

她喃喃地出声："你……你在说什么？"他干吗忽然发疯？

张澍的喉结滚了滚，想要说什么又忍住了，似是无语极了。"砰"的一声，他把自己的挎包拎起来，一把放在盛夏的桌上。

盛夏吓了一跳，整个人下意识地往椅背上靠，却忘了他的一只手臂横在那儿。他也不知道是下意识的反应还是怎样，就着她的动作忽然就搂住了她靠上去的肩膀。

霎时，两个人都僵住了。隔着衣服，他依然能感觉到女孩儿的胳膊细细软软的，仿佛再用点儿力就会被掐断。他整条手臂似过电，而盛夏的脸在一瞬间爬上潮红，看着比刚运动过的他还要热。

"你……你……"

张澍回神,倏然放开手,眼神有些闪躲,嘴上却不落下风:"你什么你,你坐都坐不稳?"

盛夏无辜极了,觉得眼前这个人莫名其妙。他为什么忽然凶人?真的是太可怕了。

张澍看着女孩儿敢怒不敢言的惊恐眼眸,几不可察地叹了口气,声音放缓和了些,下巴一扬指着自己的挎包:"打开。"

盛夏还在惊惧之中,顺着他的话就去拉他挎包的拉链。

他又吩咐:"拿出来。"

盛夏狐疑地看他一眼,还是把里面的东西都掏了出来,是十几本笔记本。她又投去疑惑的目光。

张澍说:"翻开。"

盛夏算是知道了什么是真正的"鬼使神差",明明不知道他到底要干吗,明明自己委屈得要死,她还是因为他发号施令而顺着他去做。他当真如鬼如神,声音冷得能让周遭一夜入冬,让她的手都快打战了。

《数学》张澍——一年(二十)班。

《数学》张澍——二年(六)班。

《物理》张澍——一年(二十)班。

…………

一本一本,都是他读高一以来所有的笔记和错题本。最下面还有一个文件夹,里面是他各科对应的月考和期末考试卷。盛夏惊讶地看着他。

张澍冷冷地开口:"你不想'取经'了要'还俗'还是怎样,我管不着,我送佛送到西,仁至义尽。"

她虽然听不懂他在说些什么,但还是扬起笑脸,真诚地道谢:"谢谢你呀,张澍。"

张澍收回搭在她椅背上的手,转回去坐正了,轻哼一声:"这是你应该谢的,毕竟这些浏览器搜不着。"

盛夏:"……"

她似乎隐约摸出点儿什么线索了,他还在为她搜索了卢囿泽他们家的事而生气?

看来他和卢囿泽，真的矛盾不浅。但是，他不是说陈梦瑶不是他的旧爱吗，那为什么还为了人家对卢囿泽这么大的敌意？还是说，他实在追不上人家，在众人面前这么说是为了挽回面子、聊以自慰罢了？

她本来还想着要不要帮助他和卢囿泽冰释前嫌，眼下看来，她太高估自己了。这件事情她没有能耐做。想不明白其中的纠葛，她忽略心下隐隐的不舒服，无奈地摇了摇头。

没想到她这个动作被身边的少年捕捉，耳边传来了他的质问："怎么，我说得不对？"

"嗯？"盛夏又蒙又慌，下意识地回答，"你……你说得对。"

张澍说："期末考试前你必须抽时间把前两年考试的卷子做一遍，错题做三遍以上。"

"哎？"盛夏惊喜地说道，"这是附中高一到高二的月考和期末考试卷吗？"

张澍仍旧没好气："要不然呢？你们二中的垃圾卷吗？"

盛夏："……"他真的太凶了。

她的心里隐隐地有一些酸涩，一是为他把对"情敌"的气撒在了她的身上，二是为……

二是为，他们是"情敌"这个事实。

她眼睛里似乎有水光，看起来委屈巴巴的。张澍怔住，强制自己按下火气，又忍住揉她的脑袋的冲动，转了回去，冷淡却详细地交代："你先看笔记，从高一的开始，和自己以前的笔记对一对，查缺补漏，有不明白的及时问我，错题本先别管。过两天我把空白卷给你找来。"

"嗯。"她回答，又想到这些卷子好像不容易弄到，都过去这么久了，老师都不一定能弄到，于是问，"你从哪里找啊？"

张澍冷笑一声："总之不会是从浏览器。"

盛夏："……"

侯骏岐在前座默默地听着他们的对话，心有余悸地瑟瑟发抖——老天哪，有人"吃醋"吃得天昏地暗，救救他吧。

盛夏忙成了陀螺，每天晚上几乎都在两点之后才入睡。她连作业的建议部分的一半都写不完,但也不能带回家写,因为张涵弄来了卷子,她得安排集中的时间严格按照考试时间完成卷子,第二天张涵会检查。

卷子是用A4纸打印的,也不知道张涵是从哪里弄来的,还配有非常详细的解析。所以就连下课和吃饭的时间,张涵都在给她讲解。

给她接水的人换成了侯骏岐,侯骏岐已经打算高考后再到国外上语言预科班,几乎完全不需要学习了。

盛夏困的时候,真的很羡慕他想趴在桌子上就趴。虽然只要她想,她也可以。

辛筱禾调侃说:"夏夏,有一个随叫随到的专职补习老师,感觉怎么样?爽不爽?"

爽不爽?实话说,好像不太爽。不是她不爽,是他不爽。

张涵虽然习题讲得很细致,但脾气还是那么大。盛夏觉得他这气也生得太久了点儿,但她一点儿办法都没有。

她给他塞糖果都被他冷淡地退了回来,说:"我给你讲题是为了几个棒棒糖、几块巧克力?"

那是为了什么?盛夏眨眼睛,不敢问。

大课间的时候,大伙儿都去做早操了,教室里只有盛夏和值日生。盛夏每天都在这个时候扔掉拐杖,扶着窗沿在走廊走一走,前天甚至还自己去接水了。只是她走回来的时候,疼得冒汗,后来就不敢了,只走(六)班外的走廊,十来米的距离。她正准备起来,就听见有人叫她。

"盛夏。"

竟然是周萱萱。

"你能出来一下吗?"

值日生在洒扫,好奇地看着她们。盛夏到底还是拿上拐杖,跟着周萱萱出去了。到了连廊的楼梯下,她看到了意料之外的人——陈梦瑶。

盛夏并不慌张,只有些疑惑。

"要不你坐下吧?"陈梦瑶刷着手机,淡淡地说。

连廊边上有半腿高的围栏和宽条的台阶,平日里很多人都喜欢坐在台阶上晒太阳。

盛夏平静地回答:"谢谢,不用了。"

她们找她总归不会是"闺蜜茶话会",她只想速战速决,快些回去。

周萱萱开口:"盛夏,运动会的事,我向你道歉。我真的不是故意的,最近我也过得很不好,希望你能原谅我。"

道歉……事情已经过去一个多月了,她的腿都快好了,这个时间道歉,总归有些奇怪。

盛夏说:"没关系。"

一时寂静,盛夏问:"还有别的什么事吗?"

她们叫她出来,总不至于就这一句道歉这么简单。

周萱萱看了一眼陈梦瑶,后者沉默着,并没有要说话的意思。周萱萱也愣了,她没准备别的话。她以为陈梦瑶有话要说,是陈梦瑶让她来道歉的。

于是,在盛夏的注视中,周萱萱鬼使神差地问:"那咱们,可以做朋友吗?"

盛夏和陈梦瑶都一怔,周萱萱自己都觉得舌头在打结……

气氛僵住,广播体操的节奏声传来,"三二三四,四二三四",给这份尴尬打出了节拍。

半晌。

"可以自然是可以。"盛夏虽然狐疑,表情却认真,"但交朋友不是一件能够约定的事,而是自然而然的。而且,朋友也分很多种,管鲍之交、高山流水是朋友,泛泛之交、酒肉相会也是朋友。咱们是同学,一定程度上已经是朋友了……"

周萱萱:"……"

陈梦瑶:"……"

这……她们的脑回路不一样,文化程度也不一样,要不交朋友的事还是算了吧?

陈梦瑶的心里冒出奇怪的想法——盛夏是真的有点儿可爱,也是真的有点儿漂亮。

原本一些话绕到嘴边,陈梦瑶又收了回去,最后只是叫她的名字:"盛夏。"

盛夏惊讶于陈梦瑶语气中的熟稔感:"嗯?"

"你喜欢张澍吗？"

盛夏的拐杖一晃，转瞬她又自己稳住。她是因为站久了，感到恍惚了吗？刚才陈梦瑶问了她什么？

"你要不还是坐下？"周萱萱喃喃地说，她也被惊到了——陈梦瑶也太直接了。

盛夏这么经不起吓唬？陈梦瑶忍住翻白眼的冲动："我还是长话短说吧，最近我听说，你们在一起了？如果是，那就先这样，反正我也挺忙的，应该很快就忘记他了；如果不是，你喜不喜欢他？"

盛夏还蒙着，决定先回答陈梦瑶的第一个问题："我们没有在一起呀。"

"那就行。"陈梦瑶原先悠闲地靠在柱子边，这会儿站直了身子，笑了一声说，"我喜欢张澍。之前是我错了，我准备追回他。我也有这个信心，但我不做'第三者'。如果你们在一起了，别瞒我，立刻告诉我。好了，我就只是来确认这个而已。"

盛夏："……"陈梦瑶好飒。

盛夏其实很想回一句——我只想好好学习。

可是陈梦瑶并没有恋战，或者说她也有一点儿尴尬，想迅速逃离战场，迈着长腿三两步就消失在盛夏的视线里。

周萱萱僵在原地，不知道是跟着陈梦瑶走，还是跟着盛夏回到自己班里。盛夏并未关注周萱萱的纠结，回教室放好拐杖，又慢慢地扶着窗沿小步走着。

早操时间结束了，大家陆续回来，走廊上逐渐人头攒动。学校为了保障秩序，让在高楼层的班级队伍先回来。（六）班离场地远，这会儿还一个人都没见回来。

盛夏有点儿慌了，怕别人碰着自己。因为天气冷了，她身上套着肥肥大大的裤子，脚上穿着毛茸茸的鞋，外观看上去与正常人无异，很难看出她绑着石膏，没有人会刻意地避着她。

人越来越多，还有边走边嬉笑打闹的，盛夏索性停在边上扒着窗台，想等人散了再走。

"盛夏！"

她听见熟悉的声音，朝楼梯口看去。卢圉泽从二楼下来，逆着人流快步朝她走过来。到了近前,他伸出手臂在她周围拦出一个小小的空间,目光焦急地问:"你没事吧?"

来来往往的人好奇地回头打量他们。盛夏摇了摇头:"没事,你没去上早操吗?"

"Andrew(安德鲁)找我聊点儿事。"卢圉泽说。

Andrew 是他们的英语老师。

卢圉泽说:"我给你挡着人,你走吧,小心点儿。"

"嗯,谢谢啊。"

盛夏小步地走着。

卢圉泽问:"你开始安排语言课了吗?"

"还没有。"

"那你想去东部还是西部?"

"还不知道呢……"

"这样,那你慢慢挑,也不是很着急。"

"嗯。"

班里陆陆续续地回来人了,盛夏走完一圈儿,从后门进了教室。她刚绕到最后一桌,就停下了脚步。

张澍站在自己的桌边,手揣进兜,小腿交叠,一只脚尖倒着点地,站在那儿,一副又悠闲又气势逼人的站姿,像在等着即将被审判的犯人。

这场景似曾相识,不久之前才刚刚上演过。盛夏对此已经有了免疫,她低着头,小心地绕过满地的书箱回到了座位,懒得和张澍对视,她又不是他的犯人。

卢圉泽也在自己的位子上落座,一脸无视张澍的样子。张澍收紧了腮帮子,一股无名火无处可藏又无处发泄,刚蹿上来又只能按下去。像是忽然有一股烟冲上他的喉头,又呛又闷。他知道最近控制不住自己的时刻越来越多了。

"昨天的物理错题总结完了?"张澍坐下,开口问她。

盛夏说:"还没有。"

张澍着急地说道:"那还不快写?"还有心情散步聊天儿?

盛夏甚至觉得,张澍是不是已经见过卢圉泽的小叔了,所以最近这么阴晴不定。可是张澍这样，盛夏有点儿难受。不是有点儿，是非常难受，她难受好几天了。其实仔细想想，他的态度和刚入学跟她还不熟的时候其实差不多。可是由奢入俭难，现在的她，再难接受他对自己的一些冷漠。

她咬了咬牙，缓缓地抬头："张澍，你要是没有时间辅导我，也没有关系的，已经很谢谢你了。你不用……不用这么凶我……"

说完她也不敢看他是什么反应，扭头转了回去。

张澍怔住了，他凶了吗？少女委屈的双眼还在他眼前晃，他的心口发疼，有些不知所措。他好像懂了，他声音大的话，就是凶，这是她对"凶"的标准。他正要说什么，上课铃声就响了。

这节是数学课，赖意琳早早地就来了。盛夏拿出要讲的课本，也拿出张澍的笔记本。现在她偶尔也能一心二用，一边听讲，一边对照笔记反思自己之前学的内容，查缺补漏。

赖意琳属于声音洪亮到隔壁班都能听到的那种人，听她的课一般不会分神。盛夏的注意力回归到课堂上，跟上了老师的节奏，不再留意张澍。

半晌，她却听到右边忽然传来一道无奈的声音："我没有要凶你……"

盛夏呆住，不是因为他说话的内容，而是他的音量好像有点儿大？盛夏抬头，看见赖意琳骤然停顿的动作，还有侯骏岐和他同桌转身过来时震惊的眼神。她确认——不是她的错觉，他的声音确实有点儿大。

整个教室都是静的，张澍也罕见地愣怔了一下。他怎么知道自己说话的时候，赖意琳正好转身写板书没有说话？他怎么知道自己随口一说就这么大声？他的心里乱得要死，哪里顾得上这个？

无语。一群"呆头鹅"，没见过世面？有什么好震惊成这样的？

"呆头鹅"的首领赖意琳反应过来，笑了笑，粉笔头"嗖"的一声朝张澍砸来："别欺负同桌！"

张澍歪头闪避。全班窃笑。

上课的节奏很快恢复正常，一段小插曲没了后续。只是盛夏感觉，她和张澍之间的气氛比之前更尴尬了。

年底的节日挨得近,平安夜、圣诞节、元旦,但是对高三的学生来说,都是平常的日子。

不过平安夜那天还是引起了大家些许的躁动,寝室间互相赠送"平安果"什么的,还挺流行。辛筱禾也送了盛夏一个苹果,包装精致烦琐。盛夏完全没有准备,回赠辛筱禾一包巧克力。

张澍这周坐到了教室窗边,正好给送礼物的人提供了便利。没一会儿,窗台上就放满了"平安果"。

夏去冬来,有些人的人气不减。张澍来的时候,手里拿着个小麋鹿布偶。他看着那些"平安果",没理会,转头看到盛夏桌面也有,便拧着眉问:"谁送的?"

盛夏不太喜欢他近日的语气,还没想好用什么语气回答。辛筱禾拉了拉她的手臂,神秘兮兮地说道:"学弟送的!"

"过度包装,环保意识有待提高。"张澍的语气淡淡的,悠闲地坐下。

辛筱禾:"……"

卢囿泽踩点进了教室,从书包里掏出一个"平安果",包装更为精致,是个小花篮:"夏夏,平安快乐!"

盛夏讪讪地接过:"可是我没有准备……"

二中不常有人送这个,毕竟平时几块钱的苹果在这一天能卖几十块。

于是她掏出最后一包巧克力回赠卢囿泽,祝福道:"谢谢呀,大家都平安!"

张澍手里的"小麋鹿"的脖子都快被他拧断了。

怎么她给谁都发巧克力?她有这么多巧克力?当所有人都吃她那一套吗?这个笨蛋简直了!

张澍把"小麋鹿"一把扔到窗台,烦躁地掏出试卷来做。

忽然,窗边出现一抹倩影:"阿澍!"

外面叫的是张澍,全班人却都看了过去。

陈梦瑶习惯了被人注视,完全没忸怩。她递上一个"平安果",问:"我的试卷呢?"

张澍从书包里取出一个文件夹递给她。

盛夏刚要收回视线,目光却在文件夹上停住了。那是她在用的那套试卷，附中高一到高二的卷子和解析。她以为这些是他单独给她准备的，原来并不是。她轻轻地哽咽，转头专心写作业，可耳边还是清晰地传来他们的对话。

"你不给我回礼吗？"陈梦瑶娇羞地问。

张澍扫一眼窗台上的礼物："要不你挑一个？"

"不要，还没我送你的好看呢！"陈梦瑶伸手就抓住了那只"小麋鹿"，"我要这个！"

张澍一把抢回："不行！"

然后盛夏就看到自己的桌面上，卢囿泽送的那个小花篮"平安果"被拎走了。她目瞪口呆地顺着看过去，是张澍拎走的，与此同时那只"小麋鹿"被他扔到自己的桌上。

"换换。"张澍说。

然后他扭头把那个小花篮塞给了陈梦瑶："这个比你的好看，拿走吧！"

陈梦瑶："……"

盛夏："……"

卢囿泽："……"

陈梦瑶走了，临走前冲张澍翻了白眼。

（六）班众人："……"

这是什么故事走向啊？满座寂然，无有喧哗者。

侯骏岐都快憋吐了，某人这一整套动作行云流水，看不出半点儿刻意，这是什么顺其自然又离奇的操作呀？

"澍，不人道啊！"

张澍完全没有自己做了件"不怎么道德的事"的思想觉悟，恍若未察："神经。"

要是不讲人道，那个小花篮就会被他的目光烧成灰烬。

盛夏扭头看了一眼卢囿泽，毕竟那是他送给她的，却被张澍抢去送给了别人，她有点儿歉疚。

卢囿泽显然憋着气，但还是安抚盛夏说："没事。"

盛夏点点头，抓着"小麋鹿"问张澍："这个……"

张澍觉得眼前这两个人眉来眼去的样子实在刺眼,他甩甩手:"文具店送的。"

盛夏留下了"小麋鹿",自己也说不清是因为无奈,还是出于私心。

节日的晚上,大家总是格外兴奋。班里闹哄哄的,忽然安静下来就绝对有问题。大伙儿下意识地往后门瞧,果然,老王双手抱臂站在那儿,脸色黑黢黢的。

"盛夏——"老王的声音顿时变得柔和,"你出来一下。"

她受伤后腿脚不便,所以"知心哥哥时间"都省了。王潍已经很久没有找过她,这次找她应该是有重要的事。

果然,王潍开门见山:"李主任跟我说了你准备出国,有什么需要学校和老师支持的,就提出来,老师也盼着你们都有好前程。"

这么快王潍都知道了……看来,盛明丰说的所谓"商量",根本就不是征求她的意见,只是走个过场罢了。

盛夏没说话,王潍只当她默认了:"其他科目可以稍微放放,有些大学虽然也看高中成绩,但是比重不大。咱们的成绩对他们来说没有太多参考价值,你把语言学好。"

"嗯。"

王潍说:"原本你们付老师还给你找了个自主招生计划,但是条件很多,很难达到。盛书记早早就替你打算了,出国其实也是很好的选择,创造条件够--够,在国外能上很好的大学。"

王潍后边的一堆话盛夏都没怎么听,只迅速地捕捉住了信息点:"老师,什么自主招生?"

"河清大学的,具体哪个专业我忘了,反正是文学类的。"

"河清大学?"

王潍笑着说道:"是啊,不过这个本来是在校长的实名推荐名额里的,但是你高一和高二没在附中念,不算完完整整的附中学生,所以这条路是走不通了。"

校长实名推荐,只有省重点高中才有,二中自然是没有的。

盛夏问道:"您的意思是说,还有另一条路吗?"

王潍哑摸出点儿什么,忽然正色看她:"你是不是不想出国?"

盛夏微敛着眉，轻轻地点头。王潍叹了口气，想起盛夏刚来的时候，他问她为什么选理科，她的回答是——家人选的。如今又是一个重要的十字路口，十七八岁的少女仍旧没有自主选择的权利。可是王潍觉得，她有点儿不一样了，相比那时的听天由命，现在她的眼里有一股劲儿似要冲破阻力喷薄而出，虽然这股劲儿有些微弱且隐晦。

王潍透露："具体的要求可以再去问问付老师。听她说条件非常苛刻，她带的三个班里目前没人能达到标准，甚至是整个附中都难有人能达到。"

条件苛刻，整个附中都难有人能达到。盛夏不知道是什么条件，也没有什么信心，但是付老师既然能想到她，是不是证明她是有一线希望的？有一种称之为"希冀"的东西，好似露出了尖角，挠了挠她，调皮地说——嗨，抓住我！

盛夏心痒难耐。

"付老师今晚有没有带晚自习？"她问。

"有，在（二十二）班。"

盛夏说："老师，我想去找付老师问问。"

"现在？"王潍惊讶，看看她的腿，"你这会儿不用急。我给付老师打电话，让她下课下来。"

"不用！"盛夏着急地说道，"我快好了，现在不用拐杖也能走了。"

王潍说："那你小心点儿，叫上张澍跟你去。"

盛夏忙摇头："不用，不用，老师，我去去就回来。"

盛夏上了楼，她也不知道为什么急于一时，也不知道为什么非要自己上来，大概有一种称之为"赌一把"的情绪，总觉得非要押上点儿什么，然后说——老天哪，看在我这么努力、这么想要的份上，就给我一个好消息吧。

不过盛夏也不是逞强，她这两天没拄拐杖去接水，来回走路腿已经不怎么痛了。毕竟要上五楼，她还是谨慎地带上了拐杖，慢慢地绕着楼梯上去，到了五楼，她的眼前豁然开朗。

盛夏一直在一楼学习，竟不知道五楼的景色是这样的。

附中是一体式的建筑，所有的教学楼和办公楼通过连廊连在一起，即便是下雨天也可以畅行无阻。在教学楼五楼,连廊上的绿地、鲜花和灌木尽收眼底,俨然一个"空中花园"。

这样的景色,学累了出来看一眼,疲倦能被瞬间荡涤吧?一楼虽然也有花园,和五楼的却完全不是一种景致。单是冲这一点,她这一趟就没有白来。

(二十二)班就在楼梯边上,她拄着拐过于抢眼,付婕一眼就看到了她,赶紧迎上来,把她带到(二十二)班走廊外的座位坐下。

(二十二)班的人探头探脑,付婕喊了声:"学你们自己的!"

大多数人都收回视线忙自己的去了,唯独最里面的一个高个子男生仍伸长脖子看。盛夏微微惊讶,那是……韩笑?

"你是不是来问'河大'的自主招生?"付婕了然,"你给我打电话就好了呀!"

盛夏低着头:"班里闷,我想上来透透气。"

付婕瞬间接话:"张澍欺负你了?"

盛夏一惊,怔怔地看着付婕。

"哈哈,不逗你了。"付婕正色说,"你之前参加'梧桐树作文大赛'取得了一等奖,对吧?"

盛夏点头:"嗯。"

"但是现在已经取消作文竞赛保送这项政策了。"

"嗯,我知道。"

她当时参加比赛也不是为了保送,只是喜欢。

"'河大'这一项自主招生呢,也是可以降分到一本线分数录取的,但和其他的自主招生有些不同。"付婕拿出了手机,点进河清大学的官网。

那一晚,盛夏逛遍了河清大学的官网,就是没点进"招生"的主页,因为她觉得与自己无关。

从保送生、高水平艺术团、高水平运动队,到港澳台侨、留学生,"河大"招生的方式和面向的人群还是很广的,不止高考招生这一项,还有"强基计划""筑梦计划"等,大多都是面向竞赛类的学生。付婕点进"强基计划"的主页,在招生专业里,盛夏竟然看到了历史学、考古学、哲学、汉语言文学，等等。

"就是这个，汉语言文学，但是没有那么简单。"付婕点进招生简章。

"规定是学习古代文学方向，是新设的方向。除了在校期间不能转专业，以及专业前景未可知，听起来你也大概能想到，学起来可能会比较枯燥。"

古代文学，盛夏对此有浅显的概念："枯燥我不怕，我喜欢古汉语。"

付婕笑了笑："其他的自主招生无非要竞赛成绩，再参加笔试和面试，这个不一样，没有笔试、面试，满足条件就可以报名，审核通过就可以降分，但是条件很苛刻，竞赛还有规律可循、有竞赛班可以上，这个可没有。"

招生对象里，除了普遍的那些全日制高中毕业、政治审查等条款，实质性的条件有：

一、在国家级文学刊物上发表作品一篇，或在省级文学刊物上发表作品五篇；

二、在B级以上的出版社出版文学作品一部（十万字以上）；

三、在省级文学类比赛中获得三等奖及以上名次；

…………

盛夏这才理解什么叫作"条件苛刻"。要知道，在国家级文学刊物上发表作品，是进入省级'作协'的门槛。

"第三项你是没问题了，省级刊物的作品你是不是也有？"付婕问。

盛夏答："有，发表过四篇，但其中一篇是诗歌。"

付婕竖起大拇指："诗歌五首才算一篇，就不能算了，那就是已经有三篇了。"

盛夏理智地分析："省级刊物也许不算难……"

付婕听到这话瞪大了眼，赞赏又震惊地看着盛夏。盛夏这才感觉自己自吹自擂得有点儿过于自然了，有些不好意思，低声说道："我还有一些存稿，可以投投看。"

付婕说："那难点就在出版了。"

B级和A级出版社，对作品的文学性有很高的要求，出版的一套流程走下来，怎么说也要半年时间。就算是有些操作空间，三个月也是最快的速度了。而这项自主招生的报名时间在四月二十日到四月三十日，在此之前盛夏必须出版一本书，简直是天方夜谭。

"老师，我写过一些诗词鉴赏，应该可以作为合集出版，但篇幅可能不够。"盛夏冷静地分析。

她之前就想过，等高考完了好好整理，再添加一些内容，然后再投稿。

付婕发现这个平时沉默寡言的学生，真是个宝藏："有多少？"

"有三十几篇，一篇在两千字左右，总字数大概六万字。"

"天哪！"付婕大喜过望，虽然字数还不够，但是，一个高中生写了三十多篇诗词鉴赏，这已经足够让人惊喜，"如果再写够字数，你需要花多长时间？"

盛夏细数："一篇，晚上回去两到三个小时能写完，加上修改，大概一个月。"

一个月，时间很紧。满打满算在四月底能出版，可时间太紧了。付婕迟疑了，虽然这个速度已经让别人望尘莫及，可最终能不能出版是个问题。耗费如此大的心力，在这个时候无异于"赌"。

要知道，用这个时间用来巩固和复习知识点，相信也有不俗的效果。而且，盛夏目前的学习成绩不算稳定，成绩跌出一本线也不是没可能，如果因为要满足自主招生的条件花费太多时间，最终高考成绩没过一本线，那也是做了无用功。

"很冒险。"付婕总结。

盛夏的眼眸带光，温柔却坚定地说："老师，我想试一试。"

付婕对上盛夏的眼睛，忽然觉得自己以前说得不对。眼前的女孩儿，她不是茉莉，更像枯枝上开花的雪柳。金贵，却也强韧，一经绽放，久盛不败。

"好，我给你联系出版社。"付婕应下了。

"谢谢老师。对了，老师，有些出版的核定标准不是作品上市，是定稿获得书号。您可不可以帮我问问'河大'招生的老师，他们在这一块到底怎么核定的。"

付婕惊讶于盛夏对这方面的了解，说起来头头是道，整个人从容自信。她点点头应下来:"那你……"

付婕话还没说完,便见楼梯口闯出一个身影。

当真是"闯"。

少年好像是急匆匆地奔上来的,到了头差点儿没刹住车,整个身体往墙上撞。他用双臂挡了挡,身体才弹回来,然后四下张望。

看到盛夏静静地坐在那儿之后,少年松了口气,喘着粗气走过来,叉着腰站在桌边:"你乱跑什么?行啊,都能一口气上五楼腰不酸腿不痛了,不知道上楼容易下楼难吗?一会儿下课到处是人,摔一跤再瘸两个月?"

盛夏呆愣愣地看着发火的张澍。他又发什么脾气啊?

付婕笑盈盈地看着风风火火的少年,打趣着说:"张澍,看见老师,不会打招呼?"

"老师好。"张澍从善如流,语气听起来却敷衍极了,眼睛一眨不眨地看着盛夏。

这时,(二十二)班的"抬头鹅"多了起来,大伙儿伸长脖子往外张望,勾肩搭背地窃窃私语,脸上的表情就两个字——看戏。

韩笑咧着一口大白牙,冲张澍比了个大拇指……

付婕叹气:"行了,你们下去吧,别搞得我们班人心浮动。"一个个的"嗑"疯了。

"走不走?"张澍看着不动如山的少女。

盛夏迟疑地站起来,两个人往楼梯口走去。

张澍在她跟前蹲下来,稍稍回头:"上来。"

"我可以自己走的。"她最近都是自己上下"午托"的楼梯了,他又不是不知道。

"快点儿!"他像是失去了耐心。

盛夏看着眼前结实的背,无端地从鼻尖泛起一阵酸涩,积蓄了好几天的情绪似乎一下子涌了上来。他对她的关心,有时候真的太过头了。已经不是她一个人会误会了。似乎从运动会开始,她就不断地接收到周围充满兴味的视线和调侃的言语。

盛夏虽然从来没有谈过恋爱,但是有过几段被喜欢或撮合的经历,刚开始她还会有点儿反应,几次以后就麻木了,只当没看到也没听到。毕竟"撩骚"和造谣都不需要成本,而回应和反驳却都耗费心神。她不想为这样不确切的东西付出她本就不够用的宝贵精力,可是他的一些言行,又总让她迷失和纠结。

从滨江广场回来那天,她感觉与张澍之间有什么东西不一样了。人与人之间真正变得熟悉,最简单的方式就是拥有彼此的秘密。他向她讲述他的家庭,传递一种共情——她有的压力他也有过;他也曾经被困扰过。

她切切实实地感觉到了心口的钝痛,也积蓄了改变现状、踔厉进取的勇气。那一刻,她深刻地感受到自己与他的亲近。那天之后,他们简单的同桌关系似乎被戳出了一道口子,彼此在"洞口"谨慎地观望,小心地试探。

他们的关系,进不得,退不舍。她知道,这个阶段叫作"暧昧"。然而近来,张澍似乎想要亲手堵住这个"洞口"。在他们的关系中,他率先后退了。这是为什么呢?是因为他真正喜欢的人终于对他主动了吗?他在纠结吗?

盛夏在这方面不够通透,但是足够敏感。她能够感觉到,他好像是有点儿喜欢自己的,但是好像又不够喜欢。至少,她可能比不上他喜欢了好几年的人。所以他有时候对她凶巴巴的,有时候又对她很好。

盛夏看看自己的腿,是因为它吧?是因为男生骨子里对弱势人群的保护欲,是因为他对她的亏欠,是因为在这样的土壤下萌发的短暂而肤浅的情愫吧?

很快,她的腿就痊愈了;很快,这个学期就结束了;很快,他就不会这么纠结了;很快,她的一点儿小火苗就熄灭了。可是,都这个时候了,她居然有点儿贪恋他照顾自己的感觉。等她的腿彻底好了,也许她就再也没有什么机会让他背了吧?

盛夏纵容自己,缓缓地趴上张澍宽阔的脊背。他走得很稳,她的两只手紧紧地搂着他的脖颈。

这个时间大家都在上课,楼梯上空寂无人。楼梯是室外环形的,栏杆之外的视野开阔,一步一换景。她在他的背上,把五楼的、四楼的、三楼的、二楼的风景一一看遍。

　　天已经黑透了，远处灯火辉煌的城市、波光潋滟的江水，近处被路灯氤氲着雾气的香樟大道、被地灯点缀得如同苍穹繁星的草坪……尽收眼底。每一帧景色都像是电影里的慢镜头，美得让人恍惚。在或明或暗的景深里，他的背是永恒的焦点。

　　这风景，盛夏大概一辈子都不会忘记。

　　他们快走要到一楼的时候，盛夏鼓起勇气，轻声问："张澍……"

　　少年的脊背一僵，有一阵子没听她那么温柔地叫他的名字了。

　　"怎么？"他的语气也温和下来。

　　"你是不是特别希望我的腿快点儿好？"

　　"废话。"他回答。

　　盛夏虽然知道他的回答没有其他的意思，是满满的祝福，可心口还是莫名地一阵一阵收紧。她之前知道，喜欢可能不是一种美妙的情感，但她没想到，竟然是这样酸涩的味道。

　　他们不能再这样下去了。

　　有了打算，盛夏趁热打铁，开始着手写书。

　　写一篇文章，花两三个小时只是写字的时间，前期需要查找和阅读大量资料，所以盛夏晚上回去就不能再继续做卷子了，只一门心思扎进诗词歌赋里。她有的时候一点钟睡，有的时候两点钟睡，梦里也全是作古的诗人和词人。

　　如此，她就只剩中午的时间是完整而集中的。这一周轮到她坐单独的那列座位，没人打扰她，清醒又独立。

　　盛夏每天匆匆地吃完午饭，不回寝室，而是回到教室做卷子，然后下午上课前趴在桌子上睡上十五分钟，做不完的卷子留到傍晚吃完饭继续做。

　　她每天的睡眠时间就只有四五个小时，喝的水从茉莉花茶换成了白茶，又换成绿茶。她也没管是什么，提神就行。除了偶尔略感疲惫，她跟打了鸡血似的，一点儿也不困倦。

　　元旦放假一天，外加一个晚自习，盛夏连着写了四篇诗词鉴赏，还完成了一张数学卷和一张理综卷。

跨年是什么？她不知道。她是和李清照一起跨年的。

诗词里的李清照伤春悲秋，现实中的盛夏斗志昂扬。在深夜吟诗作赋慢下来的节奏，都在白天的公式方程里找补回来，她感觉自己在变成文理双全的"全才"之前，会先变成文理双废的"精神分裂"。

休息的间隙，她刷了一会儿QQ空间。她以前不怎么喜欢刷，最近却不知道是怎么了。

跨年夜的说说果然热闹非凡，尤其是二中的老同学们，有在滨江放烟火，有在烧烤摊儿聚会的，甚至还有深夜唱歌的。

盛夏刷到了侯骏岐发的说说，文字没什么意思，只有"新年快乐"四个字。

配图是一张拍得还挺艺术的照片，正中间是一只手拎着一杯饮料。他应该是坐着拍的，背景是台球桌，虽然被虚化了，盛夏还是看出俯身打球的身影是张澍。

最近她沉溺于他的笔记中，不断感慨学霸是怎样炼成的，差点儿忘了她的同桌才不是什么"乖乖崽"，而是个"身兼数职"的"不良学霸"。都什么时候了，他还这么能玩？

盛夏赶个热乎，也发了一条说说，然后关闭手机，专心写稿。

侯骏岐家的地下室里，台球"砰"的一声一杆进洞。

张澍收了尾，把杆子放在一边："换人。"

韩笑屁颠屁颠地跑过去拢球、开球，和刘会安开一局"黑八"比赛。

张澍往沙发上一靠，摸出手机横着屏幕准备开一局游戏，看起来对台球已经意兴阑珊。

吴鹏程见状说："打'双排'呀，阿澍！"

"嗯，来。"张澍的语气里没什么兴致的样子。

"嘿？有人发了说说了。"侯骏岐在一旁刷着手机，忽然极有兴致地念："鹏北海，凤朝阳。又携书剑路茫茫。明年此日青云去，却笑人间举子忙……什么意思啊？"

游戏刚匹配上，吴鹏程凑过来："叽叽咕咕地念什么东西呀？"

"一条说说。"侯骏岐神秘兮兮的。

张澍的眉头动了动。侯骏岐认识的人里，会发这种东西的大概就只有……

张澍切出游戏画面，点开了QQ。吴鹏程自己一个人进了游戏，才发现张澍压根儿没进去，便开始号叫："阿澍，快点儿确定啊！你干吗呢？！"

张澍没理他，点进了QQ空间。

他的好友不多，所以盛夏那条说说下边，就是侯骏岐那张拍得颇为"纸醉金迷"的照片，他还被拍进去了。

张澍挑挑眉。她发这条说说，夸自己在默默地赶路好好学习的同时，难不成是在讽刺他吃喝玩乐？

他忽然笑了——文化人。她怎么这么可爱呀？嘲讽人都这么文明？

吴鹏程瞅见张澍那笑，搓了搓手臂："干什么？一脸春心荡漾。"

侯骏岐意味深长地说："嘿嘿，琢磨美女在想什么，不比琢磨游戏有趣？"

吴鹏程自己绕了绕，当然也懂了，还有谁的影响力这么大？当然是盛夏了。这下他也不打游戏了，虚心地问："所以这几句话到底是什么意思？"

"不知道。"侯骏岐摇摇头。

随后他们就看到，盛夏那条动态下边，出现了张澍的评论："你要偷偷学习，然后闪了谁的眼？"

哈？那几句话是这个意思？怎么觉得张澍这条评论黏糊糊的？

"澍，你们到底怎么样啊？"吴鹏程问。

毕竟那天盛夏父亲发光的履历、她父亲和卢圉泽谈笑风生的画面还历历在目。

张澍的声音还是没什么波澜："没怎么样，好好学习，天天向上。"

侯骏岐忍不住翻白眼，张澍可别装模作样了，最近的低气压快把侯骏岐憋死了。

"还真是好好学习，天天向上呢。"侯骏岐阴阳怪气，"为了给盛夏搞到咱们高一到高二的那些卷子，熬了几个夜呀？一个字一个字照着以前的卷子打出来的！你们不知道，数学卷子还有物理卷子的那些图，还得先去外边的广告店用数位板画，最后他自个儿也做了一遍，还写了套解析，看着跟专家解析似的。我真是服了！"

台球桌边，刘会安和韩笑听了也"啧啧"称奇："牛啊！"

侯骏岐继续说："笑死了，还一百块钱卖了一份给陈梦瑶，拿着那一百块钱买了一只'小麋鹿'送给盛夏了，人才呀。"

"这么七拐八弯的，当初是谁说的'人生苦短，不当情圣，宁愿去取经'？我看你这可不比'取经'轻松啊，阿澍？"

吴鹏程直戳要点："你可别陷进去了，这辈子还长着呢，也犯不着这么早'吊死'了，现在放手还不算折腾自己。看她父母那个背景，她家和咱们不在一个阶层……"

这事谁都明白，但谁都没敢提。那天刘会安在知道了盛明丰的身份后，又打听了他的夫人，才知道了不得。普通人知道南理最早的商场就是邹家的，更了解一些的才清楚邹家算是"百年儒商"。人家做生意，也搞文化，"富"不打紧，还沾着"贵"。

总之，听起来和他们就挺遥远的。他们这个年龄急什么？年少萌动罢了，没多久高考完就分道扬镳了。没有未来的感情，差不多就得了，以后回头一想还说不定得骂自己傻。

吴鹏程点到为止，几个人面面相觑。张澍就这么听着，不言语，也没什么表情，只是刷着手机。吴鹏程凑过去一看，好家伙，他的屏幕上是运动会时候的照片。本来分明是一张合照，但被某人截得只剩下他自己和盛夏，照片上两个人中间宽得能再站下一个人。但不得不说，他们真是般配。得了，他们的一堆话也是白说了，这兄弟看着可不像是要放手的模样。

球桌上已经不剩几个球了，都是难啃的"硬骨头"。刘会安围着球桌转了半天，也没想好这球该怎么打。

张澍忽然把手机扔到一边，仰靠在沙发上骂了一声，暴躁、冲动、深思熟虑、认命的一声。

几个人都看向他，然后听见张澍低声说道："还是很想得到。"

得到？得到什么？得到谁？不言自明。

张澍忽然站了起来,走到桌边把刘会安手里的杆子夺了过去,盯着桌上那颗怎么也打不着的红球,抬高杆子一蹬,白球弹起,跳过碍事的"黑八",把红球撞进袋中。一个精准的跳球。

"好球!"

"漂亮!"

张澍的目光有些涣散,像是叹了口气,又像是松了口气。他开口,语气没有波澜,像在自言自语:"阶层,不就是用来跨越的。"

他什么都清楚,但只要那双眼睛看着他,他就只想对她好。他还没开始呢,谈什么放手?

既然这样,那他就"死磕"看看。

元旦过后没多久,盛夏就可以拆石膏了。辛筱禾比她还要兴奋,嚷嚷着要在她的石膏上涂鸦。

"这么有仪式感的事,我怎么能错过?"

盛夏好脾气地架起腿,让她涂画。

"写什么呢……"辛筱禾想着,已经开始下笔,黑色记号笔在石膏上边留下她张狂的字迹——东洲大学,我来了!

盛夏:"……"

这下周围的人都来了兴致。

"盛夏,我也要写!"

"我也要!"

"我,我,我!"

于是,盛夏的边上围了一圈儿人,排队等着在石膏上涂鸦。盛夏怪不好意思的,他们捧着的毕竟是她的腿呀……

可同学们并不介意,还在讨论着。

"这不比写在校服上有创意多了?"

"可遇不可求!"

盛夏:"……"

她很开心,看着大家一个个写上自己的高考愿望,心想——回头拆了石膏,看看能不能做什么处理,把石膏永久地保存起来。

得亏是盛夏的彩笔多，什么颜色都有。没过一会儿，石膏的上半部分已经没什么空隙了。

张澍和侯骏岐姗姗来迟，看见这么一堆人，还以为出了什么事。他们拨开人群一看，一个女生正蹲在那儿掰盛夏的腿，要写在石膏的侧面。

侯骏岐说："有意思，澍，你也写一个呗？"

张澍看着密密麻麻的大学名字，不想扫同学们的兴致，但他瞥了一眼明明已经很累了还甘之如饴的盛夏，淡淡地说："赶紧写，要上课了。"

"澍哥才不用写，想考哪儿不行？"有人说。

"所以阿澍，你是比较想去河清大学，还是海晏大学？"

大家都好奇地看着张澍，盛夏没看他，只竖着耳朵听。

张澍没回答，盯着被围在中间的黑漆漆的发顶，问道："你自己怎么不写一个？"

盛夏没反应过来是问自己的，直到脑袋被一只大手揉了揉，发丝乱飞。

"哦哟哟！"

"够了，够了！"

"不问了，不问了，是我犯贱……"

"散了，散了，诸位！"

盛夏抬头，对上一双称得上温柔的眼睛。

人群作鸟兽散，盛夏怔然——他又在干什么？！

她放下腿，嘀咕："我够不着。"

"那你想写什么，我给你写？"张澍拿起笔，蹲了下来。

她猛然把腿收到桌下："我什么也不想写。"

"是吗？那我写。"他把她的腿拉出来一些，在她腿窝的石膏空白处"唰唰"地书写。

她坐着，他蹲着，整个人埋头在她身侧，这姿势……太奇怪了。

他写完了，还盯着看了两秒，嘴角挂着笑，十分满意的样子，然后并不多话，把笔往她桌上一扔，回到自己的座位去了。

盛夏低头，看见一句话——人生由我，自在独行。

艳阳高照的周末，盛夏拆了石膏。医生手里的电锯一响，她就扑进了王莲华的怀里，惹得王莲华没忍住笑。

石膏分离，里面露出惨白又泛着青紫的皮肤。盛夏还是被吓到了，感觉那不像活人的肌肤。

医生开了止疼膏药，交代了一堆注意事项，便告诉盛夏可以离开了。

盛夏因为提前锻炼了好一阵，下地时腿没有痛感，只觉得轻飘飘的，不敢往受伤的腿偏移重心。

回到家，王莲华看着带回来的石膏："这个真的不错，改天塑封起来，以后同学聚会的时候拿出来，很有意义！"

盛夏觉得再好不过了。

"以梦为马，不负韶华。嗯，不错……人生由我，自在独行……"王莲华念着，"这是谁写的？怎么年纪轻轻的就这么深沉？"

盛夏："……"

"幸得识卿桃花面，从此阡陌多暖春……"王莲华顿了顿，显然是认出了字迹，"你写的？"

盛夏心下一慌。她昨晚扭着腿写下的，字虽然不如平时漂亮，但也还是极有辨识度。

所以她只能点头："嗯，我写给同学们的。"

王莲华的目光稍作停留，最终也没说什么。盛夏松了一口气。大概是石膏上面的字太多太乱，母亲没有注意，这句话是有称呼的。

盛夏确实是引用诗句写给同学的，却不是写给同学们的。这句话的右上角，有个名字。

宋江：幸得识卿桃花面，从此阡陌多暖春。

无论以后会不会在一座城市，未来会不会再有交集，她都很高兴在青春的尾巴时遇见了这样一个耀眼的人。

——很高兴认识你呀，"宋江"。

星期一，盛夏出现在教室，刚开始大家还没觉得有什么不对。到了课间，盛夏自己去接水，大伙儿才反应过来她的腿已经痊愈了。

许多人跑过来祝贺她，还嚷嚷着要看她拆下来的石膏，吩咐她一定要妥善保存。

"一定！"盛夏答应。

她又坐到了教室最北边的那组座位，和张澍同桌。

临近期末考试，张澍之前布置的把附中卷子刷一遍的任务，她已经完成，并且还做好了错题整理，所以他们基本上也没什么别的要聊了。

大家都很忙，各学各的。张澍偶尔会提醒她，错题要反复刷。

她发现张澍复习时也是刷错题，新的题做不完也没关系，"死磕"错题集。于是她有样学样，一切照张澍的方法办。

期末考试近在眼前，盛夏全身心扑在复习上，晚上还要写文章。盛明丰安排的留学机构老师联系她，她也是马马虎虎地应付过去。课表排了又排，她总是推辞。

时间飞快，盛夏过得不分昼夜，竟然忘了自己的生日到了。

盛夏过农历生日，对应的阳历日期每年都不一样。今年好巧不巧，她的生日在考试前一天。她自然是没有什么心情过生日，但邹卫平买了蛋糕送来，她当然不能带回家，只能拿回教室给同学们吃，就当是夜宵的点心。

晚自习还没开始，盛夏把蛋糕交给辛筱禾："你们带回寝室吃吧？"

辛筱禾说："哇，你过生日吗？"

"嗯。"

"你是在大冬天出生的呀，怎么取了个夏天的名字？"

"是啊。"是啊，就是这么阴错阳差。

"生日快乐！"

"谢谢呀！"

"哇，'黑天鹅'蛋糕！"辛筱禾瞥了一眼蛋糕盒里边的蛋糕，瞬间瞳孔地震。

这下辛筱禾的室友和周围几个女生都围了过来，男生们也好奇是什么东西让女生们蜂拥而至。

这下她也没法儿带回去了，见者有份吧。

车棚里，侯骏岐看着张澍手中的蛋糕，用手掌比了比，大概也就巴掌大。他惊呆了："就这还不够我塞牙缝的，要二百九十九块钱？抢钱呢？"

张澍耸耸肩，也表示不太理解："谁知道。"

侯骏岐持续吐槽："好像也没有很漂亮啊，一颗大红心，上面插两只大白鹅，跟两元店里卖的蛋糕模型似的。"

张澍说："可能蛋糕胚里塞了金箔。"

二人一边吐槽，一边往教室走。

"阿澍——"侯骏岐调笑，"等我过生日也给我整一个呗？"

张澍说："算了，性价比不高，山猪吃不了细糠。"

侯骏岐："……"他羡慕苏瑾姐和盛夏，一个有贵重项链，一个有贵重蛋糕。他侯骏岐，只是半路捡来的便宜兄弟。

不过他忽然反应过来，谁说张澍抠？姐姐生日送了六千多块钱一条的项链；女朋友，啊，不，关系好的女同学过生日送蛋糕中的"爱马仕"，虽然有点儿小……但如果不是因为刚买了项链，兜里空虚，张澍说不定会买那个大的蛋糕。

他的兄弟真帅呀，几个男生能做到这样？关键是，这钱是人家自己挣的呀！

张澍才没注意人高马大的侯骏岐心里在念叨什么，他拎起蛋糕看了一眼，弯了弯嘴角。

某人真是公主，送别的还真怕她看不上，之前他在学校超市买的那块提拉米苏，她就没吃几口。

张澍头一回觉得这种挑剔不是矫情，是应该的——她就应该是这样的。

他们才走到（五）班，就听见（六）班传来"祝你生日快乐"的合唱声，然后是一阵欢呼声。其中辛筱禾在高呼："我怎么舍不得切呢？我切的是蛋糕吗？不，是钞票。"

张澍和侯骏岐进了门，看到盛夏桌面上摆着个眼熟的蛋糕，脚步顿住了。

大号的"两元店蛋糕模型"。

侯骏岐嘀咕："嚯！这不就是同款的一千九百九十九块钱的那个……"

张溯的脸色真应了今天的天气——晴转多云。

盛夏桌上的蛋糕，和张溯手里提着的蛋糕是一个款式，但大号的"天鹅"是黑色的，手工拉制，更为精致。

那"天鹅颈"的线条是艺术品的水准，不像迷你版的"天鹅"是用白巧克力浇筑的，真的就只是模型。

看见来了人，辛筱禾叹气："你们可真会挑时候，这下蛋糕可更不好分了。"

侯骏岐看看张溯，后者面无表情。

晚自习上课铃声就这么猝不及防地响起。

"快点儿，分了，分了！"

"要是老王来了，还得分他一份。快点儿，快点儿！"

蛋糕不大，但压得很实，这么多人，餐具都不够分的。大伙儿也不介意，三两个人共用一套餐具，一个人尝几口，只当是蹭蹭生日欢乐的气氛了。

"是我的错觉吗？'钞票'就是格外美味。"

"不是错觉，是真理。"

"哈哈哈！"

笑过闹过，大家都没忘记第二天还要考试，老王一来，班里很快就静了下来。

盛夏正要开始看笔记，桌面上跳来一个纸团。她下意识地扭头看张溯，后者正转着笔专注地复习。

不是他？盛夏抬眼，便看见前座的侯骏岐扭着头冲她挤眉弄眼。她略感惊讶，瞥了一眼门外。就这一会儿的工夫，王潍不知道去哪儿了，并不在走廊，她才敢打开字条。

侯骏岐的字歪歪扭扭，她翻过来才发现自己看反了。

唉，他要是字写得好点儿，作文应该不至于 35 分。

字条上写着："小盛夏，阿溯给你买了蛋糕！"

盛夏微怔，又扭头去看张溯。

他这次像是感应到一般，也转过头来，眼神还是那副看笨蛋的样子。见盛夏的目光没有躲闪，他稍稍地歪头，用眼神问——您有事吗？

盛夏移开目光,这才注意到他脚边放着一个白色的纸袋,没有图案、没有提手,但她能认出来是"黑天鹅"家的袋子。

他真的给她买了蛋糕?

张澍看见她双手抻着字条,又是这副神态,瞬间了然。

他瞪了侯骏岐一眼,忽然从书立中抽出笔记本,站了起来。

周围的人包括盛夏,都疑惑地看着他。

张澍定定地站了将近半分钟,不知道在想什么,最后叹出一口气,似乎是下了什么决心。

张澍说:"带上你的错题本,跟我出来。"

众人:"……"

盛夏:"……"

他这个语气比老师还有压迫感。

盛夏用眼神示意——这不好吧?

张澍准确地从她的书箱里抽出了她的笔记本,说道:"走。"

然后众人就看见张澍领着盛夏出去了,张澍的手里除了笔记本,还拎着个纸袋。

可他们并没在外面的桌子上学习,而是往连廊去了。

"那是礼物吧?"

"是吧,今天可是盛夏的生日。"

"他们犯得着这么遮掩吗?当我们是笨蛋吗?"

"张澍自己大概都没注意,他连笔都没拿,学什么习?"

盛夏跟着他,有点儿慌了,停下脚步,问:"去哪儿啊?"

张澍说:"让我想想。"

盛夏:"……"

而此时,王潍从连廊那头走来,看来他刚才是上厕所去了。他们迎面碰上,盛夏低垂着眼,掉头也不是,前进也不是。

只听张澍说:"跟上我啊。"

盛夏:"……"

然后他们就这样堂而皇之地从王潍跟前经过。王潍的目光就跟追光灯似的,呆住——他们这么明晃晃地忽视他?

"张潍！干吗去？"

张潍似乎很是烦躁："别吵！"

王潍目瞪口呆。

眼前的这两位，一个是他的"筹码"和"心头肉"，一个是供着的公主惹不起。少年和少女的那点儿事，他又不是不懂。今天又是盛夏的生日，他可以理解。张潍是个有分寸的人，盛夏也乖巧懂事，他其实并不怎么操心，但班主任的威严还是要有："给你五分钟！"

张潍头也没回，用空着的手比了个"OK"的手势。

因为猜不透他要干吗，盛夏紧张得差点儿走不稳。

他们一直走到图书馆大堂，张潍把本子和纸袋放到桌上，说道："坐。"

这个地方盛夏只在白天来过，她还感慨附中的条件真好，一个高中拥有整栋楼的图书馆，楼下有大堂，有玻璃桌子和皮沙发，还有引导台，楼上甚至有规模不小的格子间自习室。

"豪"无人性。

这会儿图书馆已经闭馆，大堂里只点着昏暗的灯。盛夏忐忑不安地坐下，她估计张潍有话对自己说，正好她也有话对张潍说，所以才这般乖巧地跟过来了。

"盛夏……"

"张潍……"

两个人几乎同时开口，随后都一怔。

张潍在她的对面坐下，用手摆了个"请"的动作："你说。"

盛夏反而迟疑了，手紧紧地攥着膝盖上的布料。

张潍把她的小动作看进眼底，也没催她，只是俯身打开了纸袋，里边还有个小提盒。繁复的包装被拆开，露出一个饱满的红色丝绒小爱心，上边插着两只交颈的白天鹅。

盛夏微微惊讶，竟是和刚刚同款的蛋糕的迷你版。

张潍的神态略显不自然："没想到你已经吃过了，还是更好的蛋糕。但我这个买了就是买了，总不能浪费，所以，随你处置吧……"

他的语气淡淡的，还是那副漫不经心的样子，可盛夏竟听出一丝落窦来。

但她要说的话和当下的气氛格格不入,她必须停住那份莫名其妙的共情。

她开口却是:"你……怎么知道今天是我的生日?"

张澍往椅背上一靠:"你的 QQ 空间留言板上,有个人每年都给你写生日留言,但日期不是同一天,所以我查了查,农历是同一天。"

盛夏呆了,他说的人应该是陶之芝。她轻轻地点头,因为除了点头,她忽然不知道怎么接话。他这算费尽心思了吧?他知不知道,这样她真的要自作多情到底了。

她沉默着,没想到向来话比她多的张澍也沉默着。他手撑着沙发扶手,眼睛却没有看她,焦点不知道落在哪里。

盛夏咽了口唾沫,轻声地开口:"张澍。"

他看过来,就这一瞬,她的心跳漏了一拍。

盛夏移开目光,才又出声:"我的腿,已经好了。"

张澍说:"嗯。"

她惊讶于他不痛不痒地接话,把好不容易调整好的心率又弄乱了:"医生说,我的腿被照顾得很好,应该不会有什么后遗症。"

张澍说:"嗯。"

盛夏:"……"

"所以,你以后不用再照顾我了,这件事情本身也不是你的过错,我从来就没有怪过你,真的。"她语气真诚。

张澍没有再应一句"嗯",眼睛一眨不眨地盯着她。

盛夏的视线下移了些,继续说:"所以,以后请不要再做让人误会的事了。最近的一些谣言让我很困扰。"

终于,她终于说出口了,也没有想象中那么难。只是酸涩在一瞬间席卷了整个腹腔,她拼命往下咽也似乎要压不住了。

走到这个局面,她也有过错,算起来,她不也一直在配合他有意无意的撩拨吗?甚至是沉溺其中。她明明总是告诉自己不要自作多情,却又总是忍不住。

她紧绷着神经,却听对面的人忽然短促地笑了一声,然后见他坐直,手肘撑在膝盖上忽然俯身过来,目光灼灼地看着她。从她的角度看,他就像是一只鹰。

"什么误会啊?"他漂亮的嘴巴开合。

盛夏拧着膝盖,"暧昧"这个词又这么涌进她的脑海中。

有一首歌是这样唱的——暧昧让人受尽委屈。

短短一个学期的时间,她竟好似懂了。

暧昧就像空荡荡的桌面上的半杯水,你无力甄别到底是给你倒的,还是被剩下的。

食之,自己堵心;弃之,唯恐不敬。

疑虑、纠结、耿耿于怀。

"误会。"她低声开口,"误会……"她终究是说不下去。

"误会我喜欢你?"张澍接了话。

盛夏的心口像被敲了敲,怦怦、怦怦……

"这算哪门子误会?这是事实啊,盛夏。你这么迟钝吗?真的看不出来?"

怦怦怦——

她的心在沸腾。

是什么东西,在她的腹腔里疯狂地跳跃、迸发!

她呆呆地抬起头,望进一双兴致盎然的眼睛里。

张澍说:"盛夏,听好了。我,张澍,喜欢你,只喜欢你。这不是误会。"

他的声音不大,只是每一个字都像在空气分子里反复碰撞,落在盛夏的耳朵里,"嗡嗡"地响,像是回音阵阵。

"谣言说我们在一起了?这暂时是谣言,但这也是我的——愿望。"

第十章
南理的香樟

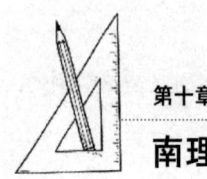

盛夏不知道时间过去多久,她失去了感知。

"张澍……我不想……"她开口,但其实并未想好说什么。

她心里的"小人儿"在打架,面前的人显然比她冷静许多。

"本来我没有打算现在说,因为在这个阶段,最好的关系不是恋爱,是一同向前,就像参加'环环相扣'那样,就算背对背,也要蹦到终点再转身见面,我认为这一点你的想法与我一致。所以我怕说了你觉得困扰,但是喜欢这种事情,你也看到了,是藏不住的,谁看不出来我喜欢你?"

他就跟说顺嘴了一般,话都不带停的。

"可是我不说,你好像更困扰。"

"你不要害怕,也不要惊慌。"

"我不能说什么'我喜欢你跟你无关'这种话,只是不想你有什么压力,但按照你的性格,听到这些还是压力不小,你就把我当成一个想要对你好的人,比如你把我当'爹'?"

盛夏:"……"

呃,他好像并不冷静。

张澍用手肘撑着上半身,不过虚张声势,其实紧张得要死,竟开始嘴瓢。他有点儿后悔日常习惯性嘴贱,让嘴在关键的时候坏事。

他赶紧打住,索性把自己的目的和盘托出:"我说错了,把我当哥哥行不行？我对你好，你受着就行了，你不受着其实也没办法，我又忍不住……等你哪天想谈了、能谈了，我第一个顺位继承你男朋友的位置，成不成？"

他又凑近了些，跟盛夏低声打着商量，如同耳语："你就允许我先喜欢着你呗？"

盛夏的腹腔不再沸腾了，一切剧烈的活动仿佛都被他一句话按了暂停键。这一刻，和那天她看他唱歌的视频到最末尾时的感觉如出一辙。

麻了。

他说话没喘，但是她失去了控制肌肉和脉搏的能力。

"嗯？"他得不到回应，整张脸逼近她，高挺的鼻子已经快要碰上她的鼻尖。

盛夏一慌，猛然往后靠，后脑勺儿差点儿就撞上墙，胳膊忽然被他拽住了。他稳住她，没让她撞上去，而后用一只宽阔的手掌捧住了她的后脑勺儿，把她倏然拉向他的方向，他们之间隔着咫尺的距离。

"可不可以？"他问，声音低到只有他们能听见，令人倏然轻颤。

他放在她后脑勺儿的手还在轻轻地揉，像在哄她一般……

怦怦怦——

她的心跳像是在逆向而走，不断冲击她的防线。她看着他近到看不清楚轮廓的俊脸，一动不敢动，呼吸下意识地收敛着。她快要窒息了！

就在她整根弦断掉之前，张澍放开了她，坐直回去，但眼睛还是直直地盯着她。

盛夏放在膝上的手轻轻地探着自己的脉搏，同时企图找回自己的声音。

"我……我不知道，我……我要……想一想。"

她的话音刚落，两个人都愣怔住。盛夏猛然反应过来——她在说什么呀？！这与同意有什么区别？！

怪只怪他问得太过狡猾，什么叫作"允许喜欢"？如果她说不允许，他就不喜欢了吗？这是她能控制的吗？

这要人怎么回答！这根本就是无解！不管她回答什么，只要不是拒绝，不就相当于也有此意？这明明白白就是个陷阱！

啊——

张澍果然笑了，过了一会儿他才意识到自己笑了，摸着鼻尖，轻咳了一声，最终还是掩藏不住那份喜悦。他忽然靠着沙发仰头大笑了两声，喉结上下滚动，锐利得有股志在必得的气势。

"哈，哈！"

整个大堂回荡着他这两声突兀的笑。

盛夏："……"

"不好意思。"他含笑说，"证实一下这是真实的时空，不是我在做梦。"

盛夏需要做点儿什么来缓解情绪，可是她的脑子里一片空白。

还是张澍率先冷静下来，视线回到被忽视的蛋糕上："还吃吗？不过，这个应该和你那个蛋糕一样，说不定还没有那个好吃……"

盛夏回神，确认他语气里确实有他从未有过的落寞，大概还在为撞了蛋糕的款式并且不如她的蛋糕大而神伤。

她找回自己的声音："其实，不一样。"

张澍说："嗯？"

"这个牌子的蛋糕，听说配送员身高都一米八，还都气质相貌端正，这也算是他们的品牌溢价……"

张澍继续疑惑。

"但我那个蛋糕是家里买的，所以我……我没有看到配送员，亏了……"盛夏犹犹豫豫地看着眼前小小的"红心"，喃喃地说道，"你这个，我看到了。"

看到了眼前这个，气质相貌不止是端正的配送员。

品牌溢价——赚到了。

"没亏。"最后两个字，她低着头，声音细得几乎听不见。

盛夏说话的时候，耳边"嗡嗡"地响，她也不清楚自己到底说了些什么，到底说明白没有。

张澍果然愣了几秒，随后点点头："哦，那不好意思，我一米八五。"

盛夏："……"他果然没听懂。

他也是紧张到失去敏捷的思维了，半响才反应过来，她是在安慰他？

兜这么大的一个圈子？

她是想说，他的蛋糕，因为配送员是他，所以不一样？是这样吧？他没理解错文化人的话吧？

张澍反复琢磨。

他望着她通红的、低得不能再低的脸蛋儿，心跳忽然也失去了节奏。他无数次感慨，她怎么这么可爱啊？他已经快要忍不住，真的好想、好想碰碰她，捏捏脸、牵牵手……

怎么都成，他不挑。

张澍想着，恢复了点儿思考能力，问："那要吃吗？"

盛夏点点头。

张澍正要给她切开蛋糕，忽然想到还没给她唱生日歌，也没看着她许愿，可这种小蛋糕是没有配蜡烛的，他忽然起身："你等我一会儿。"

然后他大步往外走去，盛夏还没反应过来，又见他停住脚步，大步走回来了。他从裤兜里摸出手机，把手机灯光调出来，往白墙上一打，整个空间都亮了一个度。

"别害怕，这是图书馆，鬼不认字，进不来。我很快回来。"他边说边倒着跑出去了。

盛夏蒙了，他是担心她自己待着怕黑？她封建迷信的形象这么深入人心了吗？

随后，盛夏就透过窗户，看到他奔上了教学楼的环形楼梯，一直绕啊绕，身影消失在五楼……

他，到底要干吗？

不过一分钟，她就又看见他绕啊绕，几乎是一步迈三四级台阶，下了楼。然后他气喘吁吁地出现在她面前，肩上有风，眼里有光。

"我没有打火机，去找韩笑借了一个。"他扬起手里的银色打火机，向她解释。

盛夏疑惑地看着他。张澍没坐回原来的位子，在桌边蹲下了，就在她的跟前，一膝高一膝低，姿势像是单膝跪地。虽然他并没有单膝跪地，但她的耳朵就是忍不住微微发热。

他灭了手机灯光，一只手举着蛋糕，一只手叩响打火机。

"吧嗒"的一声，火苗猛地蹿起。

他把打火机当蜡烛，在闪动的火光里，低声唱："Happy birthday to you（祝你生日快乐），Happy birthday to you，Happy birthday to my baby（祝我的宝贝生日快乐），Happy birthday to you。"

他的声音，与盛典视频里唱摇滚的时候完全不同，磁性而又低沉，温柔得不可思议，伴随他因为疾跑而凌乱的呼吸和轻喘……声声叩着盛夏的心脏。

尤其是那句"to my baby（祝我的宝贝）"，让盛夏的脊背好似过电，随即她的耳根子烫得像要烧起来。

谁？谁是他baby（宝贝）了？！

震动、惊喜、紧张、羞赧……种种复杂的情绪糅合在一起，裹挟出复杂的冲击感，已几近她的头顶。她想起侯骏岐常常说的一句话——这谁顶得住？

"许愿吧。"歌声一落，他抬眼，挑挑眉，满眼期许地看着她。

盛夏呆呆地看了他两秒，抿了抿嘴，双手合十抵在下巴，虔诚地闭上了眼。她感觉光似乎灭了，而他又迅速地扣动了打火机。她缓缓地睁眼时，火光仍旧耀眼。

他问："许完了？"

"许完了。"

张澍说："吹蜡烛。"

盛夏狐疑，他轻轻地抬下巴示意她吹打火机。她凑近，轻轻地吹了吹。他同时松手，火苗遁入打火机里。

随即，那打火机被他迅速地扔在桌上，他甩了甩手："韩笑这个逆子，什么破打火机？烫死'爸爸'了。"

盛夏："……"

他的一句怒骂打破了空气里隐隐的旖旎和尴尬，可他没站起来，她也没有动静。

她保持着刚才吹"蜡烛"的姿势，离他很近，两个人就这么在昏黄的灯光下对视良久。

终于，在他的眼神从专注逐渐变得玩味时，盛夏先回神，猛地坐直了:"刚才,王老师说,给咱们五分钟……蛋糕,我晚点儿再吃吧……"

"笨蛋,五分钟早就过了,晚点儿回去行不行?让我再看会儿。"

他还蹲着,微微仰视她。他柔顺蓬松的额发下,目光专注而沉溺,叫人沉沦。

看……看什么呀?!这叫什么话?!他怎么可以说得这么自然而然?!

盛夏耳根子的烫渐渐蔓延,大有燎原之势。

他能不能不要这样子说话!如此驾轻就熟!轻浮!

"不行!这怎么行?!"

她愤愤然,却没察觉语气里遮掩不住的娇嗔。

张澍感觉心都要化了,再也忍不住,状似自然地捏了捏她放在膝盖上的手:"好,回去。"

她的手指一紧,一阵温热袭来。他的手潮湿炙热,只一下便松开。她却再次整个人愣住,感觉手的那一块麻得快不属于她了!

他怎么能……摸她的手?!

她快速地站起来,抬脚就走,可这样还是感觉不对劲,她走在前边,忽然回头:"张澍。"

"嗯?"他不假思索。

"以后不许这样。"她提要求。

张澍看着她气鼓鼓的脸:"怎样?"

"咱们只是同学,你不许,你不许……你……"她羞于形容,急得看起来像是快哭了。

"好,好,好。"张澍赶紧劝住,"我不这样了,你别生气……"

盛夏转身,愤然地落荒而逃。

张澍笑得无奈极了,将捏过她手的指腹搓了搓,好似要把那触感忘掉,免得上瘾。但这是徒劳,那软绵绵的手感就跟被烙上了似的,光是想想就让他的心软得一塌糊涂。怎么会有这么软的手?她是没有骨头吗?

张澍把蛋糕收回盒子里,三两步就追上她,稳稳地跟在她的身后,保持两三米的距离。

快进教学楼的时候,盛夏忽然又被叫住了。

"盛夏。"

她稍稍回头,张湑也没有走到她近前,就停在她身后,开口:"我想我该告知你一件事情。"

她不动不语,等着他说。

"就在刚才,我发现我比想象中,还要喜欢你。"

——比想象中,还要喜欢你。

她数不清他今天说了多少遍"喜欢你"。她想要求饶,他能不能缓缓,别说了?她怕仅剩的力气难以支撑她走回去。

她身后的声音仍旧传来,语气郑重:"所以,我想你得做好准备。这辈子到现在为止,我没有喜欢过谁。除了我姐,我没对谁好过。如果我要是没掌握好分寸,请你提醒我,或者,原谅我。"

半夜一点,盛夏异常清醒。她是在十二点熄的灯,当下却仍旧睡意全无。这样下去,第二天的考试她会困得难以集中精神。

谈恋爱是真的可能会影响学习呀。

这个想法一冒出来,盛夏一惊——谈恋爱?谁?她没有呀!

她必须做点儿什么缓解缓解,于是又爬起来读诗。好死不死,她枕边的一本书作随手翻开便是一首情诗……

盛夏愤怒地把书合上,鬼使神差地又拿起手机,鬼使神差地又点进QQ,鬼使神差地又点开"宋江"的对话框。忽然,她耳边响起陶之芝的话——当然是想了解他,了解他的过去,也有可能,只是想他了……

盛夏望着天花板,放弃了挣扎——她恐怕,是在想他。

这样下去真的不可以!她刚要放下手机,就看到"好友动态"处出现了张湑的头像。

他发了什么?她的手比脑子快,已经点进去了。

这个时间发动态的人不多,所以一进到QQ空间的主页,她就看到了张湑发的内容。

他接连发了好几条说说,最上边的两条是刚发的,就在一分钟前。

"祝你好梦。"

"我药石无用了。"

盛夏:"?"他是不是被盗号啦?

她往下翻。

"天王老子来了我今晚也注定失眠。"

"我今晚算是废了。"

"我就算了。"

"分享链接:《冥想空间第一课》。"

盛夏看得一头雾水。

"如果睡不着,可以试试'冥想训练法',不仅可以提升睡眠质量,时间长了可以提升专注力。"

"盛夏小朋友,睡没睡?"

看到自己的名字,盛夏的手一抖。他在干吗?!

她忽然就明白了,倒着往上念,才发现这些话是连贯的,一条接一条,都是发给她的。

他为什么不直接给她发消息啊!这样在公共空间里发,他到底要干吗?而且,他怎么就知道她睡不着?

他表白了,她就一定要睡不着吗?自恋狂!

"冥想训练法"怎么听着有点儿玄学?她受好奇心的驱使,点了进去,发现是音频。

舒缓的音乐声传来,伴随温柔舒服的女声:"欢迎来到'冥想空间',让我陪着你,放松、觉悟、疗愈、蜕变……

"现在,请你选择一个最舒服的姿势,坐立,或者平躺,让我们一起深呼吸……

"深深地吸气,舒缓地吐气,吸气,吐气……

"想象自己躺在云朵里,整个人陷在软软的棉花里,非常地放松……"

这声音好似有魔力,听着听着,当真想要顺着她说的去做,当真恢复了平静。

盛夏点了暂停,熄灭灯光,把手机放在枕边,点重播,平躺回去。女声节奏很慢,仿佛进入无人之境,她慢慢地被引导着,放松身体的每一个部位，偶尔失神，又会被引导语拉回，跟着冥想的节奏，渐渐地陷入了梦乡。

一梦睡醒，新的清晨。

早上六点半，盛夏准时到教室。稀奇的是，张澍已经来了。有两个同学围在他边上，在讨论一道数学题。

盛夏从边上经过，然后落座。她桌上放着食盒，是眼熟的那个。不是说送到她痊愈吗？她已经痊愈一阵子了呀？

盛夏瞥了一眼右边，张澍就在此时抬头，同她对视，眉眼间都是笑意，嘴上却还是聊着题目。

他讲解的节奏没停，所以讨论问题的同学压根儿就没注意到他的小动作，只有盛夏看到了。

他们在对视间，有什么东西好似和以前不一样了……她迅速地扭头回来，心跳未经允许，擅自加速。

她其实已经吃过早餐，就是他送的小蛋糕。但是打开食盒，奶黄包香气扑鼻，她还是没忍住，捏起来咬了一小口。糯糯的、奶香的、甜甜的。

她鬼使神差地又缓缓转过头，不知道存的什么心思，就是想看一眼他。看也就看了，平时也不是没看过，但就是奇奇怪怪的，她的心里像有两个"小人儿"在拉锯——看，不看了，看吧，不看啦！看！哦，好的。

最后她还是瞥了一眼，不承想他又抬头，还冲她眨了眨眼睛……她再次迅速地扭回头，这下是怎么也不会再看他了。他是长了透视眼了吗？有人挡着，他是怎么知道她要看他的呢？

她甩甩脑袋，边吃边戴上耳机听英语听力。问问题的同学是什么时候走的，她没察觉。等听完一套题，她摘下耳机，就看见右边的某人撑着腮，直勾勾地看着自己。

早晨教室里人还不多，她把食盒还回去，小声地抱怨："你干吗一直这样看着我！"

"我想看就看。"他答得理所当然，"你也可以学学我，正大光明地看。"

盛夏："……"

她扭头回去，看自己的书，不想接话！他昨晚不是失眠到药石无用了吗，怎么这么精神？

张澍看着她那张白里透红的脸，觉得简直爽爆了。早知道表白可以这么爽，他早该让自己"名正言顺"。可是她怎么这么害羞啊？她不知道有个成语叫"欲盖弥彰"吗？

张澍也没想到自己清醒了一夜，现在还完全不困，索性趁着时间早，准备做一套练习题。

阅读题写到一半，门边第一桌的同学叫他："张澍，有人找。"

张澍抬头，拧了拧眉。是陈梦瑶。

他站起来，用眼角余光瞥见盛夏一动不动，似乎周遭的一切都与她无关。但他留意到，她的笔在草稿本上顿了至少几秒钟，才又接着原来的演算。

他优哉游哉地出了教室。

陈梦瑶是来开价的："补课两百块钱一个小时，你觉得可以吗？"

张澍说："外面一对一补课就这个价？该倒闭了吧？"

陈梦瑶按捺住翻白眼的冲动，外面的老师还提供情绪服务呢，他这个臭脸，他能吗？

但她还是解释说："我打听了，机构的一对一，老师和机构是有分成的。钱分到老师手头上，差不多也是这个价格，而且还要讲课。我这边只要讲题就可以。"

说实话，换作任何人，这个价格、这个活儿，张澍眼睛都不眨就会接下来，但……

"我实在没时间，我已经有一个学生了。"张澍说。

陈梦瑶不信，这都能让人捷足先登？

"谁啊？"

张澍挑眉："我得先问问她愿不愿意做我的学生。"

陈梦瑶："？"

她呆了。她怎么觉得张澍说话越来越神神道道、没头没脑了，学霸说话都这样？

"那不是正好吗？一起辅导得了，你也不至于嫌我开价太低了。"陈梦瑶没多想，还是在争取。

"那不行。"张澍的声音仍旧淡淡的，"说不定我的学生想一对一。"

陈梦瑶已经了然，张澍就算是天马行空地胡诌，也不愿意接她这个补习。

"不同意就不同意，你犯得着前言不搭后语地忽悠我吗？"

陈梦瑶留下这么一句话，便甩手走了。

看得出，陈梦瑶又生气又烦躁。张澍看了一眼教室里伸着脖子兴致勃勃想要八卦的一群人，视线最后落在一个恬静的侧脸上。她倒好——事不关己，高高挂起；沉迷学习，忘乎所以。

"菩萨"挺能静下心的？是好现象。

张澍的"不困"在考语文的时候遭到了"反噬"。他困得灵魂出窍，尤其写完阅读题以后，已经看不清自己写的是什么玩意儿了。他看一眼左边的盛夏，心里纳闷儿，怎么她就这么喜欢和文字打交道？看着真是催眠。

张澍想了想，哦，是期末考试，那没事了，于是倒头就睡。

盛夏作文写到一半的时候看到张澍趴着睡着了。他写完了？这么快？

考完试，"午托"提前开饭。侯骏岐照常边刷手机边吃，忽然一声惊呼："阿澍，你怎么默不吭声地上'王者'了？"

张澍睨他一眼："很难？"

"倒不是……'好友战绩'给我推送，我还以为看错了。你不是早就不打游戏，段位都掉了吗？"侯骏岐嘴里的米饭没吞下，含混不清地说，"连升，我看看，十三星。你得打了多久……你打游戏通宵啊？你干吗呀？考试前一晚你打游戏通宵？通宵还不叫我……"

张澍并不回答，自顾自地吃饭。侯骏岐又是一阵惊呼："你还发说说了？昨晚发生了什么？我就没见你发过这玩意儿……"

"我药石无用了——阿澍，你病了？天王老子来了今晚我也注定失眠——阿澍，你失眠？我今晚算是废了——什么？"侯骏岐一边念，一边评价，手指还在往下翻。

"闭嘴吧,没完了,吃个饭不能安静一点儿?粒粒皆辛苦!"张澍忍无可忍,夹起一个鸡腿塞进侯骏岐的嘴巴里。

盛夏喝汤的动作停下。对了!他的说说!昨晚她被引导着进入了冥想,把这件事情的关键给忘了!他怎么能在说说里点她的大名呢?他的 QQ 有这么多班里的同学,他甚至可能加了老师,这可怎么办?

盛夏食不下咽,也不管是在吃着饭,她拿起手机迅速地打开 QQ,给"宋江"发了一条消息——快删掉!

打完她放下手机,同时张澍放在桌面的手机"嗡嗡"地振动了一下……

平时盛夏几乎不在吃饭时看手机,所以动作格外明显。两个人一个发消息、一个进消息的节奏衔接得过于"巧合",侯骏岐的目光在二人之间扫视——干什么?明明是三个人的餐桌,这样子真的好吗?

张澍的嘴角一弯,拿起手机,盛夏见他"哒哒哒"地打字,然后把手机放回去。

她的手机是静音的,她还刻意地稍微等了一会儿,才又拿起手机。

宋江:"为什么?"

他还问为什么?

她回复:"影响不好。"

对面,张澍又拿起手机,嘴角始终含笑。这回,他双手捧着手机打字。

盛夏没放下手机,几秒后收到消息。

宋江:"怎么就影响不好了?"

宋江:"你们凡间规定夜间只能睡觉不能修仙?"

他还发来一张他的 QQ 空间截图。

原来,只有侯骏岐念的那三条说说是公开的,其他的都有一个锁头的标志。

意思是——仅她可见吗?

盛夏微微窘迫,心情微妙,问:"为什么不给我发私信?"

宋江:"你?跟豌豆公主一样,万一你已经睡了,不是会被消息振动吓醒?"

盛夏的心脏仿佛被轻轻地捏了一下，感到酥麻。她沉默了，不再回复，自以为动作自然地收起手机，继续喝汤。

他……他……盛夏都词穷了。怎么会有这么难以形容的人？！

然而这个难以形容的人却不打算结束话题，盛夏听见他倾身过来问："所以，你昨晚睡得好吗？"声音那叫一个销魂。

啃着鸡腿的侯骏岐顿时瞳孔地震。

理综考完，交卷的时候就听见高一和高二的教学楼一阵欢呼。

他们放假了。而高三的学生还要接着补课，课表排到了腊月二十八，属实没什么好开心的。

期末改卷和平时的月考改卷不同，月考是任课老师各改各班的卷子，期末考试是全年级的卷子一起改，所以没那么快。教学节奏并没有因为一次期末考试而停下，高三的齿轮还在继续地转动着。

因为齐修磊那两本报考的书，班里一连两周都沉浸在一种格外亢奋的状态中，一到下课就凑在一起聊大学、聊专业。盛夏耳边充斥着学霸的各类"凡尔赛"言论，她又羡慕，又惆怅。

在这个班里她熟悉的人，无一不是稳上重点大学、争上顶尖大学的，他们聊的大学，都是她不太敢想的。唯一不聊的人是侯骏岐，他不是睡觉就是打游戏。

盛夏只能找陶之芝聊了聊目标院校。陶之芝在一中的排名属于中上游，成绩和她差不多。陶之芝也是有目标院校的，是东洲的一所普通重点大学。

听说盛夏被安排出国，陶之芝丝毫不惊讶。

"你爸爸看着对你没有要求，其实是因为他都给你想好了。"

是啊，只有她姓"盛"，她是盛明丰对外唯一的孩子。如果她没有出息，他的面子往哪儿搁呢？他怎么可能会让她真正地无欲无求。

她早就清楚这些道理。

"那你想去吗？"陶之芝问。

"不想。"盛夏答得干脆。

陶之芝又问："为什么呀？"

为什么？除了母亲的原因，当然还有自己的一些考量。

盛夏说："我感觉不在国内念大学，会是一种遗憾。还是想要和自己人一起度过大学生活。"

盛夏了解自己，她念旧且慢热，如果出国，文化差异会成为一道巨大的门槛。她知道许多人出了国，交际的也还是华人圈子，会有自己的一方自留地，过得也很不错。但她觉得自己大概不行，她对环境的感知太过敏锐。

另外，大学也许是一个人整个世界观形成的最重要时期，她希望这个时候，她的世界观能在自己的祖国培养和形成。不排除外国许多学校都很厉害，可她想学的专业都偏文科，好像没有什么必要出国学习。出国不是不好，只是不适合她。

盛夏自顾自地想着，手机里收到回复。

陶之芝："自己人？谁呀？张澍啊？"

盛夏："中国人！"

陶之芝："嘿嘿，不要激动，不要激动！那你打算怎么办？"

盛夏："两手准备吧，考个好大学，就不用出国了。"

两手准备，或许，应该叫阳奉阴违。她做了十七年听话的孩子，这一次，她要自己做决定。

陶之芝："你的意思说是一边应付你爸，准备着出国的东西，一边还继续准备高考？那会很辛苦的，考托福也很难的！"

盛夏："嗯，我做好准备了。"

事实上，她已经在进行中了。

这是一场很冒险的梦，希望天光大亮时，她美梦成真。

在补课时期的第一个星期五，全科成绩出来了。

大爆冷的是，年级第一名换人了。

总是考第一名的"常青树"张澍，这次考了第十一名。这是什么"滑铁卢"啊？直接跌出年级前十名！整个年级都炸开了锅，毫不夸张，因为这不是一个人的沉浮。

这次考年级第一名的人是原来一直在年级第二名到第五名徘徊的一位学生，是"实验班"（十二）班的。这是高二分班以来，"实验班"的学生第一次拿到了年级第一名，这不是一个人的胜利。

（十二）班恰好就在（六）班的楼上，晚自习的时候（六）班学生听到了（十二）班学生的欢呼和尖叫。压抑已久的"实验班"同学们像是见证了历史的转折点，就差掏出班旗摇旗呐喊了。

（六）班里一片窃窃私语，还有冲楼上翻白眼的。开学时张澍在国旗下讲话"与有荣焉"的画面还历历在目，怎么到了期末是这样的结局？

张澍的英语和理综成绩都没什么异常，数学130分，也不低，但他一直都是满分或接近满分，而这次的成绩就显得普普通通了。最拉分的是他的语文成绩，作文30分都不到，没写完，按行数给的分。如果他的作文能考到45分，他的分数就能与这个第一名持平了。

到了张澍这个位置，成绩已经不是他一个人的事了，副校长、年级主任、王潍加上付婕聚在一块儿开会。没过一会儿，果然就把他叫去了。

张澍走到年级主任办公室门口，听见副校长正在质问王潍："除了学习，学生的生活和思想也都要抓好、抓紧，这也是能直接影响学习的，这不是王老师你最擅长的吗？"

王潍连连点头："是这样，是，是。"

张澍和表情无辜的付婕对上视线，双方眼里都有无奈。

张澍不解，期末没考第一名，他就是生活和思想有问题的学生了？

"报告。"他敲了敲门框。

年级主任回头："进来。"

张澍坐到了会议桌的另外半边，面上看不出有什么情绪。

年级主任先绕了一大圈儿，类似"校领导关怀"这样的车轱辘话转了不下五圈。张澍耐心地听着，等年级主任说完了，才说："嗯，谢谢老师。"

礼貌和跩，在他这儿好像并不冲突。

王潍不断地冲他使眼色。

"这次没考好，你自己觉得是什么问题啊，张澍同学？"年级主任问。

张澍说："这个成绩上'河清'和'海晏'都没问题，我觉得还可以。"

他说得理所当然,王潍想起张澍经常说的那句"分数够用不就行了",在心里叹气——终究是,没有"洗脑"成功啊!

年级主任和副校长哑口无言,张澍的话好像没什么不对。

"你的能力可不止是这样啊,你可是咱们学校培养的省状元的苗子啊!"年级主任苦口婆心。

张澍说:"咱们学校能考状元的应该还是有的。"

他言下之意——我并不想考状元?

这……

副校长也是从年级主任做上去的,做过了多少思想工作,就没听过这种逻辑。成绩到这个份儿上的学生,谁不想冲个顶?年级主任又睨了王潍一眼,眼神在说——瞧瞧你教出来的好学生。

副校长转移话题说:"你的语文成绩是怎么一回事?"

张澍看了一眼付婕,后者一脸严肃地看着他,一副"你敢说我,你就死定了"的表情。张澍想笑,但忍住了,实话实说:"考试的时候睡着了。"

众人:"……"

王潍狠厉地说道:"你不知道在考试啊?睡着了?"

付婕问:"是那天身体不舒服吗?"

张澍说:"没有。"

"那是心情不好吗?无论是家里,还是自己生活上有什么事,如果需要学校帮助的,要及时说啊。"

张澍说:"没有,我挺开心的……"

众人:"……"

王潍看着几个蒙了的领导,刚想说点儿什么,就听张澍说:"我下次考试会注意,保证不睡,但是成绩波动没法儿避免,不睡其实也有考不好的可能。"

众人再次:"……"

年级主任还是头一回谈话谈成这样,对学生丝毫没有威慑力不说,还快被学生带着跑了。

王潍见状，连忙缓和气氛说：“我再做做他的思想工作。张澍的成绩向来是稳的，这次可能确实是有什么事耽误了。他的其他科目成绩还算稳定，语文这块也不是付老师教学上的问题，他下一次不会再出现这样的情况了。对不对？张澍！”

张澍心想，老王这次不赖呀，知道哪个战壕里是自己人。他点点头：“嗯。”

年级主任又交代了许多，甚至连"换个班"的威胁都说出口了。王潍也是连连保证，这会才散了。

出了年级主任办公室，王潍的脸黑下来："你给我过来！"

张澍望天。

办公室里没别人，王潍叉着腰，气得半死："说，你是不是早恋了？"

张澍坦然地说道："单恋算不算？"

王潍瞪大了眼睛："你还真敢认？我告诉你，别以为你脑子好使就态度松懈。都这个时候了，你不知道该干什么吗？别说什么成绩是你自己的事了，你这要是……要是真和人家姑娘有什么，你的成绩就不会是你一个人的事，你明白吗？！"

张澍抬眼，看着气呼呼的王潍，良久，才提了提眉梢："王老师，今天可真让人刮目相看哪！"

王潍："……"

附中对早恋的问题不算太严格，只要不影响成绩，老师大多睁只眼闭只眼。但是像张澍这样的，就不大可能真的由着他去。他清楚这一点，其实他考试时趴下的那一秒就想过。

"老王？王老师？"

王潍虎躯一震，这小子一正经叫人，就没好事。

"这里没别人，别绷着脸了？"张澍正色道，"把人捆在顶峰，本来就不现实。我从来就没有跟谁保证过一定会考第一名。成绩这个东西从来就不是定数，排名更不是。我能保证的就是对自己负责、对现在负责、对未来负责，而不是对分数负责、对排名负责。"

王潍看着张澍，粗眉紧紧地拧在一块儿。

"我没有因为脑子好使就态度松懈，都到这个时候了，我很清楚该干什么。"张澍用王潍的话回应他,而后补充,"提前感受一下成绩的浮浮沉沉不也挺好?我有平常心,你们也有平常心,行不行?"

王潍感觉自己才是被"洗脑"的那一个,他竟然开始接受张澍考不了第一名的这个可能性。

——把人捆在顶峰,本来就不现实。

王潍咂摸着这句话,神色复杂地看着眼前十七岁的少年。试想如果自己年轻的时候站在年级第一名的位置上,能不能有眼前这个少年的这份平常心?很难。

他教书虽然也没多少年,但是也见过不少学生一蹶不振。尤其是从高峰跌落的学生,心理那一关,很难过去。是啊,现实就是没有人能永远在顶峰,人总归要体会坠落。

"你们……"王潍都有点儿说不出口,"考试前那天晚上干吗去了?"

张澍说:"这也打听?"

王潍一脸严肃:"什么事不能考完试再说?要不是我看这次盛夏的成绩进步大,我真想找根鞭子抽你!"

张澍正色道:"我懂,我有分寸,放心吧,一模争取把面子和里子都给你抢回来。"

"没什么事我先走了,今天谢谢你啊,老王!"

王潍还是生气,冲着张澍的背影吼着说道:"什么给我抢回来?关我什么事!你是给我学习,还是给自己学习?!"

哟,这学习可终于变成他自己的事了。

张澍扭头,笑了笑:"你说什么就是什么,我去哄哄付老师!"

他这轻松地一睡,可给付婕脸上抹了黑。

教书不易,王潍叹气。

盛夏考到了班里第二十九名,这进步速度像是坐了火箭。她除了数学考了119分,其余各科的成绩进步都不算太大,但是分数加起来无疑就上去了。按照模拟考试的成绩划线,她的成绩高出一本线将近20分。

刚拿到分数条的时候,盛夏不可置信地对了许久的学号,是她的。然而喜悦持续的时间并不长,随着周围的讨论声越来越大,她也得到了消息，张澍因为语文成绩而遭遇了"滑铁卢"。

盛夏不用想都知道，那天他睡觉了，肯定是没写完。是因为熬夜太困了吗？那岂不是……因为她？她的脑子里又冒出那句——谈恋爱影响成绩。

"盛夏，付老师找你。"

她正想着，后门传来一声召唤，她的心一慌。

她还没走，教室里已经开始交头接耳。考试前张澍和盛夏是在众目睽睽下"出走"的，张澍现在又遭遇了"滑铁卢"，这下这两个人估计要被盯上了。

"他们不会被叫家长吧？"

"但是盛夏的进步很大啊！"

"那当然了，没看是张澍手把手带的？"

"羡慕，但张澍是怎么回事啊？"

"谁知道呢……"

盛夏忐忑不安地上了楼，到付婕办公室门口却撞上了从里面出来的张澍，她更是慌乱。

张澍看见她，有点儿惊讶，换了副神伤的模样，把她拦住，问："担心我？"

盛夏："……"确实还挺担心的，但是……

"不是，付老师找我……"

张澍挑挑眉，倒是他自讨没趣了？

盛夏只是随口答的，瞥见他有点儿受伤的表情，想到他遭遇"滑铁卢"的原因，她才"担心"地说道："你是因为语文成绩吗……考试时怎么不坚持会儿？"

他当时作文都写了二十多行了，也不差那一会儿了吧？

"坚持不下去了。"张澍的语气极其自然，甚至有一点儿自我责怪的意思，"真是困得灵魂出窍了。我怕我再写下去，卷面上写的全是'我想你'。"

盛夏的耳根子一红，心脏狂跳，节奏乱七八糟的。

他能不能好好说话呀？

她低着头，声音小得自己都快听不见了："这怎么行啊？那……那你以后不要想我。"

啊，救命。刚埋怨完他，她自己又在说什么呀？话说出口，她自己都难为情。

果然，张澍笑了一声："那不行，这比考第一名难。"

盛夏："……"

没等来人，所以准备自己下去找盛夏，却在门边不慎听了墙角的付婕："……"

盛夏几乎是落荒而逃，进了办公室，付婕坐在自己的位子上，眉眼含笑地叫她："盛夏，来。"

付婕这个表情……应该没什么事。

付婕找盛夏是聊自主招生的事，她紧张的神经总算稍微放松。出版的核定标准还要等消息，所以她不能放松，要做最坏的打算。

"借着过年放假的时间好好赶一赶进度。如果有需要，你可以随时联系我，把稿子发给我看也行。"付婕交代。

盛夏说："嗯，谢谢老师。"

付婕又道："你这次的成绩进步很大，要保持住呀。"

"嗯，我会尽力的。"

"又要写稿，又要复习，期末那段时间，很辛苦吧？"

盛夏点点头，又摇摇头："还好。"

付婕低声道："看来张澍还真是挺负责任的？我之前听王老师说，你腿伤的时候，张澍亲口承诺帮你提高成绩。他真的做到了。"

盛夏放松的神经一扯，绷直。

付婕说的是事实，盛夏点头："他帮了我很多。"

"张澍同学确实是位好同学。"付婕称赞着，仔细地观察盛夏的反应，笑了笑，"你们王老师说，这盛夏的腿受伤了要来回跑医院，心态上要受影响的，这样下去不行啊！你知道张澍怎么说吗？"

盛夏抬眼，怎么感觉付老师……有点儿不同寻常呀？

"他说——"付婕压低嗓音模仿，"我会让她行。"

盛夏回到班里，王潍正站在外面，神色凝重。

她问辛筱禾："要开始'知心哥哥时间'了吗？"

"好像是。"辛筱禾耳语，"付婕叫你去干吗呀？因为张澍的事吗？"

盛夏摇摇头："不是，就是我自己的一些事。"

她的视线稍微挪动，瞥了一眼隔着一个走道的张澍。他正在刷题，看不出什么情绪。

晚自习的铃声响起，盛夏又是第一个被叫了出去。她不知为何，有些心虚。

还好，王潍开口也是说自主招生的事："我听付老师说，你已经决定要冲一冲'河大'的自主招生了？"

"嗯。"盛夏点头，"老师可不可以暂时替我保密？"

王潍的眉毛高高地挑起："你是说对张澍保密吗？"

"嗯？"盛夏猛地抬头，又是惊慌，又是疑惑。

王潍看她这个表情，就知道是自己想错了，咂巴了一下嘴，有点儿尴尬地说："哦，你是说对盛书记保密吗？"

盛夏的心脏"怦怦"直跳。王老师是什么意思呀？他为什么也提张澍……

"嗯，我妈妈也还不知道。"她接话。

王潍说："为什么呢？"

盛夏说："太渺茫的事，还是不要提了，我的成绩也不够稳定。现在说，干扰因素会很多。"

盛夏点到为止，但王潍明白了。说实话，这么紧张的时候了，她要花那么多精力去写稿、出书，到最后还不一定能成，别说是家长，就是他和付婕也觉得太过冒险了。更何况眼下，她家长的安排看起来十分可靠，如果她提出要参加自主招生，大概率会遭到反对和阻止。

王潍说："可是，或许你爸爸能帮上忙？"

盛夏摇摇头："不要了，这样不好。"

王潍提醒说："不是要破坏规则。只是人情社会中，在框架之下，有时候一句话能让事情顺利许多。"

比如出版。

盛夏低下了头，久久没有说话。王潍都有点儿紧张了，是不是自己哪句话戳中了学生的敏感点?

只听她小声地说道:"是我在求学,他的权贵,与我的学业无关。"

王潍怔了怔,忘了有个词叫"文人傲骨"。

"那你有什么需要帮助的,要及时和我说,或者和付老师说,不管你是谁的女儿,你都是我们的学生。"

盛夏抿着唇,点了点头。王潍看着这乖巧得有点儿过分的学生,忽然有点儿感慨——他老王有一天也能说出这么有水平的话,他对自己也刮目相看!

"这一次考试你的进步非常大,要总结总结原因,继续努力呀!"王潍鼓励道。

盛夏仍是点头。

王潍又开口:"张澍他——"

女孩儿听到这话又抬起头,眼睛亮晶晶的。

王潍都有点儿失语了,这两个人怎么这么明显?再这样下去他真的会很担忧!

"张澍他这回考得不怎么样,你们同桌之间,要互相鼓励、共同进步才行!"

盛夏想,王老师的语气怎么也这么不自然?

她除了点头,好像也不好有什么别的回应。

"嗯,你去吧,继续加油!"

盛夏回到教室后,王潍并没有按照之前叫人的顺序叫张澍出去,而是叫了别人,教室里等着八卦的人们有点儿失望。

大概是因为刚出成绩,大家都比较浮躁,班里没几个人进入复习状态,到处都有人在小声地聊天儿。

辛筱禾逮着盛夏问:"老王找你都说了什么?"

盛夏挑拣着说:"让我找找进步的原因,继续努力……"

"估计一会儿快到我了……"辛筱禾叹气,"上次老王给我定的目标,我没达到,我感觉我已经到瓶颈期了。"

辛筱禾这几次考试都是差不多的成绩,没有后退,也没什么突破。

盛夏安慰她说:"你在冲顶,在陡坡上呀。怎么用力都是那个速度,因为在蓄力,只有突然登顶,才会被看见,应该快了,估计就在一模!"

辛筱禾做哭脸状,扑进盛夏的怀里:"呜呜,你最好了……"

忽然,辛筱禾停下了。她抬起头,呆呆地看着盛夏,一脸震惊:"姐妹,你好软……"

辛筱禾说着,眼神在盛夏的胸口停了两秒,才又抬起来,疯狂暗示。

盛夏"轰"的一下被点燃了……与此同时,辛筱禾注意到,隔着走道,本来在专心刷题的张澍忽然抬头看过来,眼神十分复杂。他的眼神从疑惑到了然,然后带着些许闪躲,接着开始不善,到最后变成一种——警告。辛筱禾就算再大大咧咧,这下也觉得羞了,连忙夸张地捂住嘴,露出两只瞪得跟"憨豆先生"似的眼睛。

盛夏正面对辛筱禾,并未留意背后,她只是被辛筱禾欲盖弥彰的反应惹得红了耳朵。

"知心哥哥"聊到第二节晚自习过半,才聊完。

王潍走到讲台,说:"这次期末考试,大家也都拿到成绩了。有人付出了,取得了不俗的成绩;而有人松懈了,也很明显地体现在成绩上。到了这个阶段,你们应该明白每一次考试的重要性……"

老生常谈了约一刻钟,王潍忽然叫人把教室的灯全关了,点开了一个视频。

"这是校友会今年发给大家的第一个动员视频,大家认真地观看,好好琢磨,自己的目标在哪儿,自己还差在哪里,还有多远的路要走。我不多说了,希望大家今晚能有所收获,有所改变。"

轻缓的音乐中,校友会的徽标渐进又淡出。紧接着画面上出现了河清大学的校门,镜头一转,校门底下站着几个学长、学姐,对着镜头说:"这里是河清大学,我来自南理大学附属中学。"

画面再切,出现海晏大学的校门,镜头一转,出现几张青春洋溢的脸庞,对着镜头说:"这里是海晏大学,我来自南理大学附属中学。"

接着——

"这里是东洲大学,我来自南理大学附属中学……"

"这里是南理大学……"

几乎一样的运镜,几乎一样的台词,视频囊括了全国所有叫得上名字的重点高校。

　　画面闪动着各大高校的校徽，节奏越来越快，所有校徽组成一整片网格，所有播放过的台词重叠在一起，汇成同一句——我来自南理大学附属中学，我，在这里等你。

　　随后分别是各大高校的风景镜头和活动画面，学长、学姐们用游园的方式在介绍自己的学校，有的一边推荐，一边吐槽。他们笑闹着，青春飞扬。

　　这就是大学校园，这就是大学生啊！

　　班里鸦雀无声，视频影像映在一双双眼睛里、一片片眼镜上。有什么东西在心底里慢慢地升腾，盛夏也说不明白。在听到那句"这里是河清大学"的时候，她无端地产生了一种归属感。

　　这么多学长、学姐中，她唯一记住了河清大学那几位的相貌。他们看起来仍旧青春洋溢，但又与教室里坐着的他们明显不同。一年的蜕变，是什么带来的呢？

　　盛夏感觉右边似乎有温热逼近，但她看视频看得过于专注，没有太在意。忽然，她耳畔有气息吹拂，她听见低沉的声音在说："你想好考哪个大学了吗？"

　　盛夏感觉耳郭一阵酥麻，耳边还是那道声音，说："要不要和我一起去北宴？"

　　盛夏的心跳漏了一拍，才回神一般，猛然扭头。张澍的脸近在咫尺，屏幕的光影在他的脸上忽隐忽现，那双眼睛在黑暗里格外明亮。

　　他们……

　　他们……

　　他们在黑暗中对视，在满座寂然中耳语。

　　盛夏目之所及，周遭的一切都被虚化了一般，黑黢黢的教室里只剩下她和他。

　　他说的是北宴吗？她可以吗？她行吗？

　　视频还在播放着，盛夏已经听不见了，她只听见自己的心跳，还有那句——

　　"我会让她行。"

她明明没有亲口听他说,可是,在这个时刻,在她的脑海中,渐渐地就变成了他略显轻狂却笃定的声音——我会让你行。

接近十分钟的视频播完了,教室的灯光大亮,班里一片寂静。大家对视着,有人微笑,有人惆怅,都沉浸在一种憧憬里。

盛夏看着已经退回到自己座位的少年,有点儿恍惚——刚才,全班都专注地看视频。刚才,他到底有没有跟她说过话?

盛夏的成绩让王莲华和盛明丰都高兴坏了。

王莲华说:"如果能保持成绩,考南理大学应该没问题吧?"

盛夏说:"还有距离。"即使是本地考生招得多,要考南理大学,成绩怎么也得高出一本线四五十分。

"保持好心态。"王莲华这下是信心倍增,又关心地说,"你同桌怎么样?"

辛筱禾?

"她还是我们班前十名呀,挺稳的。"

"还有呢?"

盛夏不解:"嗯?"

"你不是有两个同桌吗,另一位呢?"

"嗯……"盛夏想了想,"他是年级第十一名。"

王莲华惊讶:"这么厉害呀?"

呃,要怎么说这已经是他成绩最差的一次了呢?盛夏选择沉默。

王莲华很满意:"你周围的人成绩都很不错啊!"

"是的。"

"过年的时候带上些礼物给你们'午托'的老板拜年吧,人家这么照顾你,她妹妹又在学习上帮助你,要懂得感恩。"

盛夏的心一紧。妹妹……

"好。"

盛明丰则没有问她这么多。他近日很忙,不怎么在南理,只在电话里交代说:"语言课程要抓紧。"

而后又问:"你跟你妈说了出国的事了吗?"

盛夏为难道："还没有……"

她的户口都在盛明丰那边，家庭资料也不需要王莲华准备，所以她其实压根儿就不打算提。如果她最终能不出国，现在说出来也没什么用，只会破坏平衡。

盛明丰似乎是感觉到了盛夏的为难："你妈妈是不是不想让你出国？"

"她只是更想让我留在她身边……"

"说计划深远的不是她吗？"盛明丰来了情绪，但不想过多地在女儿面前表露，收了声，"早晚都是要说的，你好好和她说，实在不行，给我打电话。"

盛夏没回应，那边有人催盛明丰出发，他便挂了电话。这都半夜零点了，也不知道他要去哪儿，他也不容易。盛夏收了手机，没察觉自己深深地叹了口气。

"你带着两种矛盾的教育方式，两种截然不同的期待在生活，在学习……"

她的耳边回响着张澍当初的判断。是啊，就连他一个只接触过她不久的外人都能看出来她从小是什么处境。

盛明丰和王莲华总是能把她拉扯到不同的方向，但他们不是故意的。就像这一次，王莲华并不知道盛明丰想让她出国，盛明丰也不知道王莲华想让她留在南理。他们自然而然作出的决定，就是对立的，仿佛他们天生就该对立。

她一直想不明白，王莲华和盛明丰为什么会结婚，他们既不相似，又不互补。

从盛夏记事起，他们就一直在吵架。盛明丰的母亲，她不愿叫"奶奶"的那位老太太还在世的时候，她曾以为，父母的关系恶化都是因为那个重男轻女的老人。可是老人离开后，他们仍旧争吵不休，最后分道扬镳。离婚的时候，他们达成了前所未有的一致。

年岁渐长，盛夏渐渐地明白人与人之间的关系，真是讲究天时、地利、人和。他们当年能够结合，或许天时、地利、人和都满足了吧，而随着某个变量发生改变，和谐的状态被打破，即使这个变量恢复，他们也再回不到从前了。

可是他们又不可能断了联系，因为三个女儿是他们之间不能切断的纽带。盛明丰明白，他不可能亲自抚养三个孩子；王莲华则明白，她一个人没法儿养得起三个孩子。他们互相对立，却又维持着奇怪的平衡。

而盛夏很早就知道自己的定位，她和妹妹们都不同。吴秋璇和郑冬柠，只要她们想，她们就可以做自己，因为说到底，是盛明丰养而不育，对不起她们在先，她们可以舍弃甚至憎恶他。可她不能，她是长女，也是长姐。

且不论盛明丰能给妹妹们提供的物质，单是血缘就难以割舍。就像郑冬柠每次都会无比期待盛明丰一个月一两次的见面，之后便会开朗好一阵子；又比如吴秋璇明明嘴里咒骂盛明丰，每次家宴过后也都会消停好一阵子，盛明丰送来的每一件东西她都妥善保存……血缘这种神奇的介质带来的效应是无法取代的，就只能这般藕断丝连。

这个家庭里总要有人来做这道沟通的桥梁，只有她能够勉强胜任。她能怎么办呢？她也只能这样，像一团橡皮泥，反复被拉扯。她既要维持家庭微妙的平衡，又要完成自我的塑形，这是一件困难的事情。

盛夏打开电脑，准备开始写稿。

按照目录，今天正好写到《鹧鸪天·送廓之秋试》的赏析。

想起跨年的时候她用这首词发了一条说说，张澍的评论是："你要偷偷学习，然后闪了谁的眼？"

她才没有呢，她只是给自己"打鸡血"，寄托美好的祝愿罢了。

她看到评论的时候已经过去两天，所以就没有回复他。想着，她又打开 QQ，回复："以小人之心，度君子之腹。"

她刚放下手机没有一分钟，振动声传来，有 QQ 消息。

宋江："还没睡？"

盛夏："嗯。"

宋江："君子又在偷偷学习？"

盛夏："……"

她想了想，用他的话回："不行吗？闪了你的眼。"

宋江："嗯，确实闪了小人的眼。"

"君子""小人"什么的，呃……辛筱禾说得对，他真是"现挂"一个接一个。

盛夏顿了顿，想到他这次考得不算好，自己的成绩进步还有他的大部分功劳，她这样说话好像不太人道。那要回什么呀？谦虚一点儿？夸他！

盛夏："我那一点儿算什么呀，还是你比较亮。"

对话框上闪动着"对方正在输入……"的字样，他像是把字打了删、删了打，过了大概一分钟，才发过来一句话。

宋江："努力到极致，就会激发智慧。对别人来说不值一提的一步，对自己来说是跨越，就足够珍贵。"

盛夏的眼睛扫过手机屏幕，默念一遍，再轻轻地出声念了一遍："努力到极致，就会激发智慧。"

他平时嘴毒，开口就把机灵抖了一地，但她发现，他在关键时候说的话，总是正向而妥帖。之前，也是他说："你这么努力，不会有一个坏成绩的。"

他一直在肯定她，一直在相信她。

盛夏："谢谢你。"

宋江："……"

他干吗发省略号呀？她谢得不对吗？

宋江："怎么谢？"

盛夏思考，无意识地咬了咬嘴唇，怎么谢？

她还没想好，他已经先说话了。

宋江："你也安慰安慰我呗？"

也？是指他刚才安慰她了，她也安慰他吗？

盛夏苦思冥想，回道："这次你的成绩不好是一个意外，你的能力已经不需要用一次期末考试证明啦！"

宋江："我不觉得这次成绩不好，你不是我的成绩？"

盛夏："……"

和他对话，她语塞的频率很高。也许她就不应该在这时候和他聊天儿，会写不下去习题，会睡不着的！

盛夏:"那……那你要什么安慰啊……"

虽然她发出去就知道,可能会收获他一句不正经的话,但她还是发了。反正她经历过他的表白,心理承受能力已经很强了。可她发现自己还是低估了他的等级。

宋江:"待遇起码不应该比辛筱禾差吧?"

盛夏蒙了一瞬……好烦哪!她退出QQ,把手机锁屏扔一边。过了一会儿觉得不够,又拿回手机开了飞行模式,还不解气,长按关机。

这一夜电脑的键盘声没停,她笔耕不辍地写稿,用文字驱散那一丝丝烦躁。她这一生气,手底生风,竟不到半夜两点就写完了。

她躺回床上,盯着自己的手机,终究还是开了机。

"宋江"的消息疯狂地涌进来。

"人呢?"

"睡了?"

"一定不是,偷偷学习了?"

"生气了?"

"生气了。"

"为什么生气?"

"冒个泡?"

"盛夏小朋友?"

之后间隔了十分钟才又有消息:"我错了。"

接着是好几个跪地求饶的表情,都很可爱。

盛夏:"……"

他都是从哪里弄的这些东西呀?和他平时用的表情的风格大相径庭。比如他们第一次聊天儿的时候,他发的是一个丑陋乖张的熊猫头。

"别生气了,明天给你带奶黄包。"

消息终止。她习惯性点进空间,他又发说说了。这次并不是发给她的,是一条征集令。

"征集道歉表情,越软萌越好。"

呃……

底下的评论精彩纷呈,他没有设置评论区仅共同好友可见,所以她能看到所有的评论。光点赞就好几行，评论也很长，她随便一扫都能羞得睁不开眼。

"张澍，你又诈尸？你有情况啊！"

"你这号居然是活的呀？"

"天哪，你直接发你在谈恋爱不就得了，拐弯抹角的好恶心哪！"

…………

然后盛夏还看见了几个他们的共同好友的回复，都是班里的同学们。

"哎哟哟，我就看看不说话。"

"你惹谁生气了？哈哈哈，是我想的那样吗？"

辛筱禾："嘿嘿嘿，澍哥，澍哥，我发你呀。"

侯骏岐："点烟。"

…………

张澍没有挨个儿回复，只自己评论了一条当作统一回复："快点儿。"

盛夏："……"

她看了一眼时间，这都是一个小时前的事了，于是不再给他发私信。

想起他之前说："万一你睡了呢，岂不是会被振动吓醒。"

盛夏犹豫再三，编辑了一条说说，设置范围——仅"宋江"可见，而后发送。

第二天盛夏一进教室，就有几个人笑眯眯地看着她。

齐修磊他们寝室的人一窝蜂进来的时候，冲盛夏打趣说："盛夏，别跟阿澍生气了。"

"哈哈哈，是啊，深夜求表情也太丢人了，哈哈哈！"

"不，就得多生气，治治他！"

"哈哈哈！"

盛夏小脸通红，不发一言。

没到七点，张澍就来了。他把食盒往她桌上一放，邀功："尝尝，我做的。"

盛夏震惊了，打开食盒，还是一如既往的奶香四溢，看起来卖相也很好。不会吧，他还会和面吗？

"你做的？"她问。

张澍一脸得意:"当然了。"

盛夏问道:"那岂不是要起很早?"

张澍回答:"还行吧,用蒸蛋器蒸八分钟。"

盛夏:"……"

嗯,挺厉害的,从冰箱里把东西拿出来放到蒸蛋器上的过程,确实是他做的。

她捏起一个奶黄包,咬了一口。

张澍隔着走道,俯身看着她,满眼期待:"怎么样?"

盛夏:"……"呃,牌子应该没变,就……还是熟悉的味道。

"好吃。"她答道。

张澍笑起来,"那你还生气吗?"

她摇摇头:"我没有生气呀,你在说什么?我只是睡着了。"

"是吗?"

"嗯。"

"那你还没有安慰我。"他变得义正词严。

盛夏:"……"

他看起来,并不像需要安慰的样子。

盛夏把食盒还给他:"这个以后真的不用带了,我早上在家吃过了。在教室里吃也不好,我现在不是病号了……"

张澍是一副认真考虑的神色。她现在倒是很会提要求了,还能够面不改色。或许也是好现象?

张澍真想捏一捏她一本正经的脸,但手还没靠近,女孩儿就往座位上一靠,眼睛直直地看着他,目光坚持:"你答应过我的……"

不能这样。

张澍的手僵了僵,然后顺其自然地绕到后面,挠了挠后脑勺儿。

嗯,是,全班都没有看见澍哥的尴尬,没看见。

"吃完这个学期。"张澍换上了各退一步的商量语气。

他看她爱吃,买了好几包。如果她不吃,这奶香味浓的东西就是烂在冰箱里,他也不会吃。

盛夏迟疑半晌,点了点头:"那谢谢你。"

他属实是听不下去了:"天天'谢谢',你倒是真谢一个?"

盛夏拿出英语册子准备做听力,耳机都已经塞上了,低声交代:"你今天没有看QQ吗?"

他起床就去蒸奶黄包,接着就过来了,还真没看QQ。

盛夏没再理他了。

张澍坐回座位,摸出手机,她并没有给他发消息呀。

默契使然,他点开QQ空间,往下划拉了几页,果然看到了她发的一条说说。

说说发布的时间是半夜两点,没有文字,没有配图,简单到不仔细看就会忽略。

说说里只有一个表情,还是系统表情库自带的。那只小绿人,张开双手上下抖动——抱抱。

这表情,经常被中老年网友用来安慰人。

张澍怔了怔,扭头看看埋头做听力的少女,又看看自己的手机,还是不可置信。

她发了什么?"抱抱"的表情?因为他昨晚说,待遇不能比辛筱禾差,所以她发了"抱抱"的表情?哈?哈?

他的本意真不是这个,天地良心,他只是想要几句"盛氏鸡汤"。

张澍的笑意已经快要隐藏不住了。他没忍住,又盯着她的侧脸看了半晌,直看得她的耳垂开始泛红。

张澍觉得看不够,她真的好可爱。

放假见不到她,岂不是要命?

腊月二十八,高三正式放假。

这一天吴秋璇也放假,所以王莲华要去东洲接她。盛夏正好解决历史遗留问题——她的车和礼服。她提前把车充满了电,打算把礼服带回家藏起来。

下午放学铃声一响,教室里欢呼声一片。高三学生暂时解放了。

盛夏跟着辛筱禾回寝室取礼服。

附中的学生宿舍条件很好,江景房,足有八栋楼,俨然一个小区。

宿舍的地下室是食堂,一楼是超市,也就是张澍他们口中的"小卖部",走道上摆着抓娃娃机和打地鼠机,听说男生宿舍那边还有投篮机。

一个寝室六个人,上床下桌。寝室的阳台宽阔,直面学校的人工湖,湖光潋滟,杨柳依依,湖边养着的孔雀时不时地开屏。再远处是滨江公园,傍晚的夕阳洒在江面上,景色怡人。如果盛夏上高一时就来了附中,她一定选择住宿。

寝室里其他人也都在收拾东西准备回家。盛夏拿好礼盒准备离开,听见门口传来熟悉的声音,应该算是熟悉吧。

"萱萱,你好了没有?"

"好了,好了!"周萱萱应答着,有点儿尴尬地绕过盛夏,拖着行李箱走了。

门口的陈梦瑶却又返回来,推开门看了一眼:"盛夏?"

盛夏冲她点了点头,当作打招呼。

辛筱禾好奇地看着两个人——这是什么情况?

陈梦瑶好似也只是惊讶,打了个招呼之后就挑挑眉走了,没说什么别的话。

"你们……认识了?"辛筱禾问。

盛夏:"算是吧。"

"走吧。"

"嗯。"

盛夏和辛筱禾就走在陈梦瑶和周萱萱后面,不到一层楼梯的距离。

到了一楼,就听见一声:"阿澍?"

盛夏和辛筱禾都下意识地看过去——是陈梦瑶,她在门口叫住了张澍。

张澍怎么会在女生宿舍楼下?他就悠闲地站在那儿,一只手揣兜,一只手刷着手机,时不时地抬眼看看女生宿舍门口,显然是在等人。

这会儿宿舍门口几乎都是拖着行李箱来往的学生,无不好奇地回头看他,然后大家就看到传闻中的校花朝张澍奔了过去。

陈梦瑶扬起笑脸问:"你怎么在这儿?"

说完她感觉这画面似曾相识——校运会调度室里,如出一辙。

她忽然就有一种不好的预感。下一秒她的预感应验，张澍抬抬下巴示意她看身后："等人。"

她顺着张澍的视线回头，看见盛夏和辛筱禾正走过来。

盛夏和辛筱禾走近，听见陈梦瑶说："你过年回莲里吧？"

"嗯。"张澍答。

"什么时候回？"

"不确定。"

莲里，盛夏知道这个地方，南理郊区的一个古镇，风景挺好的，现在并入了开发区。她才算是有了这样一个概念——张澍和陈梦瑶是一个地方的，一个连名字都十足浪漫的地方。

盛夏走得很慢，几乎是踩着碎步。辛筱禾了然一般，也放慢脚步，不想去制造"修罗场"。

陈梦瑶没有忽略张澍的视线，洒脱地摆摆手："那我先回了，过年见！"

周萱萱跟在陈梦瑶身后，看着陈梦瑶的表情由从容变成落寞。

周萱萱在班里没少听关于陈梦瑶和张澍的那些流言，她知道自己以前对张澍的认知有多离谱儿。张澍喜欢一个人，并不会拿乔，也不会忽冷忽热。他现在眼睛里除了学习，就只有盛夏，毫不掩饰的那种。之前大家说，他没向陈梦瑶告白是因为经济差距，他谈不起恋爱，那就更是不可能了。因为比起盛夏那样的条件，陈梦瑶的条件真的不算什么。

陈梦瑶忽然停下了脚步，问周萱萱："他们是不是在一起了？"

"我也不确定……"周萱萱迟疑，想了想还是说，"就是还挺亲密的。"

陈梦瑶接着问："盛夏去你们寝室干吗？"

周萱萱："拿她放在辛筱禾那里的礼服……"

"什么礼服？"

"就是，运动会她穿的那套。"

"啊？为什么放在你们寝室？"

"不知道……"

陈梦瑶的脑子转了转:"不是,她校运会的礼服是自己的?"

周萱萱犹犹豫豫,点头:"嗯,她家里买的。"

陈梦瑶皱眉:"她家是干吗的?"

周萱萱老实答:"不知道,听说挺厉害的,有说是当官的,也有说做生意的,不确切。"

陈梦瑶呆了,不知道在想什么。

周萱萱摸不准她是什么心情,便没有出声给她添堵。

盛夏看着面前接过礼盒的张澍,有点儿蒙。

张澍先抱大盒子,稍微蹲了蹲,对辛筱禾说:"放上来吧。"

辛筱禾咧嘴笑得开怀,把几个小盒子堆上去:"好呢,好呢。有苦力,我落得轻松。"

张澍转身,才叫边上呆着的盛夏:"走啊?"

"哦。"

盛夏跟上他的步伐,回头冲辛筱禾挥手:"那我先走啦,新春快乐呀。"

辛筱禾也挥手:"新春快乐!明年见!"

盛夏说:"嗯!"

张澍冷哼一声,稍稍扭头:"跟别人倒是挺有仪式感的?"

嗯?什么意思啊……盛夏没太听明白,小步快跑跟上他,微微地抬头看着他。

辛筱禾在他们的背后看着他们,想起刚开学有一次换座位,杨临宇说觉得他们很般配。

现在也是相似的场景,少年抱着一堆东西,稍稍歪着脑袋和边上小跑跟着他的女孩儿说话,两个人的侧颜都无可挑剔。

辛筱禾觉得有什么东西变了,但又好像从一开始就应该是这样的。

真好。

辛筱禾笑笑,转身回了寝室,收拾东西。

张澍扯了扯嘴角,不再看盛夏,嘴里念着:"我不来,你是不是就这么回家了?"

盛夏的脚步稍慢,落后他一个身位。

哎？所以他跟过来，是要来跟她告别吗？

她以为他只是把她送到车棚，没想到他骑着车慢悠悠地跟在她旁边。她的车子车轮小，真正跑起来还不如山地车快，而且她背后还驮着东西，就更不敢骑得太快。他也不敢骑得太快，慢到难以平衡车子，歪歪扭扭地艰难行进。

他似乎不怎么高兴，盛夏打破沉默问："你们那里过年，会有特别的习俗吗？"

"没有。"

"哦，也是，都还是属于南理这片。"

"嗯。"

盛夏："……"

到了接近"翡翠澜庭"的十字路口，盛夏刹住了车。

"就送到这里吧？"

张澍也刹车："不是还有一段路？"

盛夏把话在心里过了一遍，才斟酌着说道："小区保安和我妈妈都很熟了……"

张澍明白了，眼里闪过一丝情绪，只是一瞬，旁边的人抓都抓不住。

"你有没有什么题搞不懂，现在想马上搞懂的？"他开口，问得首尾不接。

盛夏疑惑："嗯？"

"没有吗？那我有。"

盛夏："？"

"古文阅读中的意象……"他稍稍思考，用长腿点地维持平衡，坐直了身子，一副不打算走了的模样，"水。"

盛夏下意识地答："水一般用来比喻愁绪。"

"月呢？"

"满月，是思乡；弯月，是怀人。"

张澍的眼珠子转动，看看天："云呢？"

盛夏："……"

"一般比喻漂泊。"

他好像想不到什么了，看看周围："树叶呢？"

她似乎知道他在干什么了，心底里有些许暖意，又泛起丝丝酸涩。

她微微笑，配合地说道："要看是什么树叶。柳树，是依依不舍；草木，是盛衰兴亡；芳草，是离恨。芭蕉，是孤独……"

张澍竖起大拇指，忽然变了语调，声音沉而缓："那……南理的香樟呢？"

盛夏抬眼，没答，沉默在他们之间蔓延。

"南理的香樟……"盛夏望向他，开口，"是阿澍耍赖皮。"

他先是愣怔了一下，随即笑得张扬肆意。

盛夏的脸颊在冬日里隐隐地发烫。她启动车子，留下一句："新春快乐！"

随后落荒而逃。

整条香樟大道上都是他的笑声。

张澍反应过来时，白色的车已经驶出几十米远。他这才后知后觉，这是她第一次叫他"阿澍"。他的脑海里闪过梦境的碎片，他的手心发烫，喊道："你叫我什么？再叫一遍！"

他当然没有得到回答。

盛夏放慢了速度，少年的喊话一字不落地钻进她的耳朵里，一字一字敲击她的心房。她抬起头，南理的香樟在冬日里也蓊蓊郁郁，像给整座城市盖了保温层。

南理的香樟，意象是——我想要和你多待一会儿，你知不知道？

盛夏的春节安排没什么新鲜的，年夜饭在家里吃，大年初一的午饭带上两个妹妹和盛明丰吃，并且收取一些正当的红包或礼物，警惕一些因着盛明丰的关系来送礼的人，再无其他。

高三生的春节更是不可能轻松快活，席间的话题除了学业，还是学业。

留学机构的课从年初二就开始排，老师们过年也加班，真够拼的。课程大多是网课，但盛夏还是得去一趟留学机构和老师见面。

盛夏在留学机构碰到了卢囿泽，双方都不惊讶。他们不归一个老师管，出了电梯对视一眼，互道"好惨"，过年还要上网课。

盛夏的管理老师给她推荐了几所学校。管理老师最看好"宾大"，各方面条件都比较适合盛夏，但对托福和SAT成绩要求都很高，事实上并不容易考。

盛夏并不是非要出国，自然没什么意见，所以让老师把SAT相关的课程往后排，多排语言课程。学托福好歹对英语成绩有用，先学着。其他的课等自主招生有眉目了，才能有理由推掉。

课程结束出来时，盛夏见卢囿泽坐在大堂等自己，略感意外。

他们自然是一道回去。

"我听说你也备考'宾大'，这太好了！"卢囿泽说，"我没有别的意思，就是有熟人一块儿考的话，我太高兴了。"

盛夏能理解这种感受，不好泼他冷水说自己并不想去，而且卢囿泽的父亲与盛明丰的关系挺好的，她对他也只能多一层防备，不好多说什么。

"你也是吗？"她明知故问。

卢囿泽说："对，我要念商科专业嘛。"

盛夏点头。

也是，"宾大"的商学院很有名。

"一起加油吧！"他说。

"嗯……"盛夏说得有气无力。

盛夏回到家，半刻也没闲着，改了改这几天写的稿子，饭后准备刷一套数学练习卷。

她的手机狂响，既不是闹铃也不是来电，她拿起来一看。

——宋江邀请您进行视频通话……

盛夏吓了一跳，还从来没有人给她打过视频通话，就连陶之芝都没有。她这会儿可是穿着睡衣。

她挂断视频电话。

——宋江邀请您进行语音通话……

语音电话呀，她好像可以接受。

她狐疑了半响，在他第二次打进来的时候才接听。

"喂？"

那边笑了声："这么紧张兮兮，在做坏事？"

盛夏说："哪有？"

张湑说："那怎么这么久才接？"

"在写卷子。"

"是吗？"那头传来翻书的声音，"在写什么？"

"数学。"

"哪一卷？"

"第十七卷。"

张湑翻书的声音还在继续。他遗憾地说："这卷我做过了，要不换一套？"

盛夏狐疑："嗯？"

张湑说："一块儿做。"

盛夏惊讶道："你也在做卷子啊？"

张湑说："本来没做，现在想了。"

盛夏："……"

盛夏把卷子挑挑选选，才发现他几乎都做过了。

她问："你都是什么时候做的呀？你都做完了，我还有好多呢！"

"有时候晚上回来还有精力就刷一套卷子。"他答得自然。

晚上他离开教室也快十二点了。

"那你都几点睡呀？"

"两三点。"

啊？她之前以为，他都是回去就睡了。

"我早上起得不早，只能当夜猫子学习。"张湑还在翻着试卷，"不然，你以为我是天才吗？"

"呃……"其实她还真这么想过。

"写理综卷子吧，一起做，做完一科对答案。"他建议。

"一起？"盛夏疑惑，这要怎么一起呀？

张湑说："手机放在旁边，不许挂电话。"

盛夏："……"

张翰又说:"开视频吧?"

盛夏低头看自己毛茸茸的睡衣:"可我不方……"

"可我想看见你……"

两个人的声音几乎同时响起,随即,两个人都愣了愣。然后,语音电话被盛夏挂断了。

张翰看着语音电话结束的标志,蒙了——她怎么还这么害羞啊?害羞到生气?可爱,好可爱。

正在他捧着手机琢磨怎么哄她比较合适的时候,他的手机振动,页面显示——茉莉花邀请您视频通话……

张翰挑眉,不可置信地看着手机,慌忙地点了接通,差点儿给点错了。画面晃动,出现一张白皙素净的脸,以及披散着的长发。她打着调试镜头角度的幌子,目光躲闪,始终没有正眼看镜头。手机最终被她放在了台灯下,灯光朦胧,人好像在画里。

张翰问道:"刚才怎么挂了?"

"换衣服……"

"倒也不用这么隆重。"张翰也坐了下来,把手机放在支架上,"要不我也换一身衣服?正装怎么样?"

女孩儿似是瞪了他一眼,声音有些嗔怪地说道:"刚才,刚才我穿着睡衣……"

还没穿胸衣……

张翰沙哑地咳嗽了一声,不自然地点头:"哦,那开始做题吧,我计时。"

"嗯。"

盛夏低头做题,却很难进入状态。她的眼皮不自觉地缓缓抬起,猝不及防地撞上视频那头他直接而热烈的视线——他刚刚一直在看她吗?

她连忙又低头,嘴里嘀咕:"你还不快做题!"

"我比你快,你先做,我看会儿……"

看什么呀?这样看着,她怎么写得下去呀?

"那我关掉了!"她怒了。

"好,好,好,我写,别关。"

再次计时开始，盛夏沉下心，慢慢地进入状态。她做完大题偶尔抬起头，看见张澍也专注地在思考，才又放心地低头。

生物快写完的时候，盛夏的门被轻轻地敲了两下，随即门把扭动："姐，我进来啦！"

话音刚落，门已经被打开了。盛夏手疾眼快地把手机"啪"的一声扣在了桌面上，一下子站起来。

吴秋璇一脸狐疑："姐，你干吗呢？"

盛夏别了别头发："做卷子呢，怎么了？"

"哎呀，别做了，我也不想做了，要疯！"

吴秋璇把自己往盛夏的床上一扔，恶狠狠地盯着手机："姐，我好烦。"

"怎么了？"

"我室友在群里说追星的人都没什么内涵，她这是嘲讽我！她是想挨揍了……"

盛夏："……"年轻人怎么如此暴躁？

"君子动口不动手，你可以回她——"盛夏冷静地说道，"你能这么想，也不奇怪。"

吴秋璇稍微悟了悟："好'阴阳'啊！可我还想爽一点儿，气死她！"

爽一点儿？盛夏稍稍思索："妹妹几岁了？可曾读过什么书？现吃什么药？"

吴秋璇疑惑："这是什么？"

盛夏说："用《红楼梦》里的台词改编的。"

吴秋璇又悟了悟："哈哈哈，是说她有病？哈哈哈，就这样，气死她！"

盛夏："……"年轻人的快乐好简单哪。

吴秋璇瞬间就开怀了，没了心事。她在床上滚了一圈儿，好奇地打量着自家姐姐："哎，姐，上次说的那个张澍哥哥，你拿下没有啊……嘿嘿嘿……"

盛夏怎么能想到她的好妹妹下一秒语出惊人，当然也没想到视频那边的人不老实地冒出一句："什么？"

吴秋璇被盛夏捂着嘴，眼睛瞪得溜圆。

盛夏把她轰了出去，而她震惊地瞥着桌面上的手机，嘴里还低声叨叨："我刚才听见男人的声音了！我没出现幻觉吧？姐！哎？"

"砰"的一声，吴秋璇被向来温柔的姐姐拍在了门外——我的天哪！

盛夏往脸上扇风，她没法儿平静。来到桌前，她思虑再三才把反扣着的手机拿起来。

"盛……"

那边的张澍正要说话，盛夏点了挂断。

啊啊啊！

还有什么好说的！他为什么要说话啊？！

视频被挂断没几秒，张澍那边又打了过来，盛夏继续挂断。他再打，她再挂断。

不可能再跟他视频了，这辈子都不可能跟他视频了！盛夏把自己扔进床里，捞起被子卷住自己，任被子外面的手机叫嚣。

呜呜呜！吴秋璇说的什么话？呜呜呜！他都听到了！她没脸了，呜呜呜！

一切归于平静，她终究还是要面对这一切。万一刚好刚才信号不好，他没听到呢？

盛夏拿起手机，认命一般地点开对话框。他没有像上次一样发消息轰炸。但就两句话加一个表情，也足够有杀伤力。

宋江："你好'阴阳'哦。"

"宋江"发了一个"害怕"的表情。

宋江："我也还想爽一点儿，后天我回去，和我见面吗？"

莲里满大街都是烧烤店，吃烧烤对莲里人来说，就跟吃三餐一般平常。附近市镇的人周末特地跑来莲里吃烧烤的也不在少数。

过年时的莲里虽然没了游客，但外出工作的人都回来了，街上热闹非凡。晚上十一点，莲里的夜生活才刚开始。

"还是莲里的空气好啊，全是烧烤味！"韩笑拽过小马扎一屁股坐下，感慨道。

"老杜再加一盆羊蝎子！"周应翔招呼着，又问，"还要吃什么不？"

烧烤摊儿烟雾缭绕，老板的应和声格外嘹亮："好嘞！韩笑也回来了？你妈不是上南理买大房子去了吗？"

韩笑也喊着说话："哪儿也没莲里好呀，南理没有老杜的烧烤可以吃啊！"

老杜笑呵呵："嘿，算你小子会说话！"

烧烤摊儿上的人群熙熙攘攘，众人在鞭炮和烟火声中闲谈。务工的，聊工头雇主怎么为难人；当白领的，吹吹今年的业绩怎么牛；做老板的，聊明年计划搞什么大项目。不管什么身份，到了烧烤摊儿，还不是小马扎一坐，一口肉，一口酒。

"澍，我听我爸说，你们老屋那块地方要弄成古镇？"韩笑的父亲在莲里的政府工作，当了个什么主任。他的母亲是莲里中心小学的校长，在莲里有这样的"配置"，小时候的韩笑当真是可以横着走的。

张澍点点头："是有这么回事。"

"那你家的那栋老屋可值钱了？卖吗？"

"不知道。"

张澍出生就没住在老屋了，对老屋也没什么感情，这事就全看他姐的态度了。

韩笑感叹道："哎，说起来这个古镇，还是那谁她爸爸提出要弄的呢，真要是搞起来，莲里有大发展的！"

几个在莲里上学的兄弟没听明白，问："谁啊？"

"谁爸爸？"

周应翔跟内部人似的得意地说道："你澍哥'女神'她爸！"

"谁？不是陈梦瑶啊？"

周应翔算是懂了当时侯骏岐的感觉，嗤骂："笨蛋。"

"到底是谁啊？之前看阿澍发的那条说说，谈恋爱了？"

"长什么样啊？让我看看！"

"漂亮不？"

周应翔做了代言人，抢话说："没法儿形容，'漂亮'这个词太肤浅，是不是？阿澍？"

张澍抿一口饮料，不语。

"真的？比陈梦瑶还漂亮？"

周应翔："没法儿比！"

"这么神，看看嘛！"

韩笑懒得理，继续说："我爸说，盛明丰的政绩非常扎实，没什么背景，就是狠干，有主意，有能力，也会交际，在比较厉害的县区都任过职，干出了不少名堂，兜兜转转回到南理，就干了'一把手'了。他这个年纪，估计还能再升职，干一两个任期说不定能调到东洲去。"

"东洲可是副省级的城市，干得好的话，再往上升，就是普通人在电视新闻里才能见着的人物了。"

"这么强……"周应翔喃喃地说，"澍哥，要不还是选陈梦瑶吧？"

周应翔的话音刚落，韩笑一掌呼在他的后脑勺儿上。

张澍不抬眼，目光不耐烦。

"没，没，我就乱聊，乱聊……"周应翔闭嘴了。

一群人正好奇这位"女神"是何方神圣，张澍的手机响了，不是普通来电，是语音电话的声音。

张澍也挺惊讶，做了个手势，说："别吵。"然后点了"接听"。

旁边几个人用唇语问："谁呀？"

韩笑用唇语回答："女神！"

几个人竖起耳朵听张澍的通话。张澍没开手机的功放，他们听不见对面说了什么，只能听见张澍的话。

"怎么了？"

他开口三个字，尾音轻扬，温和得不像话，普普通通又黏黏腻腻。

周应翔搓了搓胳膊——老天，澍哥怎么能是这个"画风"？

"没呢，在外面。嗯，和几个朋友见面。没关系，别呀，别挂，你拍给我，我看看。嗯，行，很行，怎么都行，明天我接你。嗯？好，那就在一方书店。好，不急。别呀……再说几句……行吧……"

这下几个人面面相觑，大家一起搓胳膊。怎么有人能这样，什么情话都没说就把人恶心死的？

张澍终于挂电话了，一群人正要八卦，又被他打断了。张澍喊老板:"老杜,有纸笔吗?"

"有!"

没一会儿老杜送来了纸笔,点菜的纸笔。张澍也不挑,看着手机,在纸上写写画画。

众人一看,无语了。他在解一道数学证明题,看着还不简单,约莫写了有五分钟。

一群人就这么干等着,偶尔窃窃私语,然后见他终于写完,拍了张照发出去,而后一脸无事发生的模样看着众人:"干吗?吃呀,喝呀?"

"饱了。"

"读书改变命运,知识成就姻缘,我懂了。"

"悔不当初,我也想好好念书考附中,给'女神'讲题。"

韩笑嗤笑一声:"呵呵,你以为考了附中你就有'女神'问你题吗?"

"哈哈哈!"

刚刚他们窃窃私语,几个人也差不多搞懂了情况,问:"阿澍,你女朋友真是那什么书记的女儿啊?"

张澍淡淡地说道:"还不是我女朋友。"

"啊?"

他们这状态,不是女朋友,谁信啊?

"这种身份的小孩儿,会跟咱们似的苦哈哈地高考吗?我以为都走门路出国了呢。"

"我感觉也是,现在不去以后也是要去的吧?"

"阿澍,你要去北宴念大学吧,那里别人也很难考上。"

"这是注定要'异地恋'的意思吗?"

韩笑说:"北宴还有很多大学好吧,又不止'河清''海晏'两所,虽然其他大学的分也都不低,但是盛夏的成绩还不错吧?"

"问题不是成绩的事吧,是人家要不要去吧?"

"……"

这一聚就到了半夜,张澍两点回到家。意外的是,张苏瑾还没睡。

"姐?干吗呢?"

"等你呀。"

张澍把钥匙甩到一边："等我干吗？你给我打电话呀。"

"你难得回来见朋友，明天又回南理了，多聚聚也好，就不催你扫你的兴了。"

"有话说？"张澍坐到沙发边。

张苏瑾欲言又止："明天吃饭的事……"

"嗯，怎么了？有变化？"

张苏瑾的男朋友安排了两家人见面，是年三十就定下的事。

张苏瑾说："倒是没什么变化，我提前和你说一说他们家的情况，免得你不适应。"

张澍说："怎么？他家里有恶婆婆？"

张苏瑾摇头道："没有，他的父母都已经过世了。他的家庭条件挺不错，之前也是担心这一点，才一直没有确定下来。他有个侄子，你认识……就是之前也在我们店里'午托'过的，你们班的同学——卢回泽。"

卢家的？那岂止是条件不错。张澍的神态没变，只是眉毛稍稍一提。

"你之前和人家关系不怎么样，明天你……"

张苏瑾的话还没说完，张澍笑了一声："姐，你担心什么？大好的日子，我不会对他怎么样的。算一算，我多个大侄子也挺好？"

张苏瑾："……"

她总有不祥的预感。

盛夏早早地上床，虽然也已经是半夜零点，但比起平日的两三点，今天算是早的。

明天她要早早地起来，把原先安排在下午的学习任务都挪到早上，因为下午三点，她和张澍约好在一方书店见面。设闹钟的时候，她有一丝犹豫——六点起吧？嗯……万一，他留她在外面吃晚饭呢？那就把晚上的学习任务也完成一部分吧。

最终，她设置了五点的闹钟，无意识地弯着嘴角入睡。

次日午后，她没午休，站在衣柜前犯难。南理多暖春，大过年的温度直逼二十八摄氏度，当真是不给冬天一点儿活路。她穿什么呢？她的衣服其实不少，运动服占大多数，她一年四季穿的都是套装，拎出来都不用搭配。但是……她今天不想穿运动服。

"姐？妈说你跟芝芝姐出去玩呀，带上我呗？"吴秋璇忽然趴在盛夏的房间门口，兴奋地说道。

盛夏的眼神躲闪："那个……我们是去书店，会很无聊的。"

"总比在家好啊！"

"你……"盛夏随手挑出一条棉布裙，"你们不也是明天就开学了，你还有好些作业没做完吧？"

吴秋璇撇撇嘴："那我正好把作业带去书店做，换个环境！我现在的脑子快不转了！"

盛夏不擅长撒谎，这下有点儿不知道说什么了，佯装愤怒说："不行，你自己找自己的闺密玩，整天和姐姐玩怎么好呢？"

吴秋璇有点儿搞不明白了，瞥了一眼盛夏铺在床上的裙子："姐？你要穿裙子啊？"

"嗯……还不知道要穿什么……"盛夏为难道，大概还是觉得不满意，又打开了衣柜，望着衣服思考。

吴秋璇的眼神玩味，走了进来："和芝芝姐出去玩，穿什么裙子啊？去书店而已，还要考虑穿什么？"

盛夏心里一慌——阿璇怎么回事，是不是看出什么来了？

"你不会是去见张澍哥哥吧？"

听到这话，盛夏一下子合上了衣柜："你说什么呢？吴秋璇！"

"嘻嘻嘻，看来是了。那我就不去了，你妹妹我还是很懂事的！"吴秋璇笑嘻嘻地退出了房间，关上门之前还低语，"姐，别扎头发了，戴个漂亮的发卡吧！"

盛夏换好裙子站在镜子前，看着乌黑长发上别着的水晶发卡，犹豫了。会不会……太刻意了呀？

她把发卡摘下来，放进包里，出门了。

盛夏在骑车和打车之间，还是选择了骑车，万一他还想去哪儿，他们也有个代步工具。打车挺贵的呢，他这么节俭。为此，她又返回家里，取了另一个头盔。

吴秋璇两次目送自家姐姐出门，感慨道——两个人一个美，一个帅，一时竟然不知道该羡慕姐姐好，还是羡慕张澍哥哥好。

盛夏是计算着时间出门的，但不知道是不是车开得太快了，她到的时候才两点四十五分。

于是她又掉头，退到距离一方书店一个路口的地方，靠边停下，刷刷手机，等着时间过去。

她不知不觉又点进他的对话框，他们的聊天儿内容停留在她昨晚给他打的语音电话上。

是他说她在做题时遇到不会的题随时给他打语音电话的，所以昨晚她就给他打了。没想到他那边吵吵嚷嚷的，是在和朋友聚会。她一想到要让这么多人等着他，就觉得难为情。但在众目睽睽之下，他还是给她解题了，这算不算是公然的偏爱？

盛夏的嘴角不自觉地上扬，算一算，他们已经有一周没有见面了。天气暖和了，今天他会穿什么衣服呢？他说中午家里有个饭局，那应该也有稍作打扮吧？不要显得她太刻意才好……

约定的时间快到了，盛夏骑车往店里走，她掐着点推开了一方书店的门。他还没到，是因为饭局耽误了吗？

盛夏在窗边挑了个阳光极好的位子坐下，先点了杯水，等他来了再一起点其他的。

三点一刻，他还不见人影，盛夏闲来无事，又刷起了手机，要不要问问他呢？晚了一刻钟而已，万一他真有什么事，倒显得她很急切了，于是问他的事作罢。

盛夏的手机屏幕黑掉，一张并不高兴的脸映在上面。她弯了弯嘴角给自己一个微笑，想着那个发卡，又从包里把发卡拿出来，戴上了。

三点半，他还是没来。盛夏第无数次打开了和他的对话框，咬咬牙，发出一行字："你到哪里啦？"

几乎是即刻，对话框上方显示"对方正在输入"。但是两分钟过去，盛夏仍未收到任何消息。

嗯？他是不是有事，不方便发消息？她正想着，手机振动起来——

宋江邀请您进行语音通话……

　　盛夏连忙接起。

　　"喂，你是有……"

　　"盛夏，你先回去吧。"

（未完待续）

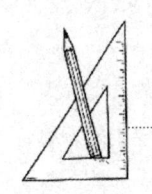

> 番外
> # 今晚我不关心月亮

前尘

我第一次见卢铮的日子很好记,是农历八月十五。

中秋佳节,月亮却缺席了当晚的夜空。南理下了场雨,空气潮湿,风也黏腻。

我扶着刚分手喝得烂醉离家出走的好友,在别墅区的主干道上拦出租车。由于一直没车,我只好站到马路中央,拦下一辆好心人的过路车。大概是我的表情胁迫的意味过于明显,车主摇下车窗时,眼神里透着警惕与审视。

"小卢总?"好友惊愕又小心翼翼地打着招呼。

他们竟然认识,我们就顺理成章地上了车。要死不活的好友瞬间活了过来,一本正经地介绍:"小卢总,这是我的朋友苏苏,是个歌手。你可能没听过她的歌,她要是出道就没有现在那几个'天后'什么事了,你别不信……苏苏?哼两句?"

歌手,已经许久没有人这样介绍我。"苏苏"是我的艺名,好陌生。如果不是过往的交情束缚着我的良知,我会把这个醉鬼踹下车。

"苏苏,这是卢铮,也住在'翡翠澜庭',和我家那位是铁哥们儿,今天得亏是碰上你啦,小卢总……"

她家的那位年纪三十五六岁,卢铮看样子不过二十五六岁。这种年龄差能成铁哥们儿,好友作为嫂子如此恭敬巴结,"小卢总"的身份估计不低。

我没来得及收回打量的视线,在后视镜与前座的男人有片刻的对视。他的目光浅浅地停留,却带有一丝丝压迫感,让人琢磨不出有什么意味。

他把我们送到便于打车的闹市路口,没有主动提出送到家,拿捏了绅士与疏离之间微妙的分寸感。

一路晃悠,好友倚靠在我的肩膀上半睡半醒,我只好做"代言人"对卢铮道谢,然后准备目送他以示尊重。但他似乎没有立刻要走的意思,把目光肆意地落在我的脸上,散漫而随意,引人遐想,细看又不算轻佻。

真是一双处处可留情的眼睛,如果我不是三十三岁而是二十三岁,恐怕已经被迷得找不着北。

"小卢总,谢谢你的顺风车,那……"

"苏苏老师,我听过你的歌。"

我们几乎同时开口。我尚未来得及作出反应,他将车窗升起,把车灯打了个闪,消失在拐角。

第二次遇见卢铮,还是在一个雨夜,夜校门口的牛肉面馆里。

我在夜校一直以已婚为由婉拒异性,但时间一长这个理由就站不住脚。那晚有男同学坚持要送我回家,我搪塞说我老公在面馆里等我。他执意跟随,我进退维谷——面馆里哪有什么老公?就连老板都是女的……

卢铮就是在这样危急的时刻出现的。他坐在面馆最里面的一桌,正扭头叫老板点菜。我们四目相对,他显然很惊讶。

比起其他食客,我与他至少有一面之缘,只好挑他下手。我抱着书坐到他对面,高声说:"等久了吧?老公,都说了不用来接我的。"

他有一瞬的错愕,眼神往我身后瞥,而后从容地接过我的书,给我叫了一碗面。我们全程再无其他交流。山不就我,我便就山。男同学的眼神一直往这边瞥,我状似熟稔地吃着卢铮碗里的牛肉,把不喜欢的香菜往他碗里堆。他抬眼盯着我,半晌没说话,忽然凑近,淡淡的白松香钻入了我的鼻腔中。我被罩在他个体特性明显的气场里。

他的脸颊在我的耳边停下,嘴唇几乎要擦过我的耳郭:"苏苏老师,我的出场费不便宜。"

他的声音很低，只有我能听见。从男同学的角度看，他的这个姿势像在亲吻我的侧脸。我想接住这段亲密戏，但独身多年，不知怎样的亲密算分寸得当。我眼珠乱转，眼神闪烁。不得不承认，在这个二十多岁的男人面前，我方寸大乱。最终，我露出自认为妩媚、甜蜜的笑容，给这出"耳鬓厮磨"的戏码画上了圆满的句号。

面吃完了，雨还下着。我没带伞走不了，开始没话找话："小卢总，你听过我的什么歌？"

卢铮的语气事不关己："什么歌也抵不了我的出场费。"

我选择沉默。他忽然开口，声音像雨滴："苏苏老师，我送你回去吧，有个合作想和你谈谈。"

我成了卢铮的未婚妻，假的。他成了我的老公，当然也是假的。

他说这家面馆他从小吃到大，出国时一直想念这里，所以隔三岔五就想吃，过来陪我演戏也是顺便的。吃完面，他通常会送我回家。由于他的车太过招眼，夜校都在流传我是富太太屈尊降贵来上成人大学。无人招惹我，我终于得了清净。

他偶尔出差时间长了些，再来的时候会带鲜花和礼物。我调侃他演戏演全套，他说多余的东西算是我的劳务费。

我的劳务就是配合他开展商业社交，包括但不限于酒会活动和商务会面，帮他应付那些因他过于年轻而不信任他的合作伙伴。我的"人设"是他的大学校友，爱情设定是从校服到婚纱。稳重专一的形象和即将已婚的身份对他大有裨益。

半年后，我的夜校课程结束，他的生意也进展顺利，我们是时候结束了。

终于，他约我周末一块儿骑马。我跟随他去过不少高档的地方，已经能够从容不迫，看到前方的人群。我像从前一样去挽他的手臂，却被他拨开了，我心里没来由地冒出一点儿酸楚。下一秒，他的手指滑进我的掌心，我们十指紧扣。我也不知道，手心和脸哪一个更烫些。

叽叽喳喳的议论声传来，人群里有人喊："卢铮！你可总算让我们见着你藏的'娇'了！"

　　我望向他，他牵着我，脸上有笑意，整个人十分放松。我意识到这不是商业上的聚会，这群人是他生活中的好友。我走近，看到了人群中熟悉的面孔——我的好友以及她的男友，那个雨夜我把她带回家，不到一周的时间他们就复合了。

　　好友显然也看到了我，惊得瞪大眼睛。人群中的起哄声一过，她把我拽过去盘问。我抿了抿嘴，老实地回答："如你所见，合约情人。"

　　好友的眼睛瞪得更大了："哪种？卖身吗？"

　　我摇头。我们确实因为演戏有过一些亲密行为，但并不能改变我们之间关系的性质。

　　好友直勾勾地盯着我："苏苏，这种场合他们约好不带闲杂人等的，你明白是什么意思吗？"

　　我笑了笑，明不明白有什么区别？

　　卢铮教我骑马。我也不知道哪来的勇气，甩开人群驰骋而去。暑气蒸腾，热风灼面，我前所未有地冷静。马儿停下，所有人蜂拥而至，女伴们一口一个"亲爱的，没事吧"，丝毫没了半个小时前在换衣间刻薄地八卦的样子。

　　她们说我根本不是卢铮的大学校友，就是个初中毕业现在在上夜大的老女人；说卢铮从小就叛逆、图新鲜，早早没了母亲所以"姐控"；说卢家不可能让我这种女人进家门……

　　大伙儿凑在一起休息、闲聊。好友见我游离在人群之外，努力把话题往我的身上引："苏苏，我准备做专辑，你来给我写首歌吧？"

　　人们开始奉承我，说我是才女，深藏不露。

　　我吃下卢铮递过来的葡萄，轻描淡写地说："恐怕不行。阿澍下个月就中考了，我很忙。"

　　好事者问："阿澍是谁呀？"

　　"是我儿子。"

　　周围一片寂静，只剩我刻意发出的不雅的咀嚼声。好友呆呆地看着我，卢铮也眉头紧蹙，所有人的视线在我和卢铮之间扫着。

　　好友急得站了起来："阿澍怎么就成……"

"我儿子成绩很好。等他考了附中,我就搬到市区来,就能天天和你们玩了。"

我打断她,堵住了她所有的话。在对视中,好友沉默着退出了这场我编好的戏。我继续加码,抱住卢铮的手臂撒娇:"莲里那种小地方我真是待够了,阿铮,我到时候和你住好不好?"

我的信息量已经给足了,一个企图麻雀变凤凰的市侩形象跃然而出。

我跟他靠得近,能感受到他的呼吸节奏有片刻的紊乱。他的目光在我的五官上游移,似乎在确认什么。最后,他低声吐出一个字:"好。"

我笑靥明媚,掐着做作的腔调说:"你最好了!"

回程时车内的气压很低,到家我预备下车,卢铮落了锁,车门打不开。

"你结过婚了?"

如果声音有颜色,此刻他的声音应该是极致的黑色。

"没有。"

"孩子的事……是真的?"

"是。"

"为什么没有告诉我?"

"凭咱们的关系,不需要吧?你那些商业伙伴不知道就行了。"

车厢陷入静默中。

"我的课程结束了,咱们也结束吧。你送的礼物我都没有拆,明天给你寄过去。你请的饭太多,我记不清,就不还你了。"

卢铮面容平静,抓着方向盘的手却青筋暴起。霎时,整个车厢像被巨兽的羽翼紧紧地包裹,逼仄而令人窒息。

车锁"咔嗒"一声打开,他沉闷而颓丧的声音传来:"不用了,那是你的出场费,收好。"

我下车,像跟他第一次见面时那样,目送他的车消失在拐角。

我回头,张澍出现在我的视野前方。正值放学的时间,夕阳从他的背后漫入小巷,少年走在细碎的光里,灿若艳阳。他看见我,小跑过来,问:"姐,你傻站在这儿干吗?今晚吃什么?有没有可乐鸡翅?"

有,什么都有,他就应该要什么有什么。

从马场离开的时候好友问我:"为了张澍,值吗?"

值吗?我从未做过比对和设想,没有所谓的值不值。

往事

我十四岁辍学,北上闯荡,拥着自以为是的天赋和一文不值的热忱,感觉梦想在前方熠熠生辉。母亲催我回家,我充耳不闻。她说父亲死了,我不信,他明明早上还在电话里骂我是不孝女。她又说她怀孕了,一个人不知道怎么办,我冷笑:"你不是说我爸死了吗?你和谁怀的孕?我爸投胎进你肚子了?小心生出一个小绿人。"

她哆哆嗦嗦地骂不出一个字,气得撂了电话。

我的耳根清净了小半年,出了几首歌,拍了几段 MV,不温不火的。

经纪人给我塞了一张房卡,说我手中抓住了未来。这"未来"翻手为云,覆手为雨;这"未来"大腹便便,人过中年。我张牙舞爪地尖叫,所有的抵抗在他们眼里不过是未经敲打的轻狂,直到我的水果刀扎进了男人肥腻的手臂……

我在少管所里待了半年,出来才知道父亲真的死了,母亲也是真的怀孕了,我已经有一个半岁大的弟弟。我连夜回南理,从母亲怀里接过软乎乎的婴儿。她大概是觉得大事终得托付,来不及怨我或骂我,就撒手人寰。

那是一个夏天,昼短夜长,风扇摇晃。我抱着正在哭的婴孩,坐在父亲的遗像和母亲的遗体前,四顾心茫然。

孩子一直哭。他躺着哭,抱起来也哭;撒尿哭,啃奶嘴还哭。最终,我为数不多的耐心被哭没了。我把他送到了妇幼医院,接生他的主任答应会找一户靠谱儿的领养人。

我再次北上,在酒吧驻唱寻找机会,经纪人不知道为何又找到我,宽宏大量地给我介绍了新的"未来"。我朝他的脸上吐唾沫,让他滚。他带来的打手打了我后疯狂拍照,临走还不忘给我几巴掌,踩着我的脸说:"北宴遍地都是会唱歌的夜莺,你除了嫩点儿,算个什么东西?"

没错,我嫩,所以我报了警。我知道我的演艺生涯完了,但他被抓了，照片也被删除了，我依然觉得结局大好。可是媒体的关心来得铺天盖地、猝不及防，报道的内容都是夸我的——勇敢，智慧，不畏强暴，贞洁烈女……我接受着廉价的道德洗礼。

年少时总是情感浓烈，唯独把生死看得很轻。我抱着吉他在河堤上唱歌，打算用尽毕生才华给这世界留下最后一首歌，可惜，只有河水与晚风听见。

"这首歌叫什么名字？"

我的半只脚已踏入河里，听见身后有人问。我扭头，河堤上坐着一个男孩子，约莫十岁，漂亮得像个女孩儿。

歌还没有取名，我临时决定这首歌叫《苏苏》。

他说："哦，好听。你能再给我唱一次吗？"

我说凭什么？他说，你可怜可怜我。

这世上还有比我更可怜的人？我不信。我坐到他身边，让他把最伤心的事告诉我，让我心理平衡一下。

他说，他很小的时候妈妈去世了，他爸爸要再娶，所以要把他送到国外自生自灭，明天就走。我想——去国外自生自灭，总比在这条河里自生自灭好。他还是没有我可怜，我并不觉得心理平衡。

他问我，你的家人好吗？他们有没有抛弃你？我说我没有家人了。他说，怎么会呢？

是啊，怎么会呢？他们没有抛弃我，是我抛弃了他们。我从前抛弃父母，如今抛弃世上唯一与我有血缘关系的人。

"我有个弟弟。"我说。

"你弟弟真幸运。"他说。

"为什么？"

"你弟弟可以听你唱歌。"

我临终的虚荣心得到了极大的满足，给他再唱了一遍《苏苏》。我们一起坐看夜幕笼罩整座城市，水面楼宇隐约可见，灯光无数，沉寂中透着一丝生气。

我忽然接到妇幼医院的电话，说已找到了领养人，叫我回去办手续。我想着离开前得把他安顿好，就暂时中止跳河计划，回到了南理。

他还是那么爱哭，肺活量惊人，哭声响彻整栋大楼，来领养的夫妇面面相觑。我手忙脚乱地抱起他，他的脚丫拨过吉他弦，"唰啦"一声，十分刺耳。我以为他会疼得大哭，他却奇异地停止了哭泣，又踹了一脚，踹出一个和弦，抽抽搭搭地笑了。

诡异。

我没有在领养协议上签字。我抱着他，背着吉他，离开了医院。皎月当空，地面上我抱孩子的影子像个真正的母亲，然而十七岁的我并没有想好将来的日子要怎么过，只是踏着月色，尝试着活过来。

相比城市，莲里是个乌托邦，会喘气就能活下来。我在少管所里学过不少东西，只要勤快一些，生计不成问题。但我不会带孩子，只要他哭，我就唱歌，还挺管用。他渐渐长大，我就不唱了。乡下人嘴闲，总给他讲一些"姐姐为了他断送了音乐梦"的闲话，他满脑子都是早日独立，恨不得我下一秒就抱着吉他出道。别人说的他都听进去了，我说他救了我的命，他却不信。傻小孩儿。

我不再公开唱歌，但每年会写一首歌上传，听众寥寥无几。有一位忠实的粉丝每年坚持留言，话不多，就四个字：苏苏加油。

是啊，加油。

有没有人听无所谓，仅以一曲纪念自己在那一天——新生。

余生

张澍上高中后，我从莲里搬到了南理，在附中北门开了家"午托"。

南理说小不小，说大不大。我其实想过与卢铮偶遇，如歌里唱的，在街角的咖啡店；如电视里演的，在超市的货架拐角……怎么也没想到是在我的店里。我系着围裙拿着锅铲，他西装革履，带着一个少年前来报"午托"。

我的脑子里闪过一个荒谬的念头——这不会是他的儿子吧？

明知不可能，可在那一瞬间，我的心口忽然抽着疼。

我问："有事吗？"

"你们这儿都给学生提供什么菜？"卢铮说话是用家长的语气。

他染了头发，一副游戏人间的模样，但声音和眼神相比两年前都更为稳重。

"当周的菜每天不重样，可以单独订，想吃什么提前说。您的孩子想订多长时间？"

不知他捕捉到了什么信息，嘴角弯起一点儿弧度，冷哼一声："我可没有这么大的孩子。"

他身边的少年眼里的探寻欲呼之欲出，卢铮眼神扫过去，少年偃旗息鼓。

"就这家了。这种事情以后找你爸跟你来。"

"我家有阿姨做饭，不是小叔叔你说'午托'省时间要给我找吗？"

原来是他的侄子。

卢铮不理会他侄子，递过来银行卡："抓紧办，我很忙。"

这个很忙的人在之后的几个月里每天发来订制菜单，并对我的菜谱指指点点。我经常在忙碌备菜的时候，还得向他解释营养结构。有一回他大半夜打电话来责难，说他侄子食物中毒。我赶到医院，发现医生分明诊断是肠胃感冒，与我没有半点儿关系。

他是我遇见的最苛刻的家长，我把他的备注改成"事儿爹"，才终于解气。我明白了，他是来报复我的。二十七八岁的人了，幼稚。

好友与男友终于修成正果，邀请我做伴娘。在这个年纪还能做伴娘，我欣然答应。好友欲言又止地提醒我，卢铮是伴郎之一，要我做好心理准备。

"一段各取所需的合作罢了，哪有什么好准备的……"我如此回答，也如此安慰自己。是啊，连风月事都算不上。

可当他西装笔挺地站在我跟前，我还是慌了神。我扭头不看，脑海里却疯狂地上演他与别的女人结婚的桥段。

好友有意把捧花扔给我，我不知为何下意识地后退躲闪，跌跌撞撞地落入一个怀抱里，淡淡的白松香，是卢铮。他接住了我，同时伸手接住了掉落在我眼前的捧花。现场静默了一秒后，起哄声和掌声此起彼伏。有一道声音穿过嘈杂落入我的耳朵："几岁了？毛毛躁躁的。"

他松开我，从容地接受司仪的盘问。

"恭喜卢总抢到了捧花，有想送的人吗？"

"有。"

"她在现场吗？"

卢铮顿了顿："在，但别逗她了，她胆子小。"

我离席去上洗手间，把喧闹声隔绝在身后，心脏却如沸腾的酒精，叫嚣不停。我把这一切归咎于婚礼过于浪漫，拨弄了我沉寂已久的少女心——不是因为他，换谁都行。

婚礼的第二场，会所包厢里人头攒动，灯光下荷尔蒙极致挥发，我在每一位男士身上寻找闪光点。酒精上头，我看每个人都像被镀了金，闪闪发光。我酩酊大醉，来者不拒。

恍惚中，我看到包厢角落里独自喝酒的卢铮。他脸色阴沉，一杯接一杯地喝。忽然，酒杯被他丢在桌面。他站起身，笔直地朝我的方向走来。他的俊脸放大再放大，我的脉搏"怦怦"地跳，赶紧用酒杯碰了碰新娘弟弟的酒杯："弟弟，喝酒！"

弟弟迷糊着说："喝不动了，要命了，姐姐。"

"要什么命？姐姐不要你的命，姐姐要喝……啊，你干什么？！"我的酒杯也被丢在桌上，整个人被拉起。他的力道很大，抓得我手腕生疼，我只能跌跌撞撞地跟着他走。

我被他拖进包厢的洗手间，门刚合上，白松香的味道霎时盈满我的口腔——浑蛋！他吻了我。

说是吻还过于柔情，啃噬则更为准确。他的手指插进我的头发，手掌扣着我的后脑勺儿，我的每一根头发都感受到他的野蛮。我喝的是红酒，他喝的是洋酒，不同的气息在彼此口腔里翻涌交融——嗞，舌根撕痛，头皮发麻！

我张嘴一口咬住他的下唇，几乎用尽全部力气。

"张苏瑾，你要我的命是不是？"他终于松开我，头顶着我的脑袋，手抚着我的脸，吐气灼热，语气凶狠。

再这样下去没命的是我。我踩了他的脚趾，一把推开他，落荒而逃。可我的出租车没有他的车快，终于还是被堵在家门口。

"一个弟弟被你说成儿子。为了拒绝我,你可真是什么话都说得出口。张苏瑾,今天你就给我说明白,我哪点让你不满意?!"他看起来真的非常生气。

"哪有不满意?哪敢不满意?我这样的人,能不满意你什么?"

"你哪样?张苏瑾,你告诉我你哪样!我认识的张苏瑾,索要和舍弃都坦坦荡荡、自由随心,无论经历过什么,都还相信爱情,渴望亲密关系,而不是现在这样,屁包一个!"

我怔在原地。他怎么会知道这些?这些都是我寡淡生活里的小小矫情和拧巴,被我写在如树洞一般的新歌文案里……

"惊讶什么……"他的语气缓和下来,声音也更低更沉,"你别说你对我没有感觉。你喜欢我吻你,苏苏,你对我有'绝对心动'。"

绝对心动……这个词……我的血液犹如凝滞,心跳停摆,不知道怎么应付眼前的状况。

我企图把蛮不讲理贯彻到底:"弟弟还是儿子,有什么区别?足够让你知难而退就可以。你比我更清楚咱们之间的差距,不是吗?别做没有结果的事了,回去吧。"

我似乎听到了他咬牙切齿的声音,他松开我的肩膀,转身走回车边。我心痛如绞,对着他的背影默默地说"再见"。

下一秒,他躬身从车里拿出一束花朝我走来,是婚礼上的那束手捧花。他把花递给我,忽而长叹一口气,有无奈,有纵容,甚至有乞求……

"你要结果是吗?咱们结婚,明天民政局开门就去。"

他在说什么?他疯了。疯子。

我只知道再迟疑一秒,我也会疯掉。逃避可耻,但是有效。我转身就跑,连电梯都等不及,用尽全身力气跑上楼,终于颓然地把自己扔到床上。拉黑,关机,蒙头,睡觉。

卢铮终于从我的生活里消失了,但我仍能从好友的口中听到他的消息:他的公司并入了君澜集团,他接替他的哥哥成了君澜集团的实际掌权人;他年轻有为,风头无两,想当卢太太的女人要从南理排到东洲了……

我不想听，拉黑了好友的微信，可卢铮的消息还是无孔不入。

晚饭时，卢圉泽和一个女生拌嘴。那女生说她表姐和卢铮好歹是校友，家世相貌个人能力样样顶尖，卢铮却丝毫不给面子当众拒绝。卢家的男人真没教养。

卢圉泽温和地插刀："别费劲儿了。我小叔叔暗恋一个女人十几年了，两年前知道这个女人有孩子，我小叔叔跟家里对着干。之前我爷爷管着，现在爷爷没了，我爸也已经压不住他，没人能阻止他去做'便宜爹'了。"

女生感慨："那成了吗？"

卢圉泽说："不知道，看那副天天出差拼命工作的样子应该是没成，但'白月光'最是刻骨铭心的，谁也替代不了，你表姐没戏。"

校友？这不是他当年给我的"人设"吗？我一度认为这是他理想中的伴侣。难道不是吗？

有孩子的女人、两年前、对着干、"便宜爹""白月光"、暗恋十几年……

这些信息让我无法控制地开始联想一些细节。我片刻不想耽误，赶回家登录近半年没登的音乐平台账号，从最新一条留言刷到第一条留言，再从第一条刷回最新一条。除了零散的几位过路人，十五年了，所有"苏苏加油"的留言都来自一个账号——moon went to sea。

最新的一条留言是在两个月前他求婚的那晚，在我前年的新歌文案下。

新歌的文案是："我始终认为真正的爱情不是对我好，不是被宠爱或被照顾，而是金风玉露、花前月下，是电光石火间的绝对心动，是心意相证的瞬间。我会感慨活着真好，也会觉得即便立刻死去也别无遗憾。如果有这样的人出现，我会给他我人生的入场券。"

moon went to sea 留言："在所有没出现在你世界的时间里，我都在为拿到你人生的入场券而做准备。现在我孑然一身，前路坦荡，来取入场券。"

我发现我的手在抖，才意识到自己在哭，脸颊滚烫，屏幕模糊。

是他。

真的是他。

一直以来都是他。

十岁的他说:"这首歌叫什么名字?再唱一次给我听。"

二十岁的他说:"苏苏老师,我听过你唱歌。"

十一岁到二十七岁的他每一年都在说:"苏苏加油。"

这么多年,能够拨动我心弦的,一直只有他而已。我从未如此相信宿命。

我一直清楚自己有微弱的外貌优势,找个尚算富足的伴侣不是难事,但我也一直明白这非我所愿,所以不愿屈服与将就。而在那个雨夜,他的车窗降下来的那一刻,我想要的爱情就已经从天而降。

我调出被我拉黑的手机号码拨过去,无人应答。我焦急得跺脚,终于拿起车钥匙冲出门。月光铺天盖地,盖住了我泼天的喜悦,我踩着月色奔跑,像是一个迟暮的孤胆英雄,毅然奔赴一场决战——不战死,便成王。

电话的"嘟嘟"声断了,有人接听了电话,却没有发出声音。

我试探地说话:"卢铮,你在哪里?"

电话对面沉默的时间太长,我看一眼手机,确认通话正常:"你……在听吗?"

"在公司,什么事?"他语气冰冷。

"我……"我顿住,忽然不知如何开口。

"张苏瑾,你知道你打这通电话意味着什么吗?想清楚再说话。"

"十五的月亮十六圆,出来看看吗?"

"今晚我不关心月亮……"

"我只关心你。"我打断他,决定主动送出入场券,"等我。"

图书在版编目（CIP）数据

以你为名的夏天 . 上 / 任凭舟著 . -- 兰州：敦煌文艺出版社，2023.3
ISBN 978-7-5468-2348-5

Ⅰ . ①以… Ⅱ . ①任… Ⅲ . ①长篇小说－中国－当代 Ⅳ . ① I247.5

中国国家版本馆 CIP 数据核字（2023）第 052949 号

以你为名的夏天 . 上
任凭舟　著

责任编辑：张家骝
策划编辑：鹿玖之
封面设计：小茜设计
封面绘图：踏月锦　cocanna荼

敦煌文艺出版社出版、发行
地址：（730030）兰州市城关区曹家巷 1 号
邮箱：dunhuangwenyi1958@163.com
0931-2131579（编辑部）
0931-2131387（发行部）

大厂回族自治县德诚印务有限公司印刷
开本 880 毫米 ×1230 毫米　1/32　印张 11.75　插页 5　字数 340 千
2023 年 6 月第 1 版　2023 年 6 月第 1 次印刷
印数：1~60000 册

ISBN 978-7-5468-2348-5
定价：52.80 元

如发现印装质量问题，影响阅读，请与出版社联系调换。
本书所有内容经作者同意授权，并许可使用。
未经同意，不得以任何形式复制。